SV

Band 1185 der Bibliothek Suhrkamp

# Marcel Proust
# Eine Liebe Swanns

Aus dem Französischen
von Eva Rechel-Mertens

Suhrkamp Verlag

Titel der Originalausgabe: *Un amour de Swann*
Es handelt sich um einen selbständigen Teil des Romans
*Auf der Suche nach der verlorenen Zeit.*
Der Text der von Luzius Keller revidierten Übersetzung und
die Anmerkungen folgen Band II/1 der von Luzius Keller
herausgegebenen *Werke* von Marcel Proust

Zweite Auflage 1997
© Suhrkamp Verlag Frankfurt am Main 1994
Alle Rechte vorbehalten
Druck: Nomos Verlagsgesellschaft, Baden-Baden
Printed in Germany

# EINE LIEBE SWANNS

Um zum »kleinen Kreis«, der »kleinen Gruppe«, dem »kleinen Clan« der Verdurins[1] zu gehören, genügte eine, freilich unerläßliche Bedingung: man hatte stillschweigend ein Credo zu übernehmen, zu dessen Glaubenssätzen gehörte, daß der junge Pianist, den Madame Verdurin in jenem Jahr protegierte und von dem sie zu sagen pflegte: »Es sollte wirklich nicht erlaubt sein, daß jemand *so* Wagner spielen kann!«, sowohl Planté wie Rubinstein »aussteche« und daß Doktor Cottard als Diagnostiker besser als Potain sei.[2] Jede »Neuerwerbung«, die die Verdurins nicht davon überzeugen konnten, daß die Abendgesellschaften der Leute, die nicht bei ihnen verkehrten, todlangweilig seien, sah sich gleich wieder ausgeschlossen. Da sich die Frauen mehr als die Männer widerspenstig zeigten, jede gesellschaftliche Neugier und das Bedürfnis nach eigener Urteilsbildung über die Annehmlichkeiten der anderen Salons abzulegen, und da die Verdurins außerdem spürten, daß dieser Forscherdrang und diese frivole Besessenheit sich auf die anderen übertragen und so auf die Orthodoxie der kleinen Gemeinde verhängnisvoll auswirken könnten, hatten sie sich schließlich gezwungen gesehen, nacheinander alle »Getreuen«[3] weiblichen Geschlechts auszustoßen.

Wenn man von der jungen Frau des Doktors absah, waren ihnen in diesem Jahr (und das, obwohl Madame Verdurin selber tugendhaft war und aus respektablem, überaus reichem, wenn auch sonst völlig obskurem bürgerlichem Hause stammte, zu dem sie aus eigenem Antrieb allmählich jede Verbindung abgebrochen hatte) beinahe einzig eine mehr oder weniger der Halbwelt zugehörige Person, Madame de Crécy, die Madame Verdurin mit ihrem Vornamen Odette anredete und als »ein Schätzchen« bezeichnete, und die Tante des Klavierspielers übriggeblieben, die sicher aus der Portierloge kam; Personen also, die die große Welt nicht kannten und denen man in ihrer Einfalt so leicht hatte weismachen können, die Prinzessin von Sagan[1] und die Herzogin von Guermantes müßten arme Unglückliche bezahlen, damit sie für ihre Diners überhaupt Gäste fänden, daß die ehemalige Concierge und die Kokotte, hätte man ihnen Einladungen zu jenen beiden großen Damen verschafft, sie sehr von oben herab abgelehnt haben würden.

Die Verdurins luden nicht zum Abendessen ein, man hatte bei ihnen sein »Gedeck«. Für den Verlauf des Abends gab es kein Programm. Der junge Pianist spielte, aber nur wenn »ihm danach zumute war«, denn auf niemanden wurde ein Zwang ausgeübt, und es galt die Devise Monsieur Verdurins: »Alles für die Freunde, es leben die Kameraden!« Wenn der Pianist den Walkürenritt oder das Vorspiel zu *Tristan* spielen wollte, erhob Madame Verdurin Einspruch, nicht weil ihr diese Musik mißfiel, sondern weil sie im Gegenteil zu stark auf sie wirkte. »Wollen Sie absolut, daß ich meine Migräne bekomme? Sie wissen ja, es ist immer dasselbe, wenn er das da spielt. Ich weiß doch, was mich erwartet! Morgen früh, wenn ich aufstehen will, habe ich die Bescherung!« Wenn er nicht spielte, plauderte man, und einer der Freunde, meist der zur Zeit besonders in Gunst stehende Maler, gab dann, wie Monsieur Verdurin es nannte, »ein tolles Ding zum besten, daß die Zuhörer vor Lachen den Mund nicht wieder zubrachten!«, besonders Madame Verdurin, der – so sehr hatte sie sich angewöhnt, den figürlichen Ausdruck für ihre Gemütsbewegungen wörtlich zu nehmen – Doktor Cottard (damals noch ein junger Debütant) eines Tages den Kiefer wieder einrichten mußte, den sie sich durch zu starkes Lachen ausgerenkt hatte.

Der Frack war verboten, weil man ja »unter sich« war, und um nicht den »Langweilern« zu gleichen, die man mied wie die Pest und die nur zu großen Abendgesellschaften eingeladen wurden, welche jedoch so selten wie möglich stattfanden, eigentlich nur dem Maler zu Gefallen oder um den Musiker zu lancieren. Ansonsten begnügte man sich mit Scharaden oder Soupers in Kostümen, bei denen man jedoch unter sich blieb und den »kleinen Kreis« um keinen Fremden vermehrte.

Doch je größeren Raum die »Getreuen« in Madame Verdurins Leben einnahmen, um so mehr bezeichnete sie alles als langweilig und unerwünscht, was ihre Freunde von ihr fernhielt oder in der Verfügung über ihre Zeit behindern konnte, sei es nun die Mutter des einen, der Beruf des anderen oder bei einem dritten sein Landhaus oder seine schlechte Gesundheit. Wenn Doktor Cottard nach Tisch glaubte aufbrechen zu müssen, um zu einem Patienten zu eilen, der bedenklich daniederlag, so meinte Madame Verdurin: »Wer weiß, vielleicht ist es besser für ihn, wenn Sie ihn heute abend nicht mehr stören; er schläft gewiß sehr gut ohne Sie; morgen früh gehen Sie dann gleich hin und finden ihn bei bester Gesundheit vor.« Von Anfang Dezember an war sie ganz krank bei dem Gedanken, ihre Getreuen könnten sie am Weihnachtstag und am 1. Januar »versetzen«. Die Tante des Pianisten« verlangte, daß er an diesem Tag in der Familie bei ihrer Mutter speiste:

»Meinen Sie, Ihre Mutter stürbe davon«, rief Madame Verdurin unwirsch aus, »wenn Sie am Neujahrstag nicht bei ihr äßen wie die Leute in der *Provinz*?«

Ihre Ängste kehrten in der Karwoche wieder:

»Sie, Herr Doktor, ein Wissenschaftler, ein Freigeist, Sie kommen doch gewiß am Karfreitag wie an jedem anderen Tag?« sagte sie im ersten Jahr zu Cottard in so bestimmtem Ton, als zweifle sie keinesfalls, wie die Antwort ausfallen werde. Doch sie zitterte, bis er sie gegeben hatte, denn wenn er nicht kam, lief sie Gefahr, ganz allein zu bleiben.

»Ich komme am Karfreitag... mich verabschieden, denn wir verbringen die Ostertage in der Auvergne.«

»In der Auvergne? Ja, wollen Sie sich denn von Flöhen und Wanzen auffressen lassen? Wohl bekomm's!«

Und nach kurzem Schweigen:

»Wenn Sie uns das wenigstens eher gesagt hätten, dann hätten wir einzurichten versucht, daß wir die Reise zusammen und einigermaßen komfortabel machten.«

Ebenso wenn ein »Getreuer« einen Freund oder eine »Angestammte« einen Flirt hatte, die sie dazu hätten bringen können, die Verdurins gelegentlich zu »versetzen«, so pflegten diese, die nichts Erschreckendes daran fanden, daß eine Frau einen Liebhaber haben könnte, wofern sie ihn nur bei ihnen hatte, ihn in ihnen liebte und ihm nicht vor ihnen den Vorzug gab, zu sagen: »Gut! Bringen Sie ihn doch mit, Ihren Freund.« Man ließ ihn dann versuchsweise kommen, um festzustellen, ob er auch vor Madame Verdurin keine Geheimnisse haben werde und überhaupt geeignet sei, in den »kleinen Clan« aufgenommen zu werden. Wenn er es nicht war, wurde der Getreue, der ihn mitgebracht hatte, auf die Seite genommen, und man erwies ihm den Dienst, ihn mit seinem Freund oder seiner Geliebten auseinanderzubringen. Im entgegengesetzten Fall avancierte der »Neue« seinerseits zum Getreuen. Als daher nun in diesem Jahr die Halbweltdame Monsieur Verdurin erzählte, sie habe die Bekanntschaft eines charmanten Mannes, eines gewissen Monsieur Swann, gemacht, und zu verstehen gab, er würde sich glücklich schätzen, bei ihnen eingeführt zu werden, übermittelte Verdurin das Gesuch auf der Stelle an seine Frau. (Er selbst hatte nie eine Meinung, bevor sich diese nicht geäußert hatte; seine Rolle bestand vor allem darin, die Wünsche Madame Verdurins oder der Getreuen mit einem beachtlichen Aufwand an Erfindungsgabe in die Tat umzusetzen.)

»Hör mal, Madame de Crécy hat eine Bitte an dich. Sie würde dir gern einen ihrer Freunde, Monsieur Swann, vorstellen. Was meinst du dazu?«

»Aber geh, wie könnte man einer so entzückenden kleinen Person etwas abschlagen. Schweigen Sie, Sie sind nicht gefragt, ich sage Ihnen, Sie sind eine entzückende kleine Person.«

»Wenn Sie meinen«, antwortete Odette in geziertem Bühnenton und setzte dann hinzu: »Sie wissen, ›fishing for compliments‹ liegt mir fern.«

»Gut, gut! Bringen Sie ihn doch mit, Ihren Freund, wenn er nett ist.«

Natürlich hatte der »kleine Kreis« keinerlei Beziehung zu den Kreisen, in denen Swann verkehrte, und reine Weltleute hätten gefunden, es lohne nicht, eine solche Ausnahmestellung einzunehmen, wie er sie hatte, um sich bei den Verdurins einführen zu lassen. Swann aber liebte die Frauen so sehr, daß er von dem Tage an, da er ungefähr alle Damen der Aristokratie erkannt hatte und sie für ihn keine Geheimnisse mehr besaßen, seine Einbürgerungsurkunde in den Faubourg Saint-Germain, die fast einem Adelsbrief gleichkam, nur noch als eine Art von Wechsel, als einen Kreditbrief ohne unmittelbaren Eigenwert betrachtete, der ihm jedoch erlaubte, in irgendeinem Provinznest oder in einem obskuren Winkel von Paris, wo die Tochter des Landjunkers oder des Gerichtsschreibers ihm gefallen hatte, von einem Tag auf den anderen eine Position aufzubauen. Denn das sinnliche Verlangen oder die Liebe weckte dann in ihm von neuem Anwandlungen von Eitelkeit, wie er sie in seinem gewohnten Leben nicht mehr kannte (obwohl ursprünglich zweifellos gerade sie ihn zu dieser mondänen Laufbahn hingeführt hatten, in der er in frivolen Vergnügungen die Gaben seines Geistes verschwendet und seine Kunstgelehrsamkeit dazu verwendet hatte, die Damen der Gesellschaft beim Ankauf von Bildern und bei der Ausstattung ihrer Palais zu beraten) und die ihm den Wunsch einflößten, in den Augen einer von ihm geliebten Unbekannten mit einer Vornehmheit zu glänzen, die der Name Swann allein nicht genügend verbürgte. Er wünschte es um so mehr, wenn die Unbekannte von bescheidener Herkunft war. Ebenso wie ein kluger Mensch nicht in den Augen eines anderen Klugen dumm zu erscheinen fürchtet, wird ein vornehmer Mann eine Verkennung seiner Vornehmheit nicht von seiten eines großen Herrn befürchten, sondern von einem ungehobelten Kerl. Dreiviertel der Spesen an Geist und Eitelkeitslügen, die seit Erschaffung der Welt von Leuten gemacht worden sind, die sich dadurch nur selbst herabsetzen konnten, sind für sozial Untergeordnete aufgewendet worden. Swann, der einer Herzogin gegenüber schlicht und sogar etwas nachlässig auftrat, zitterte davor, verkannt zu werden, und posierte, wenn er sich einem Zimmermädchen gegenüberfand.

Er war nicht wie so viele andere Leute, die aus Trägheit oder aus dem resignierten, von hohem sozialem Rang hervorgerufenen Gefühl heraus, einem bestimmten Milieu verbunden bleiben zu müssen, auf die Vergnügungen verzichten, die das Leben ihnen außerhalb ihrer Stellung in der Gesellschaft, der sie bis zu ihrem Tod zäh verhaftet bleiben, bietet, und schließlich notgedrungen, wenn sie sich daran gewöhnt haben, die mittelmäßigen Zerstreuungen oder sogar die unerträglichen gesellschaftlichen Obliegenheiten, die damit verbunden sind, als Vergnügen bezeichnen. Swann jedenfalls versuchte nicht, die Frauen, mit denen er seine Zeit verbrachte, hübsch zu finden, sondern bemühte sich, seine Zeit mit solchen zu verbringen, die er auf den ersten Blick hübsch gefunden hatte. Oft waren es Frauen von ziemlich vulgärer Schönheit, denn die physischen Eigenschaften, die er unbewußt suchte, standen in völligem Gegensatz zu denen, die ihm die in Bildern und Statuen seiner Lieblingsmaler oder -bildhauer dargestellten Frauen bewundernswert machten. Tiefe oder Schwermut des Ausdrucks ließen seine Sinne erstarren, und um diese wachzurufen, genügte dagegen gesundes, fülliges und rosiges Fleisch.

Wenn er auf Reisen eine Familie traf, deren Bekanntschaft zu vermeiden vornehmer gewesen wäre, in der er aber eine Frau entdeckte, die einen ihm noch unbekannten Reiz besaß, und hätte er dann in seiner eigenen Welt verharrt, das Verlangen, das sie geweckt hatte, zum Schein gestillt – etwa indem er an eine frühere Geliebte geschrieben hätte, sie solle ihm nachreisen – und ein anderes Lustgefühl an die Stelle jenes Lustgefühls gesetzt, das er bei ihr hätte finden können, dann wäre ihm das als eine ebenso feige Abdankung angesichts des Lebens, als ein ebenso törichter Verzicht auf eine neue Art von Glück erschienen, wie wenn er, anstatt aufs Land zu fahren, sich in sein Zimmer vergraben und Ansichten von Paris angeschaut hätte. Er schloß sich nicht im Gebäude seiner Beziehungen ein; vielmehr hatte er solche geschaffen, um dieses vor Ort überall da von neuem zu errichten, wo eine Frau ihm gefallen hatte, eines jener leicht abzubrechenden Zelte, wie Forschungsreisende sie mit sich führen. Das, was darin nicht transportabel oder gegen ein neues Lustgefühl auswechselbar war, hätte er leichten Herzens hergegeben, so beneidenswert es anderen auch erscheinen mochte. Wie oft hatte er seinen Kredit bei einer Herzogin, der sich bei ihr seit Jahren in Form des Wunsches angehäuft hatte, ihm einen Gefallen zu tun, ohne daß sie je Gelegenheit dazu gefunden hätte, mit einem Schlag bezogen, indem er in einer unverfrorenen Depesche eine telegraphische Empfehlung einforderte, um ihn unverzüglich mit einem ihrer Verwalter in Verbindung zu setzen, dessen Tochter ihm auf dem Lande ins Auge gestochen war; so glich er einem Verhungernden, der einen Diamanten gegen ein Stück Brot eintauscht. Er machte sich sogar hinterher darüber lustig, denn es war ihm, allerdings wettgemacht durch erlesenes Zartgefühl, eine gewisse Grobschlächtigkeit eigen. Außerdem gehörte er zu jener Kategorie von intelligenten Männern, die für ihr müßiges Dasein einen Trost und vielleicht auch eine Entschuldigung in der Idee suchen, daß dieser Müßiggang ihrem Geist Objekte bietet, die des Interesses mindestens ebenso würdig sind wie die, die Kunst oder Wissenschaft ihnen an die Hand geben würden, und daß das »Leben« interessantere und romantischere Situationen mit sich bringt als alle Romane. Er versicherte es wenigstens und behauptete es auch gegenüber den raffiniertesten seiner Freunde aus der mondänen Gesellschaft, zum Beispiel dem Baron von Charlus, den er gern durch Erzählungen von pikanten Abenteuern amüsierte, die ihm zugestoßen waren, zum Beispiel, wie er einmal in der Eisenbahn die Bekanntschaft einer Dame gemacht hatte, die er nachher mit zu sich in die Wohnung nahm und die, wie er dann erfuhr, die Schwester eines Staatsoberhauptes war, in dessen Händen zu diesem Zeitpunkt alle Fäden der europäischen Politik zusammenliefen, über die er so auf angenehmste Weise auf dem laufenden gehalten wurde;

oder daß es dank dem komplexen Spiel der Umstände von der Entscheidung des Konklave abhing, ob er der Liebhaber einer Köchin werden könnte.

Übrigens nötigte Swann keineswegs nur die glänzende Phalanx von tugendhaften älteren Damen, Generälen und Mitgliedern der Académie française, mit denen er besonders gut stand, in so zynischer Weise, ihm als Kuppler zu dienen. Alle seine Freunde waren gewöhnt, von Zeit zu Zeit Briefe von ihm zu erhalten, in denen er sie um ein Empfehlungs- oder Einführungsschreiben anging mit einem diplomatischen Geschick, das in der Beständigkeit, mit der es sich durch seine aufeinanderfolgenden Liebesaffären und verschiedenartigsten Vorwände hindurch erhielt, mehr als irgendwelche taktischen Mißgriffe die stets gleichbleibende Identität seiner Wesensart und seiner Ziele enthüllte. Jahre später, als ich anfing, mich für seine Wesensart wegen der Ähnlichkeiten zu interessieren, die sie auf ganz anderem Gebiet mit der meinigen hatte, habe ich mir oft erzählen lassen, daß mein Großvater (der es noch nicht war, denn die große Liaison Swanns begann zur Zeit meiner Geburt und unterband auf lange hinaus diese Praktiken), wenn er von ihm einen Brief erhielt und auf dem Umschlag die Handschrift seines Freundes erblickte, ausrief: »Da will Swann wieder etwas von mir: Achtung!« Sei es aus jenem unbewußt diabolischen Gefühl heraus, das uns treibt, eine Sache nur denen anzubieten, die keine Lust darauf haben, setzten meine Großeltern dann selbst denkbar leicht zu erfüllenden Wünschen, die er an sie richtete, strikte Ablehnung entgegen, zum Beispiel der Bitte, ihn einer jungen Person vorzustellen, die jeden Sonntag bei uns zu Abend aß; wann immer er davon anfing, mußten sie so tun, als sähen wir sie gar nicht mehr, wiewohl die ganze Woche davon die Rede war, wen man mit ihr zusammen einladen könnte, und oft fand sich schließlich niemand, nur weil derjenige, der darüber so glücklich gewesen wäre, nicht dazugebeten wurde.

Zuweilen kam es vor, daß irgendein mit meinen Großeltern befreundetes Ehepaar, das sich bis dahin immer beklagt hatte, daß sie Swann niemals sähen, plötzlich mit Befriedigung und vielleicht auch in dem Wunsch, Neid zu erregen, erzählte, daß er neuerdings ganz reizend zu ihnen sei und nicht mehr von ihnen weiche. Mein Großvater wollte ihnen das Vergnügen nicht verderben und warf meiner Großmutter deshalb nur einen Blick zu, während er vor sich hinsummte:

> *Quel est donc ce mystère?*
> *Je n'y puis rien comprendre*

> Welch ein Geheimnis ist's?
> Ich kann es nicht begreifen.

oder:

> *Vision fugitive ...*

> Flüchtige Vision ...

oder:

> *Dans ces affaires*
> *Le mieux est de ne rien voir.*[1]

> In solchen Fällen
> Sieht man am besten nichts.

Wenn dann ein paar Monate später mein Großvater Swanns neuen Freund fragt: »Nun, und Swann? Sehen

Sie ihn noch häufig?«, machte der Angesprochene ein langes Gesicht: »Sprechen Sie seinen Namen nie mehr in meiner Gegenwart aus!« »Ach, ich dachte, Sie wären so eng mit ihm befreundet...« In dieser Weise war er während einiger Monate täglicher Gast bei Verwandten meiner Großmutter gewesen, fast jeden Abend hatte er bei ihnen gespeist. Mit einem Male stellte er ohne Erklärung seine Besuche bei ihnen ein. Man wähnte ihn krank, und die Kusine meiner Großmutter wollte gerade jemand zu ihm schicken, um sich nach seinem Befinden zu erkundigen, als sie in der Anrichte einen Brief von seiner Hand im Ausgabenbuch der Köchin herumliegen sah. Er teilte dieser Person darin mit, daß er Paris verlasse und nicht mehr kommen könne. Sie war seine Geliebte gewesen, und im Augenblick des Bruchs hatte er einzig sie zu benachrichtigen sich bemüßigt gefühlt.

Gehörte jedoch seine derzeitige Geliebte zur großen Welt oder war es mindestens nicht eine Person, die durch allzu bescheidene, allzu unbedeutende Herkunft oder allzu ungeordnete Verhältnisse daran gehindert worden wäre, in der Gesellschaft empfangen zu werden, dann kehrte er um ihretwillen dahin zurück, doch nur in jene spezielle Sphäre, in der sie sich bewegte oder in die er sie eingeführt hatte. »Es hat keinen Zweck, heute abend mit Swann zu rechnen«, hieß es dann, »Sie wissen doch, daß seine Amerikanerin heute ihren Tag in der Oper hat.«

Er verschaffte ihr Zutritt zu den Salons, die besonders schwer zugänglich waren und in denen er seine festen Tage, einmal wöchentlich seine Tischeinladung oder seinen Pokerabend hatte; jeden Abend, nachdem zuvor eine leichte Wellung, die er an seinen in Bürstenform geschnittenen roten Haaren vornehmen ließ, dem lebhaften Blick seiner grünen Augen etwas mehr Milde verliehen hatte, wählte er eine Blume für sein Knopfloch aus und brach auf, um seine Geliebte bei der einen oder anderen der Frauen seiner Kreise zum Abendessen zu treffen; und bei der Vorstellung, wieviel Bewunderung jene im Mittelpunkt des gesellschaftlichen Interesses stehenden Leute, bei denen er den Ton angab, ihm im Angesicht der Frau, die er liebte, zollen würden, fand er von neuem einen Reiz an diesem mondänen Leben, dem gegenüber er gleichgültig geworden war, dessen Substanz ihm nun aber, seit er ihr eine neue Liebe einverleibt hatte und sie von der Wärme einer darin eingeführten und darin spielenden Flamme sanft durchdrungen und getönt wurde, köstlich und schön vorkam.

Während jedoch alle diese Beziehungen oder alle diese Flirts immer die mehr oder weniger geglückte Verwirklichung eines Wunschtraums gewesen waren, der ihm beim Anblick eines Gesichtes oder einer Gestalt gekommen war, die er spontan und ohne sich darum zu bemühen anziehend gefunden hatte, bemerkte er dagegen in Odette de Crécy, als er ihr eines Abends im Theater von einem ihrer verflossenen Freunde vorgestellt wurde – dieser Freund hatte von ihr als einer entzückenden Person gesprochen, mit der sich vielleicht etwas anfangen lasse, sie aber gleichzeitig als schwerer zu erobern hingestellt, als sie in Wirklichkeit war, um sich selbst den Anschein um so größerer Liebenswürdigkeit zu geben, daß er sie mit ihm bekannt machte –, zwar eine gewisse Schönheit, doch eine Art von Schönheit, die ihm nichts sagte, die in ihm kein sinnliches Verlangen weckte und sogar einen gleichsam physischen Widerwillen hervorrief, eine jener Frauen, wie sie, für jeden verschieden, jedermann kennt und die das Gegenteil darstellen zu dem Typ, nach dem unsere Sinne verlangen. Um ihm zu gefallen, hatte sie ein zu ausgeprägtes Profil, eine zu zarte Haut, zu vorstehende Backenknochen und zu müde Züge. Ihre Augen waren schön, doch so groß, daß sie unter ihrem eigenen Gewicht nachgaben, ihrem übrigen Gesicht etwas Ermattetes und ihr selbst immer den Anschein von schlechtem Befinden oder schlechter Laune verliehen. Kurz nach der Vorstellung im Theater hatte sie an ihn geschrieben und ihn gebeten, ihr doch seine Sammlungen zu zeigen, die sie riesig interessierten, »sie, die zwar nichts davon verstehe, aber doch so schrecklich gern schöne Sachen sehe«, und ihm erklärt, sie werde ihn gewiß besser kennen, wenn sie ihn in seinem »home« gesehen habe, wo sie ihn sich so »behaglich beim Teetrinken und Bücherlesen« vorstellte, obwohl sie ihm gegenüber ihr Erstaunen nicht verborgen hatte, daß er in einer Gegend von Paris wohne, wo es doch eher trist sein müsse und die »so wenig *smart* sei für ihn, der es doch in so hohem Maße sei«. Nachdem er sie dann schließlich bei sich empfangen hatte, drückte sie ihm beim Abschied ihr Bedauern aus, daß sie nur so kurz in dieser Wohnung habe bleiben können, die überhaupt betreten zu dürfen sie doch so glücklich gemacht habe, wobei sie von ihm sprach, als bedeute er ihr mehr als andere, die sie kannte, und zwischen ihnen beiden eine Art von romantischer Verbindung herzustellen schien, die ihn lächeln machte. In dem schon etwas illusionslosen Lebensalter aber, dem Swann sich näherte, wo man sich damit zu bescheiden weiß, selber verliebt zu sein und nicht auf allzuviel Gegenseitigkeit zu rechnen, kann eine solche betonte Nähe der Herzen, wenn sie auch nicht mehr wie in der ersten Jugend das Ziel ist, nach dem die Liebe notwendigerweise strebt, doch noch durch eine so wirksame Ideenassoziation mit dieser verbunden sein, daß sie die Ursache davon werden kann, wenn sie zuerst auftritt. Einst träumte man davon, das Herz der Frau zu besitzen, in die man verliebt war; später kann das Gefühl, das Herz einer Frau zu besitzen, schon genügen, uns in sie verliebt zu machen. In dem Alter also, wo man annehmen müßte, daß, da man ja in der Liebe vor allem ein subjektives Vergnügen sucht, das Wohlgefallen an der Schönheit einer Frau den weitaus größten Anteil daran haben müßte, kann die Liebe – auch die ganz körperliche Liebe – entstehen, ohne daß ihr ursprünglich sinnliches Verlangen zugrunde gelegen hätte. In dieser Epoche des Lebens ist man von der Liebe schon mehrmals angerührt worden; sie rollt nicht mehr aus sich selbst nach ihren eigenen unbekannten und schicksalsbedingten Gesetzen in unserem staunend und passiv davon betroffenen Herzen ab. Wir helfen nach, wir nehmen durch Erinnerung und Suggestion Fälschungen daran vor. Wenn wir eines ihrer Symptome wiedererkennen, erinnern wir uns an andere und erwekken sie selbst zum Leben in uns. Da ihr ganzes Lied in unserem Herzen vorgezeichnet ist, haben wir es gar nicht nötig, daß eine Frau uns die erste Strophe davon rezitiert, damit wir – von der Bewunderung erfüllt, die wir der Schönheit zollen – die Fortsetzung finden. Und wenn sie gleich in der Mitte beginnt – da, wo die Herzen sich nähern, wo man bereits davon spricht, daß man nur mehr füreinander lebt –, so sind wir mit dieser Musik hinreichend vertraut, um an jener Stelle einzusetzen, an der unsere Partnerin auf uns wartet.

Odette de Crécy besuchte Swann bald noch ein weiteres Mal, dann fing sie an, öfter zu kommen; zweifellos erlebte er bei jedem dieser Besuche von neuem die Enttäuschung, ein Gesicht vor sich zu sehen, dessen Einzelheiten er inzwischen etwas vergessen und das er weder so ausdrucksvoll noch bei aller Jugend so verblüht in Erinnerung hatte; er bedauerte, während sie mit ihm plauderte, daß die große Schönheit, die sie besaß, nicht eine Schönheit von der Art war, die er spontan bevorzugt hätte. Man muß dazu noch bemerken, daß Odettes Gesicht um so magerer und markanter schien, als die

Stirn und die obere Wangenpartie, das heißt gerade der ruhigere, flachere Teil des Gesichts, bei den damals üblichen Frisuren verdeckt blieb, denn man ließ das durch »Kreppen« angehobene Haar in Form von »Simpelfransen« in die Stirn fallen und in losen Löckchen die Ohren umspielen; was ihren Körper betrifft, der bewundernswert wohlgestaltet war, so war es (infolge der damaligen Mode und obwohl sie eine der bestangezogenen Frauen von Paris war) schwierig, ihn als Einheit zu erfassen; das Mieder nämlich wölbte sich – wie über einem fingierten Bauch, um plötzlich in einer Spitze zu enden, während darunter sich doppelte Röcke ballonartig zu runden begannen – so stark vor, daß die Frau aussah, als bestände sie aus verschiedenen, schlecht miteinander verbundenen Teilen; und die Rüschen, die Volants und das Westchen verfolgten in völliger Unabhängigkeit je nach der Laune ihrer Form oder der Beschaffenheit ihres Stoffes eine Linie, die sie zu den Schleifen, dem Spitzengebausche, den Jett-Fransen führte oder sie auch dem Miederstab entlanggleiten ließ, doch in keiner Weise richteten sie sich nach dem Lebewesen, das sich je nachdem, ob die Architektur dieses Flitterkrams sich der seinigen zu sehr näherte oder sich zu weit davon entfernte, darin eingeschnürt oder verloren fand.[1]

Freilich, wenn Odette gegangen war, lächelte Swann bei dem Gedanken an ihre Worte, daß ihr die Zeit so lang werde, bis er ihr erlaube, wieder zu ihm zu kommen; er erinnerte sich an die besorgte, schüchterne Miene, mit der sie ihn einmal bat, daß es doch nicht zu lange dauern möge, und ihre gleichzeitig in ängstlichem Flehen auf ihn gerichteten Blicke, die sie so rührend erscheinen ließen unter dem Strauß aus künstlichen Stiefmütterchen an ihrem runden weißen Strohhut mit den Kinnbändern aus schwarzem Samt. »Und Sie«, hatte sie hinzugesetzt, »kommen wohl gar nicht einmal zu mir zum Tee?« Er hatte laufende Arbeiten vorgeschützt, eine Studie über Vermeer van Delft[1], die er in Wirklichkeit vor Jahren aufgegeben hatte. »Ich verstehe ja, daß ich armes Geschöpf nicht gegen so große Gelehrte wie Sie aufkommen kann«, hatte sie zur Antwort gegeben. »Ich käme mir vor wie der Frosch vor dem Areopag.[2] Und dabei würde ich mich so gern bilden, Wissen erwerben, eingeweiht sein. Ich denke es mir riesig amüsant, in alten Büchern zu stöbern und die Nase in vergilbtes Papier zu stecken«, hatte sie mit der selbstzufriedenen Miene einer eleganten Frau hinzugefügt, die von sich behauptet, es sei ihr größtes Vergnügen, ohne Angst vor Verunreinigung schmutzige Dinge anzufassen und zum Beispiel beim Kochen selbst »mit Hand anzulegen«. »Sie werden über mich lachen, aber von diesem Maler, der Ihnen keine Zeit für mich läßt (sie meinte Vermeer damit), habe ich noch nie etwas gehört; lebt er noch? Kann man in Paris Bilder von ihm sehen, ich möchte mir doch so gern vorstellen können, was Ihnen am Herzen liegt, ich möchte erraten, was sich hinter dieser großen Stirn zuträgt, die immer so viel denkt, und mir sagen können: Aha! Damit beschäftigt er sich jetzt. Es wäre wunderbar, mit Ihrer Arbeit verbunden zu sein.« Er hatte sich mit seiner Furcht vor neuen Freundschaften entschuldigt, mit dem, was er aus Galanterie als seine Angst vor Kummer und Leid bezeichnete. »Sie fürchten sich vor einem starken Gefühl? Wie komisch, ich selbst wünsche mir gar nichts mehr als das, ich würde für mein Leben gern auf so etwas stoßen«, hatte sie mit so natürlicher, so überzeugter Stimme gesagt, daß es ihm nahegegangen war. »Sie haben sicher einmal um eine Frau gelitten, und nun meinen Sie, alle sind so wie sie. Sie hat Sie gewiß nicht verstanden; Sie sind ein so ganz besonderer Mensch. Gerade das habe ich von Anfang an in Ihnen geliebt, ich habe gefühlt, daß Sie nicht sind wie die anderen alle.« »Und dann«, hatte er zu ihr gesagt, »haben Sie doch auch – ich weiß ja, wie die Frauen sind – eine Menge anderer Beschäftigungen, Sie sind sicher nur selten frei.« »Ich? Im Gegenteil, ich habe niemals etwas vor! Ich bin immer frei, für Sie ganz bestimmt. Wann immer bei Tag oder Nacht es Ihnen angenehm wäre, mich zu sehen, lassen Sie mich nur holen, ich werde immer glücklich sein, so schnell wie möglich zu kommen. Werden Sie es auch tun? Wissen Sie, was nett von Ihnen wäre? Sie sollten sich Madame Verdurin vorstellen lassen, bei der ich jeden Abend bin. Denken Sie nur! Wenn wir uns da treffen könnten, und ich dürfte glauben, Sie kämen ein bißchen meinetwegen hin!«

Gewiß, wenn er in dieser Weise an ihre Unterhaltungen zurückdachte, wenn er sich so in Stunden des Alleinseins mit ihr beschäftigte, tauchte ihr Bild nur unter vielen anderen Frauenbildern in seinen romantischen Träumereien auf; wenn aber durch irgendwelche Umstände (oder vielleicht auch ohne das, denn Umstände, die sich in dem Augenblick einstellen, wo ein bis dahin latenter Zustand offen zutage tritt, können ihn ja in keiner Weise beeinflußt haben) das Bild von Odette de Crécy schließlich seine Träumereien beherrschte und diese von dem Gedanken an sie nicht mehr zu trennen waren, hatte die Unvollkommenheit ihres Körpers keine Bedeutung mehr, überhaupt die Frage nicht, ob er mehr oder weniger als ein anderer Swanns Geschmack entsprach, da er als der Körper derjenigen, die er liebte, von nun an als einziger imstande sein würde, ihm Lust und Qual zu bereiten.

Mein Großvater hatte, was man von keinem der gegenwärtigen Freunde Verdurins hätte sagen können, dessen Eltern gekannt. Doch er hatte jede Beziehung zu dem Sohn verloren, den er als den »jungen Verdurin« bezeichnete und etwas summarisch, obwohl er mehrfacher Millionär geblieben war, als einen heruntergekommenen Bohemien betrachtete. Eines Tages erhielt er einen Brief von Swann, in dem dieser ihn fragte, ob er ihn nicht mit den Verdurins in Verbindung bringen könne: »Achtung! Achtung!« hatte mein Großvater ausgerufen, »ich wundere mich über gar nichts mehr, dahin mußte es kommen. Das ist ja das richtige Milieu für ihn! Erstens kann ich ihm den Gefallen nicht tun, ich kenne diesen Herrn gar nicht mehr. Und außerdem steckt dahinter bestimmt eine Weibergeschichte, zu so etwas gebe ich mich nicht her. Na gut! Das wird ja heiter werden, wenn Swann sich mit diesen jungen Verdurins einläßt.«

Auf die negative Antwort meines Großvaters hin hatte Odette es selbst übernommen, Swann bei den Verdurins einzuführen.

An dem Tag, als Swann zum ersten Mal bei ihnen erschien, hatten die Verdurins Doktor Cottard mit seiner Frau, den jungen Pianisten und seine Tante sowie den damals in ihrer Gunst stehenden Maler zu Tisch. Ein paar andere Getreue kamen später hinzu.

Doktor Cottard wußte nie mit Sicherheit, in welchem Ton er jemandem antworten sollte, ob sein Gegenüber scherzen wollte oder im Ernst sprach. So fügte er denn für alle Fälle seinem Gesichtsausdruck jederzeit das Angebot eines bedingten und vorläufigen Lächelns hinzu, dessen abwartende Listigkeit ihn von jedem Vorwurf der Naivität freihalten mußte, falls die Äußerung, die man ihm gegenüber getan hatte, ironisch gemeint gewesen war. Doch wie um der entgegengesetzten Hypothese zu begegnen, wagte er es nicht, dieses Lächeln eindeutig auf seinem Gesicht festzulegen, so daß man dort ständig eine Ungewißheit schweben sah, in der die Frage lag, die er zu stellen nicht wagte: »Ist das jetzt ernst gemeint?« Nicht minder unsicher wie in einem Salon war sein Verhalten auf der Straße, ja im Leben überhaupt, so daß man ihn Vorübergehenden, Wagen oder Ereignissen mit einem schalkhaften Lächeln begegnen sah, das seiner Haltung von vornherein alles Unangebrachte benahm, denn es bewies, wenn diese nicht paßte, daß er das wußte und sie nur spaßeshalber eingenommen hatte.

Bei allen Gelegenheiten jedoch, wo eine freimütige Frage erlaubt zu sein schien, bemühte sich der Doktor, seinen Zweifel auf das Mindestmaß zu reduzieren und seine Bildung zu vervollkommnen.

So ließ er auf den Rat, den eine weitschauende Mutter ihm mitgegeben hatte, als er seine Provinz verließ, niemals eine Redensart oder einen Eigennamen, die ihm unbekannt waren, passieren, ohne den Versuch zu machen, darüber kundig zu werden.

Bei Redensarten war er unermüdlich auf Belehrung erpicht, denn da er oft hinter ihnen einen eindeutigeren Sinn vermutete, als sie eigentlich haben, hätte er gern genau gewußt, was mit denen gemeint war, die er am häufigsten hörte, »beauté du diable« etwa, oder »sang bleu« haben, »une vie de bâton de chaise«, »le quart d'heure de Rabelais«, »Arbiter elegantiarum«, jemandem »carte blanche« erteilen, »être réduit à quia« und andere ähnliche[1], und bei welchen bestimmten Gelegenheiten er sie selbst in seine Reden einflechten könnte. Paßten sie gerade nicht, so brachte er Wortspiele an, die er aufgelesen hatte. Was die Namen neuer Personen betraf, die in seiner Gegenwart erwähnt wurden, so beließ er es dabei, sie in einem fragenden Ton zu wiederholen, der genügen sollte, ihm Erklärungen einzubringen, die er scheinbar nicht verlangt hatte.

Da ihm der kritische Sinn, den er allem gegenüber zu entfalten glaubte, völlig abging, war jene verfeinerte Höflichkeit, die darin besteht, daß man jemandem gegenüber, dem man gefällig ist, so tut, als habe man vielmehr ihm zu danken (wobei man natürlich nicht möchte, daß er es wirklich glaubt), bei ihm verlorene Liebesmüh; er nahm alles wörtlich. Wie verblendet auch Madame Verdurin in bezug auf ihn war, so hatte sie schließlich doch, obwohl sie ihn auch weiterhin sehr gescheit fand, mit Unbehagen festgestellt, daß, als sie ihn zu einem Stück mit Sarah Bernhardt in eine Proszeniumsloge einlud, und dabei aus Zartgefühl bemerkte: »Es ist wirklich zu nett von Ihnen, Doktor, daß Sie gekommen sind, sicher haben Sie Sarah Bernhardt schon furchtbar oft gesehen, und wir sind auch vielleicht etwas nah an der Bühne«, der Doktor, der die Loge mit einem Lächeln betreten hatte, zu dessen deutlicherer Akzentuierung oder Unterdrückung er abwartete, daß jemand, der dafür zuständig war, ihn über den Wert der Veranstaltung aufklärte, ihr antwortete:»In der Tat, wir sind viel zu nah, und man beginnt doch auch, Sarah Bernhardts überdrüssig zu werden. Aber Sie hatten doch gewünscht, daß ich komme. Ihre Wünsche sind mir Befehl. Ich bin überglücklich, Ihnen diesen kleinen Dienst zu erweisen. Was würde man Ihnen zu Gefallen nicht tun, Sie sind so großherzig!« Und er fügte hinzu: »Sarah Bernhardt? Das ist doch die ›goldene Stimme‹, nicht wahr? Man liest oft, sie ›spiele alle anderen an die Wand‹. Ein sonderbarer Ausdruck, nicht wahr?«, letzteres in der Hoffnung auf einen Kommentar, der jedoch unterblieb.

»Weißt du,« hatte Madame Verdurin zu ihrem Gatten gesagt, »ich glaube, wir machen einen Fehler, wenn wir dem Doktor gegenüber aus Bescheidenheit herabsetzen, was wir ihm bieten. Er ist ein Gelehrter, der außerhalb des praktischen Lebens steht. Er kennt den Wert der Dinge nicht und glaubt in dieser Hinsicht, was wir ihm darüber erzählen.« »Ich hatte nicht gewagt, dich darauf aufmerksam zu machen, aber ich habe es auch schon bemerkt«, pflichtete Verdurin ihr bei. Und am folgenden 1. Januar kaufte Verdurin für Cottard, anstatt ihm einen Rubin für dreitausend Francs mit dem Bemerken zu schenken, es sei ja gar nicht der Rede wert, einen aufgearbeiteten Stein für dreihundert Francs und gab ihm dabei zu verstehen, man werde schwerlich einen schöneren finden.

Als Madame Verdurin angekündigt hatte, daß im weiteren Verlauf des Abends Swann erscheinen würde, hatte der Doktor ausgerufen: »Swann?«, in einem vor lauter Verwunderung geradezu brüsken Ton, denn die geringste Neuigkeit setzte diesen Mann, der sich immer auf alles vorbereitet glaubte, mehr als irgend jemanden in Erstaunen. Als niemand ihm Antwort gab, stieß er in höchster Verstörtheit hervor: »Swann? Aber wer ist denn das, Swann?«, doch er beruhigte sich sofort, als Madame Verdurin sagte: »Aber das ist doch der Freund, von dem Odette uns erzählte.« »Ah! gut, gut. Dann ist ja alles in Ordnung«, antwortete der Doktor mit wiedergewonnener Ruhe. Der Maler hingegen war erfreut, daß Swann Madame Verdurin vorgestellt werden sollte, er nahm an, er sei in Odette verliebt, und er begünstigte gern alle Liaisons. »Mir macht nichts so viel Vergnügen, als wenn ich Ehen stiften kann«, vertraute er Doktor Cottard an, »ich habe schon viele zustande gebracht, selbst solche unter Frauen!«

Als Odette den Verdurins gesagt hatte, Swann sei sehr »smart«, hatten sie Angst bekommen, er könne ein »Langweiler« sein. Er machte aber im Gegenteil einen ausgezeichneten Eindruck auf sie, bei dem, ohne daß sie es wußten, sein Umgang in den Kreisen der eleganten Gesellschaft indirekt im Spiele war. Tatsächlich war er selbst intelligenten Leuten, die aber nicht in der Gesellschaft verkehren, darin überlegen, daß er wie alle, die sie ein bißchen kennen, sie nicht mehr infolge einer die Phantasie beherrschenden Sehnsucht danach überschätzte oder aus Widerwillen gänzlich bagatellisierte. Die Liebenswürdigkeit dieser Menschen, die von jedem Snobismus ebenso frei ist wie von der Furcht, allzu liebenswürdig zu erscheinen, und die daher unbefangen sind, hat die Leichtigkeit und spielerische Anmut von Leuten, deren guttrainierte Glieder genau das ausführen, was sie ausführen sollen, ohne aufdringlich ungeschickte Teilnahme des übrigen Körpers. Die einfache, elementare Bewegungstechnik des Weltmannes, der dem jungen Unbekannten, der ihm vorgestellt wird, liebenswürdig die Hand reicht und dem Botschafter, dem man ihn vorstellt, eine reservierte Verbeugung macht, war bei Swann, ohne daß es ihm bewußt war, zum Prinzip seines gesellschaftlichen Verhaltens überhaupt geworden: Leuten gegenüber, die Kreisen angehörten, die den seinen untergeordnet waren, wie die Verdurins und ihre Freunde, legte er instinktiv eine Beflissenheit an den Tag, machte er Avancen, die ihrer Meinung nach ein »Langweiler« unterlassen hätte. Eine Anwandlung von kühler Zurückhaltung hatte er nur Doktor Cottard gegenüber, als dieser ihm zuzwinkerte und zweideutig dabei lächelte, bevor sie noch miteinander gesprochen hatten (eine Mimik, die Cottard selbst als »abwarten« bezeichnete). Swann glaubte daraufhin, daß der Doktor ihn vermutlich von einer Begegnung in einem Vergnügungslokal her kannte, obwohl er solche selbst sehr wenig aufzusuchen pflegte, hatte er doch nie in der Welt der Amüsierlokale gelebt. Da er diese vertrauliche Anspielung geschmacklos fand, vor allem im Beisein von Odette, die vielleicht daraufhin eine schlechte Meinung von ihm hätte bekommen können, setzte er eine eisige Miene auf. Als er aber erfuhr, daß die neben ihm stehende Dame Madame Cottard sei, dachte er bei sich, ein so junger Ehemann könne unmöglich in Gegenwart seiner Frau auf derartige Amüsements anspielen wollen, und legte dem vertraulichen Lächeln des Doktors nicht mehr die befürchtete Bedeutung bei. Der Maler lud Swann sofort ein, mit Odette sein Atelier zu besuchen; Swann fand ihn sehr nett. »Vielleicht werden Sie besser behandelt als ich«, sagte Madame Verdurin in einem Ton, als ob sie beleidigt wäre, »und bekommen das Porträt von Doktor Cottard zu sehen (sie selbst hatte es bei dem Maler bestellt). Achten Sie auch ja darauf, Monsieur Biche«, erinnerte sie den Maler, den als »Monsieur« zu bezeichnen ein üblicher Scherz war, »den netten Blick wiederzugeben, den kleinen Zug ins Schalkhafte, ins Lustige, den seine Augen haben. Sie wissen, ich lege besonderen Wert auf sein Lächeln; was ich von ihnen will, ist das Porträt seines Lächelns.« Und da diese Formel ihr sehr geglückt schien, wiederholte sie sie noch einmal mit lauter Stimme, um auch sicher zu sein, daß mehrere der Eingeladenen sie gehört hätten, ja sie ließ sogar eigens unter einem Vorwand ein paar von ihnen näher herantreten. Swann bat, mit allen bekannt gemacht zu werden, sogar mit einem alten Freund der Verdurins, Saniette, der durch seine Schüchternheit, sein schlichtes Auftreten und sein gutes Herz überall die Achtung eingebüßt hatte, die ihm seine archivarischen Kenntnisse, sein großes Vermögen und seine ausgezeichnete Familie eingetragen hatten. Wenn er sprach, hatte er gleichsam Brei im Mund, was wundervoll war, weil man spürte, daß es weniger von einer Mißbildung der Zunge als von einer Eigenschaft der Seele herrührte, gleichsam ein Rest jener Unschuld der Kindheit, die er nie verloren hatte. Alle Konsonanten, die er nicht aussprechen konnte, standen für ebenso viele Härten, zu denen er nicht imstande war. Als Swann darum bat, ihm vorgestellt zu werden, kehrte Madame Verdurin die

Rollen um (so daß sie, als sie seinem Wunsche entsprach, in folgender Weise den Unterschied betonte: »Monsieur Swann, haben Sie wohl die Güte, mir zu erlauben, daß ich Ihnen unseren Freund Saniette vorstelle?«), aber er rief sofort bei Saniette eine leidenschaftliche Sympathie hervor, von der die Verdurins Swann übrigens nie ein Wort sagten, denn sie waren Saniettes etwas überdrüssig und legten keinen Wert darauf, ihm Freunde zu gewinnen. Swann hingegen erwarb sich ihre volle Zuneigung, als er glaubte, auch gleich darum bitten zu müssen, die Bekanntschaft der Tante des Pianisten zu machen. Gekleidet wie immer in Schwarz, da sie der Meinung war, daß Schwarz stets richtig und stets am vornehmsten sei, hatte sie ein stark gerötetes Gesicht, wie sie es jedesmal nach dem Essen bekam. Sie verneigte sich respektvoll vor Swann, richtete sich dann jedoch gleich mit Würde wieder auf. Da sie keinerlei Bildung besaß und Angst vor Schnitzern hatte, sprach sie absichtlich möglichst undeutlich in der Hoffnung, daß, wenn sie etwas Falsches sagte, ihre Rede in einem solchen Gemurmel untergehen werde, daß es nicht mehr mit Sicherheit festzustellen sei; dadurch war ihre Sprechweise allmählich zu einem bloßen unklaren Nuscheln geworden, aus dem sich von Zeit zu Zeit eine einzelne Vokabel heraushob, deren sie vollkommen sicher war. Swann glaubte, er könne sich im Gespräch mit Verdurin diskret über sie amüsieren, der darüber allerdings pikiert war.

»Sie ist so eine herzensgute Frau«, sagte er. »Ich gebe zu, sehr brillant ist sie nicht; aber ich kann Ihnen nur sagen, wenn man allein mit ihr spricht, ist sie außerordentlich nett.« »Ich zweifle nicht daran«, beeilte sich Swann beizupflichten. »Ich wollte nur sagen, daß sie mir nicht gerade ›überragend‹ vorkommt«, fügte er unter Betonung dieses Adjektivs hinzu, »was ja eher ein Kompliment sein mag!« »Wissen Sie«, meinte Verdurin noch, »Sie werden es kaum glauben, aber sie schreibt auf eine ganz reizende Art. Ihren Neffen haben Sie noch nie gehört? Er ist ganz großartig, nicht wahr, Doktor? Soll ich ihn bitten, etwas zu spielen, Monsieur Swann?« »Ja, das wäre wirklich ein Glück ...«, leitete Swann seine Antwort ein, als der Doktor ihn mit spöttischer Miene unterbrach. Da er gelernt hatte, daß in der Unterhaltung jede Emphase, jeder Gebrauch von großen Worten aus der Mode gekommen sei, glaubte er, sobald er ein offenbar ernstgemeintes gewichtigeres Wort vernahm wie in diesem Falle das Wort »Glück«, daß derjenige, der es ausgesprochen hatte, sich ins philisterhaft Pompöse verirrt habe. Und wenn dazu dieses Wort noch in dem vorkam, was er als »Cliché« bezeichnete, so glaubte er, wie allgemein üblich das Wort auch im übrigen sein mochte, der angefangene Satz sei zum Lachen, und vollendete ihn ironisch mit dem Gemeinplatz, den er seinem Gesprächspartner damit in den Mund legte, wenn dieser auch nicht im entferntesten an ihn gedacht hatte.

»Ein Glück für Frankreich!« rief er schalkhaft und hob dabei emphatisch die Arme.

Monsieur Verdurin konnte sich ein Lachen nicht verbeißen.

»Was haben sie denn zu lachen, all die guten Leute da, man scheint ja keine Trübsal zu blasen in eurer Ecke da hinten«, rief Madame Verdurin. »Ihr glaubt wohl, es macht mir Spaß, hier ganz allein von allem ausgeschlossen zu sein«, fügte sie in schmollendem Babyton hinzu.

Madame Verdurin saß auf einem hohen schwedischen Stuhl aus gewachstem Tannenholz, den ein Geiger jenes Landes ihr zum Geschenk gemacht hatte und den sie behielt, obwohl er wie ein Küchenschemel aussah und keineswegs zu den schönen alten Möbeln paßte, die sie besaß; doch sie legte Wert darauf, Geschenke, die ihre

Getreuen ihr von Zeit zu Zeit zu machen pflegten, bei der Hand zu haben, damit die Spender bei ihren Besuchen das Vergnügen hätten, sie bei ihr wiederzufinden. Sie bemühte sich daher allerdings zu erreichen, daß man es lieber bei Blumen und Pralinés bewenden ließ, die irgendwann wieder verschwinden; es gelang ihr aber nicht recht, und so hatte sie bereits eine ganze Sammlung von Fußwärmern, Kissen, Stutzuhren, Wandschirmen, Barometern, Blumentopfhüllen, in unzähligen Wiederholungen und so bunt zusammengewürfelt wie Weihnachtsgeschenke.

Von ihrem Hochsitz aus nahm sie lebhaft an den Gesprächen der Getreuen teil und erheiterte sich an deren »Possen«, doch seit dem Mißgeschick, das ihrem Kiefer zugestoßen war, verzichtete sie auf die Mühe eigentlicher Lachausbrüche und überließ sich statt dessen lieber einer konventionellen Mimik, die, unanstrengend und gefahrlos zugleich, besagte, daß sie Tränen lache. Bei dem geringfügigsten Scherzwort, das ein Getreuer gegen einen »Langweiler« oder einen ins Lager der »Langweiler« verstoßenen ehemaligen Getreuen vorbrachte, stieß sie – zur größten Verzweiflung übrigens von Monsieur Verdurin, der lange Zeit den Ehrgeiz gehabt hatte, für ebenso liebenswürdig zu gelten wie seine Frau, der aber, da er ernstlich lachte, schnell außer Atem geriet und so durch ihre List einer unaufhörlichen, wenn auch fiktiven Heiterkeit ins Hintertreffen geraten war – einen kleinen Schrei aus, drückte ihre Vogelaugen, die eine leichte Hornhautveränderung zu verschleiern begann, fest zu und barg plötzlich, als habe sie gerade noch Zeit gefunden, ein unpassendes Schauspiel den Blicken zu entziehen oder einem tödlichen Anfall zu begegnen, das Gesicht in den Händen, so daß es völlig bedeckt und nichts mehr davon zu sehen war; es schien dann, als müsse sie die größten Anstrengungen machen, um einen Lachanfall zu unterdrücken, der, wenn sie sich ihm hemmungslos überlassen hätte, zu einer Ohnmacht geführt haben würde. Berauscht von der Heiterkeit der Getreuen, trunken von Kameradschaft, von Klatsch und dem traulichen Gefühl der Gemeinsamkeit hockte Madame Verdurin auf ihrem Sitz wie ein Vogel, dem man seinen Brocken in warmen Wein getaucht hat, und schluchzte förmlich vor Liebenswürdigkeit.

Indessen bat Monsieur Verdurin, nachdem er bei Swann um die Erlaubnis nachgesucht hatte, seine Pfeife anzünden zu dürfen (»bei uns macht man keine Umstände, wir sind ja unter uns«), den jungen Musiker, sich an den Flügel zu setzen.

»Aber geh, so belästige ihn doch nicht, er ist doch nicht hier, um sich quälen zu lassen«, rief Madame Verdurin, »ich will nicht, daß du ihn quälst!«

»Aber wieso soll ihm das denn lästig sein?« entgegnete Verdurin. »Monsieur Swann kennt vielleicht unsere Entdeckung noch nicht, die Fis-Dur-Sonate; er könnte sie uns doch für Klavier arrangiert vorspielen.«

»O nein! Auf keinen Fall meine Sonate!« rief Madame Verdurin aus, »ich will mir doch nicht vor lauter Weinen einen Stirnhöhlenkatarrh holen und nachher Gesichtsneuralgien wie das letzte Mal. Nein, danke bestens, darauf gehe ich nicht wieder ein; ihr seid wirklich zu nett, man sieht, daß nicht ihr nachher acht Tage das Bett hüten müßt!«

Diese Szene, die sich regelmäßig wiederholte, sooft der Pianist spielen sollte, entzückte die Freunde des Hauses jedesmal in unverminderter Weise als ein Beweis der unwiderstehlichen Originalität der »Patronne«[1] und ihrer musikalischen Empfindsamkeit. Diejenigen, die in der Nähe standen, gaben denen, die sich in größerer Entfernung kartenspielend oder rauchend aufhielten, einen Wink, sie sollten näher kommen, es sei etwas im

Gange, indem sie, wie es im Reichstag bei interessanten Debatten geschieht, »zuhören, zuhören!«[1] riefen. Am Tag darauf aber sprach man denen, die nicht hatten kommen können, sein Bedauern aus mit dem Bemerken, die Szene sei diesmal noch amüsanter als gewöhnlich verlaufen.

»Also gut, abgemacht«, sagte Monsieur Verdurin, »er spielt nur das Andante.«

»Nur das Andante, wie kannst du so etwas sagen!« rief Madame Verdurin. »Gerade das setzt mir ja mehr als alles andere zu. Unser ›Patron‹ versteht es wirklich! Das ist, als sagte er bei der *Neunten*: wir hören uns nur das Finale an, oder bei den *Meistersingern* nur die Ouvertüre.«

Der Doktor hingegen redete Madame Verdurin zu, den Pianisten spielen zu lassen, nicht daß er die Aufregung, in die die Musik sie versetzte, für bloße Einbildung hielt – er stellte gewisse typische Symptome von Neurasthenie daran fest –, sondern aus jener Gewohnheit heraus, die viele Ärzte haben, sofort ihre Vorschriften etwas zu lockern, wenn es sich – da ihnen das vorzugehen scheint – um irgendeine gesellschaftliche Veranstaltung handelt, an der sie teilnehmen und bei der die Person, der sie anraten, doch einmal ihre Verdauungsbeschwerden oder ihre Grippe zu vergessen, eine Hauptrolle spielt.

»Diesmal werden Sie bestimmt nicht krank, Sie werden sehen«, sagte er und versuchte es dabei mit einem suggestiven Blick. »Und wenn Sie doch krank werden, dann pflegen wir Sie eben.«

»Bestimmt?« fragte Madame Verdurin, als könne man angesichts solcher erhofften Gunst nur kapitulieren. Manchmal vergaß sie vielleicht auch für Augenblicke, weil sie es so oft behauptet hatte, daß es nur eine Lüge war, wenn sie sagte, sie würde krank, und nahm wirklich das seelische Verhalten einer Kranken an. Denn Menschen, die es müde sind, die Seltenheit ihrer Anfälle immer nur ihrer eigenen Vorsicht zu verdanken, reden sich gern einmal ein, sie könnten ungestraft alles tun, was ihnen gefällt, aber in der Regel schlecht bekommt, wofern sie sich in die Hände eines Mächtigen begeben, der sie ohne ihr eigenes Zutun mit einem Wort oder einer Pille wieder auf die Beine bringt.

Odette hatte sich auf ein Tapisseriesofa beim Flügel gesetzt.

»Sie wissen ja, ich habe mein festes Plätzchen«, sagte sie zu Madame Verdurin.

Diese sah, daß Swann auf einem Stuhl saß, und hieß ihn aufstehen:

»Da sitzen Sie nicht gut, setzen Sie sich doch zu Odette; nicht wahr, Odette, bei Ihnen ist doch noch ein bißchen Platz für Monsieur Swann?«

»Was für ein schönes Beauvais«, bemerkte Swann, um etwas Nettes zu sagen, bevor er sich niederließ.

»Oh, das freut mich, daß Sie mein Sofa zu schätzen wissen«, antworte Madame Verdurin. »Und ich kann Ihnen auch gleich sagen, wenn Sie etwas ebenso Schönes finden wollen, geben Sie es lieber von vornherein auf. Die haben so etwas nur einmal gemacht. Die kleinen Stühle sind auch einzig in ihrer Art. Sie müssen sich das gleich nachher einmal ansehen. Die Bronzeappliken passen jeweils als Attribut zu dem Mittelstück auf dem Sitz; Sie werden Ihren Spaß haben, wenn Sie sich das alles genau ansehen, ich sage Ihnen voraus, es wird ein Genuß für Sie sein. Allein schon die Bordüren da, sehen Sie sich nur die winzige Rebe auf dem roten Grund von ›Der Bär und die Trauben‹[1] an! Das ist noch gezeichnet, was? Sieht die kleine Traube nicht zum Anbeißen aus? Mein Mann behauptet immer, ich mache mir nichts aus Früchten, weil ich weniger esse als er. Aber nein, ich bin im Grunde versessener als irgend jemand darauf, nur muß ich sie nicht in den Mund stecken, um sie zu genießen; ich weide mich mit den Augen daran. Was habt ihr denn alle zu lachen? Fragen Sie den Doktor hier, er kann Ihnen sagen, daß die Trauben da mich purgieren. Andere machen Traubenkuren mit Fontainebleau-Chasselas, mir genügt meine kleine Beauvaiskur. Aber, Monsieur Swann, Sie kommen mir nicht aus dem Haus, ohne daß Sie die kleine Bronzen auf den Rückenlehnen angefaßt haben. Ist sie nicht wie Seide, diese Patina? Nicht so, mit der ganzen Hand. Sie müssen sie richtig befühlen.«

»O Gott, wenn Madame Verdurin anfängt, die Bronzen abzuknutschen, hören wir heute abend keine Musik«, bemerkte der Maler.

»Schweigen Sie, Sie boshafter Mensch. Im Grunde«, fügte sie zu Swann gewendet hinzu, »verbietet man uns Frauen Dinge, die weit weniger lustvoll sind als das. Doch es gibt gar keine menschliche Haut, die den Vergleich damit aushielte! Als Monsieur Verdurin mir noch die Ehre erwies, eifersüchtig zu sein – geh, sei wenigstens höflich und behaupte nicht, du seiest es niemals gewesen...«

»Aber ich habe ja gar nichts gesagt. Doktor, Sie sind mein Zeuge: habe ich etwas gesagt?«

Swann befühlte aus Höflichkeit die Bronzeappliken und wagte nicht, gleich wieder aufzuhören.

»Kommen Sie, Sie können sie später noch streicheln; jetzt wird man Sie streicheln, man wird Sie im Ohr streicheln; Sie haben das sicher gern, stelle ich mir vor; hier dieser junge Mann wird es übernehmen.«

Als aber der junge Pianist gespielt hatte, war Swann noch liebenswürdiger zu ihm als zu allen anderen, und zwar aus folgendem Grund:

Im vorhergehenden Jahr hatte er bei einer Abendgesellschaft eine Komposition für Geige und Klavier gehört.[1] Zunächst hatte ihn nur der materielle Reiz der von den Instrumenten entsandten Töne entzückt, und es war bereits ein großer Genuß für ihn gewesen, als er wahrnahm, wie sich unter der leise, aber beharrlich und gedrängt führenden Stimme der Geige mit tröpfelndem Plätschern plötzlich die vielgestaltigen, doch miteinander verbundenen Stimmen des Klavierparts zu erheben suchten, flach ausgebreitet, aber bewegt wie die malvenfarbene, vom Mondschein verzauberte und in eine weichere Tonart versetzte Erregung der See. Von einem gewissen Augenblick an aber hatte er, ohne daß er, was ihm eigentlich so gefiel, deutlich sich abzeichnen sah oder hätte benennen können, wie verzaubert das Thema[2] oder die Harmonie – er wußte es selber nicht – festzuhalten versucht, die an sein Ohr drang und ihm die Seele auftat, so wie gewisse Rosendüfte in feuchter Abendluft die Eigenschaft haben, die Nasenflügel zu weiten. Vielleicht war es, weil er von Musik nichts verstand, daß er einen so unklaren Eindruck haben konnte, einen jener Eindrücke jedoch, die vielleicht die einzigen rein musikalischen sind, da sie an keine Dimension gebunden, völlig ursprünglich und auf keine andere Kategorie von Sinneseindrücken zurückführbar sind. Ein Eindruck dieser Art ist einen Augenblick lang sozusagen »sine materia«.[3] Zweifellos neigen die einzelnen Töne, die wir hören, je nach Höhe und Stärke dazu, vor unseren Augen Flächen von verschiedener Größe zu bedecken, Arabesken zu beschreiben, Empfindungen von Breite, Schmalheit, Massivität oder spielerischer Leichtigkeit zu vermitteln. Doch die Töne sind schon verrauscht, bevor noch die Empfindungen in uns so deutlich geworden sind, daß sie nicht von denen überflutet würden, die aus den folgenden oder sogar schon zu gleicher Zeit erklingenden entstehen. Und dieser Eindruck würde auch weiterhin mit seinem Fließen und seinen »Abtönungen« die Motive umhüllen, die sich für Augenblicke und kaum sichtbar darüber erheben, um gleich wieder unterzutauchen und darin zu verschwinden, spürbar nur durch die ganz eigene Art von Glück, mit dem sie uns beschenken, unmöglich jedoch zu beschreiben oder zurückzurufen, zu benennen, ganz unsäglich mithin – wenn nicht das Gedächtnis, wie ein Arbeiter, der inmitten der Flut ein dauerhaftes Fundament zu errichten sucht, indem es für uns von diesen flüchtigen Takten ein Faksimile herstellt, es uns ermöglichen würde, sie mit den darauffolgenden zu vergleichen und von ihnen zu unterscheiden. So war auch kaum für Swann der bezaubernde Eindruck vorbei, als sein Gedächtnis auf der Stelle eine summarische und vorläufige Transkription davon vorgenommen hatte, auf die er einen Blick werfen konnte, während das Stück weiterging, so daß der gleiche Eindruck, als er plötzlich wiederkehrte, schon nicht mehr ungreifbar war. Er hielt ihn sich jetzt in seiner Dauer, seiner Symmetrie, gleichsam graphisch dargestellt, in seinem Ausdruckswert vor und hatte damit schon etwas an der Hand, was nicht mehr reine Musik war, sondern Zeichnung, Architektur, etwas Gedankliches, mit dessen Hilfe es möglich ist, sich an Musik zu erinnern. Diesmal hatte er deutlich ein Thema herausgehört, das sich für Augenblicke aus dem Klanggewoge erhob. Es hatte ihm sogleich besondere Wonnen in Aussicht gestellt, von denen er, bis er es hörte, nie etwas geahnt hatte, von denen er auch spürte, daß nur es allein sie ihm würde vermitteln können; er empfand denn auch ihm gegenüber etwas wie eine neuartige Liebe.

In langsamem Rhythmus führte es ihn erst hier, dann dort, dann anderswo einem edlen, unbegreiflichen und doch deutlich bewußten Glück entgegen. Auf einmal aber, an einem bestimmten Punkt angekommen, von dem aus er ihm gerade weiter folgen wollte, wechselte es nach sekundenlangem Zögern jäh die Richtung, und in einer neuen, rasch vorwärtsdrängenden, melancholischen, unermüdlichen, leisen Gangart eilte es ihm voraus, unbekannten Aussichten entgegen. Dann verschwand es ganz. Er wünschte sich leidenschaftlich, ihm noch ein drittes Mal zu begegnen. Und es tauchte auch wirklich wieder auf, doch ohne deutlicher zu ihm zu reden, ja vielleicht sogar, ohne daß es ihm so tiefe Wonne schenkte wie zuvor. Zu Hause angekommen aber hatte er auch weiterhin das größte Verlangen danach verspürt, er war wie ein Mann, dessen Leben eine Vorübergehende, die er nur kurz gesehen hat, mit der Vorstellung von einer neuen Schönheit beschenkt, die seine Empfindungsfähigkeit bereichert, ohne daß er auch nur weiß, ob er die, die er nun schon liebt und deren Namen er nicht einmal kennt, je wiedersehen wird.

Diese Liebe zu einem musikalischen Thema schien in Swann sogar einen Augenblick lang eine Art von Verjüngung bewirken zu können. So lange schon hatte er darauf verzichtet, sein Leben auf ein ideales Ziel zu richten, hatte es vielmehr so ganz auf eine Abfolge von täglich sich erneuernden Befriedigungen abgestellt, daß er, ohne es sich jemals ausdrücklich zu sagen, die Meinung hegte, es werde bis zu seinem Ende immer so weitergehen; ja mehr noch: da er sich im Geiste nicht mehr mit großen Gedanken beschäftigte, hatte er aufgehört, an ihre Realität zu glauben, ohne daß er diese geradezu leugnete. So hatte er die Gewohnheit angenommen, sich in nichtssagende Gedanken zu flüchten, bei denen er den Dingen nicht auf den Grund zu gehen brauchte. Ebenso wie er sich einerseits nicht fragte, ob er vielleicht besser daran getan hätte, sich nicht so völlig der Gesellschaft zu verschreiben, andererseits aber mit Sicherheit wußte, daß er, wenn er eine Einladung angenommen hatte, unbedingt auch hingehen und daß er, wenn er einen Besuch nicht machte, hinterher wenigstens seine Visitenkarte abgeben müsse, so bemühte er sich auch in der Unterhaltung, niemals mit innerer Anteilnahme eine Meinung über die Dinge auszusprechen, sondern nur sachliche Einzelheiten beizusteuern, die für sich selbst sprachen und ihm erlaubten, sich über seine Person selbst auszuschweigen. Er war überaus genau, wenn es sich um ein Kochrezept oder das Geburts- und Todesjahr eines Malers oder den Katalog seiner Werke handelte. Manchmal ließ er sich trotz allem so weit gehen, eine Meinung über ein Werk oder eine Lebensauffassung zu äußern, aber er tat es dann in ironischem Ton, so als stehe er eigentlich nicht ganz zu seinen Worten. Doch wie gewisse kränklich veranlagte Menschen, bei denen plötzlich der Aufenthalt in einer anderen Gegend, eine neue Diät oder manchmal eine unvermittelte, unerklärliche organische Entwicklung einen solchen Rückgang ihrer Krankheit zu bewirken scheinen, daß in ihnen die schon aufgegebene Hoffnung wiederaufflammt, spät doch noch ein ganz neues Leben zu beginnen, so stieß Swann in sich bei der Erinnerung an das Thema, das er gehört hatte, und beim Anhören von ein paar Sonaten, die er sich hatte vorspielen lassen, um zu sehen, ob es nicht darin vorkomme, auf eine jener unsichtbaren Wirklichkeiten, an die er nicht mehr glaubte; und als habe die Musik in der seelischen Verödung, an der er litt, sozusagen die Entstehung neuer Substanz bewirkt, verspürte er von neuem den Wunsch und fast auch die Kraft in sich, seinem Leben neue Weihe zu geben. Da es ihm aber nicht gelungen war, in Erfahrung zu bringen, von wem das Werk, das er gehört hatte, war, hatte er es sich nicht verschaffen können und dann schließlich vergessen. Er hatte wohl im Laufe der Woche ein paar Personen getroffen, die auch an jenem Abend dabeigewesen waren, und sie danach gefragt; doch manche von ihnen waren erst nach dem musikalischen Teil gekommen oder vorher gegangen; manche waren auch da, während die Sonate gespielt wurde, hatten aber während der Zeit in einem anderen Salon die Unterhaltung fortgesetzt, andere waren zwar geblieben, hatten aber nicht mehr als jene gehört. Die Gastgeber selbst wußten, daß es sich um ein neues Werk handelte, das die bei ihnen engagierten Künstler gern hatten spielen wollen; diese selbst befanden sich auf einer Konzertreise, kurz, Swann erreichte nichts. Er hatte viele Freunde, die Musiker waren; aber obwohl er sich den besonderen und nicht wiederzugebenden Genuß in die Erinnerung zurückrufen konnte, den das Thema ihm verschafft hatte, und sein Diagramm deutlich vor sich sah, war er doch außerstande, es ihnen vorzusingen. Schließlich dachte er nicht mehr daran.

Jetzt aber, nur wenige Augenblicke nachdem der junge Pianist bei Madame Verdurin zu spielen begonnen hatte, bemerkte Swann plötzlich nach einem zwei Takte hindurch ausgehaltenen Ton, wie sich etwas aus diesem langgezogenen Klang herausschälte, der sich gleich einem klingenden Vorhang ausbreitete, um das Mysterium der Inkubation zu umhüllen, er sah, wie es näher kam, sich raunend, rauschend herauslöste, und da erkannte er sie wieder, die luft- und duftgetränkte Melodie, die er liebte. Sie war so unverkennbar in ihrem einzigartigen Reiz, der durch nichts zu ersetzen war, daß es Swann vorkam, als habe er in einem befreundeten Salon eine Frau getroffen, die er auf der Straße bewundert und die jemals wiederzusehen er doch nie gehofft hatte. Zuletzt entfernte sie sich, mit liebevollem Eifer den Weg weisend, in den Verzweigungen ihres Duftes; auf Swanns Zügen ließ sie den Widerschein ihres Lächelns zurück. Jetzt aber konnte er nach dem Namen seiner Unbekannten fragen (er erfuhr, dies sei das Andante der Sonate für Violine und Klavier von Vinteuil), er hatte sie in der Hand, er konnte sie bei sich haben, sooft es ihm gefiel, und konnte versuchen, hinter ihre Sprache und ihr Geheimnis zu kommen.

So geschah es, daß Swann, als der Pianist geendet hatte, auf ihn zutrat und ihm auf eine Weise dankte, die in ihrer Lebhaftigkeit Madame Verdurin sehr gefiel.

»Er kann zaubern, nicht wahr?« sagte sie zu Swann; »sagen Sie selbst, kennt er seine Sonate, dieser Bursche da? Sie haben sicher nicht gewußt, daß ein Klavier das hergeben kann. Aber das ist ja wahrhaftig gar kein Klavierspiel mehr, bei Gott! Jedesmal bin ich wieder erstaunt, man meint ein Orchester zu hören. Es ist sogar schöner als Orchester, es ist noch vollkommener.«

Der junge Pianist verbeugte sich; lächelnd und jedes Wort betonend, als äußere er etwas Geistvolles, sagte er:

»Sie sind sehr nachsichtig gegen mich, Madame.«

Während Madame Verdurin zu ihrem Mann sagte: »Geh, hole ihm eine Orangeade, er hat es verdient«, erzählte Swann Odette, wie verliebt er schon lange in dieses kleine Thema sei. Als Madame Verdurin von weitem her bemerkte: »Nun, mir scheint, Odette, Sie bekommen da sehr schöne Dinge zu hören«, und diese erwiderte: »Ja, sehr schöne«, war Swann von ihrer Schlichtheit entzückt. Indessen erkundigte er sich nun nach Vinteuil, seinem Werk, der Lebensepoche, in der er diese Sonate komponiert habe, und was das kleine Thema wohl für ihn bedeutet haben mochte; besonders das letztere wollte er sehr gern wissen.

Doch alle diese Leute, die behaupteten, diesen Komponisten zu bewundern (als Swann gesagt hatte, seine Sonate sei wirklich schön, hatte Madame Verdurin laut ausgerufen: »Das glaube ich, daß sie schön ist! Aber man darf überhaupt nicht eingestehen, daß man die Sonate von Vinteuil nicht kennt, man hat kein Recht, sie nicht zu kennen«, und der Maler hatte hinzugesetzt: »Ah, ja! Das ist ein tolles Ding, nicht wahr? Nicht, was überall ›zieht‹ und ›gut und teuer‹ ist, nicht wahr? aber für einen Künstler wirklich ein starker Eindruck«) – diese Leute schienen sich solche Fragen niemals gestellt zu haben, denn sie waren außerstande, darauf Antwort zu geben.

Swann machte noch eine oder zwei Bemerkungen über sein Lieblingsthema.

»Was Sie nicht sagen«, meinte Madame Verdurin, »das ist ja amüsant. Ich habe nie darauf achtgegeben: ich muß Ihnen auch gestehen, ich selbst lege keinen Wert darauf, mich in solche Spitzfindigkeiten zu verlieren; wir verlieren hier unsere Zeit nicht mit Haarspaltereien, das ist nicht der Stil des Hauses.« Doktor Cottard folgte ihr, wie sie sich inmitten dieses Stroms von geläufigen Redensarten erging, mit seliger Bewunderung und lernbegierigem Eifer. Im übrigen hüteten er und Madame Cottard sich mit jenem gesunden Sinn, wie ihn auch gewisse Menschen aus dem einfachen Volk besitzen, eine Meinung zu äußern oder Bewunderung zu heucheln, wo es sich um eine Musik handelte, von der sie sich gegenseitig, wenn sie wieder zu Hause waren, eingestehen mußten, daß sie sie ebensowenig verstanden wie die Malerei dieses »Monsieur Biche«. Da das Publikum von dem Charme, der Anmut, den Formen der Natur nur kennt, was sie den Clichés einer langsam verdauten Kunst verdankt, und jeder originale Künstler zuerst einmal diese Clichés verwirft, fanden Monsieur und Madame Cottard als echte Vertreter des Publikums an der Sonate von Vinteuil oder den Porträts des Malers nichts von dem, was für sie den Wohlklang der Musik oder die Schönheit der Malerei ausmachte. Wenn der

Pianist die Sonate spielte, so schien es ihnen, als bringe er auf dem Klavier nur willkürlich Töne hervor, die nicht eine Abfolge der Bewegungen darstellten, an die ihr Ohr gewöhnt war, und als setze der Maler seine Farben auf die Leinwand nur, wie es gerade kam. Wenn sie auf seinen Bildern eine Figur erkannten, so fanden sie sie klobig und gewöhnlich (das heißt, sie vermißten daran die Eleganz jener Schule der Malerei, mit deren Augen sie sogar auf der Straße die Menschen betrachteten) und nicht der Wahrheit entsprechend, als wisse Monsieur Biche nicht, wie eine Schulter gebaut und daß das Haar der Frauen nicht malvenfarben ist.

Als die Getreuen sich wieder zerstreut hatten, hielt der Doktor nun aber doch die Gelegenheit für gekommen, und während Madame Verdurin ein abschließendes Wort über die Sonate von Vinteuil sagte, machte er es wie ein unerfahrener Schwimmer, der sich der Übung halber ins Wasser stürzt, aber lieber einen Augenblick wählt, wo nicht viele Leute da sind:

»Dann ist er also, was man einen Musiker ›di primo cartello‹[1] nennt!« rief er in jäher Entschlossenheit aus.

Swann brachte nichts weiter heraus, als daß die erst vor kurzem erschienene Sonate von Vinteuil bei den Anhängern einer sehr fortschrittlichen Schule großen Eindruck gemacht habe, beim großen Publikum aber völlig unbekannt sei.

»Ich kenne allerdings jemanden, der Vinteuil heißt«, sagte Swann im Gedanken an den Klavierlehrer meiner Großtanten.

»Das ist er vielleicht?« rief Madame Verdurin.

»O nein«, gab Swann lachend zurück. »Hätten Sie ihn zwei Minuten gesehen, würden Sie sich diese Frage nicht stellen.«

»Heißt dann die Frage stellen sie auch beantworten?« bemerkte der Doktor dazu.

»Aber er könnte ein Verwandter sein«, fuhr Swann in seiner Betrachtung fort. »Das wäre allerdings traurig genug, aber schließlich kann ein Genie einen Vetter haben, der ein alter Esel ist. Wenn das stimmte, würde ich freilich kein Opfer scheuen, damit der alte Esel mich dem Schöpfer der Sonate vorstellte; das erste bestände gleich darin, den Alten aufzusuchen, das wäre an sich schon arg genug.«

Der Maler wußte zu berichten, Vinteuil sei zur Zeit sehr krank und Doktor Potain fürchte, ihn nicht retten zu können.

»Was?« rief Madame Verdurin, »es gibt also wirklich noch Leute, die sich von Potain behandeln lassen?«

»Madame Verdurin«, gab Cottard in affektiertem Ton zu bedenken, »Sie vergessen, daß Sie von einem meiner Kollegen sprechen, einem meiner Lehrer sogar, wenn ich so sagen darf.«

Der Maler hatte gehört, Vinteuil sei von geistiger Umnachtung bedroht, und behauptete, man merke das auch an gewissen Stellen seiner Sonate. Swann fand diese Bemerkung nicht unbedingt abwegig, doch sie störte ihn, denn da reine Musik keine der logischen Beziehungen enthält, deren Verwirrung in der Sprache auf Wahnsinn hinweist, kam ihm der in einer Sonate festgestellte Wahnsinn ebenso unfaßbar vor wie der einer Hündin oder eines Pferdes, der aber doch tatsächlich vorkommt.

»Lassen Sie mich doch mit Ihren Lehrern zufrieden, Sie wissen zehnmal soviel wie er«, antwortete Madame Verdurin dem Doktor im Tone einer Person, die den Mut ihrer Überzeugung besitzt und tapfer allen denen entgegentritt, die nicht der gleichen Ansicht sind wie sie. »Sie bringen wenigstens Ihre Patienten nicht um!«

»Aber Madame Verdurin, er ist Mitglied der Akademie«, entgegnete der Doktor in ironischem Ton. »Wenn ein Patient nun einmal lieber von der Hand eines Fürsten der Wissenschaft stirbt... Es ist doch viel eleganter, wenn man sagen kann: ›Ich werde von Potain behandelt.‹«

»Ach nein, eleganter ist das?« fragte Madame Verdurin. »Dann trägt man jetzt also auch Eleganz bei Erkrankungen, ja? Das wußte ich noch nicht... Nein, wie furchtbar komisch!« rief sie plötzlich aus und verbarg das Gesicht in den Händen. »Und ich arglose Person unterhalte mich darüber allen Ernstes mit Ihnen und merke nicht einmal, daß Sie mich zum besten halten.«

Verdurin, der es zu anstrengend fand, wegen einer solchen Kleinigkeit zu lachen, begnügte sich mit einem kräftigen Zug an seiner Pfeife und dachte kummervoll bei sich, daß es für ihn eben ganz unmöglich sei, in puncto Liebenswürdigkeit es seiner Frau gleichzutun.

»Sie müssen wissen«, sagte Madame Verdurin zu Odette in dem Augenblick, als diese sich verabschiedete, »Ihr Freund gefällt uns sehr. Er ist so schlicht, so reizend; wenn Sie immer nur solche Freunde vorzustellen haben, bringen Sie sie ruhig mit.«

Verdurin gab zu bedenken, daß er wenig Wertschätzung für die Tante des Pianisten gezeigt habe.

»Er hat sich hier bei uns noch etwas fremd gefühlt, dieser Mann« meinte Madame Verdurin, »du kannst ja nicht verlangen, daß er das erste Mal schon den Ton des Hauses trifft wie Cottard, der seit Jahren zu unserem ›kleinen Clan‹ gehört. Das erste Mal zählt noch nicht, außer um Fühlung zu nehmen. Odette, es ist abgemacht, daß er uns morgen im Châtelet[1] trifft. Holen Sie ihn nicht vielleicht ab?«

»Ach nein, er möchte das nicht.«

»So, na ja! Wie Sie wollen. Hauptsache, daß er uns nicht im letzten Augenblick versetzt.«

Zur großen Verwunderung von Madame Verdurin

versetzte er sie nie. Er traf sich mit ihnen an jedem beliebigen Ort, manchmal in Gaststätten der Banlieue, die man noch wenig besuchte, denn es war noch zu früh im Jahr, häufiger im Theater, dem Madame Verdurin sehr zugetan war, und als sie eines Tages bei sich zu Hause in seiner Gegenwart bemerkte, daß sie für die Premieren- und Galaabende gut einen Passierschein brauchen könnten und einen solchen zum Beispiel bei der Beerdigung von Gambetta[1] sehr vermißt hätten, erklärte Swann, der niemals von seinen glanzvollen Beziehungen sprach, sondern nur von seinen minder erlesenen, die zu verschweigen ihm nicht sehr taktvoll erschienen wäre und unter die er sich im Faubourg Saint-Germain angewöhnt hatte auch jene zu zählen, die er in Regierungskreisen besaß:

»Mein Wort, ich kümmere mich darum. Sie haben ihn bestimmt rechtzeitig für die Wiederaufnahme von *Les Danicheffs*[2], ich esse morgen mit dem Polizeipräfekten im Élysée zu Mittag.«

»Wie das, im Élysée?« rief Doktor Cottard mit dröhnender Stimme aus.

»Ja, bei Monsieur Grévy[3]«, antwortete Swann etwas unangenehm berührt durch die Wirkung, die seine Worte ausgelöst hatten.

Der Maler wandte sich dem Doktor zu und fragte in witzig gemeintem Ton:

»Haben Sie das oft?«

Im allgemeinen pflegte Cottard, wenn er die gewünschte Erklärung erhalten hatte, nur zu sagen: »Ach so! Schon gut, schon gut!« und sich wieder rasch zu beruhigen. Diesmal aber verschafften ihm Swanns letzte Worte nicht die übliche Beschwichtigung, sondern versetzten ihn in geradezu maßloses Staunen darüber, daß ein Mann, mit dem er zu Abend aß, ein Mann, der weder Amt noch Würden besaß, mit dem Staatsoberhaupt verkehrte.

»Wie das, Monsieur Grévy? Ja, kennen Sie ihn denn?« fragte er Swann mit der verdutzten und ungläubigen Miene eines Schutzpolizisten, von dem ein Unbekannter verlangt, er wolle zum Präsidenten der Republik geführt werden, und der bei diesen Worten merkt, »mit wem er es zu tun hat«, wie die Journalisten sagen würden, und dem armen Irren erklärt, er werde gleich empfangen werden, um ihn statt dessen in die Krankenabteilung des Untersuchungsgefängnisses zu geleiten.

»Ja, einigermaßen schon, wir haben gemeinsame Freunde (er wagte nicht zu sagen, daß es sich dabei um den Prinzen von Wales handelte); im übrigen ist es ganz leicht, bei ihm eingeladen zu werden, und ich kann Ihnen nur sagen, daß diese Dejeuners nicht sehr amüsant sind; übrigens geht es sehr einfach dabei zu, es sind nie mehr als acht Personen zum Essen geladen«, antwortete Swann, der sich bemühte, den offenbar allzu lebhaften Glanz etwas abzuschwächen, den in den Augen seines Gesprächspartners Beziehungen zum Präsidenten der Republik zu besitzen schienen.

Cottard hielt sich denn auch an Swanns Worte und machte sich sofort die Meinung zu eigen, daß eine Einladung bei Monsieur Grévy nichts Besonderes, vielmehr »gang und gäbe« sei. Auf der Stelle wunderte er sich gar nicht mehr, daß Swann ebensogut wie irgendein anderer ins Élysée zum Essen ging, und bedauerte ihn sogar gewissermaßen, daß er an Dejeuners teilnehmen müsse, die nach Aussage des Eingeladenen selbst offenbar langweilig waren.

»Ach so, aha, schon gut, schon gut!« sagte er im Ton eines Zollbeamten, der eben noch argwöhnisch war, aber nach Abgabe der nötigen Erklärung sein Placet erteilt und den Reisenden passieren läßt, ohne ihn seine Koffer öffnen zu lassen.

»Ja, das kann ich mir vorstellen, daß diese Mittagseinladungen langweilig sind, es ist wirklich rührend von Ihnen, daß Sie das auf sich nehmen«, sagte Madame Verdurin, der der Präsident der Republik als ein besonders gefährlicher Langweiler erschien, da er über Lockungen und Zwangsmittel verfügte, die, auf ihre Getreuen angewendet, sie möglicherweise dazu bringen würden, die Verdurins zu versetzen. »Es heißt, er sei stocktaub und esse mit den Fingern.«

»Dann muß es allerdings kein großes Vergnügen sein, dort hinzugehen«, sagte der Doktor mit einem Einschlag von Mitleid; als ihm dann noch einmal die Zahl von acht Geladenen einfiel, setzte er hinzu: »Das sind also sozusagen ›intime‹ Déjeuners, nicht wahr?« Er fragte das mit einer Lebhaftigkeit, bei der der Eifer des Linguisten die Neugier des Gaffers übertraf.

Doch das Prestige, das der Präsident der Republik in seinen Augen besaß, triumphierte doch sowohl über Swanns Bescheidenheit wie auch über die Boshaftigkeit der Verdurins, denn bei jedem Abendessen warf künftig Cottard interessiert die Frage auf: »Werden wir heute abend Monsieur Swann in unserer Mitte sehen? Er ist persönlich mit Monsieur Grévy bekannt. Offenbar ist er, was man einen Gentleman nennt?« Er ging sogar so weit, ihm eine Einladungskarte zu der Ausstellung für Zahnheilkunde anzubieten.

»Sie können mitbringen, wen Sie wollen, nur Hunde sind ausgeschlossen. Sie müssen verstehen, ich sage das, weil ich Freunde habe, die es nicht wußten und sich schwer in den Finger geschnitten haben.«

Monsieur Verdurin wiederum bemerkte, wie übel sich die Entdeckung auf seine Frau auswirkte, daß Swann einflußreiche Freunde besaß, die er noch nie erwähnt hatte.

War nichts außer Hause arrangiert, traf Swann den kleinen Kreis gewöhnlich bei den Verdurins selber an, er kam allerdings nur abends und fast nie schon zum Essen, obwohl Odette ihn häufig darum bat.

»Ich könnte sogar allein mit Ihnen essen, wenn Ihnen das lieber wäre«, sagte sie.

»Und Madame Verdurin?«

»Ach, nichts ist leichter als das. Ich brauche ihr nur zu sagen, mein Kleid sei nicht fertig gewesen oder mein Cab[1] sei erst später gekommen. Da findet man doch immer was.«

»Wie nett Sie sind.«

Doch Swann sagte sich, daß Odette, wenn sie (dadurch, daß er immer erst bereit war, sie nach dem Abendessen zu treffen) merkte, er habe noch andere Vergnügungen, die er dem Zusammensein mit ihr vorziehe, seiner auf lange Zeit hinaus nicht müde werden würde. Außerdem war es ihm bedeutend lieber, den Beginn des Abends mit einer jungen Arbeiterin zu verbringen, die, frisch und blühend wie eine Rose, an Schönheit in seinen Augen Odette bei weitem übertraf und in die er verliebt war, als mit ihr, die er ja ohnehin noch hinterher sehen würde. Aus dem gleichen Grund wollte er nie, daß Odette ihn zu den Verdurins abholen kam. Die junge Arbeiterin wartete auf ihn an einer Straßenecke, die Rémi, der Kutscher, kannte; sie stieg zu Swann ein und blieb in seinen Armen bis zu dem Augenblick, wo der Wagen bei den Verdurins hielt. Sobald er eintrat und Madame Verdurin, indem sie auf die Rosen zeigte, die er ihr am Morgen geschickt hatte, sagte: »Ich bin Ihnen ernstlich böse« und ihm einen Platz neben Odette anwies, pflegte der Pianist für sie beide das kleine Thema aus der Sonate von Vinteuil zu spielen, das gleichsam die Nationalhymne ihrer Liebe war. Er begann mit dem anhaltenden Tremolo der Geige, das man ein paar Takte lang ohne Begleitung hört und das ganz im Vordergrund steht; dann auf einmal schien es einen Durchblick zu gewähren, wie auf den Bildern von Pieter de Hooch der enge Rahmen einer Tür neue Perspektiven eröffnet; in der Ferne, in ganz anderem Ton und im samtigen Schein eines seitlich einfallenden Lichts tauchte die kleine Melodie dann auf, bukolisch, wie ein episodisches Zwischenspiel aus einer anderen Welt. Sie schritt im schlichten Faltengewand der Unsterblichen hin und teilte die Gaben ihrer Anmut mit demselben unsagbaren Lächeln aus; doch glaubte Swann darin jetzt einen Anflug von leiser Enttäuschung zu spüren. Sie schien die Eitelkeit des Glücks zu kennen, zu dem sie doch die Wege wies. In ihrer lichten Grazie lag etwas Abgeschlossenes wie in der zarten Gelöstheit, die auf die Trauer folgt. Doch es machte ihm nichts aus, er sah sie weniger für sich – in dem, was sie für einen Musiker bedeuten konnte, der von ihm und von Odette nichts wußte, als er sie schuf, oder für alle anderen, die sie in Hunderten von Jahren hören würden –, vielmehr als ein Unterpfand und Erinnerungszeichen seiner Liebe, das selbst die Verdurins und den jungen Pianisten an Odette und gleichzeitig an ihn denken ließ und damit ein gemeinsames Band um sie beide schlang; so hatte er denn auch, da Odette ihn aus einer Laune heraus darum gebeten hatte, auf seinen Plan verzichtet, sich von einem Künstler die ganze Sonate vorspielen zu lassen, von der er immer nur die eine Stelle kannte. »Wozu brauchen Sie das übrige?« hatte sie gefragt. »Dies hier ist *unser* Stück.« Und da er darunter litt, daß das Thema in dem Augenblick, wo es so nah und doch auf dem Weg ins Unendliche an ihnen vorüberschritt, sich an sie wendete, ohne sie doch zu kennen, bedauerte er sogar beinahe, daß es eine Eigenbedeutung, eine ihm innewohnende unverrückbare Schönheit ganz unabhängig von ihnen besaß, so wie man bei geschenktem Schmuck oder sogar den von einer geliebten Frau geschriebenen Briefen dem reinen Wasser des Steins oder den Wörtern der Sprache grollt, weil sie nicht ausschließlich aus dem Stoff einer flüchtigen Verbindung und eines bestimmten Wesens hervorgegangen sind.

Häufig geschah es, daß er sich, bevor er bei den Verdurins eintraf, so sehr mit der jungen Arbeiterin verspätet hatte, daß, kaum war das kleine Thema unter den Händen des Pianisten verklungen, für Odette die Stunde des Aufbruchs kam. Er brachte sie bis zu der Tür ihres Hauses in der Rue La Pérouse[1] hinter dem Arc de Triomphe. Und vielleicht deshalb, um nicht alle Gunst von ihr zu erbitten, opferte er das für ihn weniger notwendige Vergnügen, sie schon früher zu sehen und bereits mit ihr zusammen bei den Verdurins zu erscheinen, der Ausübung des Rechts, das sie ihm zuerkannte, mit ihr gemeinsam aufzubrechen, das ihm wichtiger schien, weil er dadurch das Gefühl haben durfte, daß niemand sie mehr sähe und sich zwischen sie und ihn stellen oder sie hindern könnte, noch länger mit ihm zusammenzusein, wenn er sie verlassen hatte.

So kehrte sie immer in Swanns Wagen heim; eines Abends, als sie ausgestiegen war und er sich verabschiedete bis zum nächsten Tag, hatte sie rasch in dem kleinen Vorgarten eine letzte Chrysantheme gepflückt und ihm gereicht, bevor er weiterfuhr. Er hielt sie während der Heimfahrt an die Lippen gepreßt, und als nach ein paar Tagen die Blume welk geworden war, verwahrte er sie behutsam in seinem Sekretär.

Doch niemals ging er mit zu ihr. Zweimal nur hatte er nachmittags an der Haupt- und Staatsaktion teilgenommen, die für sie der »Tee« bedeutete. Die Stille und Leere jener kurzen Straßen (die fast alle aus kleinen aneinanderstoßenden Privathäusern bestanden, deren Einförmigkeit unvermittelt von irgendeinem düsteren Kramladen unterbrochen wurde, der als ein beschämender Überrest Zeugnis von jenen entschwundenen Zeiten ablegte, wo dies noch ein übelbeleumdetes Viertel war), der Schnee, der noch im Garten und auf den Bäumen lag, die Schmucklosigkeit der Jahreszeit, die Nähe der Natur gaben der Wärme, den Blumen, die den Eintretenden begrüßten, etwas um so Geheimnisvolleres.

An dem links im Hochparterre gelegenen Schlafzimmer Odettes vorbei, dessen Rückseite auf eine kleine Parallelstraße ging, führte eine gerade Treppe zwischen dunkel gestrichenen Wänden, von denen orientalische Stoffe, türkische Rosenkränze und an einer Seidenschnur eine große japanische Laterne (die aber, um den Besuchern nicht die letzten Errungenschaften der Zivilisation vorzuenthalten, eine Gaslampe enthielt) herunterhingen, zum Salon und zum kleinen Salon hinauf.[1] Vor ihnen lag ein kleiner Garderobenraum, an dessen von einem Gartenspalier – allerdings einem vergoldeten – überzogener Wand in ihrer ganzen Länge ein rechteckiger Blumenkasten entlanglief, in dem wie in einem Treibhaus jene großblumigen Chrysanthemen blühten, die zu jener Zeit noch selten waren, allerdings weit hinter denen zurückblieben, die die Kunst der Gärtner später erzielt hat. Swann ärgerte sich über die seit dem vorigen Jahr andauernde Mode dieser Blumen, doch diesmal hatte er Gefallen daran gefunden zu sehen, wie das Halbdunkel des Raums von den duftenden Strahlen dieser kurzlebigen, während der grauen Tage aufleuchtenden Sterne in rosigen, orangenfarbenen und weißen Streifen aufgehellt wurde. Odette hatte ihn in einem Hausgewand aus rosa Seide, das den Hals und die Arme freiließ, empfangen. Sie hatte ihn auf einen Sitz neben sich in eine jener zahlreichen geheimnisvollen Nischen gezogen, die in den Einbuchtungen des Salons eingerichtet waren und von riesigen Palmen in Übertöpfen aus chinesischem Porzellan oder von Wandschirmen mit angehefteten Photographien, Bandschleifen und Fächern gebildet wurden. Dann hatte sie zu ihm gesagt: »Sie sitzen noch nicht gut, warten Sie, ich mache es Ihnen schon bequem«, und mit einem kleinen selbstzufriedenen Lächeln, als führe sie eine ganz neue eigene Erfindung vor, schob sie hinter Swanns Kopf und unter seine Füße Kissen aus Japanseide, die sie vorher zurechtknüllte, so als verschwende sie absichtlich diese Schätze ohne Rücksicht auf ihren Wert. Als dann aber der Diener gekommen war und nacheinander die zahlreichen Lichter gebracht hatte, die, fast alle in chinesischen Vasen eingeschlossen, einzeln oder zu zweien auf verschiedenen Möbeln wie auf Altären alle ihren Schimmer verbreiteten, so daß in dem schon beinahe nächtlichen Dunkel des Winternachmittags ein um so dauerhafterer, rosigerer und menschlicherer Sonnenuntergang wieder zum Vorschein kam – vielleicht ließen sie auch in irgendeinem Verliebten, der unten auf der Straße vor dem Geheimnis dieser von den erhellten Fenstern gleichzeitig enthüllten und verborgenen Gegenwart stand, Träume aufsteigen –, hatte sie mit strengen Seitenblicken ihren dienstbaren Geist überwacht, um zu sehen, ob er auch jedes auf seinen rituellen Platz niedersetzte. Sie meinte, wenn auch nur ein einziges nicht an der richtigen Stelle sei, werde der Gesamteindruck ihres Salons zerstört und ihr Porträt, das auf einer schrägen, mit Plüsch drapierten Staffelei stand, nicht das rechte Licht erhalten. So folgte sie fieberhaft den Bewegungen des derben Burschen und gab lebhaft ihrem Unwillen Ausdruck, weil er zu nahe an zwei großen Blumenschalen vorbeigestreift war, die sie aus Angst, man könne sie beschädigen, selbst zu reinigen pflegte und die sie gleich darauf untersuchen ging, um zu sehen, ob er auch nicht etwa eine Ecke abgestoßen habe. Sie fand die Formen aller ihrer chinesischen Nippesfiguren »amüsant«, ebenso die der Orchideen und auch der Cattleyas, die neben den Chrysanthemen ihre Lieblingsblumen waren, weil sie den großen Vorzug besaßen, nicht wie Blumen auszusehen, sondern als wären sie aus Seide oder Atlas gemacht.[1] »Die da sieht aus, als wäre sie aus meinem Mantelfutter ausgeschnitten«, sagte sie zu Swann, indem sie auf eine Orchidee zeigte, und zwar mit einer gewissen Hochachtung vor einer Blume, die derartig »schick« war, dieser eleganten, völlig unerwartet von der Natur ihr zum Geschenk gemachten Schwester, die auf der Stufenleiter der Schöpfung so weit von ihr entfernt war und doch so raffiniert, würdiger als viele Frauen, einen Platz in ihrem Salon zu erhalten. Sie zeigte ihm nacheinander feuerzüngige Drachen auf einem Porzellangefäß oder einem gestickten Wandschirm, die Blütenblätter eines Orchideenstraußes, ein Dromedar aus Silber mit schwarzer Emailauflage und eingesetzten Rubinenaugen, das auf ihrem Kamin mit einer Kröte aus Jade gute Nachbarschaft hielt, und tat abwechselnd so, als habe sie Angst vor dem bösen Ausdruck des einen oder als lache sie über das groteske Aussehen des anderen Untiers, als erröte sie über die Indezenz der Blumen oder als hege sie ein unwiderstehliches Verlangen, das Dromedar oder die Kröte zu küssen, die sie »einfach süß« fand. Diese affektierten Gefühlsäußerungen standen in merkwürdigem Gegensatz zu Regungen aufrichtiger Verehrung, zum Beispiel für die Madonna di Laghetto[2], die sie vormals, als sie in Nizza wohnte, von tödlicher Krankheit geheilt habe, deren Bild sie immer in Gestalt eines Goldmedaillons auf sich trug, das sie für grenzenlos wundertätig hielt. Odette bereitete Swann »seinen« Tee und fragte ihn: »Zitrone oder Rahm?« Als er »Rahm« antwortete, setzte sie lachend hinzu: »Aber nur einen Tropfen!« Und da er ihn für gut befand, sagte sie: »Sehen Sie, ich weiß, was Sie mögen.« Tatsächlich war dieser Tee Swann wie ihr selbst als etwas Köstliches erschienen, und die Liebe hat so sehr das Bedürfnis, sich eine Rechtfertigung und eine Garantie ihrer Dauer zu verschaffen durch Vergnügungen, die doch ohne sie keine solchen wären und mit ihr wieder aufhören, es zu sein, daß er, als er sie um sieben Uhr verlassen hatte, um sich zu Hause umzuziehen, während der Fahrt in seinem Wagen in dem Übermaß an Freude, die dieser Nachmittag ihm bereitet hatte, sich mehr als einmal sagte: Es müßte wirklich sehr angenehm sein, so eine nette Person ganz für sich zu haben, bei der man etwas so Seltenes fände wie einen wirklich guten Tee. Eine Stunde später erhielt er ein Wort von Odette; er erkannte gleich ihre große Schrift, in der eine gewisse affektierte englische Steifheit den formlosen Buchstaben – in denen vielleicht ein weniger voreingenommener Blick die Unordnung der Gedanken, die unzulängliche Erziehung, den Mangel an Offenheit und klarem Willen erkannt hätte – einen Anschein von Disziplin verlieh. Swann hatte sein Zigarettenetui bei Odette vergessen. »Warum haben Sie nicht auch Ihr Herz bei mir liegen lassen, ich hätte Ihnen nicht erlaubt, es sich wiederzuholen.«

Ein zweiter Besuch, den er ihr machte, war vielleicht noch bedeutungsvoller. Als er an diesem Tag zu ihr ging, versuchte er wie jedesmal im voraus sie sich vorzustellen, und der Zwang, in dem er sich befand, ihr Gesicht hübsch zu finden, ihre Wangen, die so oft gelblich, schlaff und sogar mit kleinen roten Flecken übersät waren, nur auf den oberen straffen und rosigen Teil zu beschränken, stimmte ihn traurig als ein Beweis dafür, daß das Ideal unerreichbar und das Glück mittelmäßig sei. Er brachte ihr einen Stich mit, den sie zu sehen wünschte. Sie fühlte sich nicht recht wohl und empfing ihn in einem malvenfarbenen Morgenrock aus Crêpe de Chine, dessen reichbestickten Stoff sie wie einen Umhang über der Brust zusammenhielt. Wie sie so neben ihm stand, ihr gelöstes Haar offen über ihre Wange gleiten ließ, das eine Knie in beinahe tänzerischer Pose leicht anhob, um sich bequemer über den Stich beugen zu können, auf den sie mit geneigtem Kopf ihren, wenn er sich nicht belebte, so müden und verdrossenen Blick richtete, da fiel es Swann plötzlich auf, daß sie auf frappante Weise der Gestalt Sephoras, der Tochter Jethros auf einer der Fresken in der Sixtinischen Kapelle glich.[1] Swann hatte schon immer die Neigung gehabt, in den Bildern der großen Meister nicht nur in allgemeinen Zügen die uns umgebende Wirklichkeit wiederzuerkennen, sondern auch gerade das, was am wenigsten allgemein zu sein scheint, nämlich die individuellen Züge der ihm bekannten Gesichter: so in einer Bildnisbüste des Dogen Pietro Loredan von Antonio Rizzo[2] die vorspringenden Backenknochen, die schräg gestellten Brauen, kurz das schlagende Abbild seines Kutschers Rémi; mit den Farben Ghirlandaios fand er die Nase des Monsieur de Palancy[3] dargestellt, in einem Porträt Tintorettos[4] das Vordringen der ersten Backenbarthaare in die füllige Wange, dann die gequetschte Nase, den durchdringenden Blick, die verschwollenen Lider des Doktors du Boulbon. Vielleicht war es so, daß er im Grunde immer irgendwie bedauert hatte, sein Leben ganz auf das Gesellschaftliche und die Konversation beschränkt zu haben, und nun eine Art Ablaß von seiten der großen Künstler in der Tatsache fand, daß auch sie Gesichter mit Vergnügen betrachtet und in ihr Werk aufgenommen hatten, die diesem ein besonderes Attest von Wirklichkeit und Leben und den Reiz des Modernen geben; vielleicht aber hatte er sich auch so sehr von der Frivolität der mondänen Kreise erfassen lassen, daß er das Bedürfnis verspürte, in einem alten Kunstwerk solche vorgreifenden und verjüngenden Anspielungen auf ganz bestimmte Persönlichkeiten unserer Tage zu erkennen. Oder aber er hatte vielleicht so weit die Künstlernatur in sich bewahrt, daß individuelle charakteristische Züge ihm um so größeres Vergnügen bereiteten, wenn sie eine allgemeinere Bedeutung bekamen, sobald er sie nämlich isoliert, von allen Voraussetzungen befreit in der Ähnlichkeit eines älteren Bildniswerkes mit einem Original erkannte, das es gar nicht darstellte. Wie dem auch sei, und vielleicht gerade weil die Fülle der Eindrücke, von denen er seit einiger Zeit bewegt wurde, eine Fülle, die ihm aber eher aus der Liebe zur Musik erwachsen war, sogar seine Neigung zur Malerei neu belebt hatte, war sein Vergnügen tiefer, und es sollte auf Swann einen nachhaltigen Einfluß ausüben, das Vergnügen, das er in diesem Augenblick in der Ähnlichkeit Odettes mit der Sephora jenes Sandro di Mariano fand, dem man eher seinen geläufigen Beinamen Botticelli gibt, seit dieser an Stelle des wahren Werkes dieses Malers die banale und falsche Vorstellung, die man sich gemeinhin von ihm macht, heraufbeschwört. Er schätzte jetzt Odettes Gesicht nicht mehr nach der mehr oder weniger guten Beschaffenheit ihrer Wangen und nach der rein fleischlichen Weichheit ein, die er, wenn er sie mit seinen Lippen berührte, spüren zu müssen annahm, falls er es überhaupt je wagen sollte, sie zu küssen, sondern als ein meisterhaft geführtes, schönes Linienwerk, dem seine Blicke folgten, indem sie seine verwickelten Kurven von der Neigung des Nackens bis zum Ansatz des fließenden Haares und der Wölbung der Augenlider begleiteten wie in einem Porträt von ihr, das ihren Typus erst klar und verständlich herausgestellt hätte.

Er betrachtete sie; ein Freskenfragment bot sich in ihrem Antlitz und ihrem Körper dar, das er von da an immer darin wiederzuerkennen suchte, wenn er bei Odette war oder wenn er auch nur an sie dachte, und obwohl er auf das florentinische Meisterwerk zweifellos nur solchen Wert legte, weil er es in ihr wiederfand, so übertrug doch diese Ähnlichkeit auch auf sie eine besondere Schönheit und ließ sie noch kostbarer erscheinen. Swann machte sich Vorwürfe, den Rang eines Wesens verkannt zu haben, das dem großen Sandro anbetungswürdig erschienen wäre, und er beglückwünschte sich, daß das Vergnügen, das er bei Odettes Anblick empfand, in seiner eigenen ästhetischen Bildung eine Rechtfertigung fand. Er sagte sich, daß er, indem er Odette mit seinen Träumen von Glück assoziierte, sich nicht mit einem so unvollkommenen Notbehelf abfand, wie er zunächst gemeint hatte, da diese Ideenverbindung seinen raffiniertesten Kunstansprüchen entgegenkam. Er vergaß dabei, daß Odette dadurch keineswegs zu einer Frau wurde, die seinem Verlangen eher entsprach, da sein Verlangen ja gerade immer in einem seinen ästhetischen Neigungen ganz entgegengesetzten Sinn ausgerichtet war. Die Bezeichnung »florentinisches Meisterwerk« erwies Swann einen überaus großen Dienst. Sie erlaubte ihm, Odettes Bild in eine Welt der Träume hineinzunehmen, zu der es bislang keinen Zugang gehabt hatte und in der es eine Veredelung erfuhr. Und während der rein körperliche Aspekt, unter dem ihm diese Frau erschienen war, seine Zweifel hinsichtlich der Vorzüge ihres Gesichts, ihres Körpers, ihrer Schönheit schlechthin unaufhörlich von neuem genährt und seine Liebe abgeschwächt hatte, wurden diese Zweifel hinfällig und seine Liebe befestigt, als sie sich auf die Gegebenheiten einer gesicherten Ästhetik stützen konnte, ganz zu schweigen davon, daß Kuß und Umarmung, die nur als etwas Natürliches und Mittelmäßiges erscheinen, wenn eine Frau mit welkenden Reizen sie gewährt, nun, wo sie zur Krönung der anbetenden Bewunderung für ein Museumsstück wurden, für ihn etwas Übernatürliches und Köstliches bekamen.

Wenn er sich versucht fühlte zu bedauern, daß er seit Monaten nichts anderes mehr trieb, als sich mit Odette zu treffen, sagte er sich jedesmal, daß er recht hatte, seine Zeit einem unschätzbaren Kunstwerk zu widmen, das einmal ausnahmsweise aus einem anderen und besonders ansprechenden Stoff gefertigt war, ein äußerst seltenes Exemplar, dem er bald mit der Demut, dem rein geistigen Interesse und der Selbstlosigkeit des Künstlers, bald mit dem Egoismus, dem Stolz und der Begehrlichkeit des Sammlers huldigte.

Wie eine Photographie von Odette stellte er auf seinem Arbeitstisch eine Reproduktion der Tochter Jethros auf. Er bewunderte die großen Augen, das zarte Gesicht, das auf die Unvollkommenheit der Haut schließen ließ, das Haar, das in herrlichen Locken an den müden Wangen niederglitt, und indem er das, was er bislang im rein ästhetischen Sinne schön gefunden hatte, auf die Vorstellung von einer lebenden Frau übertrug, machte er körperliche Vorzüge daraus, die in einem Wesen vereinigt zu finden, das er besitzen konnte, er sich beglückwünschte. Aus der unbestimmten Sympathie, die uns zu einem Meisterwerk hinzieht, das wir betrachten, wurde nun, da er das fleischgewordene Original der Tochter Jethros kannte, ein Verlangen, wie es Odettes Körper ihm zunächst nicht hatte einflößen können. Wenn er den Botticelli lange genug betrachtet hatte, dachte er an seinen Botticelli, den er noch schöner fand, und während er die Photographie der Sephora näher an sich heranzog, glaubte er, Odette ans Herz zu drücken.

Indessen bemühte er sich nicht nur der Überdrüssigkeit Odettes vorzubeugen, sondern manchmal auch seiner eigenen; er hatte das Gefühl, daß Odette, seitdem es ihr so leicht gemacht war, ihn zu sehen, ihm eigentlich nicht viel mitzuteilen hatte; er fürchtete, daß die nach und nach recht nichtssagend, einförmig und starr gewordene Art ihres Zusammenseins schließlich die romantische Hoffnung auf jenen Tag ersterben lassen könnte, wo sie ihm ihre Leidenschaft, die allein ihn verliebt gemacht und erhalten hatte, erklären würde. Und um Odettes allzu starr gewordene seelische Physiognomie, von der er fürchtete, sie möchte ihn schließlich ermüden, etwas aufzufrischen, schrieb er ihr plötzlich einen Brief voll erfundener Enttäuschungen und geheucheltem Groll, den er ihr vor dem Abendessen in ihr Haus bringen ließ. Er wußte, daß sie darüber erschrekken und ihm antworten würde, und hoffte, daß unter dem Druck der Furcht, sie könne ihn verlieren, ihrer Seele Worte entströmen würden, wie sie sie ihm noch niemals gesagt hatte; – und tatsächlich war er auf diese Weise zu den zärtlichsten Briefen gekommen, die sie ihm überhaupt jemals schrieb, von denen der eine, den sie ihm um die Mittagszeit aus der Maison Dorée[1] geschickt hatte (es war an dem Tag des Paris-Murcia-Festes zugunsten der Hochwassergeschädigten von Murcia[2]), mit den Worten begann: »Lieber Freund, meine Hand zittert so sehr, daß ich kaum zu schreiben vermag«; er hatte ihn im gleichen Fach aufbewahrt wie die verdorrte Chrysanthemenblüte. Oder wenn sie keine Zeit fände, ihm zu schreiben, so würde sie, wenn er bei den Verdurins erschiene, sofort auf ihn zukommen und sagen: »Ich muß mit Ihnen sprechen«, und er würde voller Neugier auf ihrem Gesicht und in ihren Worten zu erfassen suchen, was sie ihm bisher von ihrem Herzen verborgen hatte.

Schon wenn er dicht vor dem Haus der Verdurins angekommen war, fühlte er sich im Anblick der vom Schein der Lampen erhellten großen Fenster, deren Läden niemals geschlossen wurden, bei dem Gedanken bewegt, daß er das bezaubernde Wesen in ihrem goldenen Schein in vollem Glanze vor sich sehen werde.

Manchmal huschten schmal und schwarz die Schatten der Gäste vor dem schimmernden Licht vorbei wie die kleinen Gravüren, die man auf einzelnen Flächen eines sonst durchsichtigen Lampenschirms anbringt. Er versuchte, die Silhouette Odettes herauszuerkennen. Wenn er dann eintrat, blitzten unbewußt seine Augen in solcher Freude auf, daß Monsieur Verdurin zu dem Maler bemerkte: »Ich glaube, das hat gezündet.« Die Anwesenheit Odettes aber verlieh tatsächlich diesem Hause etwas für Swann, was keines von allen jenen ihm bot, in denen er verkehrte: eine Art von Empfindungsapparat, ein sensitives Nervensystem, das durch alle Räume lief und seinem Herzen unaufhörlich neue Reize verschaffte.

So führte bereits das bloße Funktionieren des gesellschaftlichen Organismus, den der kleine »Clan« darstellte, automatisch für Swann täglich Begegnungen mit Odette herauf und gestattete ihm, Gleichgültigkeit der Frage gegenüber zu heucheln, ob er sie sehen würde, oder sogar ein gewisses Verlangen, sie lieber nicht zu sehen, das alles ohne jedes Risiko, da er ja, was er ihr auch im Laufe des Tages geschrieben haben mochte, sicher sein konnte, er werde sie zwangsläufig am Abend sehen und nach Hause begleiten.

Einmal aber, als er mißvergnügt an diese unvermeidliche gemeinsame Heimkehr gedacht und daher seine junge Arbeiterin bis zum Bois geführt hatte, um den Augenblick seines Erscheinens bei den Verdurins etwas hinauszuschieben, kam er dort so spät an, daß Odette in dem Glauben, er komme nun nicht mehr, bereits aufgebrochen war. Als Swann sah, daß sie nicht mehr im Salon war, ging ihm ein Stich durchs Herz; er zitterte beim Gedanken, um ein Vergnügen gebracht zu werden, dessen Umfang er zum erstenmal richtig ermaß, da er bislang immer die Gewißheit gehabt hatte, es wann er wollte finden zu können – ein Zustand, der bei allen Vergnügungen verhindert, daß wir sie in ihrer wahren Bedeutung erkennen.

»Hast du gesehen, was für ein Gesicht er gemacht hat, als er merkte, sie ist nicht mehr da?« sagte Verdurin zu seiner Frau. »Ich glaube, den hat es gepackt!«

»Wer hat ein Gesicht gemacht?« wollte Doktor Cottard unbedingt von ihm wissen; er war auf einen Sprung zu einem Patienten gegangen, kam nun zurück, um seine Frau abzuholen, und wußte nicht, von wem die Rede war.

»Wie, haben Sie nicht an der Tür einen Swann getroffen, wie ihn noch keiner gesehen hat...«

»Nein. War Monsieur Swann denn da?«

»Nur auf einen Augenblick, sehr aufgeregt, sehr nervös. Sie verstehen: Odette war fort.«

»Wollen Sie damit sagen, daß sie ihm ihre Gunst gewährt, daß er sein Schäferstündchen mit ihr bereits genossen hat?« fragte der Doktor in dem Bemühen, vorsichtig ein paar Redensarten zu erproben.

»Unsinn, es ist gar nichts zwischen ihnen passiert, und unter uns gesagt, finde ich, daß sie da einen Fehler macht und sich so richtig als die dumme Gans aufführt, die sie im Grunde ist.«

»Nun, nun, nun«, meinte Monsieur Verdurin, »was weißt denn du, ob wirklich gar nichts dahinter ist. Schließlich sind wir ja nicht dabei gewesen, nicht wahr?«

»Aber mir hätte sie es gesagt«, hielt Madame Verdurin ihm voller Stolz entgegen. »Mir erzählt sie alles! Und weil sie im Augenblick niemanden hat, habe ich ihr geraten, mit ihm zu schlafen. Sie behauptet, sie könne nicht, sie habe zwar ein großes Faible für ihn, aber er sei so schüchtern mit ihr, da werde sie es auch, und dann liebe sie ihn auch nicht auf die Art, er sei eher so etwas wie ein höheres

Wesen für sie; sie würde meinen, ihrem Gefühl für ihn seinen jungfräulichen Reiz zu nehmen, und was weiß ich noch. Dabei wäre das genau, was sie braucht.«

»Du erlaubst, daß ich da nicht ganz deiner Meinung bin«, sagte Monsieur Verdurin, »mir gefällt dieser Herr nicht so recht, ich habe das Gefühl, er ist ein Poseur.«

Madame Verdurin erstarrte und nahm die ausdruckslose Miene einer Bildsäule an, was ihr gestattete, so zu tun, als habe sie das unerträgliche Wort »Poseur« nicht gehört, schien es doch zu implizieren, man könne bei ihnen »posieren«, sich also für »mehr als sie« halten.

»Jedenfalls, wenn zwischen ihnen nichts ist, dann vermutlich nicht deswegen, weil dieser Herr sie für ›tugendhaft‹ hält«, setzte Monsieur Verdurin in ironischem Tonfall hinzu. »Freilich kann man nie wissen, denn offenbar glaubt er, sie sei intelligent. Ich weiß nicht, ob du den Vortrag gehört hast, den er ihr neulich abend über die Sonate von Vinteuil gehalten hat; ich habe Odette wirklich riesig gern, aber um mit ihr einen Gedankenaustausch über ästhetische Theorien zu pflegen, muß man schon ein ausgemachter Gimpel sein!«

»Geh, sprich nicht so bös von Odette«, sagte Madame Verdurin in ihrem Kinderton. »Sie ist eine reizende Person.«

»Das hindert sie doch nicht daran, reizend zu sein; wir sagen doch auch nichts Böses von ihr, wir stellen nur fest, daß Tugend und Geist nicht ihre Stärke sind. Was meinen Sie«, fragte er, zu dem Maler gewendet, »legen Sie so großen Wert darauf, daß sie tugendhaft ist? Sie wäre dann vielleicht sehr viel weniger reizend, wer weiß?«

Auf dem Wohnungsvorplatz war Swann von dem Diener eingeholt worden, der im Augenblick seines Kommens nicht dagewesen war und den Odette für den Fall, daß er doch noch käme, beauftragt hatte, ihm zu sagen – doch das war nun schon eine gute Stunde her –, sie werde wahrscheinlich noch, bevor sie nach Hause gehe, bei Prévost[1] eine Schokolade trinken. Swann eilte zu Prévost, doch sein Wagen wurde auf Schritt und Tritt durch andere Gefährte oder durch Passanten aufgehalten, in denen er nur widerwärtige Hindernisse sah, die er mit Vergnügen umgefahren hätte, wenn ihn der protokollierende Polizist nicht noch mehr aufgehalten hätte als der die Straße überquerende Fußgänger. Er errechnete, wie lange er brauchen würde, und fügte vorsichtshalber zu jeder Minute ein paar Sekunden hinzu, um ja nicht zu wenig angesetzt zu haben und etwa seine Chance, rechtzeitig hinzukommen und Odette noch zu treffen, für größer zu halten, als sie in Wirklichkeit war. Wie ein Fieberkranker, der geschlafen hat und sich plötzlich über die Sinnlosigkeit seiner Traumvorstellungen klar wird, in denen er sich zuvor bewegte, ohne sich davon lösen zu können, stellte Swann mit einem Male die Seltsamkeit seiner Gedankengänge seit jenem Augenblick fest, als er bei den Verdurins erfahren hatte, Odette sei schon aufgebrochen, dazu die völlige Neuheit des Schmerzes, den er empfand, aber gleichwohl nur wie ein Erwachender sachlich konstatierte. Wie? Diese ganze Aufregung deswegen, weil er Odette erst morgen wiedersehen würde, das heißt, weil gerade das eingetreten war, was er noch vor einer Stunde gewünscht hatte, als er zu Madame Verdurin fuhr! Er mußte wohl oder übel feststellen, daß in diesem gleichen Wagen, der ihn jetzt zu Prévost trug, er selbst nicht mehr der gleiche war, nicht mehr allein, sondern von einem neuen Wesen begleitet, das ihm anhing, mit ihm verschmolz, von dem er sich nicht mehr freimachen konnte und mit dem er so behutsam umgehen mußte wie mit einem Gebieter oder einem Leiden. Und dennoch kam ihm seit dem Augenblick, da er das Gefühl hatte, eine andere Person sei zu ihm hinzugetreten, sein Leben interessanter vor. Er malte sich kaum noch aus, daß diese eventuelle Begegnung bei Prévost (deren Erwartung die ihr vorausgehenden Minuten derartig von allem entblößte und entleerte, daß er keinen Gedanken und keine Erinnerung mehr fand, in denen er seinen Geist ausruhen lassen konnte), wenn sie zustande käme, genau wie die anderen sein würde, nämlich eigentlich nichts Besonderes. Wie jeden Abend, wenn er, sobald er Odette gegenübertrat, auf ihr wechselndes Gesicht einen Blick warf, den er gleich wieder abwendete aus Angst, sie könne darin etwas wie eine Aufforderung sehen und nicht mehr an seine Selbstlosigkeit glauben, würde er sogleich aufhören, an sie zu denken, zu sehr damit beschäftigt, Vorwände zu erfinden, damit er sie nicht so bald verlassen müsse, und sich, ohne anscheinend besonderen Wert darauf zu legen, die Gewißheit zu verschaffen, daß sie am folgenden Tag bei den Verdurins sein würde: das heißt die Enttäuschung und die Marter, die für ihn die vergebliche Gegenwart dieser Frau bedeutete, der er sich näherte, ohne daß er doch wagte, sie in die Arme zu nehmen, für den Augenblick zu verlängern und einen weiteren Tag von neuem zu ertragen.

Bei Prévost war sie nicht: er wollte alle Restaurants an den Boulevards absuchen. Um Zeit zu gewinnen, schickte er, während er die einen übernahm, seinen Kutscher Rémi (den Dogen Loredan von Rizzo) in die anderen; dann erwartete er ihn – er selbst hatte nichts erreicht – an einem vorher bestimmten Ort. Der Wagen kam nicht gleich, und Swann stellte sich den Augenblick seines Herannahens gleichzeitig so vor, daß Rémi ihm sagen würde: »Die Dame ist da und da«, und so, daß er von ihm hören mußte: »Die Dame war in keinem der Cafés, in denen ich nachgeschaut habe.« Und so sah er auch das Ende dieses Abends vor sich, immer das gleiche und doch ganz verschieden, je nachdem, ob ihm die seiner Angst ein Ende bereitende Begegnung mit Odette vorausgehen würde oder der erzwungene Verzicht darauf, sie heute noch zu finden, und das Sichergeben in eine Heimkehr, ohne daß er sie noch einmal gesehen hätte.

Der Kutscher kam zurück, doch in dem Augenblick, als er vor Swann stand, fragte dieser nicht: »Haben Sie die Dame gefunden?« sondern sagte nur: »Erinnern Sie mich morgen daran, daß ich Holz bestelle, ich glaube, es geht zu Ende.« Vielleicht sagte er sich, daß wenn Rémi Odette in einem Café gefunden hätte, in dem sie nun auf ihn wartete, der unselige Abend sowieso bereits durch den Beginn der Verwirklichung eines glückseligen abgelöst sei, und daß er selbst jetzt gar keine Eile habe, sich eines Glücks zu versichern, das schon für ihn eingefangen war und nicht mehr entschlüpfen konnte. Es war aber auch ein Moment von Ermattung im Spiel; in seiner Seele war jener Mangel an Elastizität, den andere in ihrem Körper haben, diejenigen nämlich, die in dem Augenblick, wo sie einem Stoß ausweichen oder einen Funken von ihrem Anzug abschütteln, das heißt, eine rasche Bewegung ausführen müßten, sich erst einmal Zeit lassen und eine Sekunde noch in der Lage verharren, in der sie sich vorher befanden, um gleichsam von da aus erst einen Anlauf zu nehmen. Und hätte der Kutscher ihn mit der Bemerkung unterbrochen: »Die Dame ist da«, hätte er ihm vermutlich geantwortet: »Ach ja, richtig, dieser Auftrag, den ich Ihnen gegeben hatte... Soso, das hätte ich gar nicht gedacht«, und hätte weiter von der Holzbestellung gesprochen, um vor seinem Bediensteten seine innere Bewegung zu verbergen und sich selber Zeit zu lassen, die Unruhe zu vergessen und sich der Freude hinzugeben.

Doch der Kutscher kam ihm nur sagen, daß er sie

nirgends gefunden habe, und als alter Diener äußerte er seine Meinung dazu:

»Ich glaube, Monsieur sollte es aufgeben und nach Hause fahren.«

Die gleichmütige Haltung aber, die Swann mühelos zur Schau trug, als Rémi an der Antwort, die er brachte, nichts mehr ändern konnte, verflog abrupt bei dessen Versuch, ihn zum Verzicht auf seine Hoffnung und auf weiteres Suchen zu bewegen:

»Nein, keineswegs«, rief er aus, »wir müssen die Dame finden, es ist von größter Wichtigkeit. Sie wäre wegen einer bestimmten Sache sehr ärgerlich und sicherlich gekränkt, wenn sie mich nicht sähe.«

»Ich kann nicht verstehen, wieso die Dame gekränkt sein sollte«, antwortete Rémi, »wo sie doch selbst gegangen ist, ohne auf Monsieur zu warten, und wo sie gesagt hat, sie geht zu Prévost, und nachher war sie gar nicht da.«

Im übrigen wurden jetzt fast überall die Lichter gelöscht. Unter den Bäumen der Boulevards irrten nur noch vereinzelte Passanten in geheimnisvollem Dunkel kaum erkennbar umher. Manchmal ließ der schwarze Umriß einer Frau, die herantrat, ihm etwas zuflüsterte und ihn bat, sie mitzunehmen, Swann zusammenzucken. In qualvoller Unruhe streifte er alle diese dunklen Körper, als hätte er unter den Schatten des Totenreichs nach Eurydike gesucht.

Von allen Arten der Erzeugung von Liebe, von allen Wirkkräften zur Verbreitung der heiligen Krankheit[1] ist sicher dieser gewaltige Erregungssturm, der uns manchmal erfaßt, eine der zuverlässigsten. Dann fällt das Los unweigerlich auf die Person, mit der wir im Augenblick gerade gern zusammen sind; sie ist es, die wir lieben werden. Es ist dabei gar nicht nötig, daß sie uns bis dahin mehr oder auch nur ebensosehr wie andere gefiel. Es mußte nur dazu kommen, daß unsere Neigung für sie plötzlich ausschließlich wurde. Diese Bedingung aber ist erfüllt, wenn – in dem Augenblick, da diese Person uns fehlt – in uns an Stelle des Trachtens nach den Vergnügungen, die ihr Umgang uns bot, ein qualvolles Bedürfnis entsteht, dessen Objekt sie selbst ist, ein absurdes Bedürfnis, dessen Erfüllung die Gesetze dieser Welt unmöglich und dessen Heilung sie schwierig machen: das unsinnige und schmerzliche Bedürfnis, sie zu besitzen.

Swann ließ sich zu den letzten Restaurants fahren; der bloßen Hypothese des Glücks hatte er noch mit Ruhe entgegengesehen; jetzt aber verbarg er seine Unruhe nicht länger und verhehlte auch nicht, wie großen Wert er auf diese Begegnung legte: für den Fall des Erfolges versprach er seinem Kutscher eine Belohnung, als ob er, wenn er in diesem den Wunsch erweckte, sie zu finden – ein Wunsch, der damit seinen eigenen ergänzte –, es bewirken könnte, daß Odette, selbst falls sie schon nach Hause und schlafen gegangen war, sich doch in einem der Restaurants an den Boulevards befand. Er stieß bis zur Maison Dorée vor, ging zweimal zu Tortoni[1] hinein und kam schließlich, ohne sie getroffen zu haben, mit großen Schritten und düsterem Blick aus dem Café Anglais[2] heraus, um zu seinem an der Ecke des Boulevard des Italiens wartenden Wagen zu gelangen, als er auf eine Person stieß, die aus der entgegengesetzten Richtung kam: es war Odette; später erzählte sie ihm, sie habe, da sie bei Prévost keinen Platz gefunden hatte, in der Maison Dorée soupiert in einer Nische, wo er sie nicht hatte sehen können, und habe nun gerade zu ihrem Wagen gehen wollen.

Sie war so wenig darauf gefaßt, ihn zu treffen, daß sie einen Augenblick lang wie erschrocken war. Er selbst aber hatte ganz Paris abgesucht, weniger weil er es für möglich gehalten hatte, sie doch noch irgendwo zu treffen, als weil es ihm zu schmerzlich war, darauf zu verzichten. Doch dieses Glück, von dem sein Verstand keinen Augenblick geglaubt hatte, daß es sich an diesem Abend einstellen könnte, kam ihm dadurch jetzt nur um so wirklicher vor; denn er hatte ja nicht durch das Vorhersehen von Wahrscheinlichkeiten daran mitgewirkt, es bestand ganz unabhängig von ihm; er mußte nicht in seinem Geiste Wahrheit suchen, um es damit auszustatten, nein, aus ihm selbst entsprang, aus ihm selbst strömte jene Wahrheit, die so hell leuchtete, daß die Furcht vor dem Alleinsein sich wie ein Traum auflöste, und auf dieser Wahrheit fußten nun, ruhten nun seine glückerfüllten Träume. So läßt ein Reisender, der bei schönem Wetter an die Küste des Mittelmeers gelangt ist und an der Existenz der Länder zu zweifeln beginnt, die er eben verlassen hat, seine Augen von den Strahlen blenden, die das leuchtende, kompakte Azurblau der Fluten ihm entgegenschickt, eher als daß er sie eigentlich betrachtete.

Er stieg mit ihr in den Wagen ein, der auf sie wartete, und ließ den seinen hinterherfahren.

Sie hielt einen Strauß Cattleyablüten in der Hand, und Swann sah durch ihr Spitzentuch hindurch, daß sie im Haar an einem Gesteck aus Schwanenfedern die gleichen Blumen trug. Unter ihrem Abendmantel hatte sie ein fließendes schwarzes Samtkleid an, das dank einer schrägen Raffung als weites Dreieck den unteren Teil eines weißen Faillerocks zeigte und den Blicken auch den Einsatz, ebenfalls aus weißer Faille, an der Öffnung des Dekolletés darbot, in dem weitere Cattleyablüten befestigt waren. Sie war noch kaum wieder zu sich gekommen von dem Schreck, den Swann ihr bereitet hatte, als das Pferd vor einem Hindernis scheute und auf die Seite sprang. Sie wurden heftig hin und her geworfen; Odette hatte einen Schrei ausgestoßen, nun zitterte sie und rang nach Atem.

»Es ist nichts«, sagte er, »haben Sie keine Angst.«

Er faßte sie bei den Schultern und drückte sie sanft an sich, um sie festzuhalten; dann sagte er zu ihr:

»Vor allem sprechen Sie nicht, antworten Sie nur durch Zeichen, Sie sind ja noch ganz außer Atem. Es macht Ihnen doch nichts aus, wenn ich die Blumen an Ihrem Ausschnitt zurechtrücke, sie sind ganz in Unordnung gekommen durch den Stoß. Ich stecke sie etwas tiefer hinein, Sie verlieren sie sonst.«

Und sie, die nicht gewöhnt war, daß die Männer mit ihr soviel Umstände machten, gab ihm nur lächelnd zur Antwort:

»Nein gar nicht, es macht mir nichts aus.«

Durch ihre Worte eher verschüchtert, vielleicht auch in der Idee, mit diesem Vorwand aufrichtig gewirkt zu haben oder nachträglich schon selbst der Meinung, er sei es wirklich gewesen, rief er aus:

»Nein, nein, vor allem sagen Sie nichts, Sie strengen sich zu sehr an, machen Sie nur eine Bewegung, dann verstehe ich Sie sehr gut. Wirklich, macht es Ihnen nichts? Schauen Sie, hier ist ein bißchen... ich glaube, es ist Blütenstaub, was da auf Sie gefallen ist; darf ich es mit der Hand wegwischen? Stört es Sie auch nicht? Bin ich vielleicht zu heftig? Es kitzelt wohl ein bißchen? Es ist nur, weil ich den Samt nicht zu stark reiben möchte. Aber sehen Sie, es war nötig, daß ich sie wieder festgesteckt habe, sie wären sonst heruntergefallen; ich glaube, wenn ich sie noch etwas tiefer hineinstecke... Sagen Sie ernstlich, bin ich Ihnen auch nicht lästig damit? Auch nicht, wenn ich einmal daran rieche, ich möchte nur wissen, ob sie duften oder nicht. Ich habe es noch nie versucht, darf ich? Sie sagen es doch auch ganz offen, nicht wahr?«

Lächelnd hob sie etwas die Achseln, so als wollte sie sagen: Sie sind ja komisch, Sie sehen doch, daß es mir gefällt.

Mit der anderen Hand strich er leise über ihre Wange hin; sie schaute ihm starr in die Augen, mit dem weichen, ernsten Blick der Frauen des florentinischen Meisters, denen er sie so ähnlich fand; ihre schimmernden Augen, die so groß und langgezogen wie bei jenen waren, schienen sich aus dem Rand der Lider lösen zu wollen wie Tränen. Sie beugte den Hals, wie sie alle es tun, in den heidnischen Szenen so gut wie auf den religiösen Bildern. In einer Haltung, die sie zweifellos gewöhnlich einnahm, die sie für angebracht hielt in solchen Augenblicken und auch jetzt nicht zu vergessen aufmerksam bedacht war, schien sie mit aller Macht ihr Gesicht von dem seinen fernzuhalten, als werde sie durch eine unsichtbare Kraft zu Swann hingezogen. Doch schließlich hielt Swann es selbst, bevor sie es gleichsam gegen ihren Willen auf seine Lippen sinken ließ, einen Augenblick zwischen beiden Händen von sich ab. Er wollte seinem Denken Zeit lassen, den Traum, dem er so lange nachgehangen hatte, wiederzuerkennen und seiner Verwirklichung beizuwohnen wie eine Verwandte, die man herbeiruft, damit sie ihrerseits den Erfolg eines Kindes mitansieht, das ihrem Herzen nahesteht. Vielleicht heftete auch Swann auf dieses Antlitz einer Odette, die ihm noch nicht gehört, die er noch nicht einmal geküßt hatte und die er zum letzten Mal in dieser Weise sah, jenen Blick, mit dem man am Tag der Abreise eine Landschaft mit sich forttragen möchte, die man für immer verläßt.

So schüchtern aber war er mit ihr, daß er, da er sie an jenem Abend schließlich doch besessen hatte, nachdem er damit angefangen hatte, ihre Cattleyablüten zurechtzurücken, sei es aus Furcht, sie zu kränken, sei es aus

Besorgnis, er könne nachträglich als Lügner dastehen, sei es aus Mangel an Mut, eine größere Anforderung an sie zu stellen als diese (die er auf alle Fälle wiederholen konnte, da ihm ja Odette beim ersten Mal deswegen nicht böse gewesen war), in den nächsten Tagen denselben Vorwand benutzte. Wenn sie Cattleyas am Kleide trug, sagte er: »Schade, heute abend brauchen die Cattleyas nicht zurechtgerückt zu werden; sie sind nicht herausgerutscht wie neulich; dennoch glaube ich, die hier sitzt nicht ganz richtig. Darf ich sehen, ob sie nicht stärker duften als die anderen?« Oder wenn sie keine hatte: »Ach! keine Cattleyas heute, da gibt es ja für mich nichts zurechtzurücken.« Auf diese Weise behielt er eine Weile die gleiche Ordnung der Dinge bei wie am ersten Tag; es fing jedesmal mit dem leichten Berühren von Odettes Brust und Hals mit Fingern und Lippen an, jedesmal war dies der Beginn seiner Zärtlichkeiten; und viel später noch, als sie vom Zurechtrücken der Cattleyas (oder der rituellen Scheinhandlung des Zurechtrückens) längst abgekommen waren, lebte die Metapher »Cattleya spielen« in ihrem Sprachgebrauch fort, zur schlichten Vokabel geworden, die sie schließlich ganz gedankenlos zur Bezeichnung des Aktes der physischen Inbesitznahme benutzten – bei dem man übrigens nichts besitzt –, und hielt die Erinnerung an jene vergessene Gewohnheit aufrecht. Vielleicht bedeutete auch diese besondere Art, »sich lieben« zu sagen, nicht genau das gleiche wie andere synonyme Ausdrücke. Man mag gegenüber Frauen noch so abgestumpft sein, den Genuß noch der unterschiedlichsten von ihnen immer als das immergleiche und altbekannte Erlebnis ansehen, er wird doch zu einem neuen Vergnügen, wenn es sich um schwer zu erobernde Frauen handelt – oder solche, die man dafür hält –, wenn man nämlich gezwungen ist, ihn durch irgendeine unvorhersehbare Einzelheit des Umgangs mit ihnen herbeizuführen, wie es am ersten Abend für Swann das Zurechtrücken der Cattleyablüten gewesen war. Zitternd hoffte er an jenem Abend (doch Odette, sagte er sich, konnte das, falls seine List Erfolg haben sollte, nicht erraten), daß aus den großen lila Blütenblättern der Besitz dieser Frau hervorgehen würde; und die Lust, die er bereits verspürte und die Odette, dachte er, vielleicht nur duldete, weil sie noch nichts davon wußte, schien ihm deswegen – wie es dem ersten Mann vorgekommen sein mag, als er sie inmitten der Blumen des irdischen Paradieses erlebte – eine Lust, die es bislang für ihn noch nicht gegeben hatte, die er erst neu zu schaffen suchte, eine Lust – wovon ja auch der besondere Name, den er ihr gab, eine letzte Spur bewahrte –, die völlig neu und einzigartig war.

Jetzt mußte er jeden Abend, wenn er sie heimgebracht hatte, mit ihr ins Haus gehen, und oft begleitete sie ihn im Negligé zurück bis an den Wagen und küßte ihn vor den Augen des Kutschers, wozu sie dann bemerkte: »Was soll mir das ausmachen, was gehen die anderen mich an?« An den Abenden, wo er nicht zu den Verdurins ging (was jetzt öfter vorkam, seitdem er Odette auf andere Weise sehen konnte), den immer seltener werdenden Abenden, wo er seine gewohnten Gesellschaftskreise aufsuchte, bat sie ihn, ehe er nach Hause zurückkehrte, noch bei ihr vorbeizukommen, wie spät es auch werden möge. Es war Frühling, ein klarer, kalter Frühling. Wenn er eine Gesellschaft verließ, stieg er in seinen Mylord[1], breitete eine Decke über seine Beine, antwortete den Freunden, die zu gleicher Zeit gingen und ihn aufforderten, mit ihnen nach Hause zu fahren, er könne nicht, er habe nicht die gleiche Richtung, und der Kutscher fuhr dann im Trab davon, er wußte, wohin es ging. Sie waren erstaunt, und in der Tat war Swann nicht mehr der gleiche. Niemand bekam mehr Briefe von ihm, in denen er um die Vermittlung der Bekanntschaft irgendeiner Frau bat. Er wandte keiner mehr seine Aufmerksamkeit zu und hielt sich von den Orten fern, wo Begegnungen dieser Art stattfinden. In einem Restaurant oder auf dem Lande nahm er eine Haltung ein, die derjenigen, an der man ihn noch kurz zuvor erkannt und von der man geglaubt hatte, sie sei untrennbar von ihm, genau entgegengesetzt war. So sehr schafft eine Leidenschaft in uns für kurze Zeit etwas wie einen neuen Charakter, der unseren sonstigen ersetzt und die bis dahin unveränderlichen Zeichen, an denen er kenntlich war, zerstört! Statt dessen wurde es jetzt ein feststehender Zug Swanns, daß er, wo er sich auch befinden mochte, hinterher noch Odette traf. Der Weg, der zwischen ihnen beiden lag, war der, den er unweigerlich durchlief und der damit zur rasch und unwiderstehlich wirkenden Neigungsebene seines Lebens wurde. Eigentlich wäre er manchmal, wenn es irgendwo spät geworden war, lieber unmittelbar nach Hause gegangen, ohne erst die lange Fahrt zu machen; er hätte dann eben Odette erst am nächsten Tag gesehen; aber die bloße Tatsache, daß er sich zu ungewöhnlicher Stunde die Mühe machte, zu ihr zu gehen, und sich dabei vorstellte, wie seine Freunde sagten: »Er ist sehr angebunden, offenbar ist da eine Frau, die ihn zwingt, immer noch zu ihr zu kommen, wenn es auch noch so spät am Abend ist«, gab ihm das Gefühl, daß er das Leben der Männer führte, in deren Dasein eine Liebesaffäre eine Rolle spielt und für die das Opfer an Ruhe und sonstigen Interessen, das sie für einen Traum der Lust und der Liebe bringen, einen inneren Reiz besitzt. Dann trat ein Zustand ein, in dem, ohne daß er sich darüber Rechenschaft gab, die Gewißheit, sie erwarte ihn, sie sei nicht anderswo mit anderen, er brauche nicht nach Hause zurückzukehren, ohne sie gesehen zu haben, jene bereits vergessene, aber immer zum Wiederaufflackern bereite Angst neutralisierte, die er an jenem Abend verspürt hatte, als er Odette nicht mehr bei den Verdurins fand, deren jetzige Beschwichtigung aber derartig wohltuend für ihn war, daß man es Glück nennen konnte. Vielleicht lag es nur an dieser Angst, daß Odette für ihn so wichtig hatte werden können. Die menschlichen Wesen sind uns gewöhnlich so gleichgültig, daß, wenn wir in eines von ihnen solche Möglichkeiten des Leidens und der Freude hineingelegt haben, es uns einer anderen Welt anzugehören scheint, sich mit Poesie umgibt und unser Leben zu einer tief bewegenden weiten Landschaft macht, in der es uns, je nachdem, näher oder ferner ist. Swann konnte sich nicht ohne innere Erregung fragen, was in künftigen Jahren Odette für ihn bedeuten mochte. Manchmal, wenn er in diesen kühlen Nächten von seinem Mylord aus den leuchtenden Mond sah, der seine Helligkeit zwischen seinen Blicken und den öden Straßen ergoß, dachte er an jenes andere klare und wie der Mond leicht rosig getönte Antlitz, das eines Tages in seiner Vorstellung aufgestiegen war und seitdem auf die Welt das geheimnisvolle Licht warf, in dem er sie erblickte. Wenn er nach der Stunde ankam, da Odette ihre Bediensteten zu Bett geschickt hatte, ging er, bevor er an der Vorgartenpforte schellte, erst zu jener kleinen Straße, an der im Erdgeschoß zwischen den gleichbeschaffenen, doch dunklen Fenstern der anstoßenden Häusern das einzige erleuchtete Fenster ihres Schlafzimmers lag. Er klopfte an die Scheibe, sie beantwortete diese Botschaft und erwartete ihn auf der anderen Seite an der Eingangstür. Er fand auf ihrem Klavier offen ein paar Stücke liegen, die sie besonders liebte, den *Rosenwalzer* oder Tagliaficos *Armer Tor*[1] (den man nach ihrem schriftlich aufgezeichneten letzten Willen bei ihrer Beerdigung spielen sollte), und er bat sie, statt dessen das kleine Thema aus der

Sonate von Vinteuil zu spielen, obwohl Odette sehr schlecht Klavier spielte; doch das schönste Bild, das uns von einem Kunstwerk bleibt, ist oft jenes, das sich aus den falschen Tönen erhob, die ungeschickte Finger einem verstimmten Klavier entlockten. Das kleine Thema gehörte für Swann auch weiterhin mit seiner Liebe zu Odette zusammen. Er spürte ganz genau, daß diese Liebe etwas war, dem nicht Äußerliches, nichts durch andere als ihn selbst Feststellbares entsprach; er war sich darüber klar, daß Odettes Vorzüge es nicht rechtfertigten, daß die in ihrer Nähe verbrachten Augenblicke ihm so wertvoll waren. Und oft, wenn der nüchterne Verstand in Swann allein die Oberhand gewann, wollte er nicht länger so viele geistige und gesellschaftliche Interessen diesem eingebildeten Vergnügen opfern. Sobald er aber das kleine Thema hörte, wußte es sich in ihm den nötigen Platz zu schaffen, die Proportionen seiner Seele veränderten sich; ein Bereich darin blieb einem Genuß vorbehalten, der, statt rein individuell zu sein wie jener der Liebe, sich Swann wie eine den konkreten Dingen überlegene Art von Wirklichkeit aufzwang. Solch ein Verlangen nach einem unbekannten Reiz weckte das kleine Thema in ihm, ohne ihm dabei etwas Bestimmtes als Erfüllung zu geben, daß die Seelenbezirke Swanns, in denen das kleine Thema die Sorge um materielle Interessen, alle menschlichen und allgemeingültigen Erwägungen ausgelöscht hatte, leer und offen dalagen und es ihm freistand, den Namen Odettes in sie einzutragen. Außerdem fügte das kleine Thema zu dem etwas Flüchtigen und Enttäuschenden, das Odettes Zuneigung für ihn hatte, seine geheimnisvolle Wesenssubstanz hinzu und verschmolz damit. Wenn man Swanns Antlitz betrachtete, solange er das kleine Thema hörte, hätte man meinen können, ein anästhetisches Mittel, das er eingenommen habe, lasse ihn freier atmen. Tatsächlich glich das Vergnügen, das die Musik ihm schenkte und das bald bei ihm zu einem wirklichen Bedürfnis wurde, dem Vergnügen, das er vielleicht gehabt hätte, Düfte zu erkunden, mit einer Welt in Verbindung zu treten, für die wir nicht gemacht sind, die uns formlos erscheint, weil unsere Augen sie nicht wahrnehmen, und ohne Bedeutung, weil sie sich unserem Verstand entzieht, eine Welt, in die uns nur ein einziger unserer Sinne Zutritt verschafft. Es bedeutete eine große Ruhe und eine geheimnisvolle Erneuerung für Swann – für ihn, dessen Augen, wiewohl zartsinnige Liebhaber der Malerei, und dessen Geist, wiewohl feiner Beobachter der Sitten, für immer die unauslöschliche Spur der Dürre seines Lebens an sich trugen –, sich in ein der Menschheit fremd gegenüberstehendes, blindes, aller logischen Fähigkeiten beraubtes Geschöpf verwandelt zu fühlen, sozusagen in ein legendenhaftes Einhorn, ein Fabelwesen, das die Welt nur mit dem Gehör wahrnimmt. Welch seltsamen Rausch fand er darin – da er in dem kleinen Thema einen Sinn suchte, in den sein Verstand nicht einzudringen vermochte –, seiner innersten Seele alle Hilfe vernunftbestimmten Denkens zu entziehen und sie allein durch den Gang, durch den dunklen Filter des Klangs hindurchgehen zu lassen. Er begann zu verspüren, wieviel Schmerzliches, vielleicht sogar im geheimen Unbeschwichtigtes doch der Süße dieses Themas zugrunde lag, doch er litt darunter nicht. Was machte es, daß es ihm sagte, die Liebe sei etwas Zerbrechliches, die seine war so stark! Er spielte mit der Trauer, die von ihm ausging, er fühlte sie über sich hinweggehen, doch mehr wie ein Streicheln, das das Bewußtsein seines Glücks nur tiefer und süßer machte. Er ließ es sich von Odette zehnmal, zwanzigmal vorspielen und verlangte dazu, daß sie ihn währenddessen weiter küßte. Jeder Kuß weckt den nächsten. Ach! in diesen ersten Zeiten einer Liebe sprießen die Küsse von ganz allein! Sie wuchern so dicht einer am anderen auf; man hätte ebensoviel Mühe, die Küsse, die man sich in einer Stunde gibt, zu zählen, wie die Blumen auf einer Maienwiese. Dann machte sie manchmal Miene abzubrechen und sagte: »Wie soll ich denn spielen, wenn du mich festhältst? Ich kann doch nicht alles zugleich; du mußt schon wissen, was du eigentlich willst; soll ich das Thema spielen oder nett zu dir sein?« Er wurde dann böse, und sie lachte hellauf, und ihr Lachen fiel verwandelt in einen Regen von Küssen auf ihn nieder. Oder aber sie sah ihn unmutig an, er sah wieder ein Gesicht vor sich, das gut im *Leben Mose* von Botticelli hätte figurieren können, er suchte ihm seinen Platz darin und gab dem Nacken Odettes die dafür nötige Biegung; und wenn er sie dann nach Art des Quattrocento in Temperafarben[1] auf die Wand der Sixtina gemalt hatte, berauschte ihn die Vorstellung, daß sie doch gleichzeitig hier und jetzt am Klavier saß, ganz bereit, von ihm geküßt und geliebt zu werden, die Vorstellung ihrer körperhaften, lebendigen Anwesenheit also mit einer solchen Macht, daß er sich mit verstörtem Blick und verbissenem Gesicht auf diese Jungfrau Botticellis stürzte und sie in die Wangen kniff. Wenn er sie dann verlassen hatte, nicht ohne gleich darauf zurückgekehrt zu sein, um sie noch einmal zu küssen, weil er vergessen hatte, in seiner Erinnerung irgendeine Besonderheit ihres Duftes oder ihrer Züge mitzunehmen, fuhr er in seinem Mylord heim und segnete Odette, weil sie ihm diese täglichen Besuche erlaubte, die ihr seiner Meinung nach eigentlich kein so großes Vergnügen bereiten konnten, ihn aber – indem sie ihm jede Gelegenheit benahmen, wieder an dem Leiden zu kranken, das bei ihm ausgebrochen war, als er Odette an jenem Abend bei den Verdurins nicht traf – vor Eifersucht bewahren und ihm dazu verhelfen würden, ohne weitere solche Anfälle durchmachen zu müssen, deren schmerzhafter erster dann der einzige bleiben sollte, bis ans Ende dieser einzigartigen Stunden seines Lebens zu gelangen, die beinahe so verzaubert waren wie jene, in denen er bei Mondschein durch Paris fuhr. Wenn er dann bei der Rückkehr merkte, daß das Nachtgestirn jetzt eine andere Stellung zu ihm einnahm und sich nur eben über dem Horizont befand, und fühlte, daß seine Liebe ebenfalls unveränderlichen Naturgesetzen gehorchte, fragte er sich, ob die Phase, in die er eingetreten war, noch lange andauern würde, ob er in seinem Geist nicht bald das geliebte Gesicht nur noch einen fernen und unbedeutenderen Platz würde einnehmen sehen und wie nahe es daran sein mochte, keinen Zauber mehr zu entsenden. Denn Swann fand ihn jetzt, seitdem er verliebt war, wieder in den Dingen, wie zu der Zeit, da er als junger Mensch sich für einen Künstler gehalten hatte; doch war es nicht mehr der gleiche Zauber; dieser hier floß ihm einzig von Odette zu. Er fühlte die Inspiriertheit seiner Jugend, die durch ein Leben in der Gesellschaft verschüttet war, wieder in sich zu neuem Leben erwachen, doch trug sie den Widerschein eines bestimmten Wesens an sich und war von ihm geprägt; und in den langen Stunden, die bei ihr zu verbringen ihm jetzt ein so zartes Vergnügen bereitete, wurde er, allein mit seiner Seele und ihrem Heilungsprozeß, nach und nach wieder er selbst, allerdings für eine andere.

Er ging immer nur abends zu ihr, und er wußte nichts davon, wie sie ihre Zeit tagsüber verbrachte, nicht mehr als von ihrer Vergangenheit, das heißt so wenig, daß ihm sogar jene kleine, als Ausgangspunkt dienende Information fehlte, die uns erlaubt, uns vorzustellen, was wir nicht wissen, und uns Lust macht, es näher zu erfahren. Daher fragte er sich auch gar nicht, was sie tun mochte noch wie ihr Leben früher gewesen war. Er lächelte nur manchmal, wenn er daran dachte, daß man vor ein paar Jahren, als er sie noch nicht kannte, ihm von einer Frau erzählt hatte, die, wenn er sich recht erinnerte, nur sie gewesen sein konnte, als von einer Kokotte, einer ausgehaltenen Person, einer jener Frauen, denen er damals noch uneingeschränkt, da er wenig Zeit in ihrer Gesellschaft verbracht hatte, jenen eigensinnigen, von Grund auf verdorbenen Charakter beigelegt hatte, den lange Zeit hindurch die Phantasie gewisser Romanciers ihnen andichtete. Er sagte sich dann, daß man oft wirklich nur das Gegenteil von dem anzunehmen braucht, was die Welt einer Person nachsagt, um sie richtig zu beurteilen, zumal wenn er mit einem solchen Charakter den Odettes verglich, die so gut, naiv, fürs Ideale begeistert und so völlig unfähig war, einmal nicht die Wahrheit zu sagen, daß er, als er sie eines Tages, um allein mit ihr zu Abend zu essen, gebeten hatte, an die Verdurins zu schreiben, sie sei krank, sie am nächsten Tag vor Madame Verdurin, die sie fragte, ob es ihr besser gehe, erröten, stammeln und ihr Gesicht so deutlich den Kummer und die Qual widerspiegeln sah, die eine Lüge für sie bedeutete, und während sie in ihrer Antwort erfundene Details über ihre angebliche Unpäßlichkeit des Vorabends häufte, sah sie aus, als bitte sie mit flehentlichen Blicken und tief bekümmerter Stimme wegen ihrer unaufrichtigen Worte um Verzeihung.

An gewissen, jedoch seltenen Tagen kam sie nachmittags zu ihm und unterbrach ihn in seinen Träumereien oder bei der Arbeit an seiner Studie über Vermeer, die er wieder aufgenommen hatte. Es wurde ihm dann gemeldet, Madame de Crécy warte auf ihn im kleinen Salon. Er suchte sie dort auf, und wenn er die Tür öffnete, glitt beim Anblick Swanns über Odettes rosiges Gesicht – in dem es die Form des Mundes, den Blick der Augen, die

Rundungen der Wangen veränderte – ein Lächeln. Sobald er allein war, sah er dieses Lächeln vor sich, dazu jenes, das sie am Abend vorher gehabt, ein anderes, mit dem sie ihn bei dieser oder jener Gelegenheit empfangen hatte, oder das, mit dem sie damals im Wagen seine Frage beantwortet hatte, ob es sie auch nicht störe, wenn er sich an den Cattleyas zu schaffen mache; das Leben Odettes in der übrigen Zeit aber war für ihn, da er nichts davon wußte, mit seinem farblos neutralen Ton wie jene Blätter Watteaus, auf denen man überall in Dreifarbenzeichnung auf chamoisfarbenem Papier unzählige Studien eines Lächelns sieht. Manchmal aber zeichnete in eine Ecke ihres Lebens, das Swann ganz leer erschien – obwohl sein Verstand ihm sagte, daß es das nicht sei, da er es sich nicht vorstellen konnte –, ein Freund, der, seine Liebe ahnend, sich wohl hütete, etwas anderes als Belanglosigkeiten von ihr zu erzählen, die Silhouette einer Odette ein, die er am gleichen Vormittag zu Fuß habe die Rue Abbatucci hinaufgehen sehen in einer mit Skunks besetzten »Visite«, einem Rembrandthut[1] und einem Veilchenstrauß im Ausschnitt. Diese harmlose Skizze hatte für Swann etwas Bestürzendes, weil er daraus mit einem Male ersah, daß Odette ein Leben besaß, das nicht ihm allein gehörte; er hätte gern gewußt, wem sie wohl in dieser Toilette hatte gefallen wollen, die er an ihr nicht kannte; er nahm sich vor, sie danach zu fragen, wohin sie in jenem Augenblick ging, als ob es in dem ganzen farblosen – beinahe nicht vorhandenen, da für ihn unsichtbaren – Leben seiner Geliebten außerhalb jener verschiedenen Arten von Lächeln, die sie ihm schenkte, nur eine Sache gäbe: ihren Besuchsgang unter einem Rembrandthut, mit einem Veilchenstrauß im Ausschnitt.

Abgesehen davon, daß er sie bat, das kleine Thema von Vinteuil an Stelle des *Rosenwalzers* zu spielen, versuchte Swann weder, ihr eher Stücke vorzuschlagen, die er liebte, noch ihren in Musik und in Literatur gleichermaßen schlechten Geschmack zu verbessern. Daß sie nicht intelligent sei, war ihm vollkommen klar. Als sie ihm sagte, sie hätte es so gern, daß er mit ihr über die großen Dichter spreche, hatte sie sich vorgestellt, sie werde durch ihn im Handumdrehen heroische und romantische Couplets in der Art des Vicomte von Borelli[1], womöglich noch rührendere, kennenlernen. Über Vermeer van Delft fragte sie ihn aus, ob er um eine Frau gelitten, ob eine Frau ihn inspiriert habe, und als Swann ihr gestand, daß man darüber nichts wisse, hatte sie jedes Interesse an dem Maler verloren. Oft sagte sie: »Ich würde gern glauben, daß es wirklich nichts Schöneres gibt als die Poesie, wenn nur alles wahr wäre und wenn die Dichter wirklich dächten, was sie sagen. Oft sind das aber Leute, die nur auf ihren Vorteil bedacht sind. Ich weiß Bescheid, eine Freundin von mir hat so eine Art von Dichter geliebt. In seinen Versen war immer nur von Liebe, Himmel und Sternen die Rede. Eines Tages aber sind ihr die Augen aufgegangen! Um mehr als dreihunderttausend Francs hat der Mensch sie gebracht.« Wenn Swann dann versuchte, ihr klarzumachen, worin künstlerische Schönheit eigentlich bestehe, auf welche Weise man Gedichte und Bilder bewundern müsse, hörte sie nach kürzester Zeit nicht mehr zu, sondern sagte: »Jaja... so habe ich es mir nicht vorgestellt.« Wenn er dann spürte, wie enttäuscht sie war, sprach er lieber die Unwahrheit und sagte ihr, daß das ja alles gar nichts sei, daß er nur jetzt keine Zeit habe, auf den Kern der Sache zu kommen, es gebe aber natürlich noch etwas anderes. Dann fiel sie ihm rasch ins Wort: »Etwas anderes? Was?... Dann sage es mir doch«, er aber sagte es nicht, da er wußte, wie unzureichend und wie anders als alles, was sie erhoffte, es ihr erscheinen würde, wieviel weniger aufregend und ergreifend; außerdem fürchtete er, sie könne zugleich mit der Kunst auch die Liebe sehr viel illusionsloser sehen.

Tatsächlich fand sie, daß Swann in geistiger Hinsicht ihren Erwartungen nicht entsprach. »Du bist immer so kühl in allem, ich weiß gar nicht, woran ich bin mit dir.« Mehr wunderte sie sich über seine Gleichgültigkeit in Gelddingen, seine Freundlichkeit gegen jedermann, über sein Zartgefühl. Und es kommt tatsächlich häufig auch bei größeren Männern, als Swann einer war, vor, bei einem Gelehrten, einem Künstler, daß, wenn er nicht überhaupt von seiner Umgebung verkannt wird, dasjenige Gefühl, das ihm entgegengebracht wird und das beweist, daß seine geistige Überlegenheit auf sie Eindruck macht, nicht Bewunderung für seine Ideen ist, denn diese kann sie nicht erfassen, sondern die Achtung für seine Güte. Achtung empfand Odette auch vor der Stellung, die Swann in der Gesellschaft einnahm, aber sie wünschte nicht, von ihm in sie eingeführt zu werden. Vielleicht spürte sie, daß es ihm möglicherweise mißglücken könnte, vielleicht fürchtete sie auch, daß er, wenn er dort nur schon auf sie zu sprechen käme, Enthüllungen provozierte, die sie scheuen mußte. Jedenfalls hatte sie ihn gebeten, nie ihren Namen auszusprechen. Der Grund, weshalb sie nicht in der Gesellschaft erscheinen wollte, war, wie sie ihm sagte, ein weiter zurückliegendes Zerwürfnis mit einer Freundin, die, um sich zu rächen, später schlecht von ihr gesprochen habe. »Aber es haben doch nicht«, hielt Swann ihr vor, »alle Leute deine Freundin gekannt.« »Doch, doch, es bleibt immer etwas hängen, die Gesellschaft ist doch so böse.« Einerseits verstand Swann diese Geschichte nicht ganz, andererseits aber wußte er, daß solche Sätze wie »Die Gesellschaft ist doch so böse« oder »Es bleibt immer etwas hängen« im allgemeinen für wahr gehalten werden; es mußte also Fälle geben, auf die sie anwendbar waren.

War Odettes Fall einer davon? Er fragte es sich, verweilte aber nicht lange bei diesem Gedanken, denn auch er unterlag jener Schwerfälligkeit des Geistes, die schon auf seinem Vater gelastet hatte, wenn er sich einem schwierigen Problem gegenübersah. Außerdem flößte diese Gesellschaft, die sie so fürchtete, Odette vielleicht kein großes Verlangen ein, denn um für sie vorstellbar zu sein, war sie von der, die sie kannte, allzuweit entfernt. Dennoch war Odette, obwohl sie in mancher Hinsicht wirklich einfach geblieben war (sie hatte zum Beispiel als Freundin eine nicht mehr arbeitende kleine Schneiderin beibehalten, deren steile, dunkle und von üblen Gerüchen erfüllte Treppe sie fast täglich erklomm), leidenschaftlich auf »Schick« bedacht, aber sie hatte davon nicht den gleichen Begriff wie die Leute, die zur Gesellschaft gehören. Für diese ist der Schick die Ausstrahlung einiger weniger Personen, die bis in eine ziemlich entfernte Zone hineinreicht – mehr oder weniger abgeschwächt je nach der Distanz, in der man sich von dem unmittelbaren Umgang mit ihnen befindet –, das heißt innerhalb des Kreises ihrer Freunde oder der Freunde ihrer Freunde, deren Namen eine bestimmte Liste ergeben. Die Angehörigen jener Gesellschaftskreise haben diese Liste im Kopf, sie besitzen in solchen Dingen eine Art von Gelehrsamkeit, aus der sie einen bestimmten Begriff von Geschmack und Takt ableiten, so daß Swann zum Beispiel, ohne daß er sein Wissen um das gesellschaftliche Leben zu Hilfe nehmen mußte, ohne weiteres, wenn er in einer Zeitung die Namen der Personen las, die an einem Diner teilgenommen hatten, sagen konnte, wie »schick« das Diner gewesen sei, so wie ein Literaturkenner bereits beim Lesen eines Satzes die literarischen Qualitäten seines Autors richtig einzuschätzen weiß. Odette aber gehörte zu den Personen (die außerordentlich zahlreich vertreten sind, was auch die Leute von

Welt darüber denken mögen, und die es in jeder Gesellschaftsklasse gibt), die über diese Elementarkenntnisse nicht verfügen und sich einen ganz anderen Schick vorstellen, der je nach dem Milieu, dem sie angehören, ein verschiedenes Gesicht bekommt, auf alle Fälle aber dadurch gekennzeichnet ist – ob es nun der ist, von dem Odette träumte, oder jener, vor dem Madame Cottard sich beugte –, daß er für alle unmittelbar zugänglich ist. Der andere, der der ersten Gesellschaft, ist es eigentlich auch, allerdings mit einer gewissen Verzögerung. Odette sagte zum Beispiel von jemandem:

»Er geht immer nur dahin, wo es schick ist.«

Und wenn Swann sie fragte, was sie damit meine, so gab sie etwas geringschätzig zurück:

»Aber mein Gott, wo es eben schick ist, hinzugehen! Wenn du in deinem Alter erst lernen mußt, was schick ist, was soll ich dir dann sagen? Sonntags morgens zum Beispiel die Avenue de l'Impératrice, um fünf Uhr rund um den See, am Donnerstag das Edentheater, Freitag das Hippodrom, dann die Bälle...«[1]

»Was für Bälle denn?«

»Na, die Bälle, die in Paris gegeben werden, die Bälle, die schick sind, eben. Zum Beispiel Herbinger, du weißt doch, wer das ist, der bei einem Börsenmakler ist? Aber doch, natürlich, das mußt du doch wissen, das ist eine der bekanntesten Persönlichkeiten von Paris, so ein großer Blonder; er ist solch ein Snob, er hat immer eine Blume im Knopfloch und helle, knallenge Hosen; er ist ewig mit dieser angemalten alten Schachtel unterwegs, die er zu jeder Premiere führt. Gut! Also der hat neulich abend einen Ball gegeben, da war alles, was schick ist in Paris. Ich kann gar nicht sagen, wie gern ich hingegangen wäre! Aber man mußte an der Tür seine Einladungskarte vorzeigen, und ich habe keine mehr bekommen können. Im Grund ist es mir jetzt ebenso lieb, daß ich nicht hingehen konnte. Es muß zum Umkommen gewesen sein, ich hätte nichts gesehen. Es ist mehr, um sagen zu können, man sei bei Herbinger gewesen. Du kannst dir denken, daß mir das was ausgemacht hätte! Im übrigen kannst du sicher sein, daß von hundert, die erzählen, sie seien dort gewesen, die Hälfte mindestens die Unwahrheit sagt... Aber das wundert mich wirklich, daß jemand, der so piekfein ist wie du, nicht dagewesen ist.«

Swann gab sich keine Mühe, ihr eine andere Vorstellung von dem, was schick ist, beizubringen, denn er sagte sich, daß auch die seine nicht richtig, jedenfalls ebenso töricht und ohne wirkliche Bedeutung sei; so fand er kein Interesse daran, seine Geliebte zu belehren, und noch nach Monaten interessierte sie sich für die Leute, mit denen er verkehrte, nur wegen der Karten für die besten Plätze beim Rennen und der Premierenbilletts, die er ihr durch sie beschaffen konnte. Sie wünschte, daß er so nützliche Verbindungen pflegte, neigte anderseits aber dazu, sie an sich für wenig schick zu halten, besonders nachdem sie auf der Straße die Marquise von Villeparisis in einem schwarzen Wollkleid und einem Kapotthut gesehen hatte.

»Aber die sieht ja aus wie eine Logenschließerin, wie eine alte Portierfrau, Darling! Und das will eine Marquise sein! Ich bin zwar nicht Marquise, aber ich weiß nicht, was man mir geben müßte, damit ich in solchem Aufzug auf die Straße ginge!«

Sie verstand nicht, daß Swann dieses Haus am Quai d'Orléans bewohnte, das sie, ohne es ihm zu sagen, seiner nicht würdig fand.

Gewiß, sie tat so, als ob sie für »Antiquitäten« etwas übrig habe, sie nahm eine entzückte und kennerhafte Miene an, wenn sie sagte, sie habe den ganzen Tag »gestöbert« und nach »interessanten alten Sachen« gesucht,

Sachen »aus der Zeit«. Obwohl sie so etwas wie eine Ehrensache daraus machte (offenbar befolgte sie damit einen Grundsatz, den sie von zu Hause mitbekommen hatte), niemals auf Fragen zu antworten oder über den Gebrauch, den sie von ihren Tagen machte, »Rechenschaft abzulegen«, erzählte sie Swann doch einmal von einer Freundin, bei der sie eingeladen war und bei der alles »aus der Epoche« gewesen sei. Es gelang Swann aber nicht, aus ihr herauszubringen, welche Epoche es denn sei. Immerhin behauptete sie nach einigem Nachdenken, es sei »mittelalterlich« gewesen. Darunter verstand sie, daß die Wände getäfelt waren. Etwas später einmal kam sie auf ihre Freundin zurück, und in dem zögernden Ton und mit der selbstverständlichen Miene, mit der man jemanden nennt, in dessen Gesellschaft man am Abend zuvor gespeist hat, ohne vorher seinen Namen gehört zu haben, den die Gastgeber aber offenbar für jemand so Berühmten hielten, daß man schon wissen werde, von wem man spricht, sagte sie: »Sie hat ein Eßzimmer... aus dem... aus dem achtzehnten Jahrhundert!« Übrigens fand sie es schauderhaft, kahl, als sei das Haus nicht fertig geworden, den Frauen stand es nicht zu Gesicht, das setzte sich sicher nicht durch! Endlich ein drittes Mal, als sie wieder darauf zurückkam, zeigte sie Swann die Adresse des Mannes, der das Eßzimmer gemacht hatte und den sie auch gern kommen lassen wollte, sobald sie einmal Geld hätte, um zu sehen, ob er ihr nicht eines einrichten könne, sicher nicht genau das gleiche, aber eines, von dem sie träumte und für das leider die engen Dimensionen ihres Hauses nicht recht ausreichten, mit hohen Anrichten, Renaissancemöbeln und Kaminen wie im Schloß von Blois. An jenem Tag ließ sie vor Swann auch durchblicken, was sie von seinem Haus am Quai d'Orléans hielt; als er an Odettes Freundin tadelte, daß sie einem antiken Einrichtungsstil huldige, aber einem unechten und nicht einmal Louis-Seize, denn, so sagte er, wenn das jetzt auch nicht gemacht wird, kann es doch reizend sein, antwortete sie: »Du kannst ja nicht verlangen, daß sie wie du unter lauter kaputten Möbeln und abgenutzten Teppichen lebt«, wobei ihr bürgerlicher Sinn für Wohlanständigkeit sich doch noch als stärker erwies als die Kunstliebhaberei der Kokotte.

Menschen, die auf Antiquitäten Jagd machten, Gedichte liebten und rein materielle Interessen verschmähten, von Ehre und Liebe träumten, stellten in ihren Augen eine der übrigen Menschheit überlegene Elite dar. Es war gar nicht nötig, daß man wirklich solche Gefühle hegte, wofern man sie nur im Munde führte; als ein Mann ihr beim Abendessen gestanden hatte, daß er gerne flaniere, sich die Finger in alten Lädchen schmutzig mache, daß er niemals in diesem von kommerziellen Interessen beherrschten Jahrhundert zu Ansehen kommen werde, denn er sei nun einmal von jedem Eigennutz frei und passe damit nicht in diese Zeit, sagte sie, als sie nach Hause kam: »Was für ein wundervoller Mensch, so zartsinnig, ich hätte das gar nicht von ihm gedacht!«, und sie fühlte sich auf einmal für ihn von den freundschaftlichsten Gefühlen beseelt. Wenn man aber wie Swann solche Neigungen zwar besaß, jedoch nicht davon sprach, ließ es sie völlig kalt. Wohl mußte sie anerkennen, daß Swann in Gelddingen großzügig sei, doch mißmutig setzte sie hinzu: »Ach, bei ihm ist das etwas anderes«; tatsächlich wurde ihre Phantasie nicht durch die praktische Betätigung der Selbstlosigkeit angesprochen, sondern nur durch das betreffende Vokabular.

Da er spürte, daß er oft dem nicht genügte, was sie sich erträumte, suchte er wenigstens zu erreichen, daß sie sich wohl bei ihm fühlte, und trat absichtlich ihren trivialen Vorstellungen nicht entgegen, jenem schlechten Geschmack, den sie durchweg bewies und den er im übrigen liebte wie alles, was von ihr kam; ja, diese selben Dinge entzückten ihn schließlich sogar, weil sie lauter persönliche Züge darstellten, dank denen diese Frau für ihn greifbar, sichtbar wurde. Wenn sie also glücklich aussah, weil sie zur *Reine Topaze*[1] gehen konnte, oder ihr Blick ernst, sorgenvoll und eigensinnig wurde aus Angst, sie könne das Blumenfest oder auch nur die Teestunde im »Thé de la Rue Royale«[2] mit Muffins und Toast versäumen, deren regelmäßiger Besuch ihr für die Aufrechterhaltung ihres Rufs als elegante Frau unerläßlich zu sein schien, war Swann davon entzückt, wie wir es angesichts der Natürlichkeit eines Kindes oder des sprechenden Ausdrucks bei einem Bildnis sind, und sah so deutlich die wahre Seele seiner Geliebten auf ihrem Gesicht erscheinen, daß er nicht widerstehen konnte, sie darauf mit einem Kuß zu berühren. »Ah! Sie möchte auf das Blumenfest geführt werden, die kleine Odette, sie will sich bewundern lassen; ja, was soll man da tun, sie wird eben hingeführt.« Da Swann etwas kurzsichtig war, mußte er sich damit abfinden, zu Hause bei seinen Arbeiten eine Brille, und wenn er in Gesellschaft ging, ein Monokel zu tragen, das ihn weniger entstellte. Als sie es zum erstenmal in seinem Auge sah, verhehlte sie ihre Freude nicht: »Also man kann nicht anders sagen, für einen Mann ist das doch riesig schick! Wie gut du damit aussiehst! Wie ein richtiger Gentleman. Jetzt müßtest du nur noch einen Adelstitel haben!« fügte sie mit einem leisen Anflug von Bedauern hinzu. Er mochte Odettes Art, so wie er auch, wäre er in eine Bretonin verliebt gewesen, sich daran begeistert hätte, sie mit Trachtenhaube zu sehen und sagen zu hören, sie glaube an Gespenster. Bis dahin hatte bei ihm wie bei vielen Männern, deren Kunstgeschmack sich unabhängig von ihrer Sinnlichkeit entwickelt, ein bizarrer Gegensatz zwischen dem bestanden, was den einen und die andere befriedigte; im Verkehr mit Frauen suchte er immer derbere, bei den Kunstwerken immer raffiniertere Genüsse; so führte er ein kleines Dienstmädchen in eine abgeschirmte Parterreloge zur Aufführung eines dekadenten Stücks, das er gern sehen wollte, oder in eine Impressionistenausstellung, im übrigen überzeugt, daß eine Dame der kultivierten Gesellschaft nicht mehr davon verstanden, aber nicht so reizend dazu geschwiegen hätte. Seitdem er Odette liebte, war es jedoch für ihn etwas so Beglückendes, mit ihr zu harmonieren, zu versuchen, seine Seele mit ihrer zu vereinen, daß er an den Dingen, die sie liebte, Gefallen zu finden suchte, und er fand ein um so tieferes Vergnügen darin, nicht nur ihre Gewohnheiten nachzuahmen, sondern auch ihre Ansichten zu übernehmen, als diese, da sie ja keine Wurzeln in seinem Geist hatten, ihn einzig an seine Liebe erinnerten, um derentwillen er sie sich zu eigen gemacht hatte. Wenn er ein weiteres Mal in *Serge Panine*[1] ging oder Gelegenheit suchte, Olivier Métra[2] dirigieren zu sehen, so geschah das alles um des erwärmenden Gefühls willen, mit allen Auffassungen Odettes aufs engste verbunden zu sein, ihre Neigungen zu teilen. Die von ihr geliebten Werke und Stätten besaßen einen Zauber, der ihn mit ihr vereinte und ihm geheimnisvoller schien als jener von eigentlich weit schöneren, die ihn aber nicht an Odette erinnerten. Da im übrigen die geistigen Überzeugungen seiner Jugend schwächer geworden waren und seine weltmännische Skepsis unbemerkt bis zu ihnen drang, meinte er (oder wenigstens hatte er es so oft gedacht, daß er es jetzt auch sagte), daß die Dinge, die uns gefallen, nicht in sich selbst einen absoluten Wert tragen, sondern daß alles Sache der Epoche, der Klasse und der wechselnden Moden sei, von denen die gewöhnlichste ebensoviel tauge wie die scheinbar distinguierteste. Und da er außerdem fand, daß die Wichtigkeit, die Odette der Frage beilegte, ob sie Eintrittskarten für eine Vorbesichtigung haben konnte, an sich nicht lächerlicher sei als das Vergnügen, das er früher daran gehabt hatte, beim Prinzen von Wales zu speisen, so meinte er auch nicht, daß ihre Bewunderung für Monte Carlo oder den Rigi unvernünftiger sei als seine Neigung für Holland, das sie sich häßlich vorstellte, oder für Versailles, das sie trübselig fand.[1] Er gab es daraufhin auch auf, jene Stätten zu besuchen, und sagte sich dabei, daß es ihretwegen geschehe, da er nun einmal nur mit ihr empfinden und lieben wolle.

Wie alles, was Odette umgab und gewissermaßen die einzige Art und Weise darstellte, auf die er sie sehen und mit ihr plaudern konnte, liebte er auch die Gesellschaft der Verdurins. Dort fand er auf dem Grunde aller Unterhaltungen, Abendessen, musikalischen Darbietungen, Spiele, Kostümfeste, Landpartien, Theaterbesuche, selbst der sehr seltenen »großen Soireen«, die für die »Langweiler« gegeben wurden, Odettes Gegenwart, Odettes Anblick, die Unterhaltung mit Odette, ein unschätzbares Geschenk, das die Verdurins Swann machten, indem sie ihn einluden; deshalb gefiel er sich auch mehr als irgendwo sonst in dem »kleinen Kreis« und suchte ihm wirkliche Verdienste zuzuschreiben, denn so konnte er sich vorstellen, daß er ihn aus bloßer Neigung sein Leben lang besuchen werde. Da er sich nun aus Angst, daß er es doch nicht glauben würde, nicht einzureden wagte, er werde Odette immer und ewig lieben, sah er sich gleichwohl unter der so willkommenen Voraussetzung, daß er zeitlebens zu den Verdurins gehen würde (eine Vorstellung, die a priori auf geringere prinzipielle Einwendungen in seinem Geist stieß), auch in Zukunft Odette jeden Abend treffen; das kam vielleicht nicht ganz auf dasselbe heraus, als wenn er sie immer liebte, doch für den Augenblick, solange er sie noch liebte, verlangte er nichts weiter als zu glauben, er werde nicht etwa eines Tages aufhören, sie zu sehen. Was für ein reizvolles Milieu, sagte er sich. Im Grunde führt man dort das einzig wahre Leben! Wieviel geistreicher, wieviel kunstverständiger geht es dort zu als in der großen Welt! Wie aufrichtig ist bei all ihren kleinen, etwas lächerlichen Übertreibungen diese Madame Verdurin in ihrer Liebe zur Malerei, zur Musik! Welche Leidenschaft für die Werke der Künstler und welch Bemühen, ihnen selbst angenehm zu sein! Sie hat eine falsche Vorstellung von der »feinen« Gesellschaft, aber wieviel unrichtiger noch stellt die »feine« Gesellschaft sich die Künstlerkreise vor! Vielleicht sind meine geistigen Ansprüche im Gespräch nicht sonderlich groß, aber ich unterhalte mich wirklich sehr gern mit Doktor Cottard, wenn er auch dumme Kalauer macht. Und was diesen Maler angeht, so fällt er einem gewiß etwas auf die Nerven, wenn er besonders verblüffen will, dafür aber ist er im Grunde einer der klügsten Menschen, die ich überhaupt kenne. Und vor allem fühlt man sich dort frei, man tut ganz zwanglos, was man will, ohne sich zu genieren. Wieviel gute Laune wird jeden Tag in diesem Salon verschenkt! Ich werde ganz entschieden, von wenigen Ausnahmen abgesehen, nur noch in diesem Milieu verkehren. Mehr und mehr werden mich meine Gewohnheiten und mein Leben nur noch dahin führen.

Da aber die Vorzüge, die er den Verdurins tatsächlich beimaß, nur der Abglanz von Freuden waren, die seine Liebe zu Odette bei ihnen gefunden hatte, wurden diese Vorzüge um so ernsthafter, tiefer, lebenswichtiger, je mehr seine Freuden es wurden. Da Madame Verdurin Swann zuweilen das schenkte, was allein für ihn das Glück bedeutete, da sie an einem bestimmten Abend, wo er sich unruhig fühlte, weil Odette mit einem der Gäste mehr als mit den anderen gesprochen hatte, und er in seiner Gereiztheit gegen sie nicht die Initiative ergreifen wollte, sie zu fragen, ob sie mit ihm nach Hause führe, ihm Frieden und Freude zurückgab, indem sie unbefangen sagte: »Odette, Sie nehmen ja Monsieur Swann mit, nicht wahr?« – da Madame Verdurin, als er sich zunächst angstvoll gefragt hatte, ob Odette im kommenden Sommer nicht ohne ihn verreisen würde, ob er sie wohl weiter jeden Tag sehen könnte, sie beide einlud, den Sommer bei ihr auf dem Land zu verbringen –, ließ Swann unbewußt Dankbarkeit und Eigennutz in seinen Geist eindringen und seine Vorstellungen so sehr beeinflussen, daß er sogar erklärte, Madame Verdurin sei eine große Seele. Mochte irgendeiner seiner alten Kameraden von der École du Louvre[1] ihm von noch so kultivierten oder hervorragenden Leuten erzählen, er antwortete jedesmal: »Mir sind die Verdurins tausendmal lieber.« Und in feierlichem Ton, wie er ganz neu an ihm war, setzte er hinzu: »Sie sind wirklich großherzige Menschen, und Großherzigkeit ist im Grunde das einzige, was gilt und was die Menschen hier auf Erden auszeichnen kann. Siehst du, es gibt eben nur zwei Klassen von Menschen: großherzige und solche, die es nicht sind; ich bin jetzt in einem Alter, wo man sich ein für allemal entscheiden muß, wen man liebt und wen man mit Nichtachtung straft, wo man sich an die halten muß, die man liebt, und, um die mit den anderen vergeudete Zeit wettzumachen, sie bis zu seinem Lebensende nicht wieder verlassen darf. Jawohl!« fügte er dann mit jener leichten Rührung hinzu, die man empfindet, wenn man unbewußt etwas sagt, nicht weil es wahr ist, sondern weil man Vergnügen daran findet, es zu sagen, und der eigenen Stimme lauscht, als käme sie von einem anderen, »die Würfel sind gefallen, ich habe mich für die großherzigen Seelen entschieden und will nur noch in der Atmosphäre der Großherzigkeit leben. Du fragst mich, ob Madame Verdurin tatsächlich klug sei. Ich versichere dir, daß sie mir Beweise eines Seelenadels gegeben hat, einer Größe des Herzens, die man nicht ohne ein dementsprechendes Niveau des Geistes erreicht. Ganz zweifellos besitzt sie ein tiefes Kunstverständnis. Doch ich finde sie da nicht einmal am bewundernswertesten; und irgendeine auf erfinderische und ganz ausgesuchte Weise gütige kleine Tat, die sie mir zuliebe ausgeführt hat, eine wirklich vom Genius des Herzens her inspirierte Aufmerksamkeit, irgendeine vertraulich sublime Geste enthüllen ein tieferes Verstehen unserer Existenz als alle Traktate der Philosophie.«

Er hätte sich gleichwohl sagen können, daß es alte Freunde seiner Familie gab, die ebenso schlicht waren wie die Verdurins, Jugendkameraden, die ebensosehr für die Kunst entflammt waren, daß er noch andere Wesen mit großem Herzen kenne und sie dennoch, seitdem er sich für Schlichtheit, Kunst und Seelengröße entschieden hatte, niemals zu sehen versuchte. Aber jene kannten Odette nicht, und wenn sie sie gekannt hätten, hätten sie keinen Wert darauf gelegt, ihn mit ihr zu vereinen.

So gab es sicher in dem ganzen Milieu der Verdurins keinen einzigen Getreuen, der sie so sehr liebte oder so sehr zu lieben glaubte wie Swann. Und doch hatte Monsieur Verdurin, wenn er sagte, Swann passe ihm nicht so recht, nicht nur seine eigenen Gedanken ausgedrückt, er erriet auch die seiner Frau. Sicher hegte Swann für Odette eine zu spezielle Art von Zuneigung, und er hatte es versäumt, Madame Verdurin zur täglichen Vertrauten dieser Zuneigung zu machen; sicher trug sogar die Zurückhaltung, mit der er von der Verdurinschen Gastfreundschaft Gebrauch machte – sah er doch oft aus irgendeinem Grund, den sie nicht erraten konnten, davon ab, bei ihnen zu Abend zu essen, worin sie dann seinen Wunsch zu erkennen glaubten, eine Einladung bei »Langweilern« nicht zu versäumen –, sicher auch die trotz aller Vorsichtsmaßnahmen, die er traf, um sie zu verbergen, fortschreitende Entdeckung seiner glänzenden Situation in der Gesellschaft; dies alles trug zu einer gewissen Gereiztheit der Stimmung gegen ihn bei. Doch der tiefere Grund war ein anderer. Sie hatten sehr bald heraus, daß es in ihm eine undurchdringliche Vorbehaltssphäre gab, in der er sich immer wieder selbst eingestand, daß die Prinzessin von Sagan nicht grotesk und Cottards Art zu scherzen nicht witzig sei; schließlich, und obwohl er immer liebenswürdig blieb und sich niemals gegen die Dogmen des Hauses auflehnte, doch eine gewisse Unmöglichkeit, sie ihm aufzuzwingen und ihn völlig dazu zu bekehren, wie es ihnen noch bei niemand vorgekommen war. Sie hätten ihm verziehen, daß er in Langweilerkreisen verkehrte (denen er ja übrigens im Grunde seines Herzens die Verdurins und den gesamten »kleinen Kreis« bei weitem vorzog), wenn er des guten Beispiels wegen eingewilligt hätte, sie in Gegenwart der Getreuen kurzweg zu verleugnen. Sie hatten aber einsehen müssen, daß ein solches ausdrückliches Abschwören bei ihm nicht zu erreichen war.

Wie anders dagegen ein »Neuer«, den Odette sie einzuladen gebeten hatte, obwohl sie ihm erst ein paarmal begegnet war, und auf den sie große Hoffnungen setzten: Graf von Forcheville! (Es stellte sich heraus, daß er ausgerechnet der Schwager von Saniette war, was die Getreuen erstaunte: der alte Archivar hatte ein so bescheidenes Auftreten, daß sie immer geglaubt hatten, er stehe sozial unter ihnen, und nicht darauf gefaßt waren zu hören, daß er einer reichen und vergleichsweise aristokratischen Gesellschaftsschicht angehörte.) Sicher war Forcheville auf plumpste Art snobistisch, während Swann es überhaupt nicht war; sicher auch war er weit davon entfernt, wie dieser das Milieu der Verdurins über alle anderen zu stellen. Doch er besaß nicht das natürliche Feingefühl, das Swann daran hinderte, sich der offenkundig falschen Kritik anzuschließen, die Madame Verdurin an ihm bekannten Leuten übte. Was die anmaßenden und vulgären Reden, die der Maler an gewissen Tagen vom Stapel ließ, und die Stammtischwitze Cottards anbetraf, für die Swann, der die beiden gern mochte, zwar leicht Entschuldigungen fand, denen Beifall zu spenden er jedoch weder das Herz noch das Maß an Heuchelei besaß, so gestattete dagegen Forchevilles intellektuelles Niveau, von den ersteren, ohne sie übrigens zu verstehen, überwältigt und zur Bewunderung hingerissen zu sein, und sich an den anderen zu ergötzen. Gleich das erste Verdurinsche Abendessen, bei dem Forcheville zugegen war, stellte alle diese Unterschiede klar heraus, ließ die Besonderheiten jedes einzelnen deutlich hervortreten und beschleunigte, daß Swann in Ungnade fiel.

An diesem Abendessen nahm außer den angestammten Besuchern ein Professor der Sorbonne namens Brichot[1] teil, der die Bekanntschaft von Monsieur und Madame Verdurin in einem Badeort gemacht hatte und der, hätten ihn nicht seine Hochschulverpflichtungen und gelehrten Arbeiten zu sehr in Anspruch genommen, gern oft zu ihnen gekommen wäre. Er besaß nämlich jene an Aberglauben grenzende Neugier auf das Leben, die, mit einer gewissen Skepsis dem eigenen Studiengebiet gegenüber gepaart, in allen Berufszweigen gewissen der Intelligenz zugehörigen Männern, Medizinern, die nicht an die ärztliche Wissenschaft, Gymnasiallehrern, die nicht an die Übersetzung ins Lateinische glauben, das Ansehen von glänzenden und sogar überlegenen Naturen mit breitem geistigem Horizont geben kann. Bei Madame Verdurin legte er den größten Wert darauf, seine Vergleiche immer den aktuellsten Gebieten zu entnehmen, wenn er von Philosophie oder Geschichte sprach, zum einen, weil er glaubte, sie seien nur eine Vorbereitung auf das Leben, und er sich einbildete, in dem »kleinen Clan« alles das in praxi zu finden, was er nur aus Büchern kannte; dann vielleicht auch, weil er, da er gewissen Themenbereichen gegenüber Respekt anerzogen bekommen und unbewußt beibehalten hatte, den Akademiker abzulegen glaubte, wenn er sich ihnen gegenüber Freiheiten gestattete, die ihm im Gegenteil als solche nur erschienen, weil er der geblieben war, der er war.

Gleich zu Beginn des Essens, als Monsieur de Forcheville zu Madame Verdurin, an deren rechter Seite er saß und die zu Ehren des »Neuen« beträchtlichen Toilettenaufwand getrieben hatte, sagte: »Dieses weiße Kleid ist wirklich originell, solch blanker Taft hat Stil«, hatte der Doktor, der ihn unaufhörlich im Auge behielt – so neugierig war er darauf, wie jemand beschaffen sein mochte, den er als einen »von« bezeichnete – und auf eine Gelegenheit brannte, mit ihm in Kontakt zu kommen, nur den Klang der Wörter »blanker... Stil« erhascht, und ohne die Nase vom Teller zu heben gefragt: »Blanka? Von Kastilien? Meint er Blanka von Kastilien?« und darauf mit gesenktem Kopf nach beiden Seiten lächelnd unsichere Blicke ausgesandt. Während Swann durch sein gequältes und vergebliches Bemühen zu lächeln deutlich zu erkennen gab, daß er dieses Wortspiel albern fand, hatte Forcheville gezeigt, daß er die Feinheit der Anspielung zu schätzen wußte, und gleichzeitig Lebensart bewiesen, indem er eine Heiterkeit, deren unbefangene Äußerung Madame Verdurin entzückte, in den richtigen Grenzen hielt.

»Was sagen Sie zu so einem Gelehrten?« hatte sie Forcheville gefragt. »Man kann nicht zwei Minuten ernst sein mit ihm. Erzählen Sie so etwas auch Ihren Leuten im Krankenhaus?« fügte sie zu dem Doktor gewendet hinzu. »Das müßte ja ein fideler Aufenthalt sein. Ich sehe schon kommen, daß ich mich eines Tages dort einliefern lasse.«

»Ich glaube gehört zu haben, daß der Doktor von dieser alten Beißzange Blanka von Kastilien sprach. Stimmt das, Madame?« fragte Brichot Madame Verdurin, die vor Lachen beinahe sterben wollte und mit geschlossenen Augen ihr Gesicht in den Händen verbarg, so daß man nur noch erstickte Schreie vernahm. »Mein Gott, Madame, ich habe etwaige fromme Seelen nicht verletzen wollen, falls es solche in dieser Tafelrunde gibt, *sub rosa*[1]...Ich muß übrigens anerkennen, daß unsere – ach, und wie! – unbeschreibliche athenische Republik[2] in der Gestalt dieser obskurantistischen Capetingerin den ersten Polizeipräfekten mit starker Hand ehren könnte. Doch, doch, mein teurer Gastgeber«, fuhr er mit klangvoller Stimme und deutlicher Betonung jeder Silbe als Antwort auf einen Einwurf von Monsieur Verdurin fort. »Die so wohldokumentierte *Chronik von Saint-Denis* läßt in dieser Hinsicht keine Zweifel bestehen. Niemand wäre besser am Platze als Patronin eines laizistischen Proletariats als diese Mutter eines Heiligen, den sie übrigens abscheulich behandelt hat, wie uns Abt Suger und andere Leute vom Schlage des heiligen Bernhard berichten; denn bei ihr kriegte jeder gehörig eins auf den Deckel.«[3]

»Wer ist dieser Herr?« wollte Forcheville von Madame Verdurin wissen, »der scheint ja ganz erstklassig zu sein.«

»Wie, Sie kennen den berühmten Brichot nicht, er ist in ganz Europa bekannt.«

»Ach so! Das ist Bréchot«, rief Forcheville aus, der nicht recht hingehört hatte; »na so was«, fügte er hinzu, während er den berühmten Mann mit weitaufgerissenen Augen musterte. »Es ist immer interessant, mit einem Mann am Tisch zu sitzen, von dem so viel gesprochen wird. Aber sagen Sie, Sie haben ja da wirklich einen ganz auserlesenen Kreis beisammen. Bei ihnen langweilt man sich nicht.«

»Oh, Sie müssen wissen«, bemerkte Madame Verdurin bescheiden, »es herrscht eben hier vor allem ein allgemeines gegenseitiges Vertrauen. Jeder spricht, wovon er sprechen mag, und das Gespräch gleicht oft wahren Explosionen. Was Brichot betrifft, so ist das heute noch gar nichts. Ich habe ihn hier bei uns schon so glänzend erlebt, daß man sich ihm zu Füßen hätte werfen können. Bei anderen freilich ist er nicht der gleiche, er ist nicht immer so brillant, man muß dann jedes Wort aus ihm herausziehen; er kann geradezu langweilig sein.«

»Merkwürdig!« wunderte sich Forcheville.

Die Art von Geist, die Brichot versprühte, hätte in der Coterie, in der Swann seine Jugend verbracht hatte, als pure Dummheit gegolten, wiewohl sie mit wirklicher Intelligenz vereinbar ist. Und die kräftige, gehaltvolle Intelligenz des Professors hätte wahrscheinlich manche Leute von Welt neidisch machen können, die Swann geistvoll fand. Er war aber selbst so stark von den Vorlieben und Abneigungen dieser Kreise infiziert, wenigstens in allem, was mit dem gesellschaftlichen Leben zusammenhing, jedoch auch mit demjenigen der angrenzenden Gebiete, das eigentlich mehr dem Bereich der Intelligenz zugeordnet werden sollte, nämlich der Konversation, daß er die Witzeleien Brichots nur pedantisch, gewöhnlich und zum Übelwerden zotig fand. Außerdem verletzte ihn dank seiner Gewöhnung an gute Manieren der barsche, militärische Ton, den der streitbare Universitätsmann gern jedem gegenüber anschlug, an den er sich unmittelbar wendete. Schließlich war wohl auch Swann an diesem Abend ganz besonders die gewohnte Nachsicht abhanden gekommen, als er sah, wieviel Liebenswürdigkeit Madame Verdurin für diesen Forcheville aufwendete, den Odette bizarrerweise mit ins Haus gebracht hatte. Etwas befangen Swann gegenüber hatte sie ihn beim Kommen gefragt:

»Wie finden Sie meinen Gast?«

Und er, der zum erstenmal merkte, daß Forcheville, den er schon lange kannte, eigentlich ein schöner Mann war und einer Frau gefallen könnte, hatte geantwortet: »Gräßlich!« Gewiß fiel es ihm nicht ein, Odettes wegen eifersüchtig zu sein, aber er fühlte sich an diesem Abend nicht so glücklich wie sonst, und als Brichot, der angefangen hatte, die Geschichte der Mutter Blankas von Kastilien zu erzählen, die »mit Heinrich Plantagenet schon jahrelang zusammengelebt hatte, ehe sie ihn heiratete«[1], in dem forschen Ton, in dem man sich dem Fassungsvermögen eines Bauern anpaßt oder einem alten Soldaten Mut machen will, Swann mit den Worten: »Nicht wahr, Monsieur Swann?« dazu anregen wollte, nach dem Fortgang der Geschichte zu fragen, brachte dieser zum großen Ärger der Gastgeberin Brichot um die erhoffte Wirkung, indem er antwortete, man möge sein geringes Interesse an Blanka von Kastilien entschuldigen, aber er habe eine Frage an den Maler auf dem Herzen. Dieser hatte nämlich am Nachmittag die Ausstellung eines mit Madame Verdurin befreundeten, aber kürzlich verstorbenen Künstlers besucht, und nun hätte Swann gern (denn er schätzte seinen Geschmack) von ihm gewußt, ob sich in den letzten Bildern von seiner Hand wirklich noch etwas ganz anderes gezeigt habe als jene Virtuosität, die in den früheren Werken bereits verblüffend gewesen war.

»In dieser Hinsicht war er ja immer außergewöhnlich stark, aber es schien mir nicht eigentlich eine Kunst zu sein, die man ›erhebend‹ nennen könnte.«

»Erhebend... ein erhebendes Schauspiel«, fiel Doktor Cottard ihm mit fingiertem Ernst und erhobenem Arm ins Wort.

Die ganze Tischrunde lachte.

»Was habe ich gesagt? Man kann nicht ernst bleiben, wenn er da ist«, sagte Madame Verdurin zu Forcheville. »Ehe man sich's versieht, packt er eine Albernheit aus.«

Sie hatte aber wohl bemerkt, daß Swann als einziger den Mund nicht verzogen hatte. Es freute ihn allerdings auch nicht sehr, daß Cottard ihn vor Forcheville zum Gegenstand der allgemeinen Heiterkeit machte. Der Maler aber, der wahrscheinlich in interessanter Weise auf Swanns Worte geantwortet hätte, wäre er mit ihm allein gewesen, legte es jetzt lieber darauf an, von den Tischgästen bewundert zu werden, indem er sich weiter über die Geschicklichkeit des verewigten Meisters ausließ.

»Ich bin ganz nahe herangetreten«, sagte er, »um zu sehen, wie es gemacht ist, ich habe mir fast die Nase plattgedrückt. Unglaublich! Man kann nicht sagen, ob er Kleister, Rubinen, Seife, Bronze, Sonnenstrahlen oder Kacka dazu nimmt!«

»Macht den Meister«, rief Cottard verspätet aus, welchen Einwurf niemand verstand.

»Es sieht aus, wie mit gar nichts gemacht«, fuhr der Maler fort, »es ist ebenso unmöglich, den Trick herauszubekommen wie bei der *Nachtwache* oder den *Vorsteherinnen*[1], und dabei ist er stärker als Rembrandt oder Frans Hals. Es ist alles beisammen, ja doch, mein Wort.«

Und wie die Sänger, wenn sie beim höchsten Ton angelangt sind, den ihre Kehle hergibt, mit Kopfstimme und piano weitersingen, begnügte er sich jetzt damit, vor sich hinzumurmeln, und unter fortwährenden Heiterkeitsausbrüchen, als sei diese Art von Malerei vor lauter Vollkommenheit schon nur noch komisch zu nehmen, fuhr er fort:

»Das riecht gut, das steigt einem in den Kopf, das nimmt einem den Atem, kitzelt einen, aber weiß der Teufel, wie es zustande gekommen ist; es ist Hexerei, Betrug, ein Mirakel und« – hier platzte er vollends mit seinem Gelächter heraus – »einfach unanständig gut!« Dann hielt er inne, hob gewichtig den Kopf, schlug einen tiefen Baßton an, dem er einen schönen Klang zu verleihen suchte, und setzte hinzu: »Und so grundehrlich gemalt.«[1]

Abgesehen von dem Augenblick, wo er gesagt hatte: stärker als die *Nachtwache* – eine Lästerung, die einen Protest bei Madame Verdurin auslöste, für die die *Nachtwache* neben der *Neunten* und der *Nike von Samothrake*[2] das größte Meisterwerk des Universums war –, und von dem Wort »Kacka«, bei dem Forcheville einen Blick in die Runde warf, um festzustellen, ob der Ausdruck durchging, um gleich darauf ein sprödes, aber konziliantes Lächeln auf seinen Lippen erscheinen zu lassen, hatten alle Tischgäste außer Swann mit verzückt bewundernden Blicken an dem Maler gehangen.

»Wie amüsant er ist, wenn er sich so ins Zeug legt«, rief, als er geendet hatte, Madame Verdurin aus, begeistert, daß ihre Tischgesellschaft gerade an dem Tag sich so interessant ausnahm, wo Monsieur de Forcheville zum ersten Mal zugegen war. »Und du, was sitzt du denn da und staunst wie der Ochs vorm Tor?« fragte sie ihren Mann. »Du weißt doch schließlich, wie glänzend er spricht; man sollte wirklich meinen, er hörte Sie zum erstenmal. Wenn Sie ihn gesehen hätten, während Sie sprachen, er trank jedes Wort förmlich in sich hinein.

Und morgen wird er alles wiedererzählen, was Sie gesagt haben, ohne ein einziges Wort zu vergessen.«

»Nein nein, das ist nicht Angeberei!« sagte von seinem Erfolg berauscht der Maler. »Sie scheinen zu glauben, ich gaukle Ihnen etwas vor, alles sei Bluff; ich werde Sie hinführen, und Sie werden selbst entscheiden, ob ich übertrieben habe, ich gebe es Ihnen schriftlich: danach sind Sie mindestens so weg wie ich!«

»Aber wir glauben gar nicht, daß Sie übertreiben, wir möchten nur, daß Sie essen und daß mein Mann ebenfalls ißt; reichen Sie Monsieur noch einmal die Seezunge, Sie sehen doch, daß der Fisch auf seinem Teller kalt geworden ist. Wir haben gar keine Eile, Sie servieren ja, als ob es brennt, warten Sie doch etwas, bevor Sie den Salat anbieten.«

Madame Cottard, die an sich zurückhaltend war und wenig sprach, verfügte gleichwohl über einen gewissen Aplomb, wenn dank einer glücklichen Eingebung ihr das richtige Wort einfiel. Sie wußte, daß es Erfolg haben würde, das stärkte ihr Selbstvertrauen, und was sie dann damit machte, sollte weniger sie selbst ins Zentrum stellen als der Laufbahn ihres Mannes förderlich sein. Sie ließ daher das Wort »Salat«, das Madame Verdurin soeben ausgesprochen hatte, nicht ungenützt passieren.

»Es ist doch kein ›japanischer Salat‹?« warf sie, zu Odette gewendet, mit halblauter Stimme ein.

Entzückt und verwirrt über ihre eigene Schlagfertigkeit und Kühnheit, mit der sie eine so diskrete, aber doch vollkommen eindeutige Anspielung auf das neue aufsehenerregende Stück von Dumas gemacht hatte, brach sie in helles Backfischlachen aus, das zwar nicht sehr geräuschvoll, aber so unwiderstehlich war, daß sie sich ihm ein paar Augenblicke hemmungslos überließ. »Wer ist diese Dame? Sie ist geistreich«, stellte Forcheville fest.

»Nein, aber wir werden Ihnen einen vorsetzen, wenn Sie alle am Freitag zum Abendessen kommen.«

»Ich werde Ihnen sehr provinziell vorkommen, Monsieur«, sagte Madame Cottard zu Swann, »aber ich habe diese berühmte *Francillon*[1], von der alle Welt spricht, noch nicht gesehen. Der Doktor ist hingegangen (ich erinnere mich sogar, daß er mir sagte, er habe das besondere Vergnügen gehabt, jenen Abend mit Ihnen zu verbringen), und ich muß gestehen, ich hätte es nicht sehr vernünftig gefunden, wenn er noch einmal Plätze genommen hätte, um es mit mir zu sehen. Natürlich bereut man im Théâtre-Français nie einen Abend, es wird immer ausgezeichnet gespielt, aber da wir sehr liebenswürdige Freunde haben (Madame Cottard nannte selten einen Namen, sondern sprach immer nur von »sehr lieben Freunden« oder von »einer meiner Freundinnen«, weil sie das »distinguierter« fand, und zwar in einem gekünstelten Ton und mit dem Anspruch einer Person, die Leute eben nur namentlich nennt, wenn sie mag), die oft eine Loge haben und dann auf den guten Gedanken kommen, uns zu den neuen Stücken mitzunehmen, bei denen es sich lohnt, darf ich sicher sein, früher oder später auch *Francillon* zu sehen und mir selbst meine Meinung darüber bilden zu können. Allerdings muß ich gestehen, daß ich mir im Augenblick recht dumm vorkomme, denn in allen Salons, die ich besuche, ist immer nur von diesem fatalen japanischen Salat die Rede. Man wird es nun schon allmählich leid«, fügte sie mit einem Blick auf Swann hinzu, der für eine so brennend aktuelle Angelegenheit nicht in dem Maße interessiert zu sein schien, wie sie geglaubt hatte. »Allerdings kommt man dabei manchmal auf ganz lustige Gedanken. So hat eine meiner Freundinnen, die, obwohl äußerst hübsch, immer sehr originell ist, immer im Mittelpunkt steht und überall eingeladen wird, behauptet, sie habe bei sich im

Hause diesen japanischen Salat bereiten lassen, genau mit den Zutaten, die Alexandre Dumas fils in seinem Stück erwähnt. Sie hatte ein paar Freundinnen eingeladen, die ihn essen sollten. Leider war ich nicht unter den Auserwählten. Aber sie hat es uns neulich an ihrem ›Jour‹ erzählt; es scheint abscheulich geschmeckt zu haben, wir haben Tränen gelacht. Aber Sie wissen ja, es kommt immer auf die Art und Weise an, wie man so etwas erzählt«, meinte sie, als sie Swanns immer noch ernste Miene bemerkte.

In der Vermutung, es rühre vielleicht daher, daß er *Francillon* nicht mochte, setzte sie hinzu:

»Im übrigen glaube ich, ich werde eine Enttäuschung erleben. Ich kann mir nicht denken, daß es so gut ist wie *Serge Panine*, wofür ja Madame de Crécy so schwärmt. Das ist aber auch ein ernsthaftes Thema, etwas, worüber man nachdenken kann; der Gedanke jedoch, die Bühne des Théâtre-Français zu benutzen, um ein Salatrezept mitzuteilen! Wenn ich da an *Serge Panine* denke... Es ist ja auch wie alles, was aus Georges Ohnets Feder kommt, so glänzend geschrieben. Ich weiß nicht, ob Sie *Le maître de forges*[1] kennen, das ich persönlich noch höher schätze als *Serge Panine*.«

»Sie werden verzeihen«, sagte Swann mit ironisch lächelnder Miene zu ihr, »wenn ich Ihnen gestehe, daß mein Mangel an Bewunderung für die beiden Meisterwerke ungefähr der gleiche ist.«

»Wirklich? Und was haben Sie dagegen einzuwenden? Sind Sie nicht vielleicht voreingenommen? Sind sie Ihnen zu traurig? Ich persönlich meine ja, über Romane und Theaterstücke darf man nie streiten. Jeder hat da seine Ansichten, und Sie finden unter Umständen gräßlich, was mir sehr gut gefällt.«

Sie wurde durch Forcheville unterbrochen, der sich an Swann wandte. Während Madame Cottard von *Francil-*

*lon* sprach, hatte Forcheville Madame Verdurin seine Bewunderung für das ausgedrückt, was er den kleinen »Speech« des Malers nannte.

»Dieser Herr hat eine Leichtigkeit der Rede, und ein Gedächtnis dabei«, hatte er zu Madame Verdurin bemerkt, als der Maler geendet hatte, »wie man sie selten trifft! Donnerwetter, ich beneide ihn darum. Er würde einen ausgezeichneten Kanzelredner abgeben. Ich muß schon sagen, Sie haben an ihm und diesem Monsieur Bréchot zwei Nummern, die beide gleich gut sind, ich weiß nicht einmal, ob an bloßer Zungengewandtheit der Maler nicht den Professor noch um eine Nasenlänge schlägt. Es klingt bei ihm alles natürlicher, nicht so gesucht. Er hat ja da nebenher ein paar etwas realistische Ausdrücke gebraucht, aber was wollen Sie, das ist neueste Mode; ich habe jedenfalls selten jemand gesehen, der in dieser Weise loslegen konnte, wie wir beim Militär sagten, wo ich nämlich einen Kameraden hatte, an den dieser Herr mich ein wenig erinnert. Er konnte über jeden beliebigen Gegenstand, dies Glas hier zum Beispiel, stundenlang schwadronieren; nein, nicht über das Glas hier, was sage ich, aber zum Beispiel über die Schlacht bei Waterloo, über was Sie wollen, konnte er auf der Stelle Dinge von sich geben, auf die man niemals gekommen wäre. Swann war übrigens im gleichen Regiment, er muß ihn auch kennen.«

»Sehen Sie Monsieur Swann oft?« fragte Madame Verdurin.

»O nein«, antwortete Monsieur de Forcheville, und da er, in der Absicht, sich Odette leichter zu nähern, zu Swann liebenswürdig sein und die Gelegenheit, ihm zu schmeicheln, nicht außer acht lassen wollte, gedachte er von dessen gesellschaftlichen Beziehungen zu sprechen, allerdings im freundlich kritischen Ton eines Weltmanns und nicht, als beglückwünsche er ihn dazu wie zu einem unverhofften Erfolg; er rief ihm also zu: »Nicht wahr, Swann, ich sehe Sie nie? Wie soll man ihn auch sehen. Dieser Kerl steckt ja die ganze Zeit bei den La Trémoïlle[1], den des Laumes et cetera...« Eine Unterstellung, die um so irriger war, als seit einem Jahr ungefähr Swann kaum noch woanders hinging als zu den Verdurins. Doch bereits die Erwähnung von ihnen unbekannten Personen wurde bei diesen mit einem Schweigen der Mißbilligung aufgenommen. Monsieur Verdurin, der den peinlichen Eindruck fürchtete, den Namen von »Langweilern«, noch dazu in dieser taktlosen Weise im Angesicht aller Getreuen vorgebracht, auf seine Frau machen könnten, warf ihr verstohlen einen äußerst besorgten Blick zu. Er sah sofort, daß sie unter allen Umständen entschlossen war, keine Notiz davon zu nehmen, ja sich von der ihr zu Ohren kommenden Neuigkeit nicht tangieren zu lassen, nicht einmal dazu zu schweigen, sondern sie einfach nicht gehört zu haben, so wie wir es machen, wenn ein Freund, der einen Fehler begangen hat, in die Unterhaltung eine Entschuldigung einfließen läßt, die, nähme man sie einfach unwidersprochen hin, man gelten zu lassen schiene, oder wenn man vor uns den verpönten Namen eines Undankbaren erwähnt, und daß sie demzufolge, damit ihr Schweigen nicht nach Beistimmung aussähe, sondern nur den Charakter des nichtwissenden Schweigens der leblosen Dinge hätte, aus ihrem Gesicht jegliches Leben, jegliches Bewegungsvermögen verbannt hatte; ihre gewölbte Stirn war nur mehr eine schöne Studie von einer Schädelbuckelung, in die der Name jener La Trémoïlle, bei denen Swann sich unaufhörlich aufhielt, nicht hatte eindringen können; ihre leicht gerümpfte Nase ließ eine Einbuchtung erkennen, die dem Leben nachgebildet zu sein schien. Man hätte meinen können, ihr halbgeöffneter Mund wolle gleich sprechen. Ihr Gesicht war nur noch ein Wachsabdruck, eine Gipsmaske, eine Bildnisstudie für ein Baudenkmal, eine Büste für das Palais de l'Industrie[1], vor der das Publikum sich wahrscheinlich in Bewunderung darüber staunen würde, welche nahezu päpstliche Majestät der Künstler in seinem Bemühen, die unverjährbare Würde der Verdurins im Gegensatz zu der der La Trémoïlle oder des Laumes auszudrücken, denen sie sicher ebensogut wie allen Langweilern der Erde das Wasser reichen konnten, der Weiße und Strenge des Steins hatte aufprägen können. Schließlich aber kam Leben in den Marmor, und man vernahm, daß einem schon wirklich vor gar nichts grausen müsse, wenn man zu diesen Leuten ging, denn die Frau sei immer betrunken und der Mann so dumm, daß er Kollidor anstatt Korridor sage.

»Man könnte mir noch etwas dazu geben, ich würde so etwas hier bei mir nie empfangen«, schloß Madame Verdurin mit einem zurechtweisenden Blick auf Swann.

Freilich konnte sie nicht hoffen, er werde die Unterwerfung so weit treiben, wie es die Tante des Pianisten in frommer Unschuld tat, als sie in die Worte ausbrach:

»Haben Sie so etwas schon gehört? Man wundert sich wahrhaftig, daß es noch Leute gibt, die mit denen reden! Ich glaube, ich hätte geradezu Angst, wie leicht kann da etwas passieren! Wie können nur Leute so unvernünftig sein, solchen Menschen auch noch nachzulaufen.«

Warum aber antwortete er nicht wenigstens wie Forcheville: »Mein Gott, sie ist eine Herzogin! Es gibt eben Leute, denen das noch Eindruck macht!«, was Madame Verdurin Gelegenheit gab zu entgegnen: »Mögen sie glücklich werden damit!« Statt dessen begnügte sich Swann mit einem Lächeln, das offenbar besagte, solche Behauptungen seien zu extravagant, um sie überhaupt ernst zu nehmen. Monsieur Verdurin, der weiter heimlich den Blick an seiner Frau hängen ließ, stellte mit

Bedauern und vollstem Verständnis fest, daß in ihr der Zorn eines Großinquisitors wütete, dem es nicht gelingt, die Ketzerei auszurotten; und um möglicherweise Swann zu einem ausdrücklichen Widerruf zu bewegen, da der Mut der eigenen Meinung denen, in deren Gegenwart man sich dazu bekennt, immer als feige Berechnung erscheint, wandte er sich an ihn:

»Sprechen Sie sich nur offen aus, wir sagen es ihnen nicht weiter.«

Worauf Swann erwiderte:

»Ich brauche mich doch vor der Herzogin überhaupt nicht zu fürchten (wenn Sie von den La Trémoïlle sprechen). Ich kann Ihnen nur sagen, daß jeder gern ihr Haus besucht. Ich will nicht behaupten, daß sie ›bedeutend‹ ist (er sprach das Wort ›bedeutend‹ aus, als sei es ein lächerliches Wort, denn seine Sprechweise hatte noch Spuren geistiger Gewohnheiten beibehalten, die jene von der Liebe zur Musik geprägte innere Erneuerung ihn zeitweilig hatte aufgeben lassen – er sprach jetzt seine Meinung manchmal mit Wärme aus), aber aufrichtig gesagt, sie ist sehr intelligent und der Herzog im wahrsten Sinne ein gebildeter Mann. Sie sind ganz reizende Menschen.«

Es ging so weit, daß Madame Verdurin in dem Bewußtsein, durch diesen einen Ungetreuen an der Verwirklichung der inneren Einheit des »kleinen Kreises« gehindert zu werden, aus Wut gegen diesen Starrkopf, der nicht sah, wie sie unter seinen Worten litt, ihm heftig entgegenschleuderte:

»Finden Sie sie, wie Sie wollen, aber wenigstens sagen Sie es uns nicht!«

»Es kommt ganz darauf an, was man Intelligenz nennt«, bemerkte Forcheville, der nun seinerseits glänzen wollte. »Kommen Sie, Swann, erklären Sie uns, was verstehen Sie unter intelligent?«

»Endlich!« rief Odette. »Immer bitte ich ihn, daß er einmal mit mir von solchen bedeutenden Dingen spricht, aber nie will er das.«

»Aber ja doch...«, protestierte Swann.

»Alles Angabe! Das ist nicht wahr«, rief Odette.

»Angabe der Adresse?« fragte der Doktor zurück.

»Besteht für Sie«, fragte Forcheville, »die Intelligenz in dem mondänen Geschwätz der Leute, die sich beliebt machen wollen?«

»Essen Sie lieber Ihren Nachtisch, damit Ihr Teller abgeräumt werden kann«, bemerkte Madame Verdurin in scharfem Ton zu Saniette hin, der, in Nachdenken versunken, zu essen aufgehört hatte. Dann schämte sie sich wohl selbst ihres Tons und setzte versöhnlich hinzu: »Es macht natürlich nichts, Sie haben Zeit, ich meinte nur der anderen wegen, es hält das Servieren so auf.«

»Es gibt da«, sagte Brichot, indem er jede Silbe einzeln skandierte, »eine sehr bemerkenswerte Definition der Intelligenz bei diesem anarchistischen Leisetreter Fénelon[1]...«

»Achtung!« ermahnte Madame Verdurin Forcheville« und den Doktor, »jetzt kommt die Definition der Intelligenz bei Fénelon, das ist interessant, man hat nicht alle Tage Gelegenheit, so etwas zu hören.«

Brichot aber wartete erst noch auf die von Swann. Doch dieser reagierte nicht und brachte dadurch das brillante Wortgefecht zum Scheitern, das Madame Verdurin ihrem Gast Forcheville so gern vorgeführt hätte.

»Natürlich, jetzt macht er es wieder wie mit mir«, rief Odette mißgelaunt, »es ist mir nur lieb zu sehen, daß ich nicht die einzige bin, zu der er sich nicht herabläßt, über so etwas zu sprechen.«

»Diese de La Trémouaille[2], die uns Madame Verdurin als so wenig empfehlenswert hinstellt«, fragte Brichot wieder mit starker Markierung der Silben, »sind das

Nachkommen von denen, die diese gute snobistische Sévigné so gerne kennenlernen wollte, weil es vor ihren Bauern trefflich aussehen würde?[1] Sicherlich hatte die Marquise auch noch einen anderen Grund, denn da sie die Seele eines Blaustrumpfs besaß, ging ihr ein Stoff zum Schreiben über alles andere. In dem Tagebuch aber, das sie regelmäßig ihrer Tochter schickte, figuriert Madame de La Trémouaille als eine Person, die durch ihre ausgezeichneten verwandtschaftlichen Beziehungen über alles auf dem laufenden ist und die ganze auswärtige Politik bestimmt.«

»Nein, nein, ich glaube nicht, daß das dieselbe Familie ist«, warf Madame Verdurin aufs Geratewohl ein.

Saniette, der, nachdem er überstürzt dem Diener seinen noch vollen Teller übergeben hatte, von neuem in brütendes Schweigen versunken war, tauchte schließlich daraus auf, indem er lachend eine Geschichte von einem Diner mit dem Herzog von La Trémoïlle erzählte, bei dem dieser nicht gewußt habe, daß George Sand das Pseudonym einer Frau sei. Swann, der eine gewisse Sympathie für Saniette hegte, glaubte ihm über die geistige Bildung des Herzogs Details geben zu sollen, aus denen hervorging, daß eine solche Unwissenheit von dessen Seite praktisch unmöglich sei; plötzlich aber stockte er, denn er begriff, daß Saniette gar keine Beweise brauche, sondern selbst sehr gut wußte, daß seine Geschichte unrichtig sei, aus dem guten Grund, weil er sie soeben erst erfunden hatte. Der gute Mann litt darunter, daß die Verdurins ihn so langweilig fanden, und in dem Bewußtsein, daß er bei diesem Abendessen noch weniger glanzvoll als sonst gewesen sei, hatte er, bevor es zu Ende ging, auch einmal etwas Amüsantes vorbringen wollen. Er streckte so schnell die Waffen und sah so unglücklich aus, da der erhoffte Erfolg ihm nicht zuteil geworden war; auch wich er Swann so ängstlich aus, damit dieser nicht auf einem Widerruf bestände, der schon gar nicht mehr nötig war, indem er sagte: »Schon gut, schon gut; auf alle Fälle, wenn ich mich täusche, ist es ja kein Verbrechen, nicht wahr«, daß Swann am liebsten behauptet hätte, die Geschichte sei wahr und wirklich ganz köstlich. Der Doktor, der ihnen zuhörte, hatte das Gefühl, es sei hier ganz am Platze zu sagen: »Se non è vero«, aber er war sich des genauen Wortlauts nicht sicher und fürchtete, sich dabei zu verheddern.

Nach dem Essen trat Forcheville von sich aus zu dem Doktor.

»Muß mal gar nicht übel gewesen sein, diese Madame Verdurin; jedenfalls eine Person, mit der man sich unterhalten kann, was mir die Hauptsache ist. Jetzt fängt sie ja offengestanden an, etwas ältlich zu werden. Aber diese Madame de Crécy scheint eine kluge kleine Person zu sein, sapperlottchen! man merkt gleich, die hat einen scharfen Blick! Wir sprechen von Madame de Crécy«, sagte er zu Monsieur Verdurin, der in diesem Augenblick mit der Pfeife im Mund zu ihnen trat. »Ich stelle mir vor, so als Frau...«

»Stiege ich lieber mit ihr ins Bett als zu Berg«, fiel Cottard lebhaft ein; seit Sekunden schon brannte er darauf, daß Forcheville Luft schöpfe und er dieses Wortspiel anbringen konnte, das er fürchtete nicht mehr loszuwerden, wenn inzwischen die Unterhaltung eine andere Richtung nahm; nun versuchte er, es mit der Munterkeit und dem Aplomb vorzubringen, hinter denen sich die Mischung aus Unbeteiligtheit und Lampenfieber verbirgt, die man hat, wenn man etwas rezitiert. Forcheville kannte es, verstand es und lachte darüber. Monsieur Verdurin sparte mit seiner Heiterkeit nicht, denn er hatte neuerdings eine symbolische Ausdrucksweise dafür gefunden, die zwar anders als die von seiner Frau verwendete, doch ebenso einfach und eindeutig war. Kaum hatte er die Kopf- und Schulterbewegungen eines Menschen ausgeführt, der sich vor Lachen schütteln will, als er auch schon zu husten begann, so als ob ihm bei allzu heftigem Lachen der Tabakrauch seiner Pfeife in die Kehle gekommen sei. Indem er diese im Mundwinkel festhielt, führte er beliebig lange seine Komödie der um Atem ringenden Heiterkeit auf. So wirkten er und Madame Verdurin, die auf der anderen Seite des Zimmers eine Geschichte des Malers anhörte und gerade die Augen schloß, um dann ihr Gesicht in den Händen zu verbergen, wie zwei Theatermasken, die auf verschiedene Weise das Lachen darstellten.

Monsieur Verdurin hatte übrigens gut daran getan, die Pfeife nicht aus dem Mund zu nehmen, denn Cottard, der sich einen Augenblick entfernen mußte, tat dies mit halblauter Stimme und mit einer Umschreibung kund, die er erst jüngst in sein Repertoire aufgenommen hatte und nun jedesmal zum besten gab, bevor er einen gewissen Ort aufsuchte: »Ich muß Aumale schnell«[1]; die Folge war, daß Monsieur Verdurins Husten gleich von neuem einsetzte.

»Tu doch die Pfeife aus dem Mund, du siehst, du wirst noch ersticken, wenn du dein Lachen so verschluckst«, bemerkte Madame Verdurin, die Liqueurs anbot.

»Was für ein reizender Mensch ist ihr Mann, er kann von seinem Geist noch andern etwas abgeben«, erklärte Forcheville, zu Madame Cottard gewandt. »Vielen Dank, gnädige Frau. Ja, ein alter Soldat wie ich ist immer für einen Tropfen zu haben.«

»Monsieur de Forcheville ist von Odette entzückt«, sagte Verdurin zu seiner Frau.

»Sie hat mir gerade gesagt, sie würde gern einmal mit Ihnen zum Dejeuner kommen. Wir werden das irgendwie einrichten, aber Monsieur Swann braucht es nicht zu merken. Sie müssen nämlich wissen, er ist leicht verschnupft. Aber deswegen können Sie natürlich auch abends kommen, wir hoffen Sie oft hier zu sehen. Wenn es jetzt warm wird, essen wir häufig irgendwo im Freien. Mögen Sie das auch, so ein kleines Diner im Bois? Gut, gut, das wird reizend werden. Wollen Sie wohl mal Ihren Beruf ausüben!« rief sie dem kleinen Pianisten zu, um einem neuen Gast vom Range Forchevilles gleichzeitig ihren Geist und ihre unumschränkte Macht über die Getreuen zu beweisen.

»Monsieur de Forcheville hat mir gerade Schlimmes über dich gesagt«, empfing Madame Cottard ihren Mann, der soeben den Salon betrat.

Worauf er, noch ganz befangen in der Vorstellung, die ihn seit Beginn des Abends beherrschte, nämlich daß Forcheville ja »adlig« sei, zu ihm sagte:

»Ich behandle zur Zeit eine Baronin, eine Baronin Putbus[1]; die Putbus waren doch schon bei den Kreuzzügen dabei, nicht wahr? In Pommern habe sie einen See, der zehnmal so groß ist wie die Place de la Concorde. Ich behandle sie wegen ihrer Gicht, sie ist eine reizende Dame. Übrigens kennt sie auch Madame Verdurin, glaube ich.«

Das hatte zur Folge, daß Forcheville, als er sich einen Augenblick darauf wieder allein mit Madame Cottard befand, das günstige Urteil über ihren Mann noch etwas abrunden konnte:

»Er ist außerdem interessant, man sieht, er kommt unter die Leute. Ja, diese Ärzte haben es gut, die sammeln Erfahrungen.«

»Ich werde das Thema aus der Sonate für Monsieur Swann spielen«, sagte der Pianist.

»Teufel, das wird doch nicht auch so eine Schlange wie die Kreuzottersonate sein?« fragte Forcheville, um ebenfalls einen Geistesblitz von sich zu geben.

Dem Doktor war dieses Wortspiel neu, er verstand es

nicht und meinte, Forcheville habe sich geirrt. Er trat rasch neben ihn und berichtigte:

»Aber es heißt doch nicht Kreuzottersonate, sondern Kreutzersonate«, flüsterte er ihm eifrig, ungeduldig und gleichzeitig triumphierend zu.

Forcheville erklärte ihm den Witz. Der Doktor wurde rot.

»Sie müssen doch zugeben, Doktor, daß er gut ist, oder nicht?«

»Ach, den kenne ich seit langem«, entgegnete der Doktor.

Dann aber schwiegen sie; unter dem Beben der Geigentremoli, die es mit ihren langausgehaltenen, zwei Oktaven höher vibrierenden Klängen beschützten – und wie man in einer Gebirgslandschaft hinter der schwindelerregenden scheinbaren Unbeweglichkeit eines Wasserfalls zweihundert Fuß tiefer die winzige Gestalt einer Spaziergängerin erblickt –, war soeben das kleine Thema erschienen, weit in der Ferne, doch voller Liebreiz und beschützt von dem unaufhörlichen Niederströmen des durchscheinenden, andauernden und klingenden Vorhangs. Und in seinem Herzen wandte sich Swann ihm zu wie einer Vertrauten seiner Liebe, wie einer Freundin Odettes, die ihr doch sagen sollte, auf diesen Forcheville nicht achtzugeben.

»Ah, sieh da! Sie kommen aber spät«, sagte Madame Verdurin zu einem Getreuen, den sie erst für »nach Tisch« eingeladen hatte, »wir haben heute ›einen‹ unvergleichlichen Brichot gehabt, einen Meister der Eloquenz! Doch er ist schon fort. Nicht wahr, Monsieur Swann? Ich glaube, Sie sind ihm heute zum erstenmal begegnet«, setzte sie hinzu, um ihn darauf aufmerksam zu machen, daß er diese Bekanntschaft einzig ihr verdanke. »Nicht wahr, er war doch köstlich, unser Brichot?«

Swann verbeugte sich höflich.

»Nein? Hat er Sie nicht interessiert?« fragte Madame Verdurin sehr kühl.

»Aber doch, gnädige Frau, gewiß, ich war entzückt. Er ist vielleicht für meinen Geschmack ein bißchen zu selbstsicher und zu jovial. Mir wäre es lieber, er würde mit seinem Urteil etwas mehr zögern und etwas milder sein, aber er weiß offenbar so viel und scheint wirklich ein trefflicher Mann zu sein.«

Man brach allgemein sehr spät auf.

»Ich habe selten Madame Verdurin so in Fahrt gesehen wie heute abend«, waren die ersten Worte, die Cottard an seine Frau richtete.

»Wer ist eigentlich diese Madame Verdurin? Bißchen halbseiden, was?« fragte Forcheville den Maler, dem er vorgeschlagen hatte, mit zu ihm einzusteigen.

Odette sah ihn mit Bedauern scheiden, sie wagte nicht, Swann allein nach Hause fahren zu lassen, doch im Wagen war sie schlecht gelaunt, und als er fragte, ob er noch mit zu ihr kommen solle, sagte sie ihr »Selbstverständlich« mit einem Achselzucken der Ungeduld. Als alle Gäste gegangen waren, bemerkte Madame Verdurin ihrem Mann gegenüber:

»Hast du gesehen, wie albern Swann gelacht hat, als wir von Madame La Trémoïlle gesprochen haben?«

Sie hatte festgestellt, daß Swann und Forcheville mehrmals vor diesem Namen das »de« ausgelassen hatten. Da sie nicht daran zweifelte, daß sie damit nur ihre Unabhängigkeit gegenüber Titeln demonstrieren wollten, wollte sie deren Kühnheit nachahmen, hatte aber nicht recht begriffen, durch welche grammatikalische Form man sie zum Ausdruck brachte. Da nun aber ihre gewohnte fehlerhafte Ausdrucksweise stärker als ihre republikanische Bürgergesinnung war, sagte sie auch immer einmal wieder die »de La Trémoïlle« oder vielmehr – mit einer Abkürzung, wie sie in Texten von Chansons für das Konzertcafé und in Bildlegenden von Karikaturen üblich war, bei der das »de« beinahe verschwand – die »d'La Trémoïlle«, dann aber besann sie sich wieder und sagte: »Madame La Trémoïlle«. »Die ›Herzogin‹, wie Swann sagte«, setzte sie in ironischem Ton und mit einem Lächeln hinzu, das besagte, sie zitiere hier nur und nehme keinesfalls eine so naive und lächerliche Bezeichnung auf sich.

»Ich kann dir nur sagen, ich habe ihn außergewöhnlich dumm gefunden.«

Monsieur Verdurin gab ihr zur Antwort:

»Er ist nicht offen, er ist ein Mensch, der immer Vorbehalte macht, er will das eine tun und das andere nicht lassen. ›Wasch mir den Pelz, aber mach mich nicht naß.‹ Wie anders dagegen Forcheville! Das ist doch noch ein Mann, der rundheraus seine Meinung äußert, ob sie einem zusagt oder nicht. Gar nicht so wie der andere, der weder Fisch noch Fleisch ist. Odette scheint mir übrigens Forcheville ganz hübsch vorzuziehen, und ich gebe ihr Recht. Und überhaupt, wenn Swann sich auch bei uns als Mann von Welt aufspielen will und so tut, als ob er bei Herzoginnen ein und aus geht, so hat der andere doch wenigstens ein Adelsprädikat; er ist immerhin Comte de Forcheville«, fügte er mit der Miene eines Eingeweihten hinzu, der über die Geschichte dieses Grafentitels bestens informiert ist und seinen Wert genau einzuschätzen weiß.

»Ich kann dir nur sagen«, bemerkte Madame Verdurin noch, »er hat sogar versucht, gegen Brichot allerlei giftige und lächerliche Unterstellungen vorzubringen. Da er gesehen hat, daß Brichot bei uns im Hause gern gesehen ist, war das natürlich eine Art, uns selber zu treffen und unser Diner herunterzumachen. Das ist so einer, der einem ins Gesicht freundlich tut und schlecht über einen redet, sobald man den Rücken kehrt.«

»Ich habe es dir doch gesagt«, antwortete Monsieur Verdurin, »das ist so ein kleiner Versager, ein elender Kerl, der auf alles, was auch nur ein bißchen groß ist, neidische Blicke wirft.«

In Wirklichkeit gab es keinen Getreuen, der weniger übelwollend gewesen wäre als gerade Swann; doch übten die anderen alle die Vorsicht, ihre kleinen Gehässigkeiten mit bekannten Witzeleien und einem kleinen Schuß von Rührung und Herzlichkeit zu versehen, während der mindeste Vorbehalt, den Swann machte und der keine solche konventionellen Floskeln enthielt wie: »Ich will gewiß nichts Böses sagen«, da er diese für unter seiner Würde hielt, als Perfidie erschien. Es gibt Schriftsteller von einer gewissen Eigenart, bei denen die geringste Freiheit im Umgang mit der Sprache das Publikum empört, weil sie nicht zuvor seinem Geschmack geschmeichelt und ihm die Gemeinplätze serviert haben, an die es nun einmal gewöhnt ist; auf die gleiche Weise hatte Swann Monsieur Verdurin gegen sich eingenommen. Wie bei jenen Autoren war es auch bei Swann das Ungewohnte seiner Redeweise, das an schwarze Absichten bei ihm glauben ließ.

Swann wußte noch nichts von der Ungnade, die ihm von den Verdurins drohte; noch immer sah er ihre lächerlichen Seiten durch seine Liebe in rosigem Licht.

Odette traf er meist nur am Abend; tagsüber aber, wo er fürchtete, ihr lästig zu fallen, wenn er sie besuchte, hätte er doch gern ihre Gedanken unablässig mit seiner Person beschäftigt gewußt und suchte nach Gelegenheiten, sich in einer ihr angenehmen Weise darin einen Platz zu verschaffen. Wenn ihm in der Auslage eines Blumengeschäfts oder eines Juweliers eine Pflanze oder ein Schmuckstück gefiel, kam ihm auf der Stelle in den

Sinn, sie Odette zu schicken, und er stellte sich dabei vor, wie sie das Vergnügen empfinden würde, das sie ihm verschafft hatten, und wie sie doch mit vermehrter Zärtlichkeit seiner gedenken müßte; dann ließ er sie rasch zu ihr in die Rue la Pérouse bringen, um den Augenblick nicht länger hinauszuschieben, wo sie etwas von ihm erhalten und er sich dadurch näher bei ihr fühlen würde. Vor allem wollte er, daß sie sein Geschenk bekam, bevor sie das Haus verließ, damit ihre Dankbarkeit ihm eine um so freundlichere Begrüßung sichern würde, wenn er sie bei den Verdurins traf; oder, wer weiß, wenn der Lieferant sich entsprechend beeilte, könnte er vielleicht noch vor dem Abendessen ein Briefchen von ihr bekommen, oder womöglich machte sie sich sogar noch rasch selbst zu ihm auf, um ihm mit einem zusätzlichen Besuch ihren Dank auszudrücken. Wie früher, als er an Odettes Natur Experimente mit Reaktionen der Verstimmung anstellte, suchte er durch solche der Dankbarkeit in ihr Gefühlsparzellen freizulegen, die sie ihm bislang noch nicht offenbart hatte.

Oft war sie in Geldverlegenheit und bat ihn dann, wenn ein Gläubiger drängte, ihr schnell zu Hilfe zu kommen. Er war darüber glücklich wie über alles, was Odette eine gewichtige Vorstellung von seiner Liebe oder auch nur von seinem Einfluß, seiner Nützlichkeit für sie geben konnte. Sicher, hätte man ihm zu Anfang gesagt: »Deine Stellung gefällt ihr« oder jetzt: »Sie liebt dich deines Geldes wegen«, er hätte es nicht geglaubt, wäre aber nicht einmal sehr unzufrieden gewesen, daß andere sich vorstellten, sie sei mit ihm – daß andere spürten, sie seien miteinander – durch etwas so Starkes wie Snobismus oder Geld verbunden. Doch selbst wenn er gedacht hätte, es sei so, hätte er vielleicht nicht unter der Entdeckung gelitten, daß Odettes Liebe zu ihm auf einer solideren Basis beruhe als auf der Annehmlichkeit des

Umgangs mit ihm oder der Vorzüge, die sie an ihm finden mochte: der Eigennutz, gerade der Eigennutz würde vielleicht am ehesten dafür sorgen, daß niemals der Tag käme, an dem sie versucht sein könnte, den Verkehr mit ihm abzubrechen. Im Augenblick konnte er sich, wenn er sie mit Geschenken überschüttete, ihr Gefälligkeiten erwies, aufgrund von Vorzügen, die außerhalb seiner Person lagen, nichts mit seiner Intelligenz zu tun hatten, von dem erschöpfenden Bemühen erholen, ihr durch sich selbst zu gefallen. Und jenes Lustgefühl, verliebt zu sein, nur von Liebe zu leben, ein Gefühl, an dessen Wirklichkeit er manchmal zweifelte, wurde durch den Preis, den er als Liebhaber immaterieller Empfindungen schließlich dafür bezahlte, für ihn um so wertvoller – so wie Leute, die im Grunde nicht ganz sicher sind, ob das Schauspiel des Meeres und das Geräusch der Brandung denn eigentlich so köstlich seien, sich von der erlesenen Qualität ihrer rein ideellen Freuden dadurch überzeugen, daß sie für hundert Francs am Tag ein Hotelzimmer mieten, das ihnen erlaubt, in diesen Genuß zu kommen.

Eines Tages, als Überlegungen dieser Art ihm ein weiteres Mal jene Zeiten in Erinnerung riefen, in denen man ihm von Odette als einer ausgehaltenen Person erzählt hatte, und als er sich gerade von neuem darin gefiel, jenen seltsamen Typus der ausgehaltenen Frau – ein schillerndes Amalgam aus unbekannten, dämonischen Elementen, wie eine Gestalt aus den Bildern von Gustave Moreau[1] mit giftigen Blüten geschmückt, unter die kostbare Kleinodien geflochten waren – jener Odette gegenüberzustellen, über deren Gesicht er das gleiche Mitgefühl für einen Unglücklichen, die gleiche Art von Empörung über eine Ungerechtigkeit oder von Dankbarkeit für eine empfangene Wohltat wie früher über das seiner Mutter, seiner Freunde hatte hingleiten sehen, jener Odette, deren Bemerkungen sich oft auf die Dinge bezogen, die er am besten kannte, seine Sammlungen, sein Schlafzimmer, seinen alten Diener, den Bankier, der seine Papiere verwaltete –, erinnerte ihn gerade diese letztere Vorstellung von dem Bankier daran, daß er eigentlich hätte Geld abheben sollen. Denn wenn er in diesem Monat Odette in ihren materiellen Schwierigkeiten weniger großzügig beistände als im letzten, wo er ihr fünftausend Francs gegeben hatte, wenn er ihr nicht ein Diamantenkollier schenkte, das sie sich wünschte, würde er möglicherweise bei ihr auch nicht die Bewunderung für seine Freigebigkeit erneuern und jene Dankbarkeit, die ihn so glücklich machte, und liefe damit Gefahr, in ihr den Glauben zu erwecken, daß seine Liebe zu ihr, da ihre Bestätigung nachließ, nicht mehr ganz dieselbe sei. Da auf einmal fragte er sich, ob nicht gerade darin das »Aushalten« bestehe (als ob nämlich dieser Begriff des Aushaltens sich nicht aus geheimnisvollen und perversen Elementen herleite sondern vielmehr dem ganz alltäglichen privaten Bereich seines Lebens angehöre, so wie jener im Haus verwahrte und vertraute, zerrissene und wieder geklebte Tausendfrancsschein, den sein Kammerdiener, nachdem er für ihn die Rechnungen des Monats und die Miete bezahlt hatte, in die Lade des alten Schreibtisches gelegt hatte, aus der Swann ihn nahm, um ihn mit vier anderen an Odette zu schicken) und ob man nicht auf Odette, seitdem er sie kannte (denn nicht einen Augenblick argwöhnte er, daß sie jemals zuvor von einem anderen als ihm Geld angenommen habe) jene Bezeichnung anwenden könne, die er für ganz unvereinbar mit ihr angesehen hatte, nämlich »ausgehaltene Person«. Er hing dem Gedanken nicht weiter nach, denn eine gewisse angeborene, immer wiederkehrende und der Vorsehung in die Hände arbeitende Trägheit des Geistes trat in diesem

Augenblick bei ihm in Aktion und löschte seinen ganzen Scharfsinn mit solcher Plötzlichkeit aus, wie man später, als es überall elektrische Beleuchtung gab, im ganzen Haus den Strom ausschalten konnte. Sein Denken tastete einen Augenblick noch in dieser Finsternis umher, er nahm seinen Kneifer ab und putzte die Gläser, strich sich mit der Hand über die Augen und sah erst wieder Licht, als er sich einer ganz neuen Vorstellung gegenüberfand, nämlich der Frage, ob er nicht versuchen solle, Odette im nächsten Monat sechs- oder siebentausend Francs zu schicken wegen der Überraschung und Freude, die eine solche Sendung bei ihr auslösen würde.

Wenn er am Abend nicht bis zu dem Augenblick, wo es Zeit wurde, Odette bei den Verdurins oder in einem der sommerlichen Restaurants zu treffen, die sie gern im Bois oder noch lieber in Saint-Cloud aufsuchten, zu Hause blieb, begab er sich zum Abendessen in eines jener eleganten Häuser, in denen er früher so viel verkehrt hatte. Er wollte nicht ganz mit Menschen den Kontakt verlieren, die – wer konnte es wissen – vielleicht Odette eines Tages nützlich werden könnten und dank denen er ihr schon heute oft gefällig zu sein vermochte. Zudem hatte ihm die lange Gewöhnung an die mondäne Gesellschaft und den Luxus gleichzeitig mit ihrer Verachtung doch auch das Bedürfnis danach eingeflößt, so daß in dem Augenblick, wo die bescheidensten Behausungen ihm genauso gut erschienen waren wie die fürstlichsten Besitzungen, seine Sinne doch derartig an diese letzteren gewöhnt waren, daß er sich nur ungern in den ersteren aufgehalten hätte. Er brachte – sogar in einem Maße, das diese sich gar nicht hätten vorstellen können – nicht minder Achtung auf für irgendwelche Kleinbürger, die im fünften Stock Aufgang D linker Flur eine kleine Tanzgesellschaft gaben, als für die Prinzessin von

Parma, die in Paris die elegantesten Feste veranstaltete; er hatte jedoch nicht das Gefühl, auf einem Ball zu sein, wenn er sich mit den Vätern im Schlafzimmer der Dame des Hauses aufhielt, und der Anblick der mit Handtüchern zugedeckten Waschgeschirre und der als Kleiderablagen hergerichteten Betten, auf deren Decken sich Überzieher und Hüte häuften, verursachte ihm das gleiche Erstickungsgefühl, das heute Menschen, die seit zwanzig Jahren an elektrisches Licht gewöhnt sind, bei einer qualmenden Lampe oder einem schwelenden Nachtlicht verspüren. An den Tagen, wo er nicht zu Hause aß, ließ er um halb acht anspannen; beim Ankleiden dachte er an Odette und fühlte sich somit nicht allein, denn das unaufhörliche Denken an sie gab den Augenblicken, die er fern von ihr verbrachte, den gleichen Reiz, wie die ihn besaßen, wo er mit ihr zusammen war. Er stieg in den Wagen, aber er spürte, daß dieser Gedanke mit ihm eingestiegen war und sich auf seinen Knien niederließ wie ein Lieblingstier, das man überallhin mitnimmt und das er sogar unbemerkt von den Gästen bei Tisch bei sich behalten würde. Er hegte und pflegte ihn und überließ sich dabei aufgrund eines vagen Gefühls der Mattigkeit einem leichten Zittern, das seinen Hals und seine Nase erbeben ließ und ganz neu an ihm war, während er das Sträußchen Akelei in seinem Knopfloch befestigte. Da er sich seit einiger Zeit schon leidend und traurig fühlte, besonders seit dem Tag, an dem Odette den Verdurins jenen Forcheville vorgestellt hatte, hätte Swann sich gern ein paar Tage auf dem Lande ausgeruht. Doch er fand nicht den Mut, Paris einen einzigen Tag zu verlassen, wenn Odette da war. Es war jetzt warm, die schönsten Tage des Frühlings hatten eingesetzt. Er mochte aber noch so sehr durch eine Stadt aus Stein fahren, um ein ringsum geschlossenes Stadtpalais aufzusuchen: was er unaufhörlich vor Augen sah, war ein Park, den er nahe bei Combray besaß, wo man schon um vier Uhr nachmittags etwas unterhalb des Spargelfeldes dank dem von den Feldern von Méséglise herwehenden Wind unter einer Hagebuchenlaube die gleiche Kühle genießen konnte wie am Ufer eines von Vergißmeinnicht und Schwertlilien eingerahmten Teiches und wo beim Abendessen der Tisch von Girlanden aus Johannisbeerzweigen und Rosen umgeben war, die sein Gärtner miteinander verflocht.

Wenn die Zusammenkunft im Bois oder in Saint-Cloud schon frühzeitig angesetzt war, brach er so zeitig nach dem Essen auf – besonders wenn es aussah, als ob es regnen und möglicherweise die Rückfahrt der »Getreuen« schon eher erfolgen könnte –, daß einmal die Fürstin des Laumes (bei der spät zu Abend gegessen wurde und die Swann noch vor dem Mokka verlassen hatte, um sich zu den Verdurins auf die Insel im Bois zu begeben) bemerkte:

»Ich muß schon sagen, wenn Swann dreißig Jahre älter wäre und an der Blase litte, würde man ihn ja entschuldigen, wenn er sich derartig rasch verdrückt. Im Ernst, was glaubt der eigentlich.«

Er sagte sich, daß er den Zauber des Frühlings, den er in Combray nicht genießen durfte, wenigstens auf der Île des Cygnes[1] oder in Saint-Cloud finden würde. Da er aber an nichts anderes als an Odette denken konnte, wußte er nicht einmal, ob er den Duft der Blätter verspürt hatte oder ob Mondschein gewesen war. Er wurde mit dem kleinen Thema aus der Sonate begrüßt, das im Garten auf dem Klavier des Restaurants intoniert wurde. War keins vorhanden, so scheuten die Verdurins keine Mühe, um aus einem der Zimmer oder dem Speisesaal ein solches ins Freie schaffen zu lassen. Das bedeutete nicht etwa, daß Swann von ihnen wieder in Gnaden aufgenommen wäre, ganz im Gegenteil. Doch die Idee, für jemanden ein raffiniertes Vergnügen zu organisieren, selbst wenn sie ihn nicht mochten, ließ bei ihnen während der Zeit, die sie für die Veranstaltung brauchten, flüchtige und nur der Gelegenheit dienende Gefühle der Sympathie, ja Herzlichkeit aufkommen. Manchmal sagte er sich, daß nun wiederum ein Frühlingsabend dahingehe, und versuchte sich zu zwingen, auf die Bäume und den Himmel achtzugeben. Die Aufregung, in die ihn Odettes Gegenwart versetzte, und dazu ein leichtes fiebriges Unbehagen, das ihn in letzter Zeit kaum noch verließ, benahmen ihm jedoch die Ruhe und das Wohlgefühl, die für Natureindrücke die unerläßliche Voraussetzung sind.

Eines Abends, als Swann eine Einladung zum Essen bei den Verdurins angenommen hatte, sprach er während der Mahlzeit davon, daß er am folgenden Tag an einem Bankett alter Kameraden teilnehmen müsse. Odette hatte ihm vor versammelter Tafelrunde, vor Forcheville, der jetzt einer der Getreuen war, vor dem Maler, vor Cottard zur Antwort gegeben:

»Ja, ich weiß, Sie haben Ihr Bankett; da sehe ich Sie also erst bei mir, aber kommen Sie nicht zu spät.«

Obwohl Swann bislang noch niemals die Freundschaft Odettes für diesen oder jenen Getreuen ernstlich beargwöhnt hatte, bereitete es ihm doch ein tiefes Glücksgefühl, als er sie in dieser Weise vor allen Anwesenden seelenruhig und unbefangen ihre regelmäßigen abendlichen Rendezvous und seine daraus hervorgehende Sonderrolle bei ihr eingestehen hörte. Wohl hatte Swann oft genug gedacht, daß Odette eigentlich keine bemerkenswerte Frau sei und daß seine Macht über ein Wesen, das ihm so weit unterlegen war, nichts so Schmeichelhaftes habe, daß er sie im Angesicht der »Getreuen« bekanntgegeben wünschte; seitdem er aber bemerkt hatte, wie vielen Männern Odette als eine entzükkende und begehrenswerte Frau erschien, hatte der Zauber, den für jene ihr Körper besaß, in ihm ein quälendes Bedürfnis geweckt, sie bis in die letzten Winkel ihres Herzens hinein sich völlig zu unterwerfen. So hatte er begonnen, den am Abend bei ihr verbrachten Minuten einen unschätzbaren Wert beizumessen, jenen Augenblicken, da er sie auf seine Knie nahm, sie sagen ließ, was sie über diese oder jene Sache denke, und wo er im Geist die Dinge an sich vorbeiziehen ließ, die die einzigen auf Erden waren, deren Besitz er noch wichtig nahm. Nach diesem Abendessen zog er sie daher auf die Seite, dankte ihr gerührt und machte dabei den Versuch, ihr durch seine sorgfältig abgestufte Dankbarkeit die verschiedenen Grade von Freuden, die sie ihm bereiten konnte, zu verdeutlichen, deren höchste darin bestand, ihm, solange seine Liebe währen und ihn in dieser Hinsicht verwundbar machen würde, die Leiden der Eifersucht zu ersparen.

Als er am folgenden Tag nach dem Bankett ins Freie trat, regnete es in Strömen, und er hatte nur seinen Mylord bei sich; ein Freund schlug ihm vor, ihn in seinem Coupé[1] nach Hause zu fahren, und da ihm Odette, indem sie ihn zu kommen gebeten, die Gewißheit gegeben hatte, daß sie niemand erwarte, hätte er sich lieber, als in diesem Regen loszufahren, gleich nach Hause begeben, um sich schlafen zu legen. Doch vielleicht würde sie, wenn sie sah, daß er gar nicht so großen Wert darauf zu legen schien, ausnahmslos bei ihr die letzten Stunden des Abends zu verbringen, auch nachlässiger darin werden, sie für ihn freizuhalten, und das am Ende gerade einmal, wenn er es besonders ersehnte.

Er war erst nach elf Uhr bei ihr, und als er sich entschuldigte, daß er nicht eher habe kommen können, klagte sie, es sei in der Tat sehr spät, das Gewitter habe ihr zugesetzt, sie fühle sich benommen im Kopf, und bereitete ihn gleich darauf vor, daß sie ihn nicht länger als eine halbe Stunde dabehalten, sondern um Mitternacht nach Hause schicken werde; kurz darauf wurde sie müde und wollte gerne schlafen.

»Also keine Cattleya heute abend?« fragte er. »Und ich hatte doch so auf eine kleine liebe Cattleya gehofft.«

Etwas mißmutig und nervös antwortete sie ihm:

»Aber nein, Liebling, keine Cattleya heute abend, du siehst doch, wie angegriffen ich bin!«

»Vielleicht hätte es dir gut getan, aber ich will dich nicht quälen.«

Sie bat ihn, bevor er ging, das Licht auszumachen, er selbst zog die Bettvorhänge zu und ging.[1] Doch zu Hause angekommen, überfiel ihn plötzlich der Gedanke, daß Odette vielleicht an diesem Abend noch jemand erwarte, daß sie ihn nur gebeten habe, das Licht auszulöschen, damit er glaube, sie wolle wirklich schlafen, und gleich nachdem er gegangen war, es wieder angemacht und jenen anderen eingelassen habe, dem die Nacht bei ihr zugedacht war. Er schaute auf die Uhr. Es war jetzt etwa anderthalb Stunden her, daß er sie verlassen hatte; nun ging er noch einmal aus dem Haus, nahm eine Droschke und ließ sie ganz in ihrer Nähe halten in einer kleinen Straße, die im rechten Winkel auf die hinter ihrem Haus entlangführende stieß, in der er manchmal an ihr Schlafzimmerfenster klopfte, damit sie ihm öffnen käme; er stieg aus dem Wagen, das ganze Viertel lag finster und öde da, er hatte nur ein paar Schritte zu machen und stand bereits fast vor ihrem Haus. In der Dunkelheit aller dieser Fenster, hinter denen seit langem das Licht gelöscht war, sah er in dieser Straße nur ein einziges, aus dem – zwischen den Fensterläden, die sein goldenes, geheimnisvolles Fruchtfleisch auszupressen schienen – vom Innern des Zimmers her jenes Licht hervorquoll, das ihn an so vielen Abenden, wenn er es schon von fernher bemerkte, erfreut und ihm angekündigt hatte: »Sie ist da und wartet auf dich«; jetzt aber quälte es ihn vielmehr, weil es ihm sagte: »Sie ist da mit dem, auf den sie gewartet hat.« Er wollte wissen, wer es war; er schlich an der Mauer entlang bis an das Fenster, doch durch die schrägen Latten der Läden sah er nichts; er hörte nur das Murmeln von Stimmen in der Stille der Nacht. Gewiß litt er beim Anblick dieses Lichts, in dessen Schimmer sich hinter dem Fensterrahmen das unsichtbare, verhaßte Paar bewegte, beim Anhören dieses Gemurmels, das die Gegenwart jenes anderen kundtat, der nach seinem Weggang gekommen war, beim Gedanken an die Falschheit Odettes und des Glücks, das sie jetzt mit einem anderen genoß.

Und doch war er froh, daß er gekommen war: die Unruhe, die ihn gezwungen hatte, noch einmal auszugehen, hatte von ihrer Qual verloren, was sie an Gewißheit gewann, jetzt wo das andere Leben Odettes, das er in jenem Augenblick nur jäh und ohnmächtig geahnt hatte, auf einmal im vollen Lampenlicht vor ihm lag, arglos gefangen in diesem Raum, in den er überraschend treten und wo er es mit Händen greifen konnte; oder besser wäre es vielleicht, an die Läden zu klopfen, wie er öfter tat, wenn es sehr spät geworden war; so würde wenigstens Odette erfahren, daß er Bescheid wußte, daß er das Licht gesehen, die murmelnden Stimmen gehört, und während er sie sich eben noch vorgestellt hatte, wie sie sich über seine Illusionen lustig machten, sah er jetzt die beiden vor sich, blind in Irrtum befangen, alles in allem getäuscht durch ihn, den sie ferne glaubten und der nun schon wußte, er werde gleich an die Läden klopfen. Vielleicht war das, was er in diesem Augenblick als beinahe angenehm empfand, nicht nur die Beschwichtigung eines Zweifels oder eines Schmerzgefühls, sondern auch ein geistiges Vergnügen. Wenn, seitdem er liebte, die Dinge wieder etwas von dem beglückenden Interesse bekommen hatten, das sie früher für ihn besaßen, aber doch nur da, wo sie ihr Licht von der Erinnerung an Odette her erhielten, so wurde jetzt von seiner Eifersucht eine andere Fähigkeit seiner erkenntnishungrigen Jugend neu belebt, nämlich der leidenschaftliche Drang nach Wahrheit, einer Wahrheit jedoch, die ebenfalls zwischen ihm und seiner Geliebten stand, die ihr Licht von ihr erhielt, einer individuellen Wahrheit also, deren einziges, unerhört kostbares Objekt von schon wieder fast uneigennütziger Schönheit Odettes Handlungen waren: ihre Beziehungen, Pläne, ihre Vergangenheit. Zu jeder anderen Zeit seines Lebens waren Swann die täglichen kleinen Verrichtungen und Taten einer anderen Person völlig unwichtig erschienen; erzählte man ihm darüber irgendwelchen Klatsch, so fand er ihn keineswegs interessant, und während er zuhörte, war er nur mit dem trivialsten Teil seiner Aufmerksamkeit dabei; es war für ihn einer jener Augenblicke, in denen er sich seiner Mittelmäßigkeit am heftigsten bewußt wurde. Doch in dieser seltsamen Phase der Liebe wird das Individuelle derartig bedeutungsvoll, daß die Neugier, die Swann im Hinblick auf die geringfügigsten Beschäftigungen einer Frau in sich erwachen fühlte, genau die gleiche war, die früher geschichtliche Tatsachen in ihm ausgelöst hätten. Und Handlungen, deren er sich bislang geschämt haben würde – spionierend vor einem Fenster stehen und morgen vielleicht, wer weiß, geschickt gleichgültige Menschen zum Reden bringen, die Dienstboten für sich gewinnen, an den Türen horchen –, erschienen ihm nur noch, ebensogut wie das Entziffern von Texten, das Vergleichen von Augenzeugenberichten und die Interpretation von Baudenkmälern, als durchaus ernstzunehmende Methoden wissenschaftlicher Forschung, die für die Findung der Wahrheit geeignet wären.

Im Begriff, an die Läden zu pochen, hatte er eine Anwandlung von Scham bei dem Gedanken, daß Odette damit wissen würde, daß er mißtrauisch gegen sie geworden, zurückgekommen und auf der Straße vor ihrem Fenster sei. Sie hatte ihm oft gesagt, wie abscheulich sie eifersüchtige Liebhaber finde, die einem nachspionierten. Was er zu tun vorhatte, war recht ungeschickt, sie würde ihn fortan verachten, während sie noch in diesem Augenblick, solange er nicht geklopft hatte, ihn vielleicht liebte, selbst wenn sie ihn betrog. Wie viele Glücksmöglichkeiten geben wir nicht in dieser Weise für das ungeduldige Verlangen nach einem Vergnügen her, das auf der Stelle erreichbar ist! Doch das Verlangen, die Wahrheit zu kennen, blieb stärker und schien ihm edler. Er wußte, daß die Wirklichkeit aller Umstände, die er für sein Leben gern genau rekonstruiert hätte, hinter jenem lichtdurchwobenen Fenster so offen lesbar dalag, als sei es die goldverzierte Einbanddecke eines der kostbaren Manuskripte, gegen deren reichen künstlerischen Schmuck selbst der Gelehrte, der etwas darin nachschlägt, nicht gleichgültig bleiben kann. Er verspürte eine brennende Lust, die erregende Wahrheit aus diesem einzigartigen, vergänglichen, kostbaren Exemplar zu erfahren, das aus einem so warm schimmernden, köstlichen Stoff bestand. Was er den beiden voraushatte – es war ihm überaus wichtig, ihnen gegenüber im Vorteil zu sein –, bestand vielleicht weniger darin, die Wahrheit zu wissen, als vielmehr ihnen zeigen zu können, daß sie ihm nicht verborgen sei. Er stellte sich auf die Zehenspitzen. Er klopfte. Es schien ihn niemand zu hören; er klopfte stärker, das Gespräch hielt inne. Eine Männerstimme, aus deren Klang er zu erraten versuchte, welchem der ihm bekannten Freunde Odettes sie gehören mochte, rief:

»Wer ist da?«

Er war nicht recht sicher, wer es war. Er klopfte noch einmal. Das Fenster ging auf, dann die Läden. Jetzt war es zu spät, noch zurückzuweichen, und da sie doch alles erfahren würde, und um nicht gar zu unglücklich, eifersüchtig und neugierbesessen zu wirken, rief er nur obenhin und scheinbar heiter zurück:

»Lassen Sie sich nicht stören, ich kam nur gerade hier vorbei und sah Licht, da wollte ich mich erkundigen, ob es Ihnen wieder besser gehe.«

Er schaute hin. Vor ihm standen zwei alte Herren am Fenster, der eine hielt eine Lampe in der Hand, und da sah er das Zimmer, das ihm unbekannt war. Da er es gewöhnt war, wenn er sehr spät kam, Odettes Zimmer unter vielen fast gleichen als einziges noch beleuchtet zu finden, hatte er sich getäuscht und an das nächste geklopft, das bereits zum Nachbarhaus gehörte. Er entfernte sich unter Entschuldigungen und kehrte nach Hause zurück, glücklich darüber, daß die Befriedigung seiner Neugierde die Intaktheit seiner Liebesbeziehung klargestellt habe und daß er Odette, nachdem er ihr gegenüber seit so langem schon eine Art Gleichgültigkeit an den Tag gelegt, nicht durch seine Eifersucht den Beweis geliefert habe, daß er sie zu sehr liebte, einen Beweis, der unter Liebenden denjenigen Teil, der ihn erhält, für alle Zeiten davon dispensiert, auch nur genug zu lieben. Er sagte ihr nichts von diesem mißglückten Unternehmen und dachte selbst nicht mehr daran. Manchmal aber begegneten seine Gedanken in ihrem Lauf, ohne sie zuvor bemerkt zu haben, der Erinnerung an dieses Ereignis; sie stießen an sie und trieben sie weiter in ihn hinein; Swann verspürte dann einen jähen, heftigen Schmerz. Als hätte es sich um einen physischen Schmerz gehandelt, konnte Swann ihn durch Denken nicht lindern; bei einem physischen Schmerz aber kann das Denken wenigstens, gerade weil er vom Denken unabhängig ist, verweilen, kann feststellen, daß er nachgelassen, daß er für eine Stunde ganz aufgehört hat. Jenen Schmerz aber schuf das Denken nur schon dadurch, daß es sich an ihn erinnerte, jedesmal neu. Nicht daran denken zu wollen war immer noch eine Art, daran zu denken und daran zu leiden. Wenn er dann im Gespräch mit seinen Freunden sein geheimes Leiden vergaß, so genügte manchmal ein Wort, daß sein Gesicht einen veränderten Ausdruck bekam wie das eines Verwundeten, dessen schmerzendes Glied ein Ungeschickter gedankenlos berührt. Wenn er Odette verließ, war er glücklich, er fühlte sich ruhig, er rief sich ihr Lächeln, spöttisch, wenn sie von diesem oder jenem sprach, zärtlich für ihn selbst, die Schwere ihres Kopfes, den sie aus seiner Achse verschob, um ihn ihm entgegenzuneigen, und dann fast willenlos auf seine Lippen sinken ließ, wie sie es zum erstenmal im Wagen getan hatte, die ersterbenden Blicke, die sie in seinen Armen liegend ihm zugeworfen hatte, während sie fröstelnd ihr geneigtes Haupt an seiner Schulter verbarg, ins Gedächtnis zurück.

Im selben Augenblick aber zeigte ihm seine Eifersucht, als wäre sie der Schatten seiner Liebe, das Spiegelbild jenes neuartigen Lächelns, das sie ihm an diesem Abend zugeworfen hatte – und das, gleichsam seitenverkehrt, Swann jetzt verhöhnte und sich mit Liebe für einen anderen erfüllte –, das Spiegelbild auch jener Neigung des Kopfes, der freilich jetzt fremden Lippen entgegensinken wollte, jenes schließlich all der Zärtlichkeiten, die sie für ihn gehabt hatte und jetzt einem anderen schenkte. Alle Erinnerungen an die Lust, die er mit ihr gekostet hatte, waren jetzt ebenso viele Skizzen, ebenso viele »Entwürfe« gleich denen, die man für die Einrichtung eines Hauses vorgelegt bekommt, und nach denen

Swann sich nun eine Vorstellung von den leidenschaftlichen oder schmachtenden Attitüden machen konnte, die sie für andere einnahm. Schließlich kränkte er sich um jeden Genuß, den er bei ihr fand, um jede Liebkosung, die sie erdacht und auf deren Süße er sie unvorsichtigerweise ausdrücklich hingewiesen hatte, jeden besonders anmutigen Reiz, den er an ihr entdeckt hatte, denn er war sich bewußt, daß diese alle gleich darauf nur ebenso viele neue Werkzeuge für seine Folterqualen abgeben würden.

Diese wurden noch grausamer, als ihm die Erinnerung an einen kurzen Blick kam, den er zufällig und zum erstenmal vor ein paar Tagen aus Odettes Augen aufgefangen hatte. Es war nach dem Essen bei den Verdurins. Sei es, daß Forcheville in dem Gefühl, sein Schwager Saniette sei bei seinen Gastgebern nicht sehr gern gesehen, ihn als Zielscheibe wählte, um vor ihnen auf dessen Kosten zu glänzen, sei es, daß er gereizt war durch eine ungeschickte Bemerkung von dessen Seite, die übrigens unbemerkt an den Anwesenden vorübergegangen war, da sie gar nicht wußten, welche unfreundliche Andeutung sie – völlig entgegen der Absicht dessen, der sie vorgebracht hatte – enthalten mochte, sei es endlich, daß er seit längerer Zeit eine Gelegenheit suchte, jemanden aus dem Hause zu entfernen, der ihn zu genau kannte und der ihn mit seiner Feinfühligkeit in gewissen Augenblicken schon durch seine bloße Gegenwart genierte, jedenfalls antwortete Forcheville auf Saniettes ungeschickte Worte so grob, ja beleidigend, wobei ihn, je länger er daherzeterte, der Schrecken, der Schmerz, das stumme Flehen des anderen nur immer kühner machten, daß der Unglückliche, nachdem er Madame Verdurin gefragt hatte, ob er bleiben solle, und keine Antwort erhalten hatte, sich verlegen stotternd mit Tränen in den Augen empfahl. Odette hatte ungerührt diese

Szene mit angesehen, doch als die Tür sich hinter Saniette schloß, hatte sie, indem sie den gewohnten Ausdruck ihres Gesichts gleichsam um mehrere Drehungen heruntersetzte, um sich in der Niedertracht mit Forcheville auf gleichem Niveau zu befinden, in ihren Pupillen ein heimtückisches Lächeln aufblitzen lassen, mit dem sie ihm zu seinem Schneid gratulierte und zugleich das Opfer mit Ironie bedachte; sie hatte ihm einen Blick des Einverständnisses im Bösen zugeworfen, der so deutlich besagte: Wenn das keine Hinrichtung war...! Haben Sie seine Jammermiene gesehen? Er weinte ja –, daß Forcheville, erregt noch von seinem Zorn oder dem Vortäuschen von Zorn, plötzlich davon abließ und lächelnd entgegnete:

»Er hätte nur höflich zu sein brauchen, dann säße er noch hier; eine kleine Zurechtweisung kann in keinem Alter etwas schaden.«

Eines Tages[1], als Swann mitten am Nachmittag ausgegangen war, um einen Besuch zu machen, die Person, die er antreffen wollte, aber nicht zu Hause fand, kam er auf den Gedanken, zu dieser Stunde, wo er sonst nie zu Odette ging, sie jedoch mit Bestimmtheit ihre Siesta haltend oder vor der Teestunde noch ein paar Briefe schreibend zu Hause wußte und so das Vergnügen haben konnte, sie zu sehen, ohne sie zu stören, sich zu ihr zu begeben. Der Concierge sagte ihm, er glaube, sie sei da; er schellte, meinte ein Geräusch zu hören, auch Schritte, aber niemand machte ihm auf. Unruhig und verstimmt begab er sich in die kleine Straße hinter dem Haus und trat vor Odettes Schlafzimmerfenster; die Vorhänge hinderten ihn, ins Innere zu sehen, er pochte nachdrücklich an die Scheiben und rief; niemand öffnete. Er sah, daß die Nachbarn sein Treiben beobachteten. Er ging also fort und dachte, er habe sich letztlich vielleicht doch hinsichtlich der Schritte getäuscht; die Sache ging ihm so sehr nach, daß er an nichts anderes denken konnte. Eine Stunde später war er wieder da. Diesmal traf er sie an; sie sagte ihm, sie sei zu Hause gewesen, als er vorhin schellte, habe aber geschlafen; das Schellen habe sie aufgeweckt, sie habe erraten, daß es Swann war, und sei ihm nachgelaufen, aber da war er schon fort. Sie habe ihn auch an die Scheibe klopfen hören. Swann erkannte in diesem Zugeständnis gleich eines jener Tatsachenfragmente, die die Lügner, wenn sie gestellt werden, wie um sich abzusichern, in die Darstellung des von ihnen erfundenen, falschen Sachverhalts aufnehmen, in der Meinung, darin der Wahrheit Rechnung zu tragen und gleichzeitig die Ähnlichkeit mit der Wahrheit zu verbergen. Gewiß verstand Odette sehr gut, etwas, was sie getan hatte, aber nicht eingestehen wollte, für sich zu behalten. Sobald sie aber demjenigen gegenüberstand, den sie belügen wollte, wurde sie von Unruhe gepackt, vergebens suchte sie ihre Gedanken zusammenzuhalten, ihr Erfindungsgeist und ihr Scharfsinn waren völlig gelähmt, sie spürte eine Leere in ihrem Kopf, andererseits mußte sie doch irgend etwas sagen, und dann kam ihr gerade nur die Sache in den Sinn, die sie verbergen wollte, die jedoch eben aufgrund ihres Wahrseins haften geblieben war. Sie entnahm dann daraus eine an sich unwichtige Einzelheit und sagte sich, daß es alles in allem so besser sei, weil ein wahres Detail ungefährlicher sei als ein falsches. Das wenigstens ist wahr, sagte sie sich, er kann sich ja danach erkundigen, dann wird er sehen, daß es wahr ist, daran kann er nichts merken. Sie täuschte sich, gerade daran merkte man es; sie machte sich nicht klar, daß dieses wahre Detail Ecken und Kanten hatte, die eben nur in die entsprechenden Teile des wahren Tatbestandes hineinpaßten, aus dem sie es willkürlich herausgelöst hatte, und der überstehende Teil oder die nicht ausgefüllten leeren Stellen immer enthüllen würden, daß es nicht dorthin gehöre. Sie gibt zu, daß sie mich hat läuten und danach klopfen hören, und behauptet sogar, sie hätte mich gern gesehen, dachte Swann. Das stimmt aber nicht damit zusammen, daß sie mich nicht eingelassen hat.

Er machte sie jedoch auf diesen Widerspruch nicht aufmerksam, denn er glaubte, daß Odette, wenn man sie in Ruhe ließe, vielleicht eine weitere Lüge vorbringen würde, die einen schwachen Hinweis auf die Wahrheit enthielte; sie sprach; er unterbrach sie nicht, sondern nahm mit sehnsüchtiger und schmerzlicher Andacht die Worte in sich auf, die sie sagte und in denen er (gerade weil sie sie beim Sprechen dahinter zu verstecken suchte) undeutlich wie unter dem heiligen Schleier den Abdruck, die ungenau nachgezeichneten Konturen jener so unendlich kostbaren, aber ach! unauffindbaren Wahrheit verborgen wußte – nämlich was sie um drei Uhr getrieben hatte, als er gekommen war –, über die er stets nur gleich unlesbaren, göttlichen Spuren diese Lügen hören würde und die nur noch in der hehlerischen Erinnerung jenes Wesens existierte, das diese Wahrheit betrachtete, ohne sie schätzen zu können, und das sie ihm bestimmt niemals preisgeben würde. Gewiß hatte er wohl augenblicksweise eine ahnende Vorstellung davon, daß die täglichen Beschäftigungen Odettes nicht aufregend interessant seien und daß die Beziehungen, die sie zu anderen Männern haben mochte, nicht unbedingt von Natur aus und für jedes denkende Wesen tödliche Trauer aushauchen müßten, die mit dem Rausch des Selbstmords geladen sei. Er war sich dann darüber klar, daß dieses Interesse, diese Trauer nur in ihm selbst als eine Art Krankheit bestanden und daß nach deren Heilung die Handlungen Odettes, die Küsse, die sie ausgeteilt haben mochte, wieder so gleichgültig werden würden wie die einer andern Frau. Daß die schmerzliche Neugier, die Swann jetzt in sich trug, ihre Ursache nur in ihm selbst hatte, war jedoch nicht dazu angetan, es ihm als unsinnig erscheinen zu lassen, daß er diese Neugier wichtig nahm und alles tat, um sie zu befriedigen. Das kam daher, daß Swann jetzt in einem Alter angelangt war, dessen Philosophie – begünstigt durch die der Epoche und auch durch die des Milieus, in dem Swann einen so großen Teil seines Lebens verbracht hatte, jener Coterie um die Fürstin des Laumes, in der es für ausgemacht galt, daß man in dem Maße intelligent ist, wie man an allem zweifelt und nichts als wirklich und unbestreitbar ansieht als den persönlichen Geschmack jedes einzelnen – schon nicht mehr die der Jugend ist, sondern die nüchterne, fast medizinische Philosophie solcher Menschen, die, anstatt das Objekt ihres Strebens aus sich heraus zu verlegen, bemüht sind, aus ihren bereits verflossenen Jahren einen festen Bestand an Gewohnheiten und Leidenschaften zu entnehmen, die sie selbst als charakteristisch und ihrer Person inhärent betrachten können und deren Zufriedenstellung durch die Art von Dasein, das sie führen, sie bewußt im Auge behalten. Swann fand es weise, in seinem Leben dem Leiden, das für ihn darin bestand, nicht zu wissen, was Odette getan hatte, seinen Platz einzuräumen wie dem erneuten Ausbruch eines Ekzems, an dem er litt, sobald das Wetter feucht wurde, und in seinem Budget jeweils einen beträchtlichen flüssigen Betrag vorzusehen, um über den Gebrauch, den Odette von ihren Tagen machte, Auskünfte zu erhalten, ohne die er sich unglücklich fühlen würde, so wie er sich auch immer eine Reserve für die Befriedigung anderer Bedürfnisse gehalten hatte, von denen er mit Sicherheit einen Genuß erwarten konnte, wenigstens solange er noch nicht verliebt gewesen war, wie zum Beispiel seine Sammlungen und eine gute Küche.

Als er Odette adieu sagen und nach Hause zurückkehren wollte, bat sie ihn, noch zu bleiben, hielt ihn sogar lebhaft zurück und nahm ihn beim Arm, als er die Tür öffnen und das Haus verlassen wollte. Er gab aber nicht acht darauf, denn es ist unvermeidlich, daß wir in der Fülle der Gebärden und Reden, der kleinen Zwischenfälle, die eine Unterhaltung mit sich bringt, ohne daß irgend etwas besonders unsere Aufmerksamkeit weckt, nah an solchen Phänomenen vorübergehen, die eine Wahrheit enthalten, nach der unser Argwohn überall forscht, und daß wir uns gerade bei denen aufhalten, hinter denen sich indessen nichts verbirgt. Dauernd wiederholte sie ihm: »Wie schade, daß ich dich, wo du doch nie am Nachmittag kommst, dieses einzige Mal, wo du es doch getan hast, nun nicht gesehen habe.« Er wußte genau, daß sie in ihn nicht verliebt genug war, um so lebhaft zu bedauern, seinen Besuch versäumt zu haben; da sie aber gutmütig war, das Bedürfnis hatte, ihm angenehm zu sein, und oft darunter litt, wenn sie ihm eine Freude verdorben hatte, fand er es ganz natürlich, daß sie es auch diesmal in dem Bewußtsein tat, ihn darum gebracht zu haben, eine Stunde mit ihr zu verbringen, was für ihn – nicht für sie – ein großes Vergnügen war. Doch war das eine allzu unwichtige Sache, als daß ihre unausgesetzt tiefbetrübte Miene ihm am Ende nicht aufgefallen wäre. Sie erinnerte so noch mehr, als er es gewöhnlich schon fand, an die Frauengestalten des Malers der *Primavera*. Sie hatte in diesem Augenblick das niedergeschlagene, kummervolle Gesicht, das diesen Frauen das Aussehen gibt, als laste ein Schmerz auf ihnen, der zu schwer für sie ist, auch wenn sie nur einfach das Jesuskind mit einem Granatapfel spielen lassen oder zuschauen, wie Moses Wasser in einen Trog schüttet.[1] Er hatte schon einmal eine so tiefe Traurigkeit bei ihr gesehen, wußte aber nicht mehr recht, wann. Und plötzlich erinnerte er sich: es war, als Odette gelogen hatte, als sie nämlich am Tag nach jenem Abendessen, dem sie unter dem Vorwand einer Unpäßlichkeit, in Wirklichkeit aber, um mit Swann zusammenzusein, ferngeblieben war, mit Madame Verdurin gesprochen hatte. Sicher hätte sie sich als eine noch so gewissenhafte Frau wegen einer so harmlosen Unwahrheit keine Gedanken zu machen brauchen. Die aber, die Odette gewöhnlich vorbrachte, waren weniger harmlos und dazu bestimmt, Enthüllungen vorzubeugen, die ihr bei den einen oder anderen schreckliche Unannehmlichkeiten hätten bereiten können. So hatte sie von vornherein, wenn sie log, in ihrer Angst und dem Gefühl, daß es mit ihrer Verteidigung ziemlich schwach bestellt sei, auch weil sie dem Erfolg mißtraute, große Lust zu weinen, mehr oder weniger aus Müdigkeit, wie Kinder, die nicht geschlafen haben. Außerdem war sie sich bewußt, daß ihre Lüge im allgemeinen eine schwere Kränkung des Mannes bedeutete, für den sie sie erfand und dessen Zorn sie vielleicht über sich ergehen lassen müßte, wenn sie nicht glaubhaft log. Sie fühlte sich dann gleichzeitig demutsvoll und schuldig ihm gegenüber, und wenn es sich nun auch nur um eine unbedeutende konventionelle Lüge handelte, verspürte sie durch eine Gefühls- und Erinnerungsassoziation großes Unbehagen wie bei etwas, was über ihre Kräfte ging, und Reue wie nach wirklicher Schuld.

Welche Lüge mochte sie wohl jetzt für Swann ersinnen, die sie derart bedrückte und ihren Blick so schmerzbewegt, ihre Stimme so wehmütig machte, als ob die Last, die ihnen beiden zugemutet wurde, allzu schwer für sie sei, so daß sie um Gnade flehten? Es kam ihm der Gedanke, daß sie ihm nicht nur die Wahrheit über den Vorfall vom heutigen Nachmittag zu verbergen suchte, sondern etwas Neueres, etwas, was vielleicht noch nicht einmal eingetreten war, was noch vor ihr lag, was ihm jene Wahrheit aber offenbaren könnte. In diesem Augenblick ging draußen die Schelle. Odette hörte nicht zu sprechen auf, aber ihre Worte kamen wie ein Stöhnen aus ihrem Mund; ihr Bedauern darüber, daß sie Swann am Nachmittag nicht gesehen, ihm nicht geöffnet habe, nahm jetzt den Ton echter Verzweiflung an.

Man hörte, wie die Eingangstür wieder geschlossen wurde, und dann ein Räderrollen, als fahre jemand ab – der Jemand sicherlich, dem Swann nicht begegnen durfte –, nachdem man ihm gesagt hatte, Odette sei nicht zu Hause. Da ergriff Swann bei dem Gedanken, daß er durch sein bloßes Kommen zu einer Stunde, zu der er gewöhnlich nicht erschien, offenbar eine Menge Dinge in Verwirrung gebracht hatte, von denen er nichts wissen sollte, ein Gefühl der Mutlosigkeit, fast der Trostlosigkeit. Da er aber Odette liebte und die Gewohnheit hatte, alle seine Gedanken immer auf sie zu richten, empfand er das Mitleid, das er mit sich selbst hätte haben können, nur für sie und murmelte: »Arme Kleine!« Als er schließlich ging, ergriff sie mehrere Briefe, die auf ihrem Schreibtisch lagen, und fragte ihn, ob er sie zur Post geben könne. Er nahm sie, und als er zu Hause ankam, merkte er, daß er sie noch immer bei sich trug. Er ging damit zur Post, zog sie aus der Tasche und schaute, bevor er sie in den Kasten warf, die Adressen an. Sie waren alle für Lieferanten bestimmt bis auf einen, der an Forcheville gerichtet war. Er hielt ihn in der Hand, dann sagte er sich: Wenn ich sehen könnte, was darin steht, wüßte ich, wie sie ihn anredet, wie sie mit ihm spricht, ob etwas zwischen ihnen besteht. Vielleicht ist es geradezu Taktlosigkeit Odette gegenüber, wenn ich ihn nicht ansehe, denn dies ist die einzige Art, mich von einem Verdacht zu befreien, mit dem ich ihr vielleicht Unrecht tue, der auf alle Fälle aber geeignet ist, ihr weh zu tun, und den ich auf keine Weise loswerden kann, wenn der Brief erst im Kasten ist.

Er ging von der Post aus unmittelbar nach Hause, trug den Brief aber bei sich. Er zündete eine Kerze an und hielt das Kuvert davor, denn zu öffnen wagte er es nicht. Zuerst konnte er nichts lesen, doch das Papier war dünn, und wenn er es ganz fest auf die harte Karte drückte, die sich darin befand, konnte er die letzten Worte erkennen. Es war eine sehr kühle Schlußformel. Hätte, anstatt daß er einen an Forcheville gerichteten Brief las, dieser einen für Swann bestimmten in die Hände bekommen, würde er dort weit zärtlichere Worte gefunden haben! Er faßte jetzt die Karte, die in dem etwas zu großen Briefumschlag hin- und herrutschte, ganz fest und rückte dann mit dem Daumen nacheinander die Zeilen unter den Teil des Kuverts, wo das Papier nicht doppelt lag und unter dem allein er die Schrift erkennen konnte.

Dennoch bekam er nicht alles heraus. Es machte aber eigentlich nichts, denn er hatte genug gesehen, um sich klar darüber zu sein, daß es sich um eine ganz belanglose kleine Sache handelte, die mit Liebesbeziehungen nichts zu tun haben konnte, es stand irgend etwas darin, was sich auf einen Onkel Odettes bezog. Swann hatte zwar am Anfang die Worte: »Ich habe recht gehabt« gelesen, verstand aber nicht, womit Odette recht gehabt haben wollte, als auf einmal ein Wort, das er zunächst nicht hatte erkennen können, deutlich wurde und den Sinn der ganzen Sache erhellte: »Ich habe recht gehabt, die Tür zu öffnen, es war mein Onkel.« Die Tür zu öffnen! Dann war Forcheville also da, als Swann läutete, und sie hatte ihn weggeschickt, daher auch das Geräusch, das er gehört zu haben meinte.

Daraufhin las er den ganzen Brief; zum Schluß entschuldigte sie sich, ihn so formlos behandelt zu haben, und sagte ihm, er habe bei ihr seine Zigaretten liegen lassen; es war der gleiche Satz, den sie an Swann nach einem der ersten Male geschrieben hatte, wo er zu ihr gekommen war. Doch für Swann hatte sie damals noch hinzugesetzt: »Hätten Sie doch Ihr Herz dagelassen, ich hätte Ihnen nicht erlaubt, es sich wiederzuholen.« Nichts dergleichen für Forcheville, überhaupt keine Anspielung, die auf irgend etwas zwischen ihnen Bestehendes hingedeutet hätte. In Wahrheit war ja auch Forcheville in dieser ganzen Sache mehr als Swann selbst der Betrogene, da Odette ihm schrieb, um ihn glauben zu machen, der Besucher sei ihr Onkel gewesen. Schließlich war er es gewesen, Swann, der Mann, der ihr wichtig war und um dessentwillen sie den anderen aus dem Haus schickte. Und doch, wenn nichts zwischen Odette und Forcheville war, warum hatte sie dann nicht gleich aufgemacht, und warum schrieb sie: »Ich habe recht gehabt, die Tür zu öffnen, es war mein Onkel«; wenn sie in jenem Augenblick nichts Unrechtes tat, wie hätte Forcheville selbst sich erklären sollen, daß sie überhaupt die Tür hätte nicht öffnen können? Betrübt, beschämt und doch glücklich saß Swann vor diesem Briefumschlag, den ihm Odette in ihrem so unbedingten Vertrauen auf sein Taktgefühl ohne Angst mitgegeben hatte und durch dessen durchsichtiges Fenster hindurch sich ihm nun – mit dem Geheimnis eines Vorgangs, hinter den zu kommen er nie für möglich gehalten hatte – ein wenig von dem Leben Odettes enthüllte wie in einem kleinen, erhellten Ausschnitt mitten im Unbekannten. Alsdann weidete sich seine Eifersucht daran, ganz als habe sie ein Eigenleben, das sich selbstsüchtig und begierig auf alles stürzte, wovon sie sich nähren könnte, und wäre es auf Kosten seiner Lebenskraft. Jetzt hatte sie Nahrung bekommen, und Swann würde nun anfangen, sich jeden

Tag wegen der Besuche zu beunruhigen, die Odette um fünf Uhr erhielt; er würde zu erkunden versuchen, wo Forcheville sich zu jener Stunde aufgehalten hatte. Denn Swanns Zärtlichkeit behielt unablässig ihren gleichen Charakter bei, den ihr schon zu Anfang die Unwissenheit darüber, wie Odette ihre Tage verbrachte, zusammen mit jener Trägheit des Denkens gegeben hatte, die ihn hinderte, dem Nichtwissen durch Phantasie etwas zu Hilfe zu kommen. Er war zunächst auf Odettes Leben in seiner Gesamtheit nicht eifersüchtig, sondern einzig auf die Momente, in denen – wie er vielleicht aufgrund eines falsch interpretierten Umstands vermutete – Odette ihn betrügen könnte. Wie ein Polyp, der erst den einen, dann einen zweiten und dritten Fangarm ausstreckt, heftete sich seine Eifersucht zunächst an diese Fünfuhrstunde und dann allmählich auch an andere Zeiten. Doch Swann besaß nicht die Gabe, sich seine Leiden zu erfinden. Sie waren nur die Erinnerung, die Fortsetzung eines Leidens, das ihm von außen her zugefügt war.

Dort wurde es ihm nun aber auch von allen Seiten zuteil. Er wollte Odette von Forcheville entfernen, ein paar Tage mit ihr an die Riviera fahren. Doch er glaubte, daß alle Männer im Hotel ihr nachstellten und sie selbst ihre Gesellschaft suchte. So sah man ausgerechnet ihn, der auf Reisen stets die Bekanntschaft neuer Leute und gesellige Treffpunkte gesucht hatte, menschenscheu die Gesellschaft fliehen, als habe sie ihn tödlich verletzt. Wie hätte er auch nicht zum Misanthropen werden sollen, wo er doch in jedem Mann einen möglichen Liebhaber Odettes sehen mußte? So kam es, daß Swanns Eifersucht – noch mehr als vordem seine beglückte, heitere Neigung für Odette – seinen Charakter verwandelte und von Grund auf auch für die Augen der anderen das äußere Bild seines Wesens veränderte.

Vier Wochen nach jenem Tag, da er Odettes Brief an Forcheville gelesen hatte, ging Swann zu einem Abendessen, das die Verdurins im Bois veranstalteten. In dem Augenblick, als zum Aufbruch gerüstet wurde, bemerkte er, daß Madame Verdurin noch beratend mit mehreren Gästen zusammenstand, und er meinte zu hören, wie der Pianist daran erinnert wurde, daß er am folgenden Tag an einem Ausflug nach Chatou[1] teilnehmen solle; doch er, Swann, war nicht eingeladen.

Die Verdurins hatten nur halblaut und in allgemeinen Wendungen gesprochen, der Maler in seiner Gedankenlosigkeit aber tönte:

»Da wird es keine Beleuchtung brauchen; er soll die *Mondscheinsonate* im Dunkeln spielen, damit man die Dinge besser ans Licht treten sieht.«

Madame Verdurin, die Swann zwei Schritte von sich entfernt stehen sah, nahm den gewissen Ausdruck an, in dem der Wunsch, den Sprecher zum Schweigen zu bringen, und der, in den Augen des Zuhörenden harmlos auszusehen, in einem vollkommen nichtssagenden Blick sich gegenseitig aufheben, jenen Ausdruck, in dem sich das ohne Wimpernzucken gegebene Zeichen des Einverständnisses unter dem Lächeln der Unschuld verbirgt, der allen Leuten gemeinsam ist, die merken, daß ein Fauxpas unterlaufen ist, und der diesen auf der Stelle – wo nicht denen, die ihn begangen haben, so doch wenigstens dem, der davon betroffen ist – enthüllt. Odette bekam abrupt die Miene einer Verzweifelten, die den Kampf gegen die erdrückenden Schwierigkeiten des Daseins aufgibt, und Swann zählte angstvoll die Minuten, die ihn von dem Augenblick trennten, da er nach Verlassen des Restaurants auf der Heimfahrt mit Odette von ihr Erklärungen verlangen und ihr zureden konnte, am folgenden Tag nicht mit nach Chatou zu gehen oder dafür zu sorgen, daß er eingeladen würde, kurz, in ihren

Armen die Angst, die ihn befiel, würde beschwichtigen können. Endlich ließ man die Wagen vorfahren. Madame Verdurin sagte zu Swann: »Also adieu denn, auf bald, nicht wahr?« wobei sie ihn durch die Liebenswürdigkeit ihres Blicks und ein gezwungenes Lächeln hindern wollte, zu bemerken, daß sie nicht wie sonst immer sagte: »Morgen also in Chatou, und übermorgen wieder bei uns.«

Monsieur und Madame Verdurin ließen Forcheville mit in ihren Wagen steigen, Swanns stand in der Reihe hinter dem ihren, und er wartete nur, daß sie abfahren würden, um Odette in den seinen steigen zu lassen.

»Odette, wir nehmen Sie mit«, sagte Madame Verdurin, »wir haben noch ein Plätzchen für Sie neben Monsieur de Forcheville.«

»Ja, danke«, antwortete Odette.

»Wie denn, ich denke, ich fahre Sie heim«, rief Swann, alle Scheu beiseite lassend, aus, denn der Wagenschlag war geöffnet, die Sekunden gezählt, und er konnte nicht ohne sie nach Hause fahren in dem Zustand, in dem er war.

»Aber Madame Verdurin bat mich doch...«

»Kommen Sie schon, Sie können gut einmal allein nach Hause fahren, wir lassen sie Ihnen so oft«, bemerkte Madame Verdurin.

»Aber ich wollte Madame etwas Wichtiges sagen.«

»Ach was! Dann schreiben Sie es ihr eben...«

»Adieu«, sagte Odette und reichte ihm die Hand.

Er versuchte zu lächeln, sah aber niedergeschmettert aus.

»Hast du bemerkt, was Swann sich jetzt uns gegenüber herausnimmt?« sagte Madame Verdurin zu ihrem Mann, als sie zu Hause waren. »Als wir Odette mit zu uns in den Wagen genommen haben, sah er aus, als wollte er mich fressen. Er benimmt sich wirklich unerhört! Soll er doch gleich sagen, wir hielten ein Bordell. Ich verstehe nicht, daß Odette sich ein derartiges Benehmen gefallen läßt. Er tut ihr gegenüber wirklich so, als gehörte sie ihm. Ich werde Odette meine Meinung sagen, ich hoffe, sie wird mich verstehen.«

Noch immer wütend fügte sie kurz darauf hinzu: »Nein, wirklich, so ein elendiges Mistvieh!« und gebrauchte dabei, ohne es zu wissen und vielleicht dem gleichen dunklen Trieb nach Rechtfertigung gehorchend – wie Françoise in Combray, wenn das Huhn nicht sterben wollte –, die gleichen Worte, die die letzten Zuckungen eines wehrlosen Tieres im Todeskampf dem Bauer entlocken, der dabei ist, es zu erledigen.

Als Madame Verdurins Wagen abgefahren war und Swanns eigener vorfuhr, fragte der Kutscher bei seinem Anblick, ob Monsieur auch nicht krank oder etwas Arges geschehen sei.

Swann schickte ihn fort, er wollte gehen; zu Fuß begab er sich durch den Bois nach Hause. Unterwegs sprach er laut mit sich selbst, in dem gleichen etwas affektierten Ton, in dem er bisher die Reize des »kleinen Kreises« analysiert oder die Großherzigkeit der Verdurins in den Himmel gehoben hatte. Doch wie die Reden, das Lächeln, die Küsse Odettes ihm, wenn sie anderen galten, ebenso verhaßt wurden, wie sie ihm früher beglückend erschienen waren, so zeigte sich ihm der Salon der Verdurins, der ihm bislang amüsant vorgekommen war, von wahrem Kunstverständnis getragen und einem hohen geistigen Niveau bestimmt, nun, da Odette dort einen anderen als ihn treffen und unbehindert mit ihrer Liebe bedenken würde, in seiner Lächerlichkeit, seiner Dummheit, seiner Niederträchtigkeit.

Mit Abscheu stellte er sich den morgigen Abend in Chatou vor. »Überhaupt schon diese Idee, nach Chatou zu gehen! Wie die Krämer nach Ladenschluß! Tatsächlich, erhaben sind sie, diese Leute, vor lauter Spießbürgerlichkeit; die darf es doch in Wirklichkeit gar nicht geben; die müssen aus einem Stück von Labiche[1] stammen!«

Cottards würden da sein, vielleicht auch Brichot. »Das ist doch wirklich etwas Groteskes, das Leben dieser Leutchen, die unaufhörlich zusammensein müssen und sich verloren fühlen würden, wenn sie sich morgen nicht alle wieder *in Chatou* träfen!« Ach! Auch der Maler würde anwesend sein, der so gern »Ehen stiftete« und Forcheville sicher einladen würde, mit Odette sein Atelier zu besuchen. Er sah Odette in einer etwas zu eleganten Toilette bei dieser Landpartie, »denn sie ist ja so gewöhnlich, diese arme Kleine, und vor allem so dumm!!!«

Er hörte im Geist die Witzeleien, die Madame Verdurin nach dem Essen zum besten geben würde, die ihn allerdings, welchen Langweiler sie auch als Zielscheibe haben mochten, bislang amüsiert hatten, weil er Odette darüber lachen, mit ihm, fast in ihm lachen sah. Jetzt spürte er, daß man Odette vielleicht veranlassen würde, über ihn zu lachen. »Was für eine widerliche Art von Belustigung!« sagte er zu sich mit einer Miene so leidenschaftlichen Abscheus, daß er seine Grimasse bis in die Muskeln des gegen den steifen Kragen gepreßten Halses verspürte. »Wie kann nur ein Menschenwesen, dessen Antlitz nach dem Bilde Gottes geschaffen ist, an diesen ekelerregenden Scherzen auch noch Vergnügen finden? Jede etwas empfindliche Nase würde sich angewidert von solchem Unrat abwenden. Es ist unglaublich zu denken, daß jemand nicht begreifen kann, daß er sich, wenn er sich dazu herabwürdigt, über einen Mitmenschen zu lächeln, dem er eben noch die Hand gedrückt hat, in eine Gosse begibt, aus der er sich beim besten Willen nicht wieder herausarbeiten kann. Ich lebe zu viele tausend Meter über diesen Niederungen, wo in solchem schmutzigen Gewäsch herumgeplanscht und herumgekläfft wird, als daß die Spritzer der Witze dieser Verdurins mich treffen könnten«, rief er, hob den Kopf und warf sich stolz in die Brust. »Gott ist mein Zeuge, daß ich mich redlich bemüht habe, Odette aus diesem Sumpf herauszuziehen und sie in eine edlere und reinere Atmosphäre emporzuheben. Aber die menschliche Geduld hat Grenzen, und meine ist zu Ende«, sagte er sich, als ob die Aufgabe, die er sich stellte, Odette einer Atmosphäre sarkastischer Äußerungen über die lieben Nächsten zu entreißen, schon länger als seit einigen Minuten datiere und als ob er sie nicht erst auf sich genommen habe, seitdem er annehmen mußte, daß diese Sarkasmen ihn selbst zum Gegenstand haben und Odette ihm entfremden könnten.

Er sah den Pianisten im Begriff, die Mondscheinsonate zu spielen, und Madame Verdurins Miene, wie sie behauptete, Beethovens Musik würde ihr sicher eine Nervenkrise verursachen. »Idiotin! Lügnerin!« rief er aus, »und so was behauptet, die *Kunst* zu lieben!« Und zu Odette wird sie, nachdem sie geschickt ein paar lobende Worte über Forcheville bei ihr angebracht hat, sagen: »Sie machen sicher neben sich ein bißchen Platz für Monsieur de Forcheville...« »Im Dunkeln! Kupplerin, Hurenmutter!« »Kupplerisch« nannte er jetzt auch die Musik, die die beiden einladen würde, miteinander zu schweigen, zu träumen, sich in die Augen zu blicken und bei der Hand zu nehmen. Er fand jetzt, daß die Strenge gegen die Kunst, wie Plato, Bossuet, die alte französische Erziehung sie proklamierten, auch ihr Gutes hätte.[1]

Alles in allem erschien ihm das Leben, das man bei den Verdurins führte und das er so oft als das »wahre Leben« bezeichnet hatte, jetzt als das schlimmste von allen und ihr kleiner Kreis als ein unvorstellbar niedriges Milieu. Er ist wirklich, dachte er bei sich, die unterste Stufe auf der sozialen Leiter, der letzte Dantesche Höllenkreis. Kein Zweifel, daß der erhabene Text sich auf die Verdurins bezieht! Man mag über die Menschen der feinen Gesellschaft denken, wie man will, aber auf alle Fälle sind sie doch etwas anderes als dieses Pack; sie beweisen ihre Klugheit damit, daß sie es ablehnen, die Bekanntschaft dieser Kreise zu machen, sich auch nur die Fingerspitzen an solchem Umgang zu beschmutzen! Welche weise Einsicht liegt in dem Noli me tangere[1] des Faubourg Saint-Germain! Seit langem hatte er die Alleen des Bois verlassen, er war jetzt fast bei seinem Haus angelangt, immer noch aber hielt die Trunkenheit des Schmerzes und die leidenschaftliche Unaufrichtigkeit bei ihm an und strömte ihren Rausch in dem verlogenen Tonfall und dem künstlich hochgeschraubten Klang seiner eigenen Stimme immer machtvoller aus; laut perorierte er in der Stille der Nacht: »Die feine Gesellschaft hat ihre Fehler, die niemand besser kennt als ich, aber es gehören ihr doch lauter Leute an, bei denen gewisse Dinge eben unmöglich sind. So manche elegante Frau, die ich kannte, war von Vollkommenheit weit entfernt, doch war bei ihr wenigstens ein Kern an Taktgefühl vorhanden, eine gewisse Loyalität, die sie unter allen Umständen unfähig gemacht hätte, einen Akt der Treulosigkeit zu begehen, und die einen Abgrund zwischen ihr und einer Megäre wie der Verdurin schafft. Verdurin! Was für ein Name! Oh, man kann wirklich sagen, sie sind vollkommen in ihrer Art, schon beinahe wieder schön! Gottlob, es war die höchste Zeit, daß ich aufhörte, mich zu diesem infamen Abschaum der Menschheit herabzulassen.«

Doch ebenso wie die Tugenden, die er vor kurzem noch den Verdurins nachrühmte, selbst wenn sie darüber verfügten, ohne ihre Begünstigung und Förderung seiner Liebe nicht ausreichend gewesen wären, um bei Swann jenen verzückten Zustand zu erzeugen, in dem er sich gerührt über ihre Großherzigkeit ausließ, die unabhängig von ihrer Betätigung an anderen ihm selbst nur durch Odette bewußt werden konnte – ebenso hätte die Unmoral, die er neuerdings an ihnen entdeckte, wenn sie nicht Odette mit Forcheville und ohne ihn selbst eingeladen hätten, nicht vermocht, seine Entrüstung zu entfesseln und ihn gegen »ihre Infamie« in dieser Weise aufzubringen. Swanns Stimme war hierin durchaus einsichtiger als er selbst, denn sie lehnte es ab, jene Worte voller Abscheu gegen das Verdurinsche Milieu und voller Freude darüber, daß er endlich mit ihnen fertig sei, anders als in einem künstlichen Ton wiederzugeben, so als wären sie eher dazu gewählt, seinen Zorn verrauchen zu lassen als seine Gedanken auszudrücken. Diese waren tatsächlich, während er sich jenen Invektiven überließ, mit etwas ganz anderem beschäftigt, denn als er, vor seinem Haus angekommen, kaum das Eingangstor hinter sich geschlossen hatte, schlug er sich an die Stirn, ließ sich noch einmal öffnen, trat hinaus und rief, diesmal mit seiner natürlichen Stimme: »Ich glaube, jetzt weiß ich ein Mittel, wie ich doch zu dem Diner in Chatou eingeladen werden kann!« Doch das Mittel taugte offenbar nichts, denn Swann wurde nicht geladen; Doktor Cottard, der, zu einem schweren Krankheitsfall in die Provinz gerufen, die Verdurins ein paar Tage nicht gesehen, auch an dem Ausflug nach Chatou nicht teilgenommen hatte, meinte am darauffolgenden Tag, als er bei ihnen seinen Platz am Tisch einnahm:

»Nun, werden wir Monsieur Swann heute abend sehen? Er ist ja wohl eine Art persönlicher Freund von...«

»Das will ich nicht hoffen!« rief Madame Verdurin.

»Gott bewahre uns davor, er ist tödlich langweilig, dumm und außerdem unerzogen.«

Cottard bekundete nach diesen Worten gleichzeitig sein Staunen und seine Unterwürfigkeit wie angesichts einer Wahrheit, die zwar allem widersprach, was er bislang geglaubt hatte, durch den Augenschein aber doch unwiderleglich bewiesen war; mit betretener, ängstlicher Miene senkte er den Kopf wieder über seinen Teller und brachte als Antwort einzig ein »Tjaajajaja... ja... ja« hervor, bei dem seine Stimme in geordnetem Rückzug ihr ganzes Register in einer nach seinem Innern zu absteigenden Tonfolge durchlief. Und von Swann war nicht mehr die Rede bei Verdurins.

Von nun an wurde dieser Salon, in dem Swann und Odette sich vordem getroffen hatten, ihren Begegnungen hinderlich. Sie sagte nicht mehr zu ihm wie in der ersten Zeit ihrer Liebe: »Wir sehen uns auf alle Fälle morgen, Verdurins geben ein Souper«, sondern: »Morgen abend können wir uns nicht sehen, Verdurins geben ein Souper.« Oder Verdurins hatten vor, Odette zur Opéra-Comique in *Une nuit de Cléopâtre*[1] mitzunehmen, und Swann las in ihren Augen jene Herzensangst, er könne sie bitten, nicht mitzugehen, die ihn früher unwiderstehlich verlockt haben würde, sie rasch vom Antlitz der Geliebten wegzuküssen; jetzt aber irritierte sie ihn. Und dennoch, sagte er sich, ist es nicht etwa Groll, was ich empfinde, wenn ich sehe, wie groß ihre Lust ist, in dieser mistigen Musik herumzupicken. Kummer ist es, nicht meinetwegen, sondern ihretwillen; der Kummer, mitansehen zu müssen, wie sie nun mehr als ein halbes Jahr täglich mit mir zusammen war und sich nicht einmal so weit geändert hat, daß sie von sich aus diesen Victor Massé ausscheidet! Sie hat auch nicht begriffen, daß es Abende gibt, an denen ein Wesen von einigem

Zartgefühl auf ein Vergnügen verzichten muß, wenn es darum gebeten wird. Sie müßte auch einmal sagen können: »ich komme nicht mit«, und wenn es aus Klugheit wäre, denn von ihrer Antwort hängt es ja ab, wie man ein für allemal ihre seelischen Eigenschaften einstuft. Und wenn er sich dann selbst überredet hatte, daß er, einzig um über Odettes geistigen Wert ein günstigeres Urteil fällen zu können, gewünscht hätte, sie bliebe bei ihm, anstatt in die Opéra-Comique zu gehen, versuchte er es bei ihr mit der gleichen Argumentation, die er sich selbst gegenüber angewendet hatte, und auch dem gleichen Maß an Unaufrichtigkeit, einem größeren sogar, denn jetzt wollte er auch sie bei ihrer Eigenliebe fassen.

»Ich schwöre dir«, sagte er ein paar Minuten, bevor sie zum Theater aufbrach, »als ich dich bat, nicht auszugehen, wünschte ich mir für mich selbst von Herzen, du würdest ablehnen, denn ich habe heute abend tausend andere Dinge vor, und es wäre für mich sehr schwierig und eher ärgerlich gewesen, wenn du entgegen allen Erwartungen geantwortet hättest, du gingest nicht. Aber es kommt ja nicht nur auf meine Pläne und Vergnügungen an, ich muß auch an dich denken. Du erlebst vielleicht eines Tages, daß ich mich für immer von dir trenne, und dann würdest du mir mit Recht einen Vorwurf daraus machen, daß ich dich nicht in den entscheidenden Stunden gewarnt habe, wo ich fühlte, daß ich drauf und dran war, über dich eines jener gestrengen Urteile zu fällen, denen die Liebe nicht lange standhält. Siehst du, *Une nuit de Cléopâtre* (was für ein Titel!) spielt dabei an sich gar keine Rolle. Was ich aber wissen muß, ist, ob du wirklich auf einer so niedrigen geistigen Stufe stehst, ob du ein so schändliches Wesen bist, so untergeordnet in jedem Sinne, daß du auf ein Vergnügen nicht verzichten kannst. Wenn das so ist, wie könnte man dich dann lieben, denn dann bist du ja nicht einmal eine wirkliche Person, ein deutlich, eindeutig bestimmtes Geschöpf, wenn auch unvollkommen, so doch möglicherweise zu vervollkommnen? Du bist wie gestaltloses Wasser, das immer dahin rinnt, wo es nach unten geht, ohne Erinnerungsvermögen und mit dem Verstand eines Aquarienfischs, der hundertmal am Tag gegen die Scheibe stößt, die er immer wieder für Wasser hält. Begreifst du nicht, daß deine Antwort zur Folge haben wird, daß ich dich – ich will nicht sagen, auf der Stelle zu lieben aufhöre, natürlich – aber doch weniger verführerisch finde, wenn ich nämlich einsehen muß, daß du kein selbständiger Mensch bist, daß du tiefer stehst als alle Dinge und dich über nichts erheben kannst? Natürlich hätte ich dich lieber, ohne eine Wichtigkeit daraus zu machen, darum gebeten, auf *Une nuit de Cléopâtre* (da ich ja dir zuliebe meine Lippen mit diesem unmöglichen Titel besudeln muß) zu verzichten, in der stillen Hoffnung, daß du doch gehen würdest. Da ich aber weiß, daß ich deiner Antwort solche Bedeutung beilegen und so schwerwiegende Konsequenzen daraus ziehen werde, fand ich es loyaler, dich vorher darauf aufmerksam zu machen.«

Odette gab bereits seit ein paar Sekunden Zeichen der Betroffenheit und Unsicherheit von sich. Wenn ihr auch der eigentliche Sinn dieser Rede entging, so begriff sie doch, daß sie offenbar zu jener Art von Vorhaltungen oder Szenen gehörte, aus deren Vorwürfen und Beschwörungen sie bei ihrer Übung im Umgang mit Männern, ohne auf Einzelheiten achtzugeben, zu schließen gelernt hatte, daß diese sie ihr nicht halten würden, wenn sie nicht verliebt in sie wären, und daß sie selbst, gerade weil sie verliebt in sie waren, nicht nötig hatte, darauf einzugehen, denn sie waren es bestimmt hinterher nur noch mehr. So hätte sie auch Swanns Erörterungen mit der größten Ruhe angehört, wenn sie nicht gesehen hätte, wie die Zeit verging, und daß sie, wenn er auch nur kurze Zeit weiterredete, wie sie ihm mit einem zärtlichen, hartnäckigen und verschämten Lächeln zu verstehen gab, »noch die Ouvertüre versäumen würde!«

Ein andermal sagte er ihr, wodurch sie am ehesten seine Liebe verlieren werde, sei, daß sie nicht aufhören könne zu lügen. »Selbst ganz einfach vom Standpunkt der Koketterie aus«, sagte er zu ihr, »mußt du doch verstehen, wie sehr du an Verführungskraft verlierst, wenn du dich so weit erniedrigst, dich auf Lügereien einzulassen? Wieviel könntest du durch ein offenes Eingeständnis wieder gutmachen! Wirklich, du bist doch weniger gescheit, als ich immer glaubte!« Aber wie nachdrücklich Swann ihr auch alle Gründe auseinandersetzte, weshalb sie nicht lügen sollte, es war vergebens; sie hätten bei Odette vielleicht ein System des Lügens zunichte machen können, doch das besaß sie nicht; sie begnügte sich damit, in jedem einzelnen Falle, wo sie wünschte, daß Swann über irgend etwas, was sie getan hatte, in Unkenntnis blieb, es ihm nicht zu sagen. So war die Lüge für sie eine den jeweiligen Umständen gemäße Behelfsmaßnahme; und was allein darüber entscheiden konnte, ob sie sich ihrer bedienen solle oder die Wahrheit gestehen, war ein ebenfalls den Umständen entsprechender Grund, nämlich die mehr oder weniger große Gefahr, Swann könnte entdecken, daß sie nicht die Wahrheit sprach.

Was ihren Körper anging, so machte sie eine schlechte Phase durch: sie wurde dicker, und der schmerzvolle Gesichtsausdruck, die staunenden, träumerischen Blicke, die früher ihren Reiz ausgemacht hatten, schienen mit ihrer ersten Jugend dahingeschwunden zu sein. Auf diese Weise wurde sie Swann gerade in dem Zeitpunkt so besonders teuer, als er sie gewissermaßen weniger anziehend fand. Er schaute sie lange an, um den Zauber wiederzufinden, den sie früher für ihn hatte, doch er entdeckte ihn nicht. Es genügte ihm aber zu wissen, daß in dieser neuen Verkleidung wie in einer Schmetterlingspuppe doch immer die gleiche Odette lebte, der gleiche stets sich entziehende, ungreifbare, verstockte Wille, um mit der gleichen Leidenschaft diesen fassen zu wollen. Dann betrachtete er Photographien, die vor zwei Jahren aufgenommen waren, und erinnerte sich, wie zauberhaft sie gewesen war. Das tröstete ihn dann ein wenig darüber, daß er sich ihretwegen soviel Kummer und Sorge machte.

Wenn die Verdurins sie nach Saint-Germain, nach Chatou oder Meulan mitnahmen, schlugen sie in der schönen Jahreszeit oft an Ort und Stelle vor, dort zu übernachten und erst am nächsten Tag wieder nach Hause zu fahren. Madame Verdurin suchte die Bedenken des Pianisten zu beschwichtigen, dessen Tante in Paris zurückgeblieben war.

»Sie wird entzückt sein, daß sie Sie einmal los ist für einen Tag. Wie soll sie sich denn beunruhigen, wo sie doch weiß, daß Sie mit uns hier sind; im übrigen bin ich bereit, alles auf meine Kappe zu nehmen.«

Wenn es ihr aber nicht gelang, brach Monsieur Verdurin zu einem Erkundungszug auf, machte ein Telegraphenbüro oder einen Boten ausfindig und fragte dann nach, wer von den Getreuen jemanden zu benachrichtigen wünsche. Odette lehnte dankend ab und sagte, sie habe niemandem etwas auszurichten, denn Swann hatte sie ein für allemal erklärt, sie könne ihm nicht vor aller Augen eine Depesche schicken, ohne sich zu kompromittieren. Manchmal blieb sie mehrere Tage fort; die Verdurins nahmen sie mit, um die Gräber von Dreux zu besichtigen oder in Compiègne auf den Rat des Malers hin die Sonnenuntergänge im Wald zu bewundern, wo man dann bis zum Schloß von Pierrefonds vordrang.[1]

Wenn man bedenkt, daß sie in meiner Gesellschaft wirkliche Kunstdenkmäler besichtigen könnte, mit mir, der ich zehn Jahre lang Architektur studiert habe und von wer weiß wie bedeutenden Persönlichkeiten angefleht werde, sie nach Beauvais oder Saint-Loup-de-Naud[2] zu führen, während ich es für sie ganz allein tun würde, und daß sie sich statt dessen mit diesem bornierten Pack nacheinander an den Dejekten eines Louis-Philippe und an denen eines Viollet-le-Duc berauscht! Mir scheint, man braucht dazu kein Künstler zu sein, und man wählt auch ohne eine besonders feine Nase nicht Latrinen als Sommerfrische, um den Duft der Exkremente um so besser atmen zu können.

War sie aber nach Dreux oder Pierrefonds abgereist – ohne, ach, ihm zu erlauben, als wenn es nur zufällig wäre, ebenfalls dort zu erscheinen, weil das, wie sie sagte, »ganz erbärmlich wirken würde« –, versenkte er sich in den berauschendsten Liebesroman, den es gibt, den Fahrplan, der ihn über die Möglichkeiten, am Nachmittag, am Abend, am Morgen sogar in ihre Nähe zu gelangen, unterrichtete! Bot er nur die Möglichkeit? Fast mehr, er erteilte sogar die Genehmigung. Denn schließlich war der Fahrplan und waren die Züge ja selbst nicht umsonst gemacht. Wenn man das Publikum vermittelst der Buchdruckerkunst davon verständigte, daß um acht Uhr morgens ein Zug abging, der um zehn in Pierrefonds eintraf, dann war doch nach Pierrefonds zu fahren eine erlaubte Handlung, für die die Genehmigung Odettes überflüssig war; eine Handlung außerdem, die einen ganz anderen Grund haben konnte als den Wunsch, dort Odette anzutreffen, da ja auch Leute, die Odette gar nicht kannten, sie tagtäglich vollzogen, in hinlänglich großer Zahl sogar, daß es die Mühe lohnte, eine Lokomotive zu heizen.

Im Grunde konnte sie ihn ja wohl nicht hindern, nach Pierrefonds zu fahren, wenn ihm danach zumute war! Und tatsächlich verspürte er gerade Lust und wäre, auch wenn er Odette nicht gekannt hätte, jetzt eben dort hingefahren. Schon längst wollte er sich ein genaueres Bild von den Restaurierungsarbeiten Viollet-le-Ducs verschaffen. Und bei dem jetzt herrschenden Wetter hatte er ein unwiderstehliches Bedürfnis, im Wald von Compiègne einen Spaziergang zu machen.

Es war wirklich Pech, daß sie ihm den einzigen Ausflug untersagen wollte, der ihn heute lockte. Heute! Wenn er trotz ihres Verbots hinführe, könnte er sie *heute* noch sehen! Doch wenn sie in Pierrefonds irgendeinem gleichgültigen Menschen begegnet wäre, hätte sie gesagt: »Ach, sieh da, sind Sie auch in der Gegend?« und hätte den Betreffenden gebeten, sie doch im Hotel aufzusuchen, in dem sie mit den Verdurins abgestiegen war, während sie dagegen beim Anblick Swanns natürlich böse sein und sich sagen würde, daß er ihr nachgefahren sei; sie würde ihn weniger lieben, sich vielleicht erzürnt von ihm abwenden, wenn sie ihn bemerkte. »Ich habe also nicht mehr das Recht, einmal zu verreisen!« würde sie bei der Rückkehr zu ihm sagen, während in Wirklichkeit er es war, der nicht mehr verreisen durfte!

Einen Augenblick lang hatte er die Idee, um nach Compiègne oder Pierrefonds gehen zu können, ohne daß es so aussah, als wolle er dort nur Odette begegnen, sich von einem seiner Freunde mit dorthin nehmen zu lassen, dem Marquis von Forestelle, der ein Schloß in der Gegend besaß. Dieser war, als er ihm seinen Plan mitgeteilt hatte, ohne ihm das Motiv zu nennen, außer sich vor Freude und wunderte sich, daß Swann zum ersten Mal seit fünfzehn Jahren sich endlich bereit erklärte, seinen Besitz anzuschauen, und ihm, da er, wie er ihm gesagt hatte, nicht für längere Zeit bleiben wollte, wenigstens versprach, ein paar Tage lang mit ihm Spaziergänge und Ausflüge zu machen. Swann sah sich bereits im Geiste dort mit Monsieur de Forestelle. Welches Glück würde es ihm schon bedeuten, selbst bevor er Odette erblickte und selbst, wenn er sie überhaupt nicht sah, den Fuß auf jenen Boden zu setzen, auf dem er, wenn ihm auch nicht genau die Stelle bekannt war, an der sie sich zu dieser oder jener Zeit gerade befinden mochte, doch überall die Möglichkeit ihres plötzlichen Erscheinens in erregender Weise würde gegenwärtig fühlen: auf dem Hofe des Schlosses, das schön für ihn geworden war, weil er ihretwegen es nunmehr besichtigen ging, auf allen Straßen der Stadt, die ihm daraufhin auf einmal romantisch vorkam, auf jedem Waldweg, den ein warm und zärtlich getönter Sonnenuntergang mit rosigem Schimmer übergoß; – zahllose, immer wieder andere Zufluchtsstätten, in denen sein glückliches, schweifendes und vervielfachtes Herz in der veränderlichen Allgegenwart seiner Hoffnungen Schutz suchte. »Vor allem«, würde er zu Monsieur de Forestelle sagen, »wollen wir aufpassen, daß wir nicht Odette und den Verdurins begegnen; ich habe erfahren, daß sie ausgerechnet heute in Pierrefonds sind. Man sieht sich wirklich genug in Paris, es wäre die Mühe nicht wert hinauszufahren, wenn man hier keinen Schritt machen könnte, ohne einander zu treffen.« Und sein Freund würde nicht verstehen, weshalb er, nachdem er nun einmal da war, zwanzigmal seine Pläne änderte und die Speisesäle sämtlicher Hotels von Compiègne inspizierte, ohne sich zu entschließen, in einem davon sich niederzulassen, obwohl von den Verdurins keine Spur zu erblicken war, so daß es schließlich aussehen würde, als suche er, was er zu meiden behauptete und wovor er tatsächlich wieder flüchten würde, sobald er es gefunden hätte, denn wäre er der kleinen Gruppe begegnet, so hätte er sich geflissentlich von ihr ferngehalten, völlig zufrieden damit, daß er Odette und sie ihn gesehen hätte, zumal in einer Situation, in der er sie gar nicht weiter beachtete. Doch nein, sie würde sicher erraten, daß er nur ihretwegen kam. Und als Monsieur de Forestelle ihn schließlich abholen kam, sagte er zu ihm: »Ach nein, ich kann heute nicht nach Pierrefonds fahren, Odette ist nämlich gerade dort.« Dabei war Swann trotz allem glücklich in dem Bewußtsein, daß es, wenn von allen Sterblichen allein er nicht das Recht besaß, an diesem Tag in Pierrefonds zu sein, seinen Grund darin hatte, daß er tatsächlich für Odette von allen anderen Menschen verschieden, nämlich ihr Liebhaber war und diese seine Ausnahmestellung gegenüber dem allgemeinen Recht auf Bewegungsfreiheit nur eine der Formen dieser Versklavtheit, dieser Liebe, an der ihm mehr als an allem lag. Ganz entschieden war es besser, nicht einen Bruch mit Odette zu riskieren, vielmehr in aller Geduld auf ihre Rückkehr zu warten. Er verbrachte seine Tage über einer Karte des Walds von Compiègne, als sei sie die »Carte du Tendre«[1], und umgab sich mit Photographien von Schloß Pierrefonds. Sobald der Tag gekommen war, an dem sie möglicherweise wieder zurückfuhr, schlug er erneut den Fahrplan auf und rechnete sich aus, welchen Zug sie nehmen könnte, und wenn sie ihn etwa verpaßte, welche anderen ihr noch blieben. Er verließ das Haus nicht aus Furcht, eine Depesche zu versäumen, und wagte nicht zu Bett zu gehen für den Fall, daß sie mit dem letzten Zug zurückkäme und ihm die Überraschung bereiten wollte, ihn mitten in der Nacht gleich noch aufzusuchen. Gerade im Augenblick hörte er es an der Außentür schellen; es kam ihm vor, als werde lange nicht aufgemacht, er wollte schon den Concierge wekken und stellte sich ans Fenster, um Odette zu rufen, falls sie es wirklich wäre, denn trotz aller Anweisungen, die er unten im Haus mindestens zehnmal persönlich erteilt hatte, war es immer noch möglich, daß jemand behauptete, Monsieur sei gar nicht da. Es war ein Bediensteter, der nach Hause kam. Swann lauschte auf das unaufhörliche rasche Vorüberrollen der Wagen, auf das er sonst überhaupt nicht achtgegeben hatte. Er hörte jeden einzelnen von ferne kommen, sich nähern, an seiner Tür vorüberfahren, ohne daß er hielt, und eine Botschaft weitertragen, die nicht für ihn bestimmt war. Er wartete die ganze Nacht, und zwar völlig vergebens, denn die Verdurins hatten ihre Rückkehr vorverlegt, Odette war seit mittag schon in Paris; sie war nicht auf den Gedanken gekommen, ihn zu benachrichtigen; da sie nicht wußte, was sie anfangen sollte, hatte sie den Abend allein im Theater verbracht, war früh nach Hause gegangen und schlief seit langem.

Sie hatte nämlich nicht einmal an ihn gedacht. Solche Augenblicke aber, in denen Odette sogar die Existenz Swanns vergaß, waren nützlicher für sie, erfüllten besser den Zweck, Swann fester an sie zu binden, als alle ihre Koketterie. Denn auf diese Weise lebte er ständig in jener schmerzlichen Unruhe, die schon mächtig genug gewesen war, seine Liebe zur Entfaltung zu bringen an jenem Abend, als er Odette nicht bei den Verdurins angetroffen und den ganzen Abend lang gesucht hatte. Und er hatte nicht, wie ich in meiner Kindheit in Combray, Stunden des Glücks, in denen man die Leiden vergißt, die erst der Abend wieder bringen wird. Seinen Tag verlebte er ohne Odette; in manchen Augenblicken sagte er sich dann, daß es ebenso unvernünftig sei, eine derart hübsche Frau in Paris allein ausgehen zu lassen, wie wenn man ein Juwelenkästchen mitten auf die Straße stellt. Dann war er voller Entrüstung gegen alle

Vorübergehenden, als seien sie sämtlich Diebe. Doch ihr gestaltloses Kollektivgesicht entzog sich seiner Phantasie und bot seiner Eifersucht keine Nahrung. Es ermüdete sein Denken so sehr, daß er sich mit der Hand über die Augen fuhr und ausrief: »In Gottes Namen«, wie diejenigen, die, nachdem sie leidenschaftlich das Problem der Realität der Außenwelt oder der Unsterblichkeit der Seele zu erfassen versucht haben, ihrem erschöpften Geist die Entspannung des schlichten Glaubens gestatten. Doch immer war der Gedanke an die Abwesende mit den alltäglichsten Vorgängen von Swanns Dasein – seinem Frühstück, dem Empfang der Post, jedem Ausgang, dem Schlafengehen – gerade durch den Kummer, den es ihm bereitete, sie ohne sie zu vollziehen, so unauflöslich verknüpft wie in der Kirche von Brou die Initialen Philiberts des Schönen mit denen der Margarete von Österreich, die sie aus Trauer um ihn überall miteinander verflocht.[1] An manchen Tagen blieb er nicht zu Hause, sondern speiste zu Mittag in einem nahen Restaurant, dessen gute Küche er früher geschätzt hatte, in das er aber jetzt nur noch aufgrund einer jener gleichzeitig mystischen und albernen Überlegungen ging, die man »romantisch« nennt, trug dieses Restaurant (das heute noch existiert) doch denselben Namen wie die Straße, in der Odette wohnte: Lapérouse.[2] Manchmal kam sie nach einer kurzen Abwesenheit erst nach Tagen auf den Gedanken, sie könne ihn wissen lassen, daß sie wieder in Paris sei. Dann sagte sie ihm ganz einfach, ohne wie früher die Vorsicht zu gebrauchen, sich für alle Fälle mit einem Zipfelchen Wahrheit zu bedecken, sie sei gerade eben erst mit dem Morgenzug angekommen. Diese Worte waren eine Lüge; wenigstens für Odette waren sie eine Lüge, waren haltlos, denn sie besaßen nicht wie wahre Worte einen Halt in der Erinnerung ihrer Ankunft auf dem Bahnhof; sie konnte sich sogar, was sie damit sagte, in dem Augenblick, da sie es behauptete, nicht einmal vorstellen, denn was sie wirklich im Moment der Ankunft des Zuges getan hatte, rief ein ganz anderes Bild in ihr wach. In Swanns Geist aber begegneten diese Worte überhaupt keinem Widerstand, sondern sie setzten sich darin unbeweglich fest als eine so unbezweifelbare Tatsache, daß er, hätte ein Freund ihm gesagt, er sei mit dem gleichen Zug angekommen und habe Odette nicht gesehen, überzeugt gewesen wäre, daß der Freund sich in Tag und Stunde geirrt hatte, da seine Aussage sich nicht mit den Worten Odettes in Einklang bringen ließ. Diese Worte wären ihm nur als Lügen erschienen, wenn er von Anfang an den Verdacht gehabt hätte, sie seien es. Um zu glauben, sie lüge, war es für ihn eine notwendige Voraussetzung, zuvor Verdacht geschöpft zu haben. Dies war übrigens auch eine hinreichende Voraussetzung. Dann schien ihm alles, was Odette sagte, verdächtig. Nannte sie einen Namen, so handelte es sich gewiß um den eines ihrer Liebhabers; hatte diese Vermutung einmal feste Gestalt angenommen, so plagte er sich Wochen damit; einmal wandte er sich sogar an eine Detektei, um die Adresse eines Unbekannten ausfindig zu machen und zu erfahren, was er dann und dann getan habe, und hatte die Idee, daß er nur aufatmen könne, sofern der Betreffende sich auf Reisen befände; schließlich erhielt er die Mitteilung, es handle sich um einen vor zwanzig Jahren verstorbenen Onkel Odettes.

Obwohl sie ihm im allgemeinen mit der Behauptung, es würde Gerede geben, nicht gestattete, sich irgendwo in der Öffentlichkeit mit ihr zu zeigen, kam es doch vor, daß er auf einer Gesellschaft, zu der er ebenso wie sie eingeladen war – bei Forcheville, bei dem Maler oder auf einem Wohltätigkeitsfest in einem Ministerium –, sich zur gleichen Zeit befand wie sie. Er sah sie dann, wagte aber nicht dazubleiben, aus Furcht, sie könne ärgerlich sein, weil es so aussähe, als wolle er sie bei Vergnügungen beobachten, die sie mit anderen teilte, und die ihm – während er sich in tiefer Unruhe zu Bett begab, so wie ich ein paar Jahre später, wenn er bei uns in Combray zu Abend aß – grenzenlos erschienen, da er ja ihr Ende nicht sah. Ein- oder zweimal aber erlebte er an solchen Abenden Freuden von der Art, daß man, weil sie Besänftigung mit sich bringen, versucht sein könnte, sie als ruhiges Glück zu bezeichnen, wenn sie nicht mit solcher Heftigkeit die Auswirkungen der plötzlich unterbrochenen Beunruhigung erleiden würden. Er hatte sich bei einem Rout des Malers kurz gezeigt und wollte gerade gehen; Odette ließ er bei diesem Fest als eine strahlende Fremde umgeben von Männern zurück, denen ihre Blicke und ihre Heiterkeit, die nicht für ihn bestimmt waren, gewisse Freuden zu verheißen schienen, zu denen es hier oder anderswo (vielleicht später auf dem Bal des Incohérents[1], wie er zitternd befürchtete) kommen würde und die bei Swann mehr Eifersucht wachriefen als die körperliche Vereinigung selbst, weil er sie sich schwerer vorzustellen vermochte; er war schon an der Tür des Ateliers, als sich zurückgerufen hörte, und zwar mit den folgenden Worten (die, indem sie das Fest eben um jenes Ende verkürzten, das ihm so furchtbar war, es rückblickend harmlos und Odettes Heimfahrt aus einer unbegreiflichen und erschreckenden zu einer traulichen und bekannten Sache machten, die er neben sich in seinem Wagen verspüren würde als ein Stück Alltagsleben, und die sogar Odette selbst weniger strahlend und heiter und ihr ganzes Auftreten nur als eine Verkleidung erscheinen ließen, die sie einen Augenblick lang gezwungenermaßen und nicht im Hinblick auf rätselhafte Vergnügungen, und deren sie offenbar schon müde war, angelegt hätte), die Odette ihm nachsandte, als er bereits auf der Schwelle war: »Können Sie nicht vielleicht noch fünf Minuten warten, ich gehe nämlich auch, dann könnten wir zusammen fahren, und Sie würden mich nach Hause bringen?«

Allerdings hatte Forcheville einmal gebeten, gleichfalls mitgenommen zu werden, als er aber, vor Odettes Tür angelangt, um die Erlaubnis nachgesucht hatte, mit hereinkommen zu dürfen, hatte Odette ihm auf Swann verweisend gesagt: »Ja, wissen Sie, das hängt von diesem Herrn hier ab, da müssen Sie schon ihn fragen! Gut, kommen Sie auf einen Sprung, wenn sie wollen, aber nicht lange, denn ich sage Ihnen gleich, er plaudert am liebsten ganz ungestört mit mir und hat nicht gern, daß gleichzeitig mit ihm andere Besucher da sind. Ach! wenn Sie diesen Mann so kennen würden wie ich! Nicht wahr, *my love*, nur ich kenne Sie ganz genau?«

Swann war dann vielleicht noch mehr als über diese vor Forcheville an ihn gerichteten Worte der Zärtlichkeit, der betonten Vorliebe über eine gewisse Kritik gerührt wie etwa: »Ich bin sicher, Sie haben Ihren Freunden noch nicht wegen des Diners am Sonntag geschrieben. Gehen Sie nicht hin, wenn Sie nicht mögen, aber höflich sollten Sie wenigstens sein« oder: »Haben Sie auch Ihren Essay über Vermeer hier gelassen, damit Sie morgen ein bißchen daran weiterarbeiten? Nein, wie faul ist doch dieser Mann! Ich werde Sie zum Arbeiten bringen, Sie werden sehen!«, die bewiesen, daß Odette genau über seine gesellschaftlichen Verpflichtungen und seine Kunststudien auf dem laufenden war, daß sie beide eine Art von gemeinsamem Leben führten. Während sie so sprach, schenkte sie ihm ein Lächeln, mit dem sie ihm ganz zu gehören schien.

In solchen Augenblicken, während sie ihnen eine Orangeade bereitete, geschah etwas, wie wenn ein schlecht eingestellter Reflektor zunächst um irgendeinen Gegenstand herum auf der Wand große phantastische Schatten entstehen läßt, die sich dann zusammenschieben und ganz in ihn hineinschlüpfen: alle die furchterregenden, sich wandelnden Vorstellungen, die Swann sich von Odette machte, schwanden dahin und wurden wieder eins mit der reizvollen Gestalt, die er vor sich sah. Er hatte dann ganz kurz eine Vision, als sei diese bei Odette im sanften Licht der Lampe verbrachte Stunde nicht eine künstliche Veranstaltung für ihn (dazu bestimmt, jene erschreckende und unbeschreiblich anziehende Sache zu überdecken, an die er unaufhörlich denken mußte, ohne sie sich richtig vorstellen zu können, nämlich eine Stunde des wahren Lebens von Odette, des Lebens von Odette, wenn er nicht anwesend war), mit Theaterrequisiten und Früchten aus Papiermaché, sondern vielleicht ganz ernstlich eine Stunde aus diesem wahren Leben selbst; als würde sie, wenn er nicht dagewesen wäre, Forcheville den gleichen Sessel hingeschoben und ihm nicht ein unbekanntes Getränk, sondern ganz die gleiche Orangeade eingeschenkt haben; als sei die von Odette bewohnte Welt nicht jene andere, erschreckende und übernatürliche Welt, in der er sie im Geiste unaufhörlich sah und die vielleicht nur in seiner Einbildung existierte, sondern die wirkliche Welt, und nicht mit einer ganz besonderen Art von Trauer versetzt, sondern ein Bereich, in dem der Tisch, an dem er schreiben, und das Getränk, von dem er kosten konnte, einfach enthalten waren; dazu alle diese Gegenstände, die er mit ebenso großer Neugier wie Bewunderung und Dankbarkeit betrachtete, denn wenn sie dadurch, daß sie seine Träume aufgesogen hatten, ihn von ihnen befreiten, so wurden sie selbst dadurch reicher, zeigten ihm ihre greifbare Wirklichkeit, beschäftigten seinen Geist und wurden plastischer für seinen Blick, während sie seinem Herzen Beruhigung verschafften.

Ach! Wenn das Schicksal ihm gestattet hätte, ein und dieselbe Wohnung mit Odette zu haben, bei ihr zu Hause zu sein, und wenn er die Dienstboten nach dem Menü für das Mittagessen befragte, zu wissen, daß er den Speisezettel Odettes erfuhr, oder sobald Odette am Vormittag in der Avenue du Bois de Boulogne spazierengehen wollte, als guter Ehemann, auch wenn er keine Lust hätte, sie begleiten und ihren Mantel tragen zu müssen, sofern es ihr zu warm würde, und wenn sie nach dem Abendessen im Schlafrock zu Hause bleiben wollte, gezwungen zu sein, bei ihr zu bleiben und zu tun, was sie wünschte, wie hätten dann alle die kleinen Nichtigkeiten in Swanns Leben, die ihm jetzt traurig schienen, ganz im Gegenteil, weil sie gleichzeitig einen Teil von Odettes Leben bildeten, selbst die vertrautesten – wie diese Lampe, die Orangeade, der Sessel, an die sich soviel Träume geheftet und die soviel Verlangen verwirklichten –, eine Art von überquellender Süße und geheimnisvoller Dichte in sich aufgenommen.

Gleichwohl ahnte er, daß das, was er ersehnte, diese Ruhe, der Frieden, für seine Liebe keine günstige Atmosphäre bedeutet hätten. Wenn Odette aufhören würde, für ihn eine stets abwesende, ersehnte, imaginäre Erscheinung zu sein, wenn das Gefühl, das er für sie hegte, nicht mehr dieselbe geheimisvolle Unruhe wäre, die das Thema der Sonate in ihm auslöste, sondern Zuneigung und Dankbarkeit, wenn sich zwischen ihnen normale Beziehungen herausbildeten, die seinem Wahn und seiner Trauer ein Ende bereiteten, dann würden ihm zweifellos Odettes Handlungen in sich selbst ganz uninteressant erscheinen – wie er schon öfter den Verdacht gehabt hatte, zum Beispiel an jenem Tag, als er durch das Briefkuvert hindurch die an Forcheville gerichteten Zeilen gelesen hatte. Wenn er sein Leiden so sachlich beobachtete, als habe er es sich zu Studienzwecken selber durch

Impfung beigebracht, mußte er sich sagen, daß er, einmal geheilt, alles, was Odette beträfe, als gleichgültig ansehen würde. Doch aus dem Grund seines krankhaften Zustands heraus fürchtete er wie den Tod eine solche Heilung, die in der Tat das Ende von allem bedeutet hätte, was er im Augenblick war.

Nach diesen ruhigen Abenden war Swanns Argwohn beschwichtigt; er pries Odette, und am folgenden Morgen schickte er ihr die schönsten Juwelen zu, weil ihre Güte am Abend zuvor entweder seine Dankbarkeit oder den Wunsch, sie immer neu zu erleben, oder einen Paroxysmus der Liebe in ihm bewirkt hatte, der sich verausgaben mußte.

Zu anderen Zeiten aber überfiel der Schmerz ihn von neuem, er stellte sich vor, Odette sei die Geliebte von Forcheville und sie habe damals im Bois – am Vorabend des Festes in Chatou, zu dem er nicht eingeladen war, als beide im Landauer[1] der Verdurins saßen und mitansahen, wie er mit jener verzweifelten Miene, die sogar seinem Kutscher aufgefallen war, Odette vergeblich bat, mit ihm heimzufahren, und wie er dann seinen Heimweg allein und geschlagen antrat – gewiß mit demselben blitzenden, boshaften, niederträchtigen und heimtückischen Blick wie an jenem Abend, als Forcheville Saniette aus dem Haus der Verdurins vertrieb, auf ihn gewiesen und dabei gesagt: »Jetzt ist er aber wütend! Nicht?«

Dann verabscheute Swann Odette. Ich bin ja auch zu dumm, sagte er sich, ich zahle mit meinem Geld das Vergnügen der anderen. Sie wird freilich gut daran tun, den Bogen nicht zu überspannen, denn es könnte dann so weit kommen, daß ich ihr nichts mehr gebe. Auf alle Fälle werde ich im voraus schon einmal alle zusätzlichen Freundlichkeiten unterlassen! Wenn ich denke, daß ich gestern erst, als sie davon sprach, sie habe Lust, eine Saison in Bayreuth[2] mitzumachen, so einfältig war, ihr vorzuschlagen, ich könne ja für uns beide eines der hübschen Schlösser des Königs von Bayern in der Umgebung mieten! Dabei schien sie noch nicht einmal so besonders entzückt, sie hat weder ja noch nein gesagt; ich kann nur hoffen, sie verzichtet darauf, großer Gott! Vierzehn Tage lang Wagner mit ihr zu hören, die so viel davon versteht wie die Kuh vom Zitherspielen, das wäre ein Genuß! Und da sein Haß wie seine Liebe nach einer Entladung drängten, gefiel er sich darin, seine Einbildungskraft auch im Bösen immer weiter zu stimulieren, weil er dann, je mehr Perfidien von Odettes Seite er sich vorstellte, desto größeren Abscheu empfand, und wenn sie – wie er sich auszumalen versuchte – in Wirklichkeit vorhanden wären, er eine Gelegenheit fände, sie zu strafen und seinem wachsenden Groll Genüge zu tun. So ging er also so weit, sich vorzustellen, er bekäme einen Brief von ihr, in dem sie ihn bäte, ihr das Geld für die Miete dieses Schlosses bei Bayreuth zur Verfügung zu stellen, ihn aber gleichzeitig davon in Kenntnis setzte, daß er selbst nicht mitkommen könne, weil sie Forcheville und den Verdurins versprochen habe, sie zu sich einzuladen. Oh! Wie gern hätte er gesehen, sie brächte diese Kühnheit auf! Welch innige Freude wäre es für ihn, abzulehnen und eine gehässige Antwort abzufassen, deren einzelne Wendungen er bereits mit Behagen auswählte und vor sich hinsagte, als habe er jenen Brief in Wirklichkeit schon erhalten!

Am folgenden Tage traf er ein. Sie schrieb ihm, die Verdurins und ihre Freunde hätten den Wunsch geäußert, den Wagneraufführungen beizuwohnen, und wenn er ihr das Geld schicken wollte, hätte sie endlich einmal, nachdem sie so oft ihr Gast gewesen sei, das Vergnügen, sie ihrerseits einzuladen. Ihn selbst erwähnte sie mit keinem Wort, sie betrachtete es als selbstverständlich, daß die Gegenwart der anderen die seine ausschloß.

Da hatte er nun also Gelegenheit, die schreckliche Antwort, von der er am Abend zuvor jedes Wort festgelegt hatte, ohne daß er zu hoffen wagte, er werde sie jemals verwenden können, ihr überbringen zu lassen. Ach! Er konnte sich freilich sagen, daß sie mit dem Geld, das sie hatte oder doch leicht auftreiben konnte, sehr wohl imstande wäre, in Bayreuth irgendein Haus zu mieten, wenn sie Lust dazu hätte, ausgerechnet sie, die nicht fähig war, Bach von Clapisson[1] zu unterscheiden. Immerhin würde sie dort etwas weniger üppig leben als sonst. Sie könnte dann nicht, wie es der Fall gewesen wäre, wenn er ihr ein paar tausend Francs geschickt hätte, jeden Abend in einem Schloß solch elegante Soupers arrangieren, nach denen sie sich vielleicht einfallen ließe – was sie möglicherweise bisher noch nicht getan hatte –, Forcheville in die Arme zu sinken. Jedenfalls würde nicht er, Swann, diese verhaßte Reise bezahlen! – Oh, daß er sie verhindern könnte! Wenn sie sich doch den Fuß vor der Abfahrt verstauchte, wenn doch der Kutscher, der sie mit dem Wagen zum Bahnhof bringen sollte, um irgendeinen Preis dafür zu haben wäre, sie an einem Ort abzusetzen, wo man sie für einige Zeit einsperren könnte, diese hinterhältige Person mit dem komplizenhaften Lächeln für Forcheville in ihren gleißenden Emailaugen, die Odette seit achtundvierzig Stunden in Swanns Meinung geworden war!

Doch war sie es nie sehr lange; nach ein paar Tagen bereits verlor der schillernde, arglistige Ausdruck ihrer Augen seinen hinterhältigen Glanz, das Bild einer verhaßten Odette, die zu Forcheville sagte: »Jetzt ist er aber wütend!«, begann zu verblassen und schließlich ganz zu verschwinden. Statt dessen kam allmählich wieder sanft schimmernd das Antlitz der anderen Odette zum Vorschein, der Odette, die auch ein Lächeln an Forcheville wendete, ein Lächeln aber, in dem für Swann nur Zärtlichkeit lag, wenn sie sagte: »Bleiben Sie nicht lange, dieser Herr hier hat nicht gern Besucher, wenn er Lust hat, bei mir zu sein. Ach! Wenn Sie ihn kennen würden, wie ich ihn kenne!«, das gleiche Lächeln, mit dem sie Swann für irgendein Zeichen besonderen Zartgefühls dankte, das sie so sehr an ihm schätzte, für einen Rat, den sie sich von ihm erbeten hatte in einer so wichtigen Angelegenheit, daß sie sich dabei nur auf ihn verließ.

Dann fragte er sich, wie er dieser Odette einen so empörenden Brief hatte schreiben können, wie sie ihn zweifellos niemals von ihm erwartet hätte und durch den er gewiß von dem hohen Piedestal herabgestiegen war, auf dem er bei ihr dank seiner Güte und Anständigkeit sonst stand. Er würde ihr jetzt sicher weniger teuer sein; denn gerade aufgrund jener Eigenschaften, die sie weder bei Forcheville noch bei sonst jemand gefunden hatte, liebte sie ihn ja. Ihretwegen bezeigte ihm Odette so oft eine Freundlichkeit, die ihm im Augenblick seiner Eifersucht unbedeutend erschien, weil sie kein Zeichen des Verlangens nach ihm war und sogar eher Neigung als eigentlich Liebe verriet, deren Wichtigkeit er aber im gleichen Verhältnis von neuem empfand, wie das Nachlassen seines Argwohns, das oft auch noch durch die Ablenkung bei der Lektüre eines kunstgeschichtlichen Werkes oder in einem Gespräch mit einem Freund beschleunigt wurde, seine Leidenschaft minder anspruchsvoll in bezug auf Erwiderung machte.

Jetzt, da nach dieser Oszillation Odette ganz von selbst an den Platz zurückgekehrt war, von dem Swanns Eifersucht sie einen Augenblick lang vertrieben hatte, an den Punkt, wo er sie reizend fand, stellte er sie sich als ein Wesen voller Zärtlichkeit vor, mit einem Blick der Verheißung und damit so hübsch, daß er nicht anders konnte als die Lippen zum Küssen spitzen, als sei sie da und er könne sie in die Arme nehmen; für diesen betörend liebevollen Blick hegte er ebensoviel Dankbarkeit gegen sie, als habe er ihn in Wirklichkeit von ihr erhalten, als habe ihn nicht nur seine Einbildungskraft ihm vorgetäuscht, um sein Verlangen zu stillen.

Welchen Kummer mochte er ihr bereitet haben! Sicherlich fand er gute Gründe für seinen Groll gegen sie, doch sie hätten nicht genügt, dieses Gefühl bei ihm auszulösen, wenn er sie nicht so sehr liebte. Hatte er nicht ebenso großen Verdruß durch andere Frauen erfahren, denen er gleichwohl heute noch jederzeit gern gefällig wäre und im Grunde nicht zürnte, weil er sie nicht mehr liebte? Sollte er eines Tages Odette gegenüber ebenso gleichgültig werden, müßte er einsehen, daß nur seine Eifersucht etwas so Arges, Unverzeihliches in ihrem an sich so begreiflichen Wunsch hatte sehen können, einem Wunsch, der einem gewissen Maß an Kinderei und auch einer gewissen Zartheit des Empfindens entstammte, da sie ja nur bei sich bietender Gelegenheit auch einmal den Verdurins für ihre vielen Freundlichkeiten danken und selber Gastgeberin sein wollte.

Er kehrte wieder zu jenem Standpunkt zurück – der dem von Liebe und Eifersucht bestimmten entgegengesetzt war, den er aber von Zeit zu Zeit, aus einer Art von intellektueller Redlichkeit und um allen Möglichkeiten gerecht zu werden, einzunehmen bemüht war –, von dem aus er Odette zu beurteilen suchte, als habe er sie nicht geliebt, als sei sie für ihn eine Frau wie jede andere, und das Leben Odettes, sobald er den Rücken gekehrt hatte, nicht etwas anderes, vor ihm Verborgenes, ja eine gegen ihn angezettelte Angelegenheit.

Wieso nahm er eigentlich an, daß sie dort in Bayreuth mit Forcheville und anderen so berauschende Dinge erleben wollte, die sie bei ihm nicht gefunden hatte und die doch einzig eine Ausgeburt seiner Eifersucht waren? In Bayreuth wie in Paris dachte vielleicht Forcheville, wenn er es überhaupt tat, an ihn nur wie an jemanden, der in Odettes Leben eine große Rolle spielte und hinter dem er zurücktreten mußte, wenn sie bei ihr zusammentrafen. Wenn Forcheville und sie triumphierten, daß sie gegen seinen Willen in Bayreuth seien, so hätte er selbst es nicht anders gewollt, indem er sie überflüssigerweise daran zu hindern versuchte, während es, wenn er ihren – im übrigen ganz vertretbaren – Plan billigte, so aussehen würde, als sei sie dort in Befolgung seines Rates; sie würde sich dann von ihm dort hingeschickt und wohl untergebracht fühlen, und für das Vergnügen, das er ihr bereitete, nämlich die Leute bei sich sehen zu können, die sie so oft zu sich eingeladen hatten, ihm sicherlich dankbar sein.

Wenn er ihr also – anstatt daß sie entzweit mit ihm und ohne ihn wiedergesehen zu haben abreiste – das Geld schickte, sie zu dieser Reise ermunterte und sich bemühte, sie ihr möglichst angenehm zu gestalten, würde sie strahlend und dankbar zu ihm eilen, er würde die Freude haben, sie zu sehen, die ihm jetzt schon fast eine Woche versagt geblieben und durch nichts zu ersetzen war. Denn sobald Swann sie sich wieder ohne Grauen vorzustellen vermochte, sobald er von neuem das Lächeln der Güte auf ihrem Antlitz im Geist vor sich sah und nicht durch Eifersucht der Wunsch, sie jedem anderen wegzunehmen, seiner Liebe beigemischt war, bestand diese Liebe vor allem wieder aus dem Geschmack an den Empfindungen, die Odettes Person in ihm wachrief, an der Lust, die darin bestand, das Heben ihres Blicks, die Art ihres Lächelns und den Tonfall ihrer Stimme wie ein Schauspiel zu bewundern und wie ein Naturphänomen zu erforschen. Diese Lust, die sich von allen anderen so sehr unterschied, hatte schließlich in ihm ein Bedürfnis nach Odette geschaffen, das sie allein durch ihre Gegenwart oder ihre Briefe befriedigen konnte, ein Bedürfnis, das fast ebenso uneigennützig, ebenso künstlerisch, ebenso pervers war wie ein anderes, das für Swann in diesem neuen Lebensabschnitt charakteristisch wurde, in dem auf die innere Dürre und Depression der letzten Jahre eine übermäßige geistige Gespanntheit gefolgt war, wobei er ebensowenig wußte, welchem Umstand er diese unerwartete Bereicherung seines Lebens zu verdanken hatte, wie etwa eine Person von zarter Gesundheit, die von einem gewissen Zeitpunkt an zunimmt, kräftiger wird und eine Zeitlang völliger Genesung entgegenzugehen scheint: Jenes andere Bedürfnis, das sich ebenfalls außerhalb der wirklichen Welt entfaltete, war das, Musik zu hören, Musik kennenzulernen.

So fing er gemäß dem Chemismus seiner Krankheit, nachdem er mit seiner Liebe Eifersucht hergestellt hatte, von neuem an, Zärtlichkeit und Mitleid für Odette zu produzieren. Sie war wieder die bezaubernde und gute Odette geworden. Er empfand Gewissensbisse, daß er so hart mit ihr umgegangen war. Er wünschte sich, daß sie zu ihm käme, zuvor aber wollte er ihr eine Freude machen, um Dankbarkeit ihren Ausdruck bestimmen und ihr Lächeln formen zu sehen.

Daher machte es sich denn auch Odette, da sie gewiß war, ihn nach ein paar Tagen so ergeben und zärtlich wie vorher und auf Versöhnung bedacht wiederzusehen, zur Gewohnheit, ohne alle Angst, ihm zu mißfallen oder ihn zu kränken, wenn es ihr gerade so paßte, ihm die Gunstbezeigungen vorzuenthalten, an denen ihm am meisten lag.

Vielleicht wußte sie nicht, wie aufrichtig er ihr gegenüber im Augenblick des Bruchs gewesen war, als er ihr gesagt hatte, daß er ihr kein Geld schicken und versuchen werde, ihr Schwierigkeiten zu machen. Vielleicht wußte sie ebensowenig, wie sehr er es – wenn nicht ihr, so doch sich selbst gegenüber – in anderen Fällen war, wo er im Interesse der Fortführung ihrer Beziehung Odette zeigen wollte, daß er durchaus imstande sei, auf den Umgang mit ihr zu verzichten, und ein Bruch immer möglich, und daraufhin beschloß, eine Zeitlang nicht zu ihr zu gehen.

Manchmal war das gerade nach ein paar Tagen, wo sie ihm keinen neuen Verdruß bereitet hatte; dann wußte er, daß er aus seinen nächsten Besuchen keine große Beglückung, sondern wahrscheinlich nur irgendwelchen Kummer ziehen würde, der seiner wiedererrungenen Ruhe vermutlich ein Ende bereitete, und schrieb ihr, er sei sehr beschäftigt und könne sie an keinem der Tage sehen, die er ihr vorgeschlagen habe. Nun aber kreuzte sich mit dem seinen ein Brief von ihr, in dem sie ihn ausgerechnet bat, das Rendezvous zu verschieben. Er fragte sich, weshalb; Argwohn und Schmerz suchten ihn wieder heim. In dem neuen Zustand der Erregung vermochte er den in dem vorausgehenden Zustand relativer Ruhe gefaßten Entschluß nicht einzuhalten, eilte zu ihr und verlangte, sie nun an sämtlichen folgenden Tagen zu sehen. Und sogar wenn sie nicht von sich aus schrieb, sondern ihm nur antwortete und seinem Ansinnen einer kurzen Trennung zustimmte, genügte das, damit er es nicht mehr aushalten konnte, ohne sie zu sehen. Denn entgegen Swanns Annahme hatte Odettes Zustimmung alles in ihm verändert. Wie alle Menschen, die eine Sache besitzen, hatte er, nur um festzustellen, was wäre, wenn er sie plötzlich nicht mehr besäße, versucht, sie aus seinem Geist zu eliminieren, alles andere jedoch so belassen, wie es vorher war. Das Nichtvorhandensein einer Sache ist aber nicht nur das, sie bedeutet nicht ein partielles Fehlen, sondern bringt auch alles andere zum Einstürzen, es ist ein neuer Zustand, den man sich in dem vorhergehenden nicht vorstellen kann.

Ein andermal dagegen – Odette war eben im Begriff zu verreisen – beschloß er nach einem kleinen Streit, für den er selbst den Vorwand gesucht und gefunden hatte, ihr nicht zu schreiben und sie nicht wiederzusehen, bevor sie von ihrer Reise zurückgekehrt wäre, wobei er einer Trennung, deren Hauptteil – da der Reise gewidmet – ganz unvermeidlich war und die durch sein Vorgehen nur etwas eher ihren Anfang nahm, den Anschein eines großen Bruchs gab, den sie vielleicht für endgültig halten würde und aus dem er Gewinn zu ziehen trachtete. Schon sah er im Geist Odette, wenn sie weder Besuche noch Briefe von ihm erhielte, unruhig und betrübt, und dieses Bild, das seine Eifersucht beschwichtigte, machte es ihm leichter, sich zu entwöhnen, sie zu sehen. Gewiß gab es Augenblicke, in denen er ganz im Hintergrund seines Bewußtseins – in den sein Entschluß diese Vorstellung zu verbannen versuchte, da ja die lange Strecke der drei Wochen Abwesenheit dazwischenlag – mit Vergnügen daran dachte, daß er Odette bei ihrer Rückkehr wiedersehen werde; doch tat er es gleichzeitig mit so wenig Ungeduld, daß er sich zu fragen begann, ob er die Dauer einer ihm so leichtfallenden Enthaltung nicht lieber um das Doppelte verlängern sollte. Sie dauerte jetzt noch nicht länger als drei Tage an, also sehr viel weniger Zeit, als er sonst oft verbracht hatte, ohne Odette zu sehen und ohne daß er es sich, wie jetzt, im voraus vorgenommen hatte. Doch dann genügte irgendeine kleine unvorhergesehene Schwierigkeit oder ein leichtes physisches Unbehagen – dadurch, daß er bewogen wurde, den gegenwärtigen Augenblick, in dem sogar die Vernunft bereit wäre, die von einem Vergnügen herbeigeführte Beruhigung zu akzeptieren und den Willen zu beurlauben, bis zu dem Zeitpunkt, da es sinnvoll wäre, die Anstrengungen wiederaufzunehmen –, um die Wirkung eben dieses Willens, der nun seinen Druck nicht länger ausübte, vorübergehend aufzuheben; oder es genügte auch schon weniger als das, der Gedanke etwa an eine vergessene Anfrage bei Odette, ob sie mit sich über die neue Farbe einig geworden sei, die sie ihrem Wagen geben wolle, oder ob es sich bei einem Börsenpapier um gewöhnliche oder Vorzugsaktien handle, die sie zu kaufen wünsche (es war ja recht und gut, ihr zu zeigen, daß er auch ohne sie auskommen konnte, aber wenn nachher die Farbe noch einmal geändert werden mußte oder die Aktien keine Dividende gaben, wäre auch nichts gewonnen!), um wie ein straff gespanntes Gummiband, das man losläßt, oder die Luft, die aus einer nur wenig geöffneten Luftpumpe ausströmt, aus den Fernen, in denen sie festgehalten wurde, die Vorstellung, sie wiederzusehen, plötzlich in den Bereich des Gegenwärtigen und der unmittelbaren Möglichkeiten zurückschnellen zu lassen.

Sie trat wieder auf, ohne noch irgendeinem Widerstand begegnet zu sein, und zwar mit so unaufhaltsamer Gewalt, daß es Swann viel leichter gefallen war, zu spüren, wie einer nach dem andern der vierzehn Tage sich näherte, während deren er von Odette getrennt sein würde, als die zehn Minuten zu überstehen, die der Kutscher zum Anspannen brauchte, damit der Wagen ihn zu ihr führte, und die er in leidenschaftlicher Ungeduld und Freude verbrachte, während er tausendmal sich zärtlich an dieser Vorstellung weidete, sie gleich wiederzusehen, die gerade in dem Augenblick, da er sie so fern wähnte, durch eine plötzliche Wendung in seinem nächsten Bewußtseinsbereich unmittelbar vor ihm lag. Jetzt war sie nämlich in ihm nicht mehr durch den Wunsch behindert, ihr auf der Stelle zu widerstehen, denn dieser Wunsch bestand bei Swann nicht mehr, seitdem er sich selbst bewiesen hatte – wenigstens bildete er es sich ein –, daß er leicht dazu imstande sei; er hatte jetzt kein

Bedenken mehr, einen Trennungsversuch aufzuschieben, dessen Ausführung ihm gesichert schien, sobald er es nur wolle. Außerdem trat diese Vorstellung, sie wiederzusehen, jetzt mit einer Neuheit, einer Verführung geschmückt, mit einer Frische begabt vor ihn hin, die durch die Gewohnheit stumpf geworden, dann aber aus dem Entzug von nicht drei, sondern von vierzehn Tagen (denn die Dauer eines Verzichts muß im voraus nach dem angenommenen Endtermin berechnet werden) wie aus einem Jungbrunnen wiederaufgetaucht waren, und aus dem, was bislang ein vorauszusehendes Vergnügen war, das man leichten Herzens preisgibt, war ein unverhofftes Glück geworden, dem man nicht widerstehen kann. Endlich trat diese Vorstellung auch dadurch verschönt wieder auf, daß Swann keine Ahnung hatte, was Odette inzwischen angesichts der Tatsache, daß er kein Lebenszeichen von sich gab, gedacht und getan haben mochte, so daß das, was er jetzt antreffen würde, nichts Geringeres war als die passionierende Offenbarung einer fast unbekannten Odette.

Sie aber sah, ebenso wie sie seine Weigerung, ihr Geld zu geben, für eine Finte erachtet hatte, nur einen Vorwand in dem angeblichen Interesse an der Wagenlackierung oder dem Papier, das sie kaufen wollte. Denn sie lebte in Gedanken nicht die verschiedenen Phasen der Krisen nach, die er durchlief, begriff auch bei der Vorstellung, die sie sich davon machte, ihren eigentlichen Mechanismus nicht, sondern glaubte nur an das, was sie im voraus kannte, das notwendige, unausbleibliche und stets gleiche Ende. Daraus ergab sich ein unvollständiges Bild – das aber vielleicht gerade dadurch um so tiefgründiger war –, wenn man es von Swanns Standpunkt aus betrachtete, der sich von Odette ebenso unverstanden gefühlt hätte wie ein Morphinist oder ein Lungenkranker, die beide in der Überzeugung, daß sie nur, der eine aufgrund eines äußeren Ereignisses in dem Augenblick, da er sich von einer eingewurzelten Gewohnheit befreien wollte, der andere aufgrund einer zufälligen Indisposition gerade zu dem Zeitpunkt, wo er endlich genesen wäre, krank geschrieben wurden, sich von ihrem Arzt verkannt glauben, der diesen angeblichen Zufälligkeiten nicht die gleiche Bedeutung wie sie beimißt, in ihnen vielmehr einfache Verkleidungen sieht, in denen, um seinen Patienten von neuem bewußt zu werden, Laster und Krankheit erscheinen, die in Wirklichkeit nie aufgehört haben, unheilbar auf ihnen zu lasten, während sie sich in Träumen von Einsicht und Heilung wiegten. Tatsächlich war Swanns Liebe in jenes Stadium eingetreten, wo der Arzt oder bei bestimmten Leiden selbst der kühnste Chirurg sich fragt, ob es noch vernünftig oder möglich sei, den Kranken von seiner Sucht oder seinem Leiden befreien zu wollen.

Bestimmt hatte Swann kein unmittelbares Bewußtsein von den Ausmaßen dieser Liebe. Wenn er sie zu sondieren versuchte, kam es ihm zeitweilig so vor, als sei sie kleiner geworden, als sei sie fast verschwunden; zum Beispiel verspürte er an gewissen Tagen wieder nur das mäßige Wohlgefallen oder besser Mißfallen, wie in der Zeit vor seiner Liebe zu Odette, angesichts ihrer zu scharfen Züge und ihrer unfrischen Haut. Wirklich ein spürbarer Fortschritt, sagte er sich am folgenden Tag; wenn ich es recht betrachte, hat es mir gestern überhaupt kein Vergnügen gemacht, bei ihr im Bett zu sein; es ist sonderbar, ich habe sie geradezu häßlich gefunden. Sicher war er aufrichtig, doch reichte seine Liebe weit über die Region des physischen Verlangens hinaus. Odettes Person nahm eigentlich keinen großen Raum mehr darin ein. Wenn sein Blick auf ihre Photographie auf seinem Schreibtisch fiel oder sie ihn besuchen kam, vermochte er nur schwer ihre Gestalt in Fleisch und Blut oder auf Glanzpapier mit der ständigen schmerzlichen Unruhe seines Innern in Zusammenhang zu bringen. Er sagte sich dann fast staunend: Das ist sie, als wenn man uns plötzlich, aus uns herausoperiert, eine unserer Krankheiten zeigte und wir sie gar nicht dem ähnlich fänden, was wir in uns verspüren. »Sie« – er versuchte sich manchmal zu fragen, was das eigentlich sei: denn darin zeigen Liebe und Tod viel eher als in den etwas unbestimmten Zügen, die man gemeinhin dafür anführt, eine Ähnlichkeit, daß wir in der Furcht, ihre Wirklichkeit könne uns entschwinden, dem Geheimnis der Persönlichkeit immer tiefer nachgehen. Diese Krankheit Swanns aber, seine Liebe, hatte sich so sehr vervielfältigt, war so eng mit allen seinen Gewohnheiten, seinem Denken und Handeln, seiner Gesundheit, seinem Schlaf, seinem Leben, ja selbst mit dem, was er nach seinem Tod ersehnte, verknüpft, sie war so sehr nur noch eins mit ihm, daß man sie nicht aus ihm hätte herausreißen können, ohne ihn selbst fast völlig zu vernichten: seine Liebe war, wie die Chirurgie es nennt, inoperabel geworden.

Durch diese Liebe war Swann so sehr allen anderen Interessen entfremdet, daß er, wenn er zufällig einmal in die mondäne Gesellschaft zurückkehrte in der Vorstellung, seine Beziehungen würden etwa wie ein elegantes Gespann, das sie übrigens nicht sehr sachgemäß einzuschätzen gewußt hätte, seiner Person in den Augen Odettes einen gewissen Wert verleihen (was auch gestimmt hätte, wären sie nicht tatsächlich gerade durch seine Liebe im Wert gemindert worden, da diese für Odette alles, was sie berührte, billiger werden ließ allein durch die Tatsache, daß sie ihr alles als weniger kostbar hinstellte), daß er dort neben der Qual, an einem Ort und in einem Milieu zu sein, die Odette nicht kannte, das selbstlose Vergnügen fand, das er an einem Roman oder einem Bild gehabt hätte, auf dem die Zerstreuungen der Welt der Müßiggänger dargestellt sind; wie er bei sich selbst zu Hause gern das reibungslose Funktionieren des Haushalts, die Eleganz seiner Garderobe und seiner Dienerschaft, die gute Anlage seiner Werte in der gleichen Weise betrachtete, wie er bei Saint-Simon, einem seiner Lieblingsschriftsteller, von dem »Mechanismus« des Tagesablaufs in Versailles, dem Menü der Mahlzeiten bei Madame de Maintenon oder dem schlauen Geiz und großen Lebenszuschnitt Lullis las.[1] In dem geringfügigen Maß aber, in dem diese Distanzierung nicht vollkommen war, bestand der Grund für das neue Vergnügen, das Swann in diesen Kreisen fand, darin, daß er für einen Augenblick in die spärlichen Bezirke seines Wesens ausweichen konnte, die seiner Liebe, seinem Kummer fremd geblieben waren. In dieser Hinsicht war der Personencharakter, den ihm meine Großtante mit der von seiner individuelleren Persönlichkeit als Charles Swann sehr wohl zu unterscheidenden Bezeichnung »der junge Swann« verlieh, derjenige, in dem er sich zur Zeit am allermeisten gefiel. Eines Tages, als er zum Geburtstag der Prinzessin von Parma (besonders, weil sie indirekt Odette gefällig sein konnte, indem sie ihm Plätze für Galavorstellungen und Jubiläumsveranstaltungen verschaffte) als Geschenk Früchte schicken wollte und nicht recht wußte, wie man sie bestellt, hatte er eine Kusine seiner Mutter damit beauftragt, die, entzückt darüber, daß sie eine Besorgung für ihn erledigen durfte, ihm antwortete, sie habe nicht alle Früchte an der gleichen Stelle gekauft, sondern die Trauben bei Crapote, dessen Spezialität sie seien, die Erdbeeren bei Jauret, die Birnen bei Chevet, wo sie am schönsten ausfielen und so fort.[2] »Jede Frucht habe ich einzeln besichtigt und geprüft«, setzte sie hinzu. Tatsächlich hatte er nach den Dankesbezeigungen der Prinzessin sich den Duft der Erdbeeren und die schmelzende Zartheit der Birnen vorstellen können. Besonders aber waren die Worte: »Jede Frucht habe ich einzeln besichtigt und geprüft« Balsam für seine Leiden gewesen, da sie sein Bewußtsein in einen Bereich entrückten, in den er sich nur selten begab, obwohl er ihm ganz eigentlich angehörte als dem Erben eines reichen guten Bürgerhauses, in dem sich durch Vererbung, stets bei der Hand, um ihm zu Diensten zu sein, wenn es ihm gefiele, die Kenntnis der »guten Adressen« und die Kunst erhalten hatten, eine Bestellung richtig auszuführen.

Gewiß hatte er zu lange vergessen, daß er »der junge Swann« war, um nicht, wenn er es für einen Augenblick wieder wurde, ein lebhafteres Vergnügen zu empfinden als über alles, was er in der übrigen Zeit erfahren mochte und schon sattsam gewohnt war; und wenn die Liebenswürdigkeit der bürgerlichen Kreise, für die er es immer geblieben war, weniger in die Augen fiel als die der Aristokratie (jedoch schmeichelhafter war, da sie dort nie von wirklicher Achtung getrennt auftritt), so konnte doch ein Brief von einer Hoheit, welche fürstlichen Vergnügungen er ihm auch in Aussicht stellen mochte, ihm nicht angenehmer sein als der, in dem man ihn als Trauzeugen oder auch nur Teilnehmer zu einer Hochzeit in der Familie alter Freunde seiner Eltern bat, von denen die einen ihn auch weiterhin öfter sahen – wie zum Beispiel mein Großvater, der ihn ein Jahr vorher zur Hochzeit meiner Mutter eingeladen hatte –, die anderen ihn aber persönlich kaum kannten, jedoch glaubten, eine Pflicht der Höflichkeit gegen den Sohn und würdigen Nachfolger des verstorbenen Monsieur Swann erfüllen zu müssen.

Durch die alten intimen Beziehungen aber, die er zu ihren Kreisen besaß, gehörten auch die Leute der mondänen Gesellschaft in gewisser Weise zu seinem Haus, seinem Lebenszuschnitt und zu seiner Familie. Er wußte, daß er an seinen glänzenden freundschaftlichen Verbindungen die gleiche Stütze außerhalb seiner selbst, die gleiche Stärkung besaß wie an seinem schönen Landbesitz, dem schönen Silber, den schönen Tafeltüchern, die ihm von den Seinen her überkommen waren. Und der Gedanke, daß, wenn ein Schlag ihn träfe, der Herzog von Chartres, Prinz Reuß, der Herzog von Luxemburg und Baron Charlus die Personen wären, die sein Kammerdiener schnellstens herbeiholen würde, spendete ihm ebensoviel Trost wie unserer alten Françoise das Bewußtsein, daß sie in einem der ihr gehörigen feinen Leintücher beerdigt werden würde, die mit ihrem Namen gezeichnet und noch nicht ausgebessert waren (oder aber so unsichtbar, daß man dadurch nur eine um so höhere Meinung von der Sorgfalt der Handarbeit bekommen würde), eine Vorstellung, aus der sie, so oft sie sie sich vor Augen führte, eine gewisse Befriedigung ihrer Eigenliebe, ja sogar eine Art von Behagen zog. Da nun Swann bei allen Gedanken und Handlungen, die sich auf Odette bezogen, unaufhörlich von dem uneingestandenen Gefühl beherrscht und geleitet wurde, daß er ihr vielleicht nicht weniger lieb, sein Anblick ihr aber doch weniger angenehm war als der eines beliebigen anderen, der des langweiligsten Getreuen der Verdurins, begann er, wenn er sich jetzt wieder auf eine Gesellschaft stützte, in der er als Gentleman par excellence galt, in der man alles tat, um ihn ins Haus zu locken, wo man unglücklich war, wenn man ihn nicht zu sehen bekam, wieder an das Vorhandensein eines glücklicheren Lebens zu glauben, fast Lust darauf zu bekommen wie ein Kranker, der seit Monaten bei strikter Diät Bettruhe halten muß, wenn er in der Zeitung auf die Speisenfolge eines offiziellen Diners oder die Ankündigung einer Vergnügungsfahrt nach Sizilien stößt.

Während er genötigt war, sich bei den Angehörigen der ersten Gesellschaftskreise zu entschuldigen, wenn er ihnen keine Besuche machte, mußte er Odette im Gegenteil um Verzeihung bitten, wenn er es tat. Dabei bezahlte er sie noch dazu (denn am Ende des Monats fragte er sich, sofern er ihre Geduld allzu stark strapaziert und ihr häufig Besuche gemacht hatte, ob es genug sein würde, wenn er ihr viertausend Francs[1] schickte) und hatte für jeden einen Vorwand, ein Geschenk, das er ihr überbringen wollte, eine Auskunft, die sie brauchte, oder die Behauptung, Monsieur de Charlus, den er gerade auf dem Weg zu ihr getroffen hatte, hätte nachdrücklich um seine Begleitung gebeten. Wenn er absolut keinen fand, so bat er Charlus zu ihr zu gehen und wie ganz von sich aus im Laufe des Gesprächs darauf zu kommen, er müsse Swann dringend sprechen, und zu fragen, ob sie ihn nicht auffordern könne, gleich zu ihr zu kommen; meist aber wartete Swann umsonst, und Monsieur de Charlus teilte ihm am Abend mit, das Mittel habe versagt. So kam es, daß sie, ganz abgesehen von ihren jetzt so häufigen Abwesenheiten von Paris, auch wenn sie dort war und blieb, ihn nur wenig sah; sie, die, als sie ihn liebte, zu ihm gesagt hatte: »Ich bin immer frei« und »Was mache ich mir schon aus der Meinung der anderen?«, führte jetzt unaufhörlich, wenn er sie sehen wollte, konventionelle Bedenken oder andere Verpflichtungen an. Wenn er davon sprach, zu einem Wohltätigkeitsfest, einer Ausstellungseröffnung, einer Premiere gehen zu wollen, bei der auch sie anwesend war, sagte sie ihm, er wolle sich überall mit ihr zeigen, er behandle sie wie eine Prostituierte. Das ging schließlich so weit, daß Swann, um nicht überhaupt darauf verzichten zu müssen, irgendwo mit ihr zusammenzutreffen, eines Tages in seinem kleinen Appartement in der Rue Bellechasse meinen Großonkel Adolphe aufsuchte, von dem er wußte, daß sie ihn kannte und schätzte, und dessen Freund er auch selbst gewesen war, um ihn zu bitten, er möge doch seinen Einfluß auf Odette geltend machen. Da sie immer, wenn sie zu Swann von meinem Onkel sprach, einen schwärmerischen Ton anschlug und Dinge sagte wie: »Ach, er! Er ist nicht wie du, seine Freundschaft für mich ist etwas so Schönes, so Großes, so Besonderes! Er würde niemals so wenig zartfühlend sein, daß er sich mit mir bei öffentlichen Veranstaltungen zeigen wollte«, daß Swann ganz in Verlegenheit war, zu welchem gewählten Ton er sich aufschwingen müsse, um von ihr zu meinem Onkel zu reden. Er stellte zunächst Odettes Vortrefflichkeit als eine Tatsache a priori, ihre seraphische Engelhaftigkeit als ein Axiom, ihre Tugenden, die unbeweisbar und aus der Erfahrung nicht abzuleiten waren, als eine Offenbarungswahrheit hin. »Ich möchte mit Ihnen reden. Sie sind doch jemand, der weiß, wie turmhoch Odette über allen anderen Frauen steht, was für ein anbetungswürdiges Wesen, welch ein Engel sie ist. Aber Sie kennen auch das Pariser Leben. Nicht jeder sieht Odette in dem gleichen Licht wie Sie und ich. Da gibt es denn Leute, die finden, daß ich eigentlich eine etwas komische Rolle spiele; sie will mir nicht einmal gestatten, daß ich sie außerhalb, im Theater treffe. Sie könnten doch, wo sie zu Ihnen soviel Vertrauen hat, ihr ein Wort zu meinen Gunsten sagen und ihr die Gewißheit geben, daß sie sich eine übertriebene Vorstellung davon macht, wie sehr bereits ein Gruß von mir ihr bei anderen schaden könnte.«

Mein Onkel gab Swann den Rat, sie für eine Weile nicht zu sehen, und meinte, er werde ihr daraufhin nur um so lieber sein; Odette aber redete er zu, sie solle ruhig Swann erlauben, daß er sie überall träfe, wo es ihm gefiele. Ein paar Tage später beklagte sich Odette bei Swann, sie habe eine Enttäuschung erlebt, denn mein

Onkel sei doch wie alle übrigen Männer: er habe sie mit Gewalt zu nehmen versucht. Sie beruhigte zwar Swann soweit, der im ersten Augenblick meinen Onkel fordern wollte, doch lehnte er künftig ab, ihm die Hand zu geben, wenn er ihn irgendwo traf. Er bedauerte diesen Bruch um so mehr, als er gehofft hatte, durch meinen Onkel Adolphe, wenn er ihn wieder öfter gesehen hätte, gewissen Gerüchten, die über Odettes früheres Leben in Nizza umliefen, auf den Grund zu kommen. Mein Onkel Adolphe nämlich brachte immer den ganzen Winter dort zu. Swann meinte sogar, er habe vielleicht da unten Odettes Bekanntschaft gemacht. Eine belanglose Äußerung, die in seiner Gegenwart über einen Mann gefallen war, der dort Odettes Liebhaber gewesen sei, hatte ihn tief getroffen. Doch Dinge, die er, bevor er sie kannte, furchtbar zu erfahren und unmöglich zu glauben gefunden hätte, waren, sobald er sie einmal wußte, für alle Zeiten in seine Trauer mit einbezogen, er anerkannte sie als Tatsachen und hätte nicht mehr begreifen können, daß sie nicht existierten. Nur brachte jede dieser Einzelheiten an dem Bild, das er sich von seiner Geliebten machte, eine Retusche an. Er glaubte einmal sogar verstehen zu müssen, daß die leichten Sitten Odettes, die er nie vermutet hätte, ziemlich notorisch waren und daß sie in Baden-Baden und Nizza, wenn sie früher dort ein paar Monate zugebracht hatte, sogar eine gewisse Berühmtheit in den Sphären des galanten Lebens erlangt hatte. Um etwas darüber zu erfahren, versuchte er mit mehreren Angehörigen der Lebewelt in Kontakt zu kommen; diese aber wußten, daß er Odette gut kannte; außerdem befürchtete er, sie von neuem auf den Gedanken an sie zu bringen und damit gleichsam auf ihre Fährte zu setzen. Er, dem zuvor nichts so öde vorgekommen war wie alles, was mit dem kosmopolitischen Leben von Baden-Baden oder Nizza zusammenhing, beugte sich jetzt, seitdem er wußte, daß Odette vielleicht früher an diesen Vergnügungsplätzen ein bewegtes Leben geführt hatte, ohne daß er jemals genau erfahren würde, ob sie es nur getan habe, um ihren Bedarf an Geld zu decken, was sie dank seiner Hilfe nicht mehr nötig hatte, oder aufgrund von Launen, die wieder aufleben konnten, in ohnmächtiger Furcht, blind und von Schwindel gepackt über den bodenlosen Abgrund, in den jene Jahre aus der ersten Zeit des Septennats[1] versunken waren, in denen man den Winter auf der Promenade des Anglais und den Sommer unter den Linden von Baden-Baden verlebte, und fand in ihnen jenen schmerzlichen und grandiosen Reiz, den vielleicht ein Dichter ihnen beigelegt haben würde; und um die kleinen Ereignisse aus der Chronik der Côte d'Azur von damals zu rekonstruieren, wenn sie ihm dazu verholfen hätten, etwas Bestimmtes am Lächeln oder den Blicken – die dabei so ehrlich waren und so schlicht – von Odette zu verstehen, hätte er eine größere Leidenschaft aufgewendet als der Kunsthistoriker, der Quellendokumente über das Florenz des Quattrocento studiert, um tiefer in das Seelenleben der Primavera, der Bella Vanna oder der Venus von Botticelli einzudringen.[2] Oft schaute er sie schweigend und nachdenklich an; dann sagte sie zu ihm: »Wie traurig du aussiehst!« Es war noch nicht sehr lange her, daß er von der Vorstellung, sie sei ein gutes Geschöpf, so vortrefflich wie die besten, die er je gekannt hatte, zu jener anderen übergegangen war, sie sei eine ausgehaltene Person; umgekehrt war es danach schon vorgekommen, daß er von jener Odette de Crécy, die in der Welt der Nachtschwärmer und Lebemänner vielleicht nur allzu bekannt war, wieder zu dem Antlitz mit der oft so überaus sanften Miene, der menschlich warmen Natur zurückgekehrt war. Was besagt es schon, pflegte er sich zu sagen, daß in Nizza jeder weiß, wer

Odette de Crécy ist? Renommees dieser Art werden, selbst wenn sie stimmen, in den Köpfen der anderen hergestellt; er dachte, daß diese Legende – selbst wenn sie authentisch wäre – ja dem Bild Odettes nur von außen hinzugefügt, nicht wie eine Persönlichkeit unverrückbar und immer weiter Übles wirkend sei; daß das Geschöpf, das vielleicht dazu verleitet worden war, etwas Unrechtes zu tun, eine Frau mit gütigen Augen, einem Herzen voll Mitleid für menschliches Leiden, einem schmiegsamen Körper sei, den er selbst in Armen gehalten und mit Händen berührt hatte, eine Frau, die er eines Tages vielleicht völlig für sich haben würde, wenn es ihm nur gelänge, ihr unentbehrlich zu werden. Da saß sie, oft müde, mit einem Gesicht, aus dem einen Augenblick lang das fieberhaft muntere Beschäftigtsein mit den unbekannten Dingen gewichen war, unter denen Swann so litt; sie schob ihr Haar mit den Händen zurück; ihre Stirn, ihr Gesicht trat um so breiter hervor; dann brach plötzlich irgendein schlicht menschlicher Gedanke, ein gutes Gefühl, wie jede Kreatur es hat, wenn sie in einem Augenblick der Ruhe und der Sammlung sich selbst überlassen ist, aus ihren Augen wie ein gelber Strahl hervor. Ihr ganzes Antlitz hellte sich auf wie eine graue Landschaft, über der die Wolken, von denen sie überlagert ist, im Augenblick des Sonnenuntergangs sich teilen, um das verklärende Licht über sie fluten zu lassen. Das Leben, das in solchen Augenblicken in Odette war, selbst die Zukunft, die sie träumend im Auge zu haben schien, hätte Swann mit ihr teilen mögen; keine schlechte Regung mehr schien darin als Rückstand geblieben zu sein. So selten diese Momente auch wurden, gingen sie doch nicht nutzlos vorbei. In der Erinnerung fügte Swann diese kleinen Bruchstücke zusammen, er ließ die Zwischenräume fort und formte sich dann daraus wie aus reinem Gold eine Odette, die ganz

Güte und Gelöstheit war und der er später (wie man im zweiten Teil dieses Werks sehen wird) Opfer brachte, die die andere Odette niemals von ihm erlangt hätte. Doch wie selten waren diese Augenblicke, und wie wenig sah er sie jetzt! Selbst für ihre abendlichen Zusammenkünfte galt, daß sie ihm erst in letzter Minute sagte, ob sie sie ihm gewähren könne oder nicht, denn da sie damit rechnete, daß er immer frei sei, wollte sie erst ganz sicher gehen, daß niemand sonst sie zum Kommen aufforderte. Sie gab dann vor, sie müsse auf eine Antwort von höchster Wichtigkeit für sie warten, und selbst wenn, nachdem Swann schon gekommen war, irgendwelche Freunde im Verlauf eines bereits angebrochenen Abends sie noch aufforderten, sie im Theater oder hinterher zum Nachtessen zu treffen, machte sie einen Luftsprung vor Freude und kleidete sich in Eile um. Je weiter ihre Toilette fortschritt, mit jeder Bewegung, die sie vollzog, rückte für Swann der Augenblick näher, da er sie verlassen mußte, da sie in einem unwiderstehlichen Schwung von ihm fortschnellen würde; und wenn sie dann fertig war und ein letztes Mal ihre von Aufmerksamkeit gespannten und erhellten Blicke in den Spiegel versenkte, etwas Rouge auf die Lippen tat, eine Locke auf der Stirn ordnete und ihren himmelblauen Abendmantel mit den goldenen Quasten verlangte, sah Swann so traurig aus, daß sie eine Bewegung der Ungeduld nicht unterdrücken konnte und zu ihm sagte: »So also dankst du mir, daß ich dich bis zur letzten Minute dabehalten habe. Und ich meinte es besonders nett. Gut zu wissen; ich merke es mir für das nächste Mal!« Zuweilen nahm er sich auf die Gefahr, sie zu verstimmen, vor, ganz genau festzustellen, wohin sie gegangen war; er träumte von einem Abkommen mit Forcheville, der ihm vielleicht Auskunft geben könnte. Wenn er im übrigen wußte, mit wem sie den Abend verbrachte, kam es nur sehr selten vor, daß er nicht bei seinen vielen Beziehungen jemand fand, der, wenn auch nur indirekt, den Mann kannte, mit dem sie ausgegangen war, und ihm diese oder jene Einzelheit schildern konnte. Während er dann an den einen oder anderen seiner Freunde um Aufklärung eines Punktes schrieb, erholte er sich bei dem Gedanken, daß er selbst sich nun keine Fragen mehr zu stellen brauchte, die keine Antwort fanden, daß er die Mühe der Erkundung an einen anderen abgegeben habe. Allerdings war Swann kaum besser daran, wenn er gewisse Auskünfte erhielt. Wissen ist nicht immer gleichbedeutend mit Verhindernkönnen, doch haben wir immerhin die Dinge, die wir wissen, wenn auch nicht in der Hand, so doch im Kopf, wo wir sie nach Belieben einordnen können, und das gibt uns dann die Illusion einer gewissen Macht über sie. Er war jedesmal glücklich, wenn Monsieur de Charlus bei Odette war. Swann wußte, daß zwischen Charlus und ihr nichts vorkommen konnte[1], daß es, wenn Monsieur de Charlus mit ihr ausging, aus Freundschaft für ihn geschah und daß er ohne Schwierigkeiten ihm erzählen würde, was sie unternommen hatte. Manchmal hatte sie Swann so kategorisch erklärt, es sei ihr ganz unmöglich, ihn an einem bestimmten Abend noch zu sehen, sie schien so großen Wert darauf zu legen, gerade dann auszugehen, daß es für Swann höchst wichtig wurde, daß Charlus frei wäre und sie begleiten könnte. Am nächsten Tag zwang er ihn dann, da er ihm nicht viele Fragen zu stellen wagte, dadurch, daß er so tat, als habe er seine erste Antwort nicht verstanden, ihm weitere zu erteilen; nach jeder fühlte er sich leichter, denn er bekam sehr bald heraus, daß Odette den Abend mit den harmlosesten Dingen zugebracht hatte. »Aber wie denn, mein lieber Mémé, ich verstehe nicht recht... ihr seid doch nicht direkt von ihrem Hause aus ins Musée Grévin[2] gegangen? Ihr wart doch bestimmt erst noch anderswo. Nein? Ach! Das ist aber komisch! Sie ahnen nicht, mein lieber Mémé, wie mich das alles amüsiert. Das ist aber eine lustige Idee gewesen, hinterher noch ins ›Chat Noir‹[1] zu gehen, das sieht ihr ähnlich... Nein? Der Gedanke stammte von Ihnen? Ach, das wundert mich. Wirklich, gar keine schlechte Idee. Sie hat da sicher auch viele Bekannte getroffen? Nein? Sie hat mit niemand gesprochen? Das ist aber sonderbar. Da sind Sie beide also ganz allein geblieben? Ich sehe die Szene vor mir. Sie sind wirklich sehr lieb, mein guter Mémé, ich habe Sie furchtbar gern.« Swann fühlte sich erleichtert. Für ihn, dem es schon mehrmals passiert war, daß er, wenn er mit gleichgültigen Leuten sprach, denen er kaum zuhörte, plötzlich gewisse Sätze vernahm (zum Beispiel: »Gestern habe ich Madame de Crécy gesehen, sie war mit einem Herrn, den ich nicht kenne«), die in seinem Innern sofort feste Gestalt annahmen, sich in ihm einkapselten, ihn quälten und nicht von der Stelle wichen, waren die Worte: »Sie kannte niemand, sie hat mit niemand gesprochen!« dagegen unbeschreiblich süß, sie gingen ihm glatt ein, sie waren so flüssig und flüchtig wie leichte Luft, in der man atmen kann! Doch gleich darauf mußte er sich eingestehen, daß Odette ihn schon recht langweilig finden mußte, um seiner Gesellschaft solche Vergnügungen vorzuziehen, deren Belanglosigkeit ihn zwar einerseits beruhigte, andererseits aber auch schmerzte wie ein Verrat.

Selbst wenn er nicht in Erfahrung bringen konnte, wohin sie gegangen war, hätte es ihm zur Überwindung seiner Angst – für die Odettes Gegenwart, das beglückte Gefühl, bei ihr zu sein, das einzige Spezifikum war (ein Spezifikum, das, wie viele Mittel, das Übel auf die Dauer zwar schlimmer machte, aber doch für den Augenblick anästhesierend wirkte) – schon genügt, sofern nur Odette es erlaubte, solange sie fort war, auf ihre

Rückkehr in ihrer Wohnung zu warten; in deren tiefem Frieden würden sich dann die Stunden verlieren, die ihm durch bösen Zauber anders erschienen als die übrigen. Doch sie wollte es nicht; er fuhr nach Hause zurück und zwang sich unterwegs, verschiedene Pläne zu machen, er dachte nicht mehr an Odette; es gelang ihm sogar, während er sich auskleidete, sich nahezu heiteren Vorstellungen zu überlassen; in der Hoffnung, am folgenden Tag irgendein Meisterwerk der Kunst zu betrachten, legte er sich zu Bett und löschte sein Licht; sobald er aber bei der Vorbereitung auf den Schlaf aufhörte, einen Zwang auf sich selbst auszuüben, dessen er sich schon nicht mehr bewußt war, so sehr war er daran gewöhnt, strömte ein eisiger Schauer in sein Herz und löste ein Schluchzen in seiner Kehle aus. Er wollte nicht einmal wissen, weshalb, er trocknete sich die Augen und sagte sich lachend dabei: So ist es recht, jetzt werde ich vollends neuropathisch. Danach konnte er nicht mehr ohne ein Gefühl großer Müdigkeit daran denken, daß er am nächsten Tag wiederum anfangen müsse zu ermitteln, was Odette getan hatte, und Beziehungen spielen zu lassen, um zu versuchen, sie zu sehen. Diese Notwendigkeit unablässigen Handelns, bei dem kein Wechsel und eigentlich kein Erfolg zu erwarten waren, wurde so grausam für ihn, daß er, als er eines Tages bei sich eine Schwellung am Leib bemerkte, freudig mit dem Gedanken spielte, es könne ein bösartiger Tumor sein, er habe vielleicht gar nicht nötig, sich noch um irgend etwas zu bekümmern, die Krankheit werde ihn ganz beherrschen, er werde bis zum nahen Ende nur noch ihr Spielball sein. Wenn er in jener Zeit häufig, ohne es sich einzugestehen, den Tod herbeiwünschte, so tatsächlich weniger, um der Heftigkeit seiner Leiden als vielmehr der Monotonie seiner Bemühungen zu entrinnen.

Und doch hätte er gern noch die Zeit erlebt, wo er sie

nicht mehr lieben, wo sie keinen Grund mehr haben würde, ihm Lügen aufzutischen, und wo er endlich einmal würde erfahren können, ob sie an dem Tag, als er sie am Nachmittag besuchen wollte, gerade mit Forcheville im Bett war oder nicht. Manchmal lenkte ihn der Verdacht, sie könne einen anderen lieben, während einiger Tage davon ab, sich diese Frage speziell mit Bezug auf Forcheville zu stellen, ja er machte ihn sogar beinahe gleichgültig dagegen, so wie die neuen Formen, in denen ein immer gleicher krankhafter Zustand auftritt, uns einen Augenblick lang von den früheren befreit zu haben scheinen. Es gab sogar Tage, an denen er von keinem Argwohn heimgesucht war. Er glaubte sich geheilt. Am folgenden Morgen aber fühlte er beim Erwachen an der gleichen Stelle ganz den gleichen Schmerz, dessen Empfindung sich den ganzen Vortag über im Strom der verschiedenen Eindrücke aufgelöst hatte. Er hatte sich jedoch nicht von der Stelle gerührt. Es war vielmehr die Heftigkeit des Schmerzes, die Swann aufgeweckt hatte.

Da Odette ihm keine Auskunft über die so wichtigen Dinge gab, von denen sie den ganzen Tag in Anspruch genommen war (seiner Erfahrung nach konnte es sich dabei freilich nur um Vergnügungen handeln), vermochte er sie sich nicht lange vorzustellen, sein Hirn funktionierte eine Weile noch im Leerlauf, dann strich er sich mit den Fingern über die müden Lider, als wolle er das Glas seines Kneifers putzen, er dachte überhaupt nicht mehr. Freilich schwebten über diesem Unbekannten gewisse Beschäftigungen umher, die von Zeit zu Zeit wiederkehrten und auf unbestimmte Art mit Verpflichtungen gegenüber entfernten Verwandten oder Freunden von früher in Beziehung standen; da sie die einzigen waren, die Odette oft als Grund dafür anführte, daß er sie nicht sehen könne, schienen sie Swann eine Art von festem, unverrückbarem Rahmen für Odettes Dasein abzugeben. Wenn er sich des Tons erinnerte, in dem sie von Zeit zu Zeit sagte, es sei der Tag, an dem sie mit ihrer Freundin ins Hippodrom gehe, und sich klarmachte, sobald er sich einmal gerade elend fühlte und gedacht hatte: Vielleicht würde Odette ein Weilchen zu mir kommen, daß es ja gerade dieser Tag sei, sagte er sich: Ach nein, da hat es keinen Zweck, sie zu mir zu bitten, ich hätte eher daran denken sollen, es ist ja der Tag, an dem sie mit ihrer Freundin ins Hippodrom geht. Ich spare es mir besser für ein andermal auf, wo es möglich ist; es ist sinnlos, etwas vorzuschlagen, was sich doch nicht einrichten läßt und wovon man von vornherein weiß, daß sie es nicht tut. Diese Verpflichtung, ins Hippodrom zu gehen, die Odette auferlegt war und vor der Swann sich beugte, war nicht nur in sich selbst sakrosankt, sondern ihr Unausweichlichkeitscharakter schien auch alles plausibel und legitim zu machen, was in irgendeinem engen oder losen Zusammenhang damit stand. Wenn Odette auf der Straße von einem Vorübergehenden gegrüßt und Swanns Eifersucht dadurch geweckt worden war und sie auf seine Fragen in der Weise antwortete, daß sie die Existenz dieses Unbekannten mit den zwei oder drei festen Verpflichtungen, die sie zu erwähnen pflegte, in Verbindung brachte, und etwa sagte: »Das ist ein Herr, der in der Loge meiner Freundin war, mit der ich ins Hippodrom gehe«, so brachte diese Erklärung sofort Swanns Argwohn zur Ruhe, denn er fand es in der Tat unvermeidbar, daß die Freundin auch andere als Odette in ihre Loge im Hippodrom einlud, hatte aber nie versucht oder erreicht, sich diese anderen vorzustellen. Wie gern hätte er die Bekanntschaft dieser Freundin gemacht, die ins Hippodrom ging, und wie gern hätte er sich zusammen mit Odette dorthin einladen lassen! Wie gern hätte er alle seine Beziehungen hergegeben für die zu irgendeiner der Personen, die Odette gewohnheitsgemäß sah, ob es sich nun um eine Maniküre handelte oder um eine Verkäuferin! Er hätte sich mehr um sie bemüht als um eine Königin. Hätten sie ihm nicht mit dem Teil vom Leben Odettes, der sich in ihnen verkörperte, das einzig wirksame Beruhigungsmittel für seine Leiden gegeben? Mit wieviel Freude hätte er seine Tage bei den kleinen Leuten zugebracht, mit denen Odette – sei es aus Eigennutz, sei es ganz ohne Hintergedanken – weiterhin verkehrte! Wie gern wäre er in den fünften Stock jenes verkommenen und doch mit Neid betrachteten Mietshauses gezogen, in das sich Odette von ihm nicht begleiten ließ und in dem sie ihn, hätte er dort mit der nicht mehr arbeitenden Schneiderin gelebt, als deren Liebhaber er sich gern ausgegeben hätte, fast täglich besuchen gekommen wäre. Was für eine bescheidene, verachtete und doch beglückende, von Ruhe und Freude erfüllte Existenz hätte er bereitwillig und für immer in diesen fast proletarischen Vierteln geführt!

Manchmal kam es noch vor, daß Swann auf Odettes Gesicht, wenn sie in seiner Begleitung jemand auf sich zukommen sah, den er nicht kannte, die gleiche Traurigkeit bemerkte wie damals, als er zu ihr gekommen war und sie gerade Forcheville bei sich hatte. Allerdings war das selten; denn im allgemeinen herrschte an den Tagen, wo sie trotz aller Abhaltungen und aller ihrer Befürchtungen, was die Leute meinen könnten, Swann dennoch einmal sah, in ihrer Haltung jetzt eine Art Sicherheit vor, die ganz im Gegensatz zu der früheren ängstlichen Aufgeregtheit stand – und vielleicht eine unbewußte Rache dafür oder eine natürliche Reaktion darauf war –, die sie in den ersten Zeiten ihrer Bekanntschaft in seiner Gegenwart an den Tag gelegt hatte, ja selbst wenn sie fern von ihm war, zum Beispiel damals, als sie ihren

Brief mit den Worten begonnen hatte: »Lieber Freund, meine Hand zittert so sehr, daß ich kaum zu schreiben vermag« (wenigstens behauptete sie es, und etwas mußte wahr sein an dieser Erregung, daß sie überhaupt auf die Idee kam, diese übertreiben zu wollen). Damals gefiel ihr Swann. Man zittert ja immer nur für sich oder für die, die man liebt. Wenn in ihren Händen unser Glück nicht mehr ruht, welche Ruhe, Behaglichkeit und kühne Selbständigkeit können wir dann in ihrer Nähe genießen! Wenn sie mit ihm sprach, ihm schrieb, gebrauchte sie die Wendungen nicht mehr, durch die sie sich die Illusion zu verschaffen versucht hatte, er gehöre ihr an, als sie noch jede Gelegenheit benutzte, »mein« oder »unser« zu sagen, wenn sie von ihm sprach: »Sie gehören ganz mir, dies ist das Parfüm unserer Freundschaft, ich will es bewahren«, mit ihm von der Zukunft, ja vom Tod sogar als von etwas zu reden, was sie gemeinsam beträfe. In jener Zeit hatte sie auf alles, was er sagte, bewundernd zur Antwort gegeben: »Sie? Sie werden niemals wie all die anderen sein«; sie blickte auf seinen langgezogenen, etwas kahlen Schädel, bei dessen Anblick die Leute, denen seine Erfolge bekannt waren, festzustellen pflegten: »Was wollen Sie, er ist nicht eigentlich hübsch, aber er ist schick: diese Tolle, dieses Monokel, dieses Lächeln!«, und vielleicht noch mehr aus Neugier, ihn kennenzulernen, als von dem Wunsch getrieben, seine Geliebte zu werden, hatte sie damals gemeint: »Wenn ich nur wissen könnte, was hinter dieser Stirn vorgeht!«

Jetzt gab sie auf alles, was Swann vorbrachte, in einem oft gereizten, manchmal nachsichtigen Ton zur Antwort: »Ach, du bist auch niemals so wie die anderen!« Sie schaute diese Stirn an, die durch den Kummer nur wenig gealtert war (von der aber jetzt alle Leute kraft jener Gabe, die befähigt, den Sinn einer Symphonie zu begreifen, wenn man das Programm gelesen hat, oder die Ähnlichkeit bei einem Kind zu entdecken, dessen Anverwandte man kennt, dachten: Er ist ja nicht wirklich häßlich, wenn man will, aber er ist komisch: dieses Monokel, dieses Lächeln, dieses Toupet! wobei sie deutlich in ihrer stark beeinflußbaren Phantasie die unsichtbare Trennungslinie feststellten, die innerhalb von ein paar Monaten die Stirn eines heißgeliebten Mannes anders erscheinen läßt als die eines betrogenen Liebhabers), jetzt sagte sie: »Oh, wenn ich doch endlich einmal diesen Mann und was hinter seiner Stirn vorgeht ändern und zur Vernunft bringen könnte.« Immer bereit zu glauben, was er wünschte, wenn nur irgendwie Odettes Verhalten ihm gegenüber noch einen Zweifel offenließ, stürzte er sich voll Eifer auf diese Worte und erwiderte: »Das kannst du, wenn du willst.«

Und er versuchte ihr klarzumachen, daß ihn zur Ruhe zu bringen, zu lenken, zur Arbeit anzuhalten eine noble Aufgabe wäre, die viele andere Frauen zu übernehmen sich drängten – in deren Händen allerdings diese noble Aufgabe ihm nur als zudringliche und unleidliche Freiheitsberaubung erschienen wäre. Wenn sie mich nicht doch etwas liebte, sagte er sich, würde sie mich nicht verändern wollen. Um mich aber zu verändern, muß sie mich häufiger treffen. So sah er noch in dem Vorwurf, den sie ihm machte, einen Beweis ihres Interesses an ihm, vielleicht sogar ihrer Liebe; tatsächlich gab sie ihm deren jetzt so wenige, daß er gezwungen war, als solche bereits ihr Verbot anzusehen, dies oder jenes zu tun. Eines Tages erklärte sie ihm, sie möge seinen Kutscher nicht, er versuche offenbar, sie ihm, Swann, aus dem Kopf zu schlagen, jedenfalls lege er ihm gegenüber nicht die Zuverlässigkeit und Ehrerbietung an den Tag, auf die sie halten müsse. Sie spürte deutlich, daß er gern von ihr hören würde: »Nimm ihn nicht, wenn du zu mir kommst«, als würde ihm das wohltun wie ein Kuß. Da sie gerade gut aufgelegt war, sagte sie es denn auch; Swann war gerührt. Am Abend im Gespräch mit Monsieur de Charlus, zu dem er wohltuenderweise ganz offen von ihr sprechen konnte (denn auch seine belanglosesten Äußerungen selbst Personen gegenüber, die sie gar nicht kannten, bezogen sich in irgendeiner Weise auf sie), sagte er daher: »Ich glaube doch, sie liebt mich; sie ist so reizend zu mir, und es ist ihr offenbar nicht gleichgültig, was ich tue.« Und wenn er, im Begriff zu ihr zu fahren, mit einem Freund, den er unterwegs irgendwo absetzen wollte, in den Wagen stieg und jener andere sagte: »Schau an, du hast ja heute nicht Lorédan auf dem Bock?« so antwortete ihm Swann mit einer Art von schwermütiger Freude: »Weiß Gott! Gewiß nicht! Weißt du, ich kann Lorédan nicht nehmen, wenn ich in die Rue La Pérouse fahre. Odette mag nicht, wenn Lorédan mich fährt, sie findet, er ist nicht der richtige Mann für mich; was soll man da machen, du weißt ja, die Frauen! Ich würde sie sehr damit kränken. Wenn ich mir vorstelle, ich käme mit Rémi an! Mein Gott, was würde das geben!«

Gewiß litt Swann unter der neuen gleichgültigen, zerstreuten, reizbaren Art Odettes ihm gegenüber; aber er kannte sein Leiden nicht; da Odette allmählich, von Tag zu Tag kühler geworden war, hätte er nur durch eine Gegenüberstellung dessen, was sie jetzt war, und dessen, was sie früher gewesen war, den Wandel erkennen können, der sich vollzogen hatte. Dieser Wandel war in der Tat die tiefe geheime Wunde seines Inneren, die Tag und Nacht in ihm brannte; sobald er aber spürte, daß seine Gedanken ihr zu nahe kamen, lenkte er sie rasch nach einer anderen Seite ab, um nicht zu sehr zu leiden. An und für sich wußte er: Es hat eine Zeit gegeben, wo Odette mich mehr geliebt hat, doch sah er diese Zeit nie mehr vor sich. Ebenso wie es in seinem Arbeitszimmer eine Kommode gab, die er mit Erfolg anzuschauen vermied, indem er beim Betreten und Verlassen des Raumes einen Bogen machte, weil in der einen ihrer Laden die Chrysantheme lag, die sie ihm am ersten Abend, an dem er sie nach Hause brachte, geschenkt hatte, und auch die Briefe, in denen sie ihm sagte: »Warum haben Sie nicht auch Ihr Herz bei mir liegenlassen, ich hätte Ihnen nicht erlaubt, es sich wiederzuholen« und »Zu welcher Stunde des Tages oder der Nacht Sie mögen, geben Sie mir ein Zeichen und verfügen Sie über mich«, so gab es in ihm auch eine Stelle, bis zu der er seinen Geist nie vordringen ließ; lieber ließ er ihn den Umweg langer Argumente nehmen, damit er nicht direkt an ihr vorüberkommen mußte: hier aber lebte die Erinnerung an seine glücklichen Tage.

Alle Vorsichtsmaßnahmen wurden jedoch eines Abends zunichte gemacht, an dem er sich zu einer Abendgesellschaft begeben hatte.

Es war bei der Marquise von Saint-Euverte, bei der letzten Soiree dieses Jahres von mehreren, die sie veranstaltet hatte, um die Künstler vorzustellen, die sie später in ihren Wohltätigkeitskonzerten auftreten ließ. Swann, der eigentlich zu allen hatte gehen wollen, sich aber nachher doch nicht dazu entschloß, hatte, während er sich ankleidete, den Besuch des Barons Charlus erhalten, der sich erbot, mit ihm zu der Marquise zu gehen, wenn seine Gesellschaft ihm verhelfen könnte, sich etwas weniger zu langweilen und bedrückt zu fühlen. Swann aber hatte ihm zur Antwort gegeben:

»Sie können sich nicht vorstellen, welch großes Vergnügen es für mich wäre, dort mit Ihnen zusammenzusein. Doch das größte Vergnügen, das Sie mir machen könnten, wäre, statt dessen lieber zu Odette zu gehen. Sie wissen ja, welchen ausgezeichneten Einfluß Sie auf sie haben. Ich glaube, sie ist heute zu Hause, bis sie zu ihrer früheren Schneiderin geht, außerdem hat sie es sicher sehr gern, wenn Sie sie begleiten. Auf alle Fälle treffen Sie sie bis dahin in ihrer Wohnung an. Versuchen Sie, sie gut zu unterhalten und auch ihr zur Vernunft zu raten. Wenn Sie für morgen irgend etwas arrangieren könnten, was ihr Vergnügen macht und was wir zu dritt unternehmen könnten...? Versuchen Sie auch etwas für den Sommer auszumachen, wir könnten vielleicht zu dritt mit einer Jacht irgendwohin fahren oder so? Heute abend rechne ich ja nicht mehr damit, sie zu sehen; wenn sie es aber doch wünscht, oder es fällt Ihnen etwas ein, wie man es einrichten könnte, dann brauchen Sie mir nur ein Wort bis Mitternacht zu Madame de Saint-Euverte oder hinterher zu mir in die Wohnung schicken. Haben Sie tausend Dank für alles, was Sie für mich tun; Sie wissen, wie gern ich Sie mag.«

Der Baron versprach, den gewünschten Besuch zu machen, sobald er ihn bis vor die Tür des Palais Saint-Euverte geleitet hätte; Swann kam dort beruhigt durch den Gedanken an, daß Monsieur de Charlus den Abend in der Rue La Pérouse verbringen würde, jedoch in einem Zustand melancholischer Gleichgültigkeit gegen alle Dinge, die mit Odette nichts zu tun hatten, besonders gegen alles Gesellschaftliche, was diesen Dingen – da sein Wille sich in keiner Weise mehr damit beschäftigte – den unabhängigen Reiz des ganz für sich Bestehenden verlieh. Gleich beim Aussteigen aus dem Wagen fand Swann ein Vergnügen daran, im Vordergrund jenes fiktiven Resümees ihres häuslichen Lebens, das die Gastgeberinnen den Eingeladenen an solchen Galatagen bieten wollen und bei dem sie vor allem auf die Echtheit der Kostüme und der Szenerie Wert legen, die Erben jener »Tiger« Balzacs[1] zu sehen, die Grooms, die bei allen Ausgängen ihrem Herrn zu folgen hatten, jetzt aber mit Dreispitz und hohen Stiefeln draußen vor dem Eingang des Palais auf der Straße standen oder vor den Ställen aufgereiht waren wie Gärtner, die man vor ihren Blumenbeeten postiert. Die besondere Neigung, die er immer gehabt hatte, Analogien zwischen den lebenden Wesen und den Porträts in den Museen zu suchen, wirkte sich auch jetzt noch bei ihm aus, allerdings auf eine beständigere und allgemeinere Art: das ganze Gesellschaftsleben kam ihm jetzt, wo er sich völlig losgelöst davon fühlte, wie eine Bilderfolge[1] vor. Im Vestibül, das er früher, als er noch ganz Gesellschaftsmensch war, im Abendmantel betreten und im Frack wieder verlassen hatte, ohne daß er wußte, was inzwischen geschehen war, da er in Gedanken während der kurzen Augenblicke, die er dort verbrachte, noch bei dem Fest, das er eben verlassen hatte, oder schon bei dem war, das ihn gleich aufnehmen würde, fiel ihm zum ersten Male die durch die unvermutete Ankunft eines so späten Gastes noch einmal aufgeweckte, überall verteilte, prächtige, unbeschäftigte Meute hochgewachsener Diener auf, die hier und da auf Bänken und Truhen schliefen und nun ihre edlen, scharfgezeichneten Windhundprofile reckten, sich erhoben und sich um ihn scharten.

Der eine von ihnen, der besonders trutzig wirkte und etwa einem Henker auf gewissen Renaissancebildern glich, die Folterungen darstellen, trat mit unerbittlicher Miene auf ihn zu, um ihm die Sachen abzunehmen. Doch wurde die Härte seines stählernen Blicks durch die Weichheit seiner Baumwollhandschuhe wettgemacht, so daß es schien, als bezeige er, wie er auf Swann zukam, Verachtung für seine Person und Respekt für seinen Hut. Er nahm ihn mit einer Behutsamkeit entgegen, die in ihrer absoluten Korrektheit etwas Gemessenes und Zartes hatte, durch die seine physische Kraft etwas fast Rührendes bekam. Dann reichte er ihn an einen seiner

Gehilfen weiter, der, noch ein schüchterner Neuling, den Schrecken, der ihn gepackt hatte, dadurch verriet, daß er wütende Blicke nach allen Richtungen sandte und das aufgeregte Gebaren eines gefangenen Tieres in den ersten Stunden seiner Zähmung an den Tag legte.

Ein paar Schritte davon entfernt träumte ein großer Kerl in Livree in unbeweglicher, statuenhafter Haltung zwecklos vor sich hin wie jener rein dekorative Krieger, den man auf den tumultuarischsten Schlachtbildern Mantegnas auf seinen Schild gelehnt sinnend dastehen sieht, während alles neben ihm tobt und einander erwürgt; losgelöst von der Gruppe seiner Gefährten, schien er ebenso entschlossen, an dieser Szene keinerlei Anteil zu nehmen, die er unberührt mit seinen grausamen graugrünen Augen verfolgte, als handle es sich um den bethlehemitischen Kindermord oder das Martyrium des heiligen Jakobus. Er schien ganz und gar jenem Geschlecht anzugehören, das inzwischen untergegangen ist – oder hat es immer nur auf der Altarwand von San Zeno oder in den Fresken der Eremitanikirche existiert, wo Swann es gesehen hatte und wo es noch immer träumend weiterlebt? – und das aus der Verbindung einer antiken Statue mit einem paduanischen Modell des Meisters oder irgendeines Dürerschen Germanen hervorgegangen scheint.[1] Die Locken seines rostroten, naturkrausen, aber mit Brillantine festgeklebten Haars waren umständlich behandelt, wie sie es in den Werken der griechischen Bildhauerkunst sind, in die sich der mantuanische Maler unaufhörlich vertiefte und die, wenn sie schöpferisch auch nur den Menschen darstellt, doch aus seinen schlichten Formen so vielfältige und gleichsam der gesamten belebten Natur entlehnte Bereicherungen zu ziehen weiß, daß ein Haarschopf mit seinen leichten Wellen und den spitzen Schnabelgebilden der Locken oder in Form einer dreifachen natürlich blühenden Flechtenkrone angeordnet gleichzeitig wie ein Algenbündel, ein Taubennest, ein Kranz aus Hyazinthen und ein Schlangenknäuel wirkt.

Andere, ebenso riesenhafte, standen auf den Stufen einer monumentalen Treppe, die dank ihrer dekorativen Anwesenheit und marmornen Unbeweglichkeit sehr wohl wie die im Dogenpalast »Gigantentreppe«[1] hätte heißen können und die Swann mit Trauer im Herzen betrat, weil Odette sie nie emporgestiegen war. Mit welcher Freude hätte er hingegen die düsteren, übelriechenden und halsbrecherischen Stockwerke erklommen, wo die kleine Schneiderin oben im fünften wohnte und wo er so gern an den Abenden sich aufgehalten hätte, an denen Odette hinkam, daß er glücklich gewesen wäre, seinen Platz dort teurer bezahlen zu dürfen als einen wöchentlichen Proszeniumslogenplatz in der Oper; sogar an anderen Tagen wäre er gern dort gewesen, um von ihr sprechen und mit Leuten zusammensein zu können, die sie regelmäßig aufsuchte, wenn er nicht da war, und die ihm eben deswegen von dem Leben seiner Geliebten einen verborgenen Teil innezuhaben schienen, einen wirklicheren, unzugänglicheren und geheimnisträchtigeren. Während man auf jener verpesteten und doch ersehnten Treppe der ehemaligen Schneiderin, da es keine rückwärtige Stiege für Lieferanten gab, am Abend vor jeder Tür eine leere benutzte Milchkanne auf der Strohmatte bereitstehen sah, waren auf der prunkvollen, doch verhaßten Treppe, die Swann in diesem Augenblick erstieg, auf beiden Seiten in verschiedener Höhe, vor jeder Vertiefung, die das Fenster der Portierloge oder die Tür einer Wohnung bildete, als Vertreter der verschiedenen Zweige des Dienstes, die ihnen oblagen, für den Empfang der Gäste ein Concierge, ein Majordomus, ein Silberdiener postiert (brave Leute, die an den übrigen Tagen der Woche verhältnismäßig selbständig in ihren Bereichen hausten, bei sich daheim speisten wie kleine Ladenbesitzer und morgen vielleicht im bürgerlichen Dienst eines Arztes oder Industriellen stehen würden); aufmerksam darauf bedacht, keine der Anordnungen zu mißachten, die man ihnen gegeben hatte, bevor sie die glänzende Livree anziehen durften, die sie nur in großen Abständen einmal trugen und in der sie sich nicht sehr behaglich fühlten, standen sie wie Heilige in ihrer Nische unter dem Bogen ihres jeweiligen Portals in strahlendem Glanz, der durch eine gewisse Gutmütigkeit, wie sie dem Volk eigen ist, etwas gemildert wurde; ein weiterer Riese in einer Tracht wie ein Kirchenschweizer stieß seinen Stab jedesmal beim Vorübergehen eines Eintretenden auf den Boden. Als Swann oben an der Treppe angekommen war, auf der ein Bediensteter mit bleichem Gesicht und einem kleinen, mit einer Bandschleife aufgeschürzten Haarzopf nach Art eines Sakristans von Goya[1] oder einer Gerichtsperson aus dem Bühnenrepertoire hinter ihm herging, mußte er an einem Schreibtisch vorbei, hinter dem ein paar Diener, die wie Notare vor großen Registern saßen, sich erhoben und seinen Namen eintrugen. Dann durchschritt er ein kleines Vestibül, das bei seinem Eintreten – so wie manchmal bestimmte Räume für ein einziges Kunstwerk reserviert sind, die dann nach diesem benannt werden und in gewollter Kahlheit außer ihm nichts enthalten – gleich irgendeinem wertvollen, einen Mann auf der Lauer darstellenden Bildwerk Benvenuto Cellinis[2] einen jungen Diener zur Schau stellte, der mit leicht vorgebeugtem Oberkörper dastand und über seinem roten Koller ein noch röteres Gesicht emporreckte, von dem wahre Ströme von Feuereifer, Schüchternheit und Hingabe ausgingen und der so aussah, wie er da mit ungestümen, wachsamen und verzweifelten Blicken die vor dem Salon, in dem musiziert wurde, aufgespannten Aubusson-Wandteppiche zu durchdringen suchte, als würde er mit militärischer Unerschütterlichkeit oder überweltlichem Glauben – Allegorie der Wachsamkeit, Inkarnation der Erwartung, Denkmal der Gefechtsbereitschaft – gleich einem Engel oder einem Turmwächter von einem Bergfried oder vom Turm einer Kathedrale aus nach dem anrückenden Feind oder der Stunde des Jüngsten Gerichts Ausschau halten. Swann blieb nichts mehr zu tun, als in den Raum einzutreten, in dem das Konzert gegeben wurde und dessen Tür ihm ein kettenbeladener Türsteher mit einer so tiefen Verneigung öffnete, als überreiche er ihm die Schlüssel einer Stadt. Er aber dachte an das Haus, in dem er sich in diesem Augenblick hätte befinden können, sofern Odette es ihm gestattet hätte, und die vage Vorstellung einer leeren Milchkanne auf einer Strohmatte griff ihm ans Herz.

Als jenseits der vorgehängten Wandteppiche auf das Schauspiel der Bediensteten jenes der Gäste folgte, kehrte bei Swann das Bewußtsein der männlichen Häßlichkeit rasch wieder zurück. Selbst diese Häßlichkeit aber von Gesichtern, die er doch so gut kannte, schien ihm neu, seitdem ihre Züge – anstatt für ihn praktisch benutzbare Zeichen für die Identifizierung einer Person zu sein, die ihm bis dahin eine bestimmte Menge von zu verfolgenden Vergnügungen, zu vermeidenden Unannehmlichkeiten oder zu erwidernden Höflichkeiten bedeutet hatten – nur nach ästhetischen Gesichtspunkten geordnet in der Autonomie ihrer Linien ruhten. Und an diesen Männern, von denen Swann sich umringt sah, gab es nichts bis zu den Monokeln, die viele trugen (und von denen er vordem höchstens hätte sagen können, daß eben dieser oder jener sich eines Monokels bediente), was nicht jetzt, losgelöst von der Idee einer allen gemeinsamen Gewohnheit, mit einer Art von Individualität ausgestattet erschien.[1] Vielleicht kam es, weil er den General de Froberville und den Marquis von Bréauté, die plaudernd am Eingang standen, nur noch wie zwei Figuren auf einem Bild betrachtete, während sie lange für ihn nützliche Freunde gewesen waren, die ihn in den Jockey-Club eingeführt oder Sekundanten bei einem Duell abgegeben hatten, daß das Monokel des Generals, das zwischen den Lidern wie ein Granatsplitter in einem vulgären, narbendurchfurchten und triumphierenden Antlitz wirkte, als wäre es das einzige Auge mitten in der Stirn des Zyklopen, Swann wie eine grausige Wunde vorkam, auf die jener zwar stolz sein mochte, deren Zurschaustellung aber etwas Indezentes hatte; während jenes, das der Marquis von Bréauté als ein Zeichen der Festlichkeit zu den perlgrauen Handschuhen, dem Chapeau claque, der weißen Fliege hinzufügte und, sobald er sich in Gesellschaft begab, gegen den sonst üblichen Kneifer austauschte (wie auch Swann selbst es tat), an seiner Rückseite wie ein naturwissenschaftliches Präparat unter einem Mikroskop einen von unendlich vielen feinen Liebenswürdigkeitspartikeln wimmelnden Blick geheftet trug, der unaufhörlich die hohen Zimmerdecken, die Schönheit des Festes, das interessante Programm und die Vortrefflichkeit der dargebotenen Erfrischungen mit seinem Lächeln bedachte.

»Schau, da sind Sie ja auch einmal wieder, man hat Sie ja seit Ewigkeiten nicht gesehen«, sagte der General zu Swann, aus dessen angegriffenen Zügen er folgerte, daß vielleicht eine ernste Erkrankung ihn so lange von der Gesellschaft ferngehalten habe; er setzte also hinzu: »Sie sehen gut aus, wissen Sie!«, während Monsieur de Bréauté einem Gesellschaftsschriftsteller, der soeben als sein einziges Instrument der psychologischen Durchdringung und der unerbittlichen Analyse ein Monokel in den Augenwinkel geschoben hatte, die Frage zuwarf:

»Und Sie, mein Lieber, was tun Sie denn hier?«, worauf der andere mit rollendem R und geheimnisvoll wichtiger Miene die Antwort erteilte:

»Betrachten, beobachten.«

Das Monokel des Marquis von Forestelle war winzig klein und randlos; so verlieh es dem Gesicht des Marquis – dadurch, daß es ihn zu einer unaufhörlichen, schmerzhaften Verkrampfung des Auges zwang, in das es eingelegt war wie ein überflüssiger Knorpel von unerklärlicher Funktion und kostbarer Substanz – einen Ausdruck zartsinniger Schwermut und bewirkte, daß er im Urteil der Frauen für befähigt galt, großen Liebesschmerz zu empfinden. Jenes von Monsieur de Saint-Candé dagegen war von einem enormen Ring umgeben wie der Planet Saturn und bildete den Schwerpunkt eines Gesichts, das jeden Augenblick seine Züge neu um diesen herumgruppierte und sich mitsamt der roten schwabbelnden Nase und dem sarkastischen, wulstlippigen Mund grimassierend auf der Höhe des Feuerwerks von Geist zu halten versuchte, das aus dieser Glasscheibe zu blitzen schien, die vor den schönsten Blicken der Welt bei snobistischen und verderbten jungen Frauen den Vorrang erhielt, weil sie in ihnen Träume von subtil durchdachten Genüssen und einem unerhörten Raffinement der Lust aufkommen ließ; hinter dem seinen schließlich schien Monsieur de Palancy, der mit seinem dicken Karpfenkopf und den runden Augen sich langsam durch das festliche Treiben schob und von Zeit zu Zeit mit den Kiefern schnappte, als wolle er sich auf diese Weise orientieren, einfach ein beiläufiges und vielleicht rein symbolischen Charakter tragendes Stück von der Glaswand seines Aquariums mit sich zu führen, einen Teil, der das Ganze bezeichnen sollte und Swann, den großen Bewunderer der Giottoschen *Tugenden* und *Laster* in Padua, an jenen »Ungerechten« erinnerte, an dessen Seite ein belaubter Zweig an die Wälder gemahnt, in denen er seine verborgene Zufluchtsstätte hat.[1]

Swann hatte sich auf Drängen von Madame de Saint-Euverte weiter nach vorn begeben und, um eine Arie aus *Orphée* zu hören, die von einem Flötisten vorgetragen wurde[2], in eine Ecke gesetzt, von der aus sein Blick unglücklicherweise auf zwei nebeneinandersitzende reifere Damen beschränkt blieb, die Marquise von Cambremer und die Vicomtesse von Franquetot, die, da sie Kusinen waren, die Zeit bei solchen festlichen Abendveranstaltungen ihr Handtäschchen festhaltend und von ihren Töchtern gefolgt damit zubrachten, sich wie auf einem Bahnhof gegenseitig zu suchen, und erst beruhigt waren, wenn sie mit Fächer oder Taschentuch zwei Plätze nebeneinander belegt hatten; denn Madame de Cambremer, die nur wenige Beziehungen hatte, war um so glücklicher, eine Gefährtin zu finden; Madame de Franquetot hingegen, die in der Gesellschaft erfolgreich lanciert war, fand es elegant und originell, all ihren glänzenden Bekanntschaften vor Augen zu führen, daß sie ihnen eine Dame von unbedeutender Herkunft vorzog, mit der sie Jugenderinnerungen teilte. Mit schwermütiger Ironie sah Swann ihnen zu, wie sie das Zwischenspiel des Klaviers (Liszts *Vogelpredigt des heiligen Franziskus*[3]) anhörten, das inzwischen das Flötenstück abgelöst hatte, und die schwindelerregende Fingerfertigkeit des Virtuosen verfolgten, wobei Madame de Franquetot so ängstlich und bestürzt auf die Tasten blickte, über die seine Hand beweglich dahineilte, als seien sie eine Folge von Trapezen, von denen er aus einer Höhe von achtzig Metern herabstürzen könnte, nicht ohne ihrer Nachbarin Blicke staunenden Nichtwahrhabenwollens zuzuwerfen, die so etwas besagten wie: Es ist unglaublich, ich hätte nie gedacht, daß ein Mensch so etwas kann, während Madame de Cambremer als Frau, die eine gründliche musikalische Erziehung genossen hatte, mit ihrem Kopf den Takt angab, als sei er der Zeiger eines Metronoms, dessen Tempo und Schwingungsweite von einer Schulter zur andern so groß geworden waren – dazu kam noch jener entrückte und ergebene Blick, wie man ihn hat, wenn man sich nicht mehr kennt vor Schmerz und sich nicht mehr zu beherrschen sucht, ein Blick, der zu sagen scheint: »Ich kann nicht anders!« –, daß sie dauernd mit ihren Diamantgehängen an den Schulterpatten ihrer Bluse hängenblieb und die schwarzen Trauben, die sie im Haar trug, zurechtrücken mußte, ohne einen Augenblick mit der Beschleunigung der Bewegung innezuhalten. Auf der anderen Seite von Madame de Franquetot, etwas weiter vorn, saß die Marquise von Gallardon, mit ihren Lieblingsgedanken beschäftigt, nämlich der Tatsache ihrer Verschwägerung mit den Guermantes, deren sie sich vor der Gesellschaft und vor sich selbst groß rühmte, allerdings nicht ohne eine Spur von Beschämung, da die illustersten Repräsentanten des Hauses sich von ihr etwas zurückhielten, vielleicht weil sie langweilig oder weil sie boshaft war oder weil sie einer bescheideneren Nebenlinie angehörte, möglicherweise auch aus gar keinem Grund. Wenn sie neben jemand saß, den sie nicht kannte, wie im Augenblick neben Madame de Franquetot, litt sie darunter, daß ihre Verwandtschaft mit den Guermantes sich nicht in äußerlich sichtbaren Schriftzeichen bekunden konnte, gleich jenen, die in den Mosaiken byzantinischer Kirchen eines unter dem anderen in einer senkrechten Kolonne neben einer Heiligenfigur die Worte verzeichnen, die sie sprechen soll. Sie dachte gerade daran, daß ihre junge Kusine, die Fürstin des Laumes, ihr in den sechs Jahren, die sie verheiratet war, weder einen Besuch gemacht noch eine Einladung geschickt hatte. Der Gedanke daran erfüllte sie mit Empörung, doch auch mit Stolz, denn sie hatte so oft zu anderen Leuten, die sich wunderten, sie bei Madame des Laumes nicht zu sehen, gesagt, sie wolle eben nicht Gefahr laufen, dort der Prinzessin Mathilde[1] zu begegnen – was ihre ultralegitimistische Familie ihr nie verziehen hätte –, daß sie schließlich glaubte, dies sei wirklich der Grund, weshalb sie ihre junge Kusine nicht besuche. Dennoch erinnerte sie sich, wenn auch nur dunkel, daß sie Madame des Laumes mehrmals gefragt hatte, wie es sich einrichten ließe, sie zu treffen, doch schob sie diese etwas demütigende Erinnerung dadurch auf ein ganz anderes Gebiet, daß sie vor sich hinmurmelte: »Es ist ja schließlich nicht an mir, den ersten Schritt zu tun, ich bin zwanzig Jahre älter als sie.« Dank der Magie dieser Worte, die sie sich oft wiederholte, konnte sie stolz die nur lose an ihrem Rumpf sitzenden Schultern nach hinten rücken; auf ihnen ruhte fast waagerecht ihr Kopf nach Art eines »aufgesetzten« Fasanenkopfes, der mit allen Federn auf der Tafel erscheint. Dabei war sie im Grunde stämmig, derb, ja eher rundlich; aber die fortwährenden Zurücksetzungen hatten sie gestrafft wie jene Bäume, die durch ihren schlechten Standort am Rand eines Abgrunds genötigt sind, steil nach hinten zu wachsen, um das Gleichgewicht zu bewahren. Da sie, um sich darüber zu trösten, daß sie nicht völlig dasselbe war wie die anderen Guermantes, sich unaufhörlich zu sagen gezwungen war, daß sie sie nur aus Prinzipientreue und aus Stolz so wenig sehe, hatte dieser Gedanke schließlich die Modellierung ihres Körpers bestimmt und eine gewisse stattliche Vornehmheit bei ihr herausgebildet, die in den Augen der bürgerlichen Damen als Zeichen ihrer Abstammung galt und manchmal ein flüchtiges Verlangen in dem müden Blick von Club-Männern aufglimmen ließ. Hätte man die Unterhaltung der Marquise von Gallardon jener Art von Analyse unterworfen, durch die man aus der mehr oder minder großen Häufigkeit der Wiederkehr eines Ausdrucks den Schlüssel eines chiffrierten Textes gewinnt, so hätte man feststellen müssen, daß keine Wendung, selbst die gebräuchlichste nicht, bei ihr so oft vorkam wie »bei meinen Vettern Guermantes«, »bei meiner Tante Guermantes«, »die Gesundheit von Elzéar de Guermantes«, »die Loge meiner Kusine Guermantes«. Wenn man zu ihr von einer berühmten Persönlichkeit sprach, so antwortete sie, daß sie diese zwar nicht persönlich kenne, aber hundertmal bei ihrer Tante Guermantes getroffen habe, und zwar brachte sie durch ihren eisigen Ton und ihre Grabesstimme klar zum Ausdruck, daß, wenn sie sie nicht persönlich kannte, dies an ihren unausrottbaren und unübersteigbaren Grundsätzen liege, an die sie hinten mit den Schultern zu rühren schien wie an die Leitersprossen, auf denen Gymnastiklehrer ihre Zöglinge sich strecken lassen, um ihren Thorax zu kräftigen.

Nun aber war die Fürstin des Laumes, die niemand hier bei Madame de Saint-Euverte zu sehen erwartet hatte, soeben eingetroffen. Um zu zeigen, daß sie in einem Salon, den sie nur aus gnädiger Herablassung besuchte, ihren überlegenen Rang nicht fühlen lassen wollte, war sie mit diskret gesenkten Schultern eingetreten und schob sich selbst da nur ganz unauffällig hindurch, wo es gar keine Massen zu durchteilen oder niemanden vorbeizulassen galt; sie blieb mit Absicht im Hintergrund, als sei dort ihr Platz, wie ein König, der sich in die Schlange am Theatereingang einreiht, solange die leitenden Herren nicht wissen, daß er anwesend ist; und indem sie ihren Blick ganz schlicht – damit es nicht aussähe, als mache sie auf ihre Anwesenheit aufmerksam und wolle mit besonderer Rücksicht behandelt sein – auf die Betrachtung eines Musters im Teppich oder auf ihrem eigenen Rock beschränkte, stand sie in dem Winkel, der ihr als der bescheidenste erschien (und aus dem, wie sie recht gut wußte, mit einem entzückten Ausruf Madame de Saint-Euverte sie sofort herausholen würde, sobald sie sie bemerkte), neben Madame de Cambremer, die ihr nicht bekannt war. Sie beobachtete die Mimik ihrer musikbegeisterten Nachbarin, ahmte sie aber nicht nach. Nicht etwa, daß die Fürstin des Laumes, wenn sie schon einmal auf fünf Minuten bei Madame de Saint-Euverte erschien, nicht gewünscht hätte, damit ihr die erwiesene Höflichkeit doppelt angerechnet würde, so liebenswürdig wie möglich zu sein. Doch sie hatte von Natur ein Grauen vor allem, was sie »Übertreibungen« nannte, und legte Wert darauf zu zeigen, daß sie es »nicht nötig habe«, nach außen hin ihre Gefühle in einer Weise zu bekunden, die nicht das »Genre« der Coterie war, zu der sie gehörte, die ihr aber andererseits doch Eindruck machte aufgrund jenes gewissen Nachahmungstriebes, der der Schüchternheit nahe benachbart ist und sogar bei von Natur aus selbstsicheren Menschen durch die Atmosphäre eines ihnen neuen Milieus geweckt wird, auch wenn es sich um ein sozial tieferstehendes handelt. Sie begann sich zu fragen, ob diese Gestikulation nicht etwa durch das gespielte Stück bedingt sei, das vielleicht einer ganz anderen Gattung angehörte als alles, was sie bislang gehört hatte, ob ein Verzichten darauf nicht ein Zeichen von Verständnislosigkeit gegenüber dem Werk oder eine Unfreundlichkeit gegenüber der Gastgeberin sei, so daß sie, um ihre widersprechenden Gefühle durch einen »Kompromiß« auszudrücken, bald sich damit begnügte, ihre Achselbänder zurechtzurücken oder in ihrem blonden Haar die kleinen diamantenüberstreuten Beeren aus Korallen oder rosa Email, die ihr eine reizende schlichte Haartracht schufen, zu befestigen, bald, während sie mit kalter Neugier ihre stürmische Nachbarin musterte, mit ihrem Fächer einen Augenblick lang den Rhythmus der Musik begleitete, allerdings, um ihrer Unabhängigkeit nicht zu entsagen, gegen den Takt. Als der Pianist das Stück von Liszt beendet hatte und ein Prélude von Chopin intonierte, warf Madame de Cambremer Madame de Franquetot einen gerührten Blick zu, der neben der Befriedigung eingeweihten Könnertums eine Anspielung auf vergangene Zeiten enthielt. Sie hatte in ihrer Jugend gelernt, den langen, sich unendlich emporwindenden Hals Chopinscher Themen zu streicheln, die sich so frei, so biegsam, so fühlbar erheben, um zuerst ihren Platz außerhalb und weit entfernt von ihrer anfänglichen Richtung zu suchen und zu erproben, weit entfernt von dem Punkt, an den man gehofft hatte von ihrer Liebkosung geführt zu werden, und die nur deshalb in dieser verspielten Abweichung verweilen, um desto entschiedener zurückzukehren und uns – durch eine kalkulierte Umkehr und mit größerer Präzision, als glitten sie über ein Kristallglas, dessen Schwingung sich ins Unerträgliche steigert – mitten ins Herz zu treffen.[1]

Da Madame de Cambremer in der Provinz in einer Familie lebte, die wenig Beziehungen zur Gesellschaft unterhielt und kaum jemals Bälle besuchte, hatte sie sich in der Einsamkeit ihres Landsitzes daran berauscht, den Tanzschritt all dieser imaginären Paare bald zu verlangsamen, bald zu beschleunigen, sie wie Blüten umherzustreuen, den Ball für einen Augenblick zu verlassen, um draußen den Wind unter den Tannen am Seeufer wehen zu hören und dann auf einmal, mehr noch von allen Träumen verschieden, als ein irdischer Liebhaber es jemals sein könnte, einen zartgegliederten jungen Mann, mit etwas singender, fremder und falscher Stimme, in weißen Handschuhen auf sich zukommen zu sehen. Doch heute schien die verjährte Schönheit dieser Musik ohne Frische und beinahe verwelkt.[1] Seit einigen Jahren von den Kennern nicht mehr bewundert, hatte sie Ehre und Zauber eingebüßt, und selbst Leute mit schlechtem Geschmack fanden nur noch ein uneingestandenes, mäßiges Vergnügen daran. Madame de Cambremer blickte verstohlen hinter sich. Sie wußte, daß ihre junge Schwiegertochter (voller Respekt vor ihrer neuen Familie, soweit es sich nicht um geistige Dinge handelte, in denen sie, die Harmonielehre getrieben und Griechisch gelernt hatte, ein Übergewicht besaß) Chopin verachtete und darunter litt, wenn sie ihn spielen hörte. Da sie sich aber der Aufsicht dieser Wagnerianerin, die in einiger Entfernung bei einer Gruppe von Personen ihres Alters stand, entronnen fühlte, gab sie sich entzückt ihren Eindrücken hin. Die Fürstin des Laumes empfand in ganz der gleichen Weise. Ohne von Natur musikalisch zu sein, hatte sie doch vor fünfzehn Jahren im Faubourg Saint-Germain den Klavierunterricht einer genialen Frau genossen, die am Ende ihres Lebens in Not geraten war und im Alter von siebzig Jahren wieder angefangen hatte, den Töchtern und Enkelinnen ihrer einstigen Schülerinnen Musikstunden zu erteilen. Sie war nicht mehr am Leben. Ihre Methode aber, ihr schöner Anschlag lebten manchmal noch unter den Händen ihrer Schülerinnen wieder auf, selbst bei denjenigen, die sich ansonsten zu Durchschnittsgeschöpfen entwickelt und die Musik aufgegeben hatten und fast nie mehr eine Taste anrührten. Daher konnte auch Madame des Laumes in voller Sachkenntnis den Kopf wiegen, mit genauer Beurteilung der Art, in der der Pianist das Prélude vortrug, das sie auswendig kannte. Das Ende des begonnenen Themas sang wie von selbst auf ihren Lippen mit. Sie murmelte »ch-charmant wie immer« mit einem doppelten »Ch« im Anlaut, das eine verfeinerte Wertschätzung ausdrückte und bei dem ihre Lippen sich verheißungsvoll kräuselten wie schöne Blütenblätter; unwillkürlich stellte sie ihren Blick durch etwas gefühlvoll Schweifendes darin auf die gleiche Nuance ab. Indessen kam in der Marquise von Gallardon der Gedanke auf, daß es doch ärgerlich sei, wie selten sie Gelegenheit habe, der Fürstin des Laumes zu begegnen; sie wollte ihr so gern einmal eine Lektion erteilen, indem sie ihren Gruß nicht erwiderte. Sie wußte nicht, daß ihre Kusine da war. Als Madame de Franquetot den Kopf etwas zur Seite neigte, entdeckte sie die Fürstin. Sofort stürzte sie sich auf sie, ohne darauf zu achten, daß sie die anderen störte; in dem Wunsch aber, eine hochmütige und eisige Miene zu bewahren, die allgemein daran erinnern sollte, daß sie eigentlich keine Beziehungen zu einer Person zu unterhalten wünschte, bei der man sich plötzlich der Prinzessin Mathilde gegenüber sehen konnte und der sie auch nicht einen Schritt entgegenzukommen nötig hatte, da jene ja nicht »von ihrer Generation« sei, wollte sie doch andererseits diese hochmütige und reservierte Haltung durch eine Bemerkung ausgleichen, die ihren Schritt rechtfertigte und die Fürstin zwang, das Gespräch aufzugreifen; als sie schließlich ihrer Kusine gegenüberstand, fragte sie also mit verschlossener Miene und indem sie ihr die Hand hinhielt wie eine Karte, mit der man notgedrungen »bedient«: »Wie geht es deinem Mann?« in so besorgtem Ton, als sei der Fürst schwer erkrankt. Die Fürstin brach in ein Lachen aus, das ihr eigentümlich war und das gleichzeitig den Zweck erfüllte, den anderen zu bedeuten, daß sie sich über jemand lustig mache, sie aber auch um so hübscher erscheinen ließ, weil sich der ganze Ausdruck ihres Gesichts in dem lebendigen Mund und dem leuchtenden Blick konzentrierte, und antwortete:

»Aber ganz ausgezeichnet!«

Sie lachte immer noch. Doch die Taille straffend und

mit kühlerer Miene, immer noch um den Zustand des Fürsten des Laumes besorgt, fuhr Madame de Gallardon zu ihrer Kusine gewendet fort:

»Oriane (hier warf Madame des Laumes einem unsichtbaren Dritten einen erstaunten und lächelnden Blick zu, mit dem sie offenbar nachdrücklich zu verstehen geben wollte, daß sie niemals die Marquise von Gallardon autorisiert habe, sie beim Vornamen zu nennen), ich würde großen Wert darauf legen, daß du morgen abend einen Augenblick zu mir kommst und dir ein Quintett mit Klarinette von Mozart[1] anhörst. Ich möchte deine Meinung darüber hören.«

Sie schien nicht eine Einladung auszusprechen, sondern einen Dienst zu erbitten und der Meinung der Fürstin über das Mozart-Quintett zu bedürfen, als handele es sich um ein Gericht einer neuen Köchin, über deren Talent sie gern das Urteil eines Feinschmeckers einholen wollte.

»Aber ich kenne das Quintett, ich kann dir gleich sagen, ... daß es mir gefällt!«

»Du weißt, meinem Mann geht es nicht sehr gut, seine Leber... es würde ihm solches Vergnügen machen, dich zu sehen«, fuhr Madame de Gallardon fort, im Versuch, das Erscheinen der Fürstin auf ihrer Soiree nunmehr zu einer Pflicht der Nächstenliebe zu machen.

Die Fürstin sagte nur ungern den Leuten zu Einladungen ab. Täglich drückte sie schriftlich ihr Bedauern darüber aus, daß sie – wegen der unerwarteten Ankunft ihrer Schwiegermutter, einer Einladung ihres Schwagers, eines Opernbesuchs, eines Ausflugs aufs Land – sich das Vergnügen versagen müsse, an einer Abendgesellschaft teilzunehmen, zu der zu gehen ihr nie in den Sinn gekommen wäre. So ließ sie viele Leute sich in dem freudigen Glauben wiegen, sie gehöre zu ihrem Bekanntenkreis und hätte sie an sich gern besucht, sei nun aber durch eine der Komplikationen ihres fürstlichen Daseins, die jene geschmeichelt als Konkurrenz für ihre Veranstaltung gelten ließen, daran verhindert. Da sie außerdem zu der geistvollen Coterie der Guermantes gehörte, in der noch etwas von jenem heiter sprühenden, allen Gemeinplätzen und konventionellen Gefühlsäußerungen abholden Geist überlebte, der von Mérimée stammt und seinen letzten Ausdruck in den Stücken von Meilhac und Halévy[1] erfahren hat, wandte sie diesen auch auf rein gesellschaftliche Beziehungen an und ließ ihn in ihre höflichen Ausreden einfließen, die sich um positive und präzise Formulierungen bemühten und so nah wie irgend möglich bei der schlichten Wahrheit blieben. Nie verlor sie einer Gastgeberin gegenüber viele Worte, wie gern sie an ihrer Soiree teilgenommen hätte; sie fand es liebenswürdiger, ihr ein paar Tatsachen vor Augen zu halten, von denen abhängen würde, ob sie kommen könne oder nicht.

»Höre, ich will dir sagen«, bemerkte sie zu Madame de Gallardon, »ich muß morgen abend zu einer Freundin, die mich vor langem schon auf diesen Tag eingeladen hat. Will sie uns mit ins Theater nehmen, so besteht beim besten Willen keine Möglichkeit, daß ich zu dir komme; wenn wir aber bei ihr bleiben, kann ich, da ich weiß, daß wir allein dort sind, sicher rechtzeitig gehen.«

»Sag, hast du gesehen, daß dein Freund Swann hier ist?«

»Wirklich? Mein allerliebster Charles! Ich wußte nicht, daß er gekommen ist, ich will schauen, daß er mich bemerkt.«

»Komisch, daß er sogar hier bei der alten Saint-Euverte erscheint«, meinte Madame de Gallardon. »O ja! ich weiß schon, er ist gescheit«, fügte sie hinzu, als meine sie damit, er sei geschickt, »aber das macht nichts, ein Jude ausgerechnet bei der Schwester und Schwägerin von zwei Erzbischöfen!«

»Ich muß zu meiner Schande gestehen, daß ich mich nicht daran stoße«, bemerkte die Fürstin des Laumes.

»Ich weiß natürlich, er ist getauft, sogar seine Eltern und Großeltern schon. Aber man sagt ja immer, daß getaufte Juden noch mehr mit ihrer Religion verbunden bleiben als die anderen, daß sie sich nur verstellen, ob das wohl stimmt?«

»In der Frage kenne ich mich gar nicht aus.«

Der Pianist, der zwei Stücke von Chopin zu spielen hatte, war nach dem Prélude sofort zu einer Polonaise übergegangen. Aber seitdem die Fürstin des Laumes durch ihre Kusine wußte, daß Swann anwesend sei, hätte Chopin selbst aus dem Grabe steigen und seine sämtlichen Werke vortragen können, ohne daß sie darauf achtgegeben hätte. Gehörte sie doch zu derjenigen Hälfte der Menschheit, die, anstatt auf alle unbekannten Wesen neugierig zu sein, sich nur für die ihr bekannten interessiert. Wie bei vielen Damen des Faubourg Saint-Germain genügte bei ihr, wo immer sie sich befand, die Gegenwart eines einzigen Menschen aus ihrer Coterie, selbst wenn sie ihm nichts zu sagen hatte, um ihre Aufmerksamkeit auf Kosten aller übrigen Anwesenden ausschließlich auf ihn zu konzentrieren. Von diesem Augenblick an machte die Fürstin in der Hoffnung, Swann werde sie bemerken, wie eine weiße Maus, der man, um sie zu zähmen, ein Stück Zucker einmal hinhält, dann wieder entzieht, nur noch Kopfbewegungen, in denen tausend Zeichen des Einverständnisses lagen, die zu der Polonaise von Chopin in keiner Beziehung standen, in der Richtung, in der Swann sich befand, und sobald er den Platz wechselte, verlegte sie entsprechend ihr magnetisch angezogenes Lächeln.

»Oriane, sei mir nicht böse«, sagte Madame de Gallardon, die niemals darauf verzichten konnte, ihre größten und glänzendsten gesellschaftlichen Hoffnungen dem dunklen, auf sofortige Erfüllung gerichteten, ganz privaten Vergnügen aufzuopfern, irgend etwas Unangenehmes zu sagen. »Es gibt Leute, die behaupten, dieser Swann sei jemand, den man bei sich nicht empfangen kann, ist das wahr?«

»Aber... du mußt es ja wissen«, antwortete die Fürstin des Laumes, »du hast ihn ja schon mindestens fünfzigmal eingeladen, ohne daß er gekommen ist.«

Und indem sie ihre tödlich gekränkte Kusine stehen ließ, lachte sie noch einmal hell auf, zur Entrüstung derjenigen, die der Musik lauschten; aber immerhin zog sie dadurch die Aufmerksamkeit der Marquise von Saint-Euverte auf sich, die aus Höflichkeit in der Nähe des Flügels geblieben war und erst jetzt die Fürstin bemerkte. Madame de Saint-Euverte war um so entzückter, sie zu sehen, als sie sie noch in Guermantes mit der Pflege ihres kranken Schwiegervaters beschäftigt glaubte.

»Aber wie denn, Fürstin, Sie sind da?«

»Ja, ich habe mich in ein Eckchen gesetzt und viel Schönes gehört.«

»Wie! Sie sind sogar schon länger da?«

»Aber ja, nur ist mir die Zeit eigentlich kurz vorgekommen, lang höchstens, weil ich Sie noch immer nicht gesehen hatte.«

Madame de Saint-Euverte wollte der Fürstin des Laumes ihren Fauteuil überlassen, doch diese antwortete:

»Nicht doch! Warum denn! Ich sitze überall gut!«

Mit Absicht wählte sie, um besonders eindringlich die schlichte Haltung einer wahrhaft großen Dame zu demonstrieren, einen kleinen, lehnenlosen Sitz:

»Da, der Puff ist recht, mehr brauche ich nicht. Da

muß ich mich wenigstens gerade halten. O mein Gott, jetzt mache ich schon wieder Lärm, sie werden mich noch auspfeifen.«

Indessen steigerte der Pianist immer weiter das Tempo, die musikalische Begeisterung erreichte ihren Höhepunkt, ein Diener bot auf einem Tablett Erfrischungen an und klapperte dabei mit den Löffeln, und wie jede Woche machte ihm Madame de Saint-Euverte, ohne daß er es sah, ein Zeichen, er solle verschwinden. Eine Jungvermählte, die gelernt hatte, daß eine junge Frau nie blasiert aussehen dürfe, lächelte vor Freude und suchte mit dem Blick die Gastgeberin, um ihr ihre Dankbarkeit dafür auszudrücken, daß sie »an sie gedacht« habe bei einem solchen Genuß. Wenn auch mit größerer äußerer Ruhe als Madame de Franquetot, verfolgte sie doch das Stück mit Unruhe. Die ihre aber galt weniger dem Pianisten als dem Flügel, auf dem eine bei jedem Fortissimo in heftige Bewegung geratende Leuchte unaufhörlich nahe daran war, wenn auch nicht den Schirm in Brand zu setzen, so doch Flecke auf dem Palisanderholz zu machen. Schließlich hielt sie es nicht mehr aus, sie eilte die beiden Stufen zu der Estrade, auf der das Instrument stand, hinauf und sprang hinzu, um die Tropfschale zu ergreifen. Doch kaum berührte sie sie mit der Hand, als das Stück mit dem Schlußakkord endete und der Klavierspieler sich erhob. Immerhin hinterließ die kühne Initiative der jungen Frau, ihr kurzer naher Kontakt mit dem Musiker allgemein einen günstigen Eindruck.

»Haben Sie gesehen, was diese junge Person da gemacht hat?« fragte General de Froberville die Fürstin des Laumes, von der sich Madame de Saint-Euverte kurz entfernte, als er zu ihrer Begrüßung herangetreten war. »Das ist bemerkenswert. Ist sie selber Künstlerin?«

»Nein, sie ist eine kleine Madame de Cambremer«,

antwortete die Fürstin etwas unbedacht, und rasch setzte sie hinzu: »Ich wiederhole nur, was ich selbst habe sagen hören, ich habe keine Ahnung, wer sie ist, ich hörte nur hinter mir so eine Bemerkung, es handle sich um Gutsnachbarn von Madame de Saint-Euverte, aber ich glaube, kein Mensch kennt sie. Es sind wohl so ›Leute vom Lande‹! Im übrigen weiß ich nicht, ob Sie in der glanzvollen Gesellschaft hier sehr zu Hause sind, ich selbst kenne alle diese erstaunlichen Leute nicht einmal mit Namen. Was meinen Sie, womit die ihre Zeit verbringen, wenn sie nicht bei den Soireen von Madame de Saint-Euverte sind? Offenbar bezieht sie sie gleichzeitig mit den Musikern, den Stühlen und den Erfrischungen. Geben Sie zu, diese ›von Belloir gestellten‹[1] Gäste sind wirklich erstklassig. Daß sie sich das wirklich getraut, jede Woche solche Statisten zu mieten. Es ist kaum zu glauben!«

»Oh! Aber Cambremer ist ein Name, den es gibt, er ist sogar alt«, meinte der General.

»Ich habe nichts dagegen, daß er alt ist«, gab die Fürstin trocken zurück, »›euphonisch‹ jedenfalls ist er nicht.« Sie setzte dabei das Wort »euphonisch« gleichsam in Anführungsstriche, eine kleine affektierte Manier der Coterie Guermantes.

»Finden Sie? Sie ist aber zum Anbeißen«, sagte der General, der kein Auge von Madame de Cambremer ließ. »Meinen Sie nicht auch?«

»Sie spielt sich zu sehr auf, ich finde das bei einer so jungen Person nicht richtig, denn ich kann mir nicht denken, daß sie ›von meiner Generation‹ ist«, antwortete Madame des Laumes (diese Wendung nämlich war bei den Gallardon und Guermantes gleichermaßen beliebt).

Als aber die Fürstin bemerkte, daß Monsieur de Froberville Madame de Cambremer auch weiterhin anstarrte, setzte sie, halb aus Bosheit gegen jene, halb aus Liebenswürdigkeit dem General gegenüber hinzu: »Ich meine, nicht richtig... ihrem Mann gegenüber! Ich bedaure, daß ich sie nicht kenne, da Sie so offenbar für sie eingenommen sind, ich hätte Sie ihr gern vorgestellt.« Sie sagte das, obgleich sie wahrscheinlich nichts dergleichen getan hätte, wäre sie mit der jungen Marquise bekannt gewesen. »Ich glaube, ich muß mich jetzt von Ihnen verabschieden, eine Freundin von mir hat Geburtstag, da muß ich gratulieren«, bemerkte sie schlicht und wahrheitsgemäß, wobei sie die gesellschaftliche Veranstaltung, zu der sie sich begab, auf das bloße Maß einer langweiligen Zeremonie reduzierte, an der teilzunehmen jedoch unerläßlich und ausgesprochen nett war. »Außerdem treffe ich da Basin«, setzte sie hinzu, »der, während ich hier war, Freunde besucht hat, die Sie auch kennen, glaube ich; sie heißen ›Jéna‹, wie die Brücke.«

»Zunächst ist das der Name eines Sieges gewesen, Fürstin«, sagte der General.[1] »Wissen Sie, für einen alten Haudegen, wie ich einer bin«, setzte er hinzu, indem er sein Monokel, um es abzuwischen, in der gleichen Weise abnahm, wie man einen Verband wechselt, während die Fürstin den Blick unwillkürlich abwendete, »ist dieser napoleonische Adel zwar natürlich auch eine Sache für sich, aber doch sehr schön in seiner Art; jedenfalls sind es Leute, die sich als Helden geschlagen haben.«

»Aber ich habe die größte Hochachtung vor Helden«, sagte die Fürstin in einem leicht ironisch gefärbten Ton. »Wenn ich nicht mit Basin zu diesen Jénas gehe, so einfach deswegen, weil ich sie nicht kenne. Basin kennt sie und mag sie sehr gern. Nein, nein, nicht was Sie denken, es ist kein Flirt, ich habe keinen Grund, etwa dagegen zu sein! Was würde es auch schon nützen, wenn ich dagegen wäre!« fügte sie mit melancholischer Stimme hinzu, denn jeder wußte, daß Fürst des Laumes seit dem ersten

Tag nach seiner Heirat mit ihr seine entzückende Kusine ohne Unterlaß betrogen hatte. »Aber hier ist es anders, es sind Leute, die er von früher kennt, sie nützen ihm irgendwie, ich finde das ganz recht. Im übrigen muß ich sagen, daß schon allein, was er mir von ihrem Haus erzählt hat... Stellen Sie sich vor, sie sind ganz in ›Empire‹ eingerichtet!«

»Aber Fürstin, das ist doch ganz natürlich, es werden die Möbel ihrer Großeltern sein.«

»Dagegen sage ich ja auch nichts, nur wird es nicht schöner dadurch. Ich verstehe sehr gut, daß man möglicherweise keine hübschen Sachen besitzt, aber deswegen braucht man doch noch keine lächerlichen aufzustellen. Ich kann nun mal nicht anders, ich finde, es gibt nichts Schwülstigeres, nichts Spießbürgerlicheres als diesen grausigen Stil mit den Kommoden, die mit Schwanenköpfen verziert sind, als wären es Badewannen.«

»Aber ich glaube doch, sie haben auch schöne Sachen, sie sollen den berühmten Mosaiktisch haben, an dem irgendein Vertrag unterzeichnet worden ist, ich glaube, der von...«

»Ach was! Vom historischen Gesichtspunkt aus mögen die Sachen interessant sein, dagegen sage ich ja nichts. Aber schön?... sie sind nun eben mal fürchterlich! Auch ich habe solche Stücke, die Basin von den Montesquious geerbt hat.[1] Nur lagern wir sie in Guermantes auf dem Speicher, wo kein Mensch sie sieht. Doch gut, darum handelt es sich ja nicht; ich würde auch mit Basin zu ihnen hinlaufen und sie mitten unter ihren Sphinxen und Kupferbeschlägen besuchen, wenn ich sie kennen würde... aber ich kenne sie nicht! Als ich klein war, hat man mir gesagt, es sei nicht artig, zu Leuten zu gehen, die man nicht kennt«, fügte sie mit affektierter Kinderstimme hinzu. »Ich tue nur, was mir gesagt worden ist. Können Sie sich die guten Leute vorstellen, wenn sie plötzlich jemand zu sich hereinkommen sähen, den sie gar nicht kennen? Sie würden mich vielleicht sehr wenig nett empfangen!« sagte die Fürstin.

Aus Koketterie verschönte sie das Lächeln, das diese Vorstellung ihr entlockte, und fügte ihrem blauen, auf den General gehefteten Blick eine sanfte, träumerische Nuance bei.

»Oh, was das anbelangt... Sie wissen ganz genau, Fürstin, sie wären vor Freude außer sich...«

»Aber nicht doch, weshalb denn?« fiel sie ihm lebhaft ins Wort; entweder wollte sie so tun, als wüßte sie nicht, daß es so sei, weil sie eben eine der ganz großen Damen von Frankreich war, oder weil sie es gern von dem General noch einmal hören wollte. »Weshalb? Wie wollen Sie das denn wissen? Es wäre Ihnen vielleicht denkbar unangenehm. Ich weiß nicht, mir selbst zum Beispiel ist es schon unangenehm, wenn ich die Leute sehen muß, die ich kenne; ich glaube, wenn ich nun auch noch die, die ich nicht kenne, sehen müßte, und wenn es ›Helden‹ sind, würde ich verrückt. Außerdem, wissen Sie, wenn es sich nicht um alte Freunde wie Sie handelt, die man ohnehin kennt, glaube ich nicht, daß Heldentum in Gesellschaft etwas besonders Handliches ist. Schon so langweilt es mich häufig, wenn ich Diners bei mir arrangieren muß, aber wenn ich mich dabei auch noch von Spartacus sollte zu Tisch führen lassen... Nein, nein, Vercingetorix würde ich nicht mal einladen, wenn wir dreizehn wären. Höchstens bei ganz großen Soireen. Und da ich die nicht gebe...«

»Ah, Fürstin, nicht umsonst sind Sie eine Guermantes. Sie haben wirklich den Esprit der Guermantes!«

»Man sagt immer, der Esprit *der* Guermantes, ich weiß eigentlich nicht, warum. Sie kennen also auch *andere*, die welchen haben«, fügte sie mit einem perlenden Lachen der Ausgelassenheit hinzu; ihre Züge lagen gesammelt unter dem feinen Netz ihrer angeregten Stimmung, ihre Augen blitzten, aufglänzend in einem sonnigen Strahlen von Heiterkeit, das einzig bei den Bemerkungen ausbrach, die – und kämen sie aus ihrem eigenen Munde – zum Lobe ihres Geistes und ihrer Schönheit vorgebracht wurden. »Schauen Sie, da ist Swann, es sieht so aus, als begrüße er Ihre Cambremer; da... jetzt steht er neben der alten Saint-Euverte, sehen Sie denn nicht! Bitten Sie ihn doch, daß er Sie bekannt macht mit ihr. Aber beeilen Sie sich, er will offenbar gerade gehen!«

»Haben Sie bemerkt«, sagte der General, »wie furchtbar schlecht er aussieht?«

»Mein lieber kleiner Charles! Ach, endlich kommt er, ich glaubte schon, er wolle mich nicht sehen!«

Swann mochte die Fürstin des Laumes sehr gern, außerdem erinnerte ihn ihr Anblick immer an Guermantes, einen Besitz unmittelbar bei Combray, und an jene ganze Landschaft, an der er so sehr hing und in der er sich nie mehr aufhielt, weil er sich von Odette nicht entfernen wollte. Unter Verwendung der Formen jenes halb künstlerischen, halb galanten Jargons, mit denen er der Fürstin zu gefallen wußte und die er ganz natürlich wiederfand, wenn er einen Augenblick in sein altes Milieu eintauchte – und im Bestreben, seiner Sehnsucht nach dem Land Ausdruck zu geben, rief Swann aus, wobei er gleichsam in die Kulisse sprach, um ebenso von Madame de Saint-Euverte, mit der er, wie von Madame des Laumes, für die er sprach, gehört zu werden:

»Ach, da ist ja die bezaubernde Fürstin. Sehen Sie nur, sie ist, um die *Vogelpredigt* von Liszt zu hören, wie eine reizende kleine Meise eigens aus Guermantes herübergeflattert und hat nur noch gerade Zeit gehabt, ein paar Vogelkirschen und Weißdornbeeren mit ein paar Tautröpfchen und ein bißchen Reif, über den die Herzogin sicher klagt, für ihr Haar abzupflücken. Das sieht wirklich sehr hübsch aus, liebe Fürstin.«

»Wie? Die Fürstin ist von Guermantes eigens hergekommen! Das ist mehr, als ich erwarten konnte! Ich hatte keine Ahnung, ich weiß gar nicht, was ich da sagen soll«, rief naiverweise Madame de Saint-Euverte, der Swanns Geisteshaltung wenig vertraut war. »Aber wirklich, es sieht so aus wie... wie soll ich sagen... Kastanien sind es nicht! Eine reizende Idee! Aber woher soll die Fürstin denn unser Programm gekannt haben! Die Musiker hatten es ja nicht einmal mir anvertraut.«

Swann, in Begleitung einer Frau, mit der er im Umgang galante Sprachformen bewahrt hatte, gewohnt, Feinsinniges von sich zu geben, das viele Angehörige der mondänen Gesellschaft nicht verstanden, hielt es nicht für nötig, Madame de Saint-Euverte darüber aufzuklären, daß er nur bildlich gesprochen habe. Die Fürstin hingegen lachte hell auf, denn Swanns Art von Geist war in ihrer Coterie sehr geschätzt, außerdem war sie außerstande, ein Kompliment anzuhören, das ihr galt, ohne es äußerst reizvoll und unwiderstehlich launig und lustig zu finden.

»Wirklich! Ich bin begeistert, Charles, daß meine Weißdornbeerchen Ihnen gefallen. Warum begrüßen Sie denn diese Cambremer? Sind Sie etwa auch Nachbarn?«

Als Madame de Saint-Euverte sah, daß die Fürstin sich mit Swann angeregt unterhielt, zog sie sich zurück.

»Aber Sie doch auch, Fürstin.«

»So? Ja, haben diese Leute denn überall Landbesitz? Da tauschte ich gern mit ihnen.«

»Ich meine nicht die Cambremers, sondern die Eltern der jungen Frau; sie ist eine geborene Legrandin, die aus

Combray stammt. Wissen Sie überhaupt, Fürstin, daß Sie Gräfin von Combray sind und daß das Kapitel Ihnen einen Grundzins schuldet?«

»Was das Kapitel mir schuldet, weiß ich nicht, aber ich weiß, daß mir der Pfarrer jedes Jahr hundert Francs aus der Tasche zieht, worauf ich sehr gern verzichten würde. Diese Cambremers jedenfalls haben einen seltsamen Namen. Er hört noch gerade zur rechten Zeit auf, aber schon spät genug«, sagte sie lachend.

»Der Anfang ist auch schon bedenklich«, meinte Swann.

»Eine zweifache Abkürzung, wenn man will!...«

»Sie stammt von jemand, der sehr wütend war, aber wußte, was sich schickt, und schon das erste Wort halb verschluckt hat.«

»Aber wenn er dann doch das zweite anbrechen mußte, hätte er lieber das erste vollständig bringen und dann Schluß machen sollen.[1] Eine reizende Art von Witzen erlauben wir uns da, lieber Charles, aber wie traurig, daß man Sie nie mehr sieht«, setzte sie schmeichelnd hinzu, »es plaudert sich doch so nett mit Ihnen. Stellen Sie sich vor, Froberville, dieser Idiot, verstand nicht einmal, daß Cambremer ein erstaunlicher Name ist. Sie werden mir zugeben, daß das Leben etwas Grauenhaftes ist. Nur wenn ich Sie sehe, höre ich einen Augenblick auf, mich zu langweilen.«

Zweifellos war das nicht wahr. Doch Swann und die Fürstin hatten eine gleiche Art, die kleinen Dinge des Lebens zu sehen, und die Wirkung – wenn nicht Ursache – war eine große Ähnlichkeit der Ausdruckswahl, ja sogar der Aussprache. Diese Ähnlichkeit fiel nicht sehr auf, da ihrer beider Stimmen denkbar verschieden waren. Wenn man aber in Gedanken Swanns Äußerungen von dem sie umhüllenden volleren Stimmklang löste und von dem Schnurrbart absah, hinter dem sie hervorkamen, wurde einem klar, daß es sich um das gleiche Genre von Bemerkungen, den gleichen Tonfall, die ganze gleiche der Coterie Guermantes eigentümliche Art handelte. In bezug auf die wichtigen Dinge stimmten Swann und die Fürstin in keinem Punkt überein. Doch seit Swann so traurig und unaufhörlich im Zustand jener Erregung und Rührung war, die dem Augenblick vorausgeht, wo man in Tränen ausbricht, hatte er das gleiche Bedürfnis, von seinem Kummer zu sprechen, wie ein Mörder es fühlt, von seinem Verbrechen zu reden. Als die Fürstin zu ihm sagte, das Leben sei etwas Grauenhaftes, empfand er das gleiche sanfte Wohlgefühl, als redete sie zu ihm von Odette.

»Ja, das Leben ist etwas Grauenhaftes. Wir müssen uns wieder öfter sehen, ma chère amie. Was den Umgang mit Ihnen so angenehm macht, ist, daß Sie nicht lustig sind. Wir sollten einmal wieder einen Abend zusammensein.«

»Und ob wir das sollten. Aber warum kommen Sie nicht nach Guermantes? Meine Schwiegermutter wäre wer weiß wie froh. Die Gegend gilt als häßlich, aber ich muß Ihnen sagen, sie mißfällt mir nicht, ich hasse ›malerische‹ Regionen.«

»Und ob es dort schön ist! Ich bewundere die Landschaft sogar sehr. Sie ist fast zu schön, zu lebendig für mich im Augenblick. Es ist eine Gegend, in der man glücklich sein sollte. Vielleicht kommt es daher, daß ich selbst dort gelebt habe: alles spricht mich so stark dort an. Wenn sich ein Lüftchen regt, wenn es im Kornfeld rauscht, habe ich das Gefühl, daß jemand kommt, daß eine Botschaft auf dem Wege zu mir ist; und die kleinen Häuser am Uferrand... ich wäre sehr unglücklich dort.«

»Oh, mein guter Charles, passen Sie auf, die furchtbare Rampillon hat mich entdeckt, verstecken Sie mich und sagen Sie mir rasch, was mit ihr vorgefallen ist, sie hat ihre Tochter verheiratet oder ihren Geliebten, ich bringe da etwas durcheinander, ich weiß nicht mehr; oder vielleicht beide... und miteinander!... Ach nein, richtig, jetzt besinne ich mich, ihr Fürst hat sie verstoßen... tun Sie so, als sprächen Sie mit mir, damit diese Berenike nicht kommt und mich zum Diner einladen will. Im übrigen verschwinde ich jetzt. Hören Sie, mein lieber Charles, wollen Sie sich nicht jetzt, wo ich Sie endlich einmal sehe, entführen lassen und mit mir zur Prinzessin von Parma gehen, sie würde sich so freuen, und Basin auch, mit dem ich mich dort treffe. Wenn man nicht manchmal durch Mémé etwas von Ihnen hörte... Sie dürfen nicht vergessen, ich sehe Sie ja überhaupt nicht mehr!«

Swann lehnte ab; da er Charlus gesagt hatte, er werde direkt von Madame de Saint-Euverte nach Hause gehen, legte er keinen Wert darauf, durch einen Besuch bei der Prinzessin von Parma möglicherweise um eine Botschaft zu kommen, auf deren Überbringung durch einen Diener er schon den ganzen Abend gehofft hatte und die er nun vielleicht zu Hause beim Concierge finden würde. »Der arme Swann«, sagte an jenem Abend die Fürstin zu ihrem Gatten, »er ist immer sehr nett, aber er sieht furchtbar traurig aus. Sie werden es selber sehen, er hat mir versprochen, daß er dieser Tage zu uns zum Abendessen kommt. Ich finde es ja im Grunde lächerlich, daß ein so gescheiter Mann sich um eine solche Person soviel Kummer macht. Nicht einmal interessant ist sie, es heißt, sie sei furchtbar dumm«, setzte sie mit der Weisheit derjenigen, die nicht lieben, hinzu, die alle der Meinung sind, ein Mann von Geist solle nur um eine Frau unglücklich sein, die es auch verdient. Mit dem gleichen Recht wundert man sich, daß sich jemand herbeiläßt, wegen einer so unscheinbaren Kreatur, wie der Kommabazillus[1] es ist, an Cholera zu erkranken.

Swann wollte gehen, doch in dem Augenblick, als er gerade glaubte, sich losgemacht zu haben, bat ihn General de Froberville, ihn mit Madame de Cambremer bekannt zu machen, und er mußte noch einmal mit ihm in den Salon zurück, um nach ihr zu suchen.

»Was meinen Sie, Swann, ehe ich von den Wilden massakriert würde, möchte ich lieber der Mann dieser Dame sein; was halten Sie davon?«

Die Worte »von den Wilden massakriert« bohrten sich schmerzhaft in Swanns Herz; auf der Stelle hatte er das Bedürfnis, das Gespräch mit dem General fortzusetzen:

»Oh«, sagte er, »manch schönes Leben hat dieses Ende gefunden... Sie wissen ja... dieser Seefahrer, dessen Asche Dumont d'Urville mitgebracht hat, La Pérouse[1]... (und schon war Swann so glücklich, als spräche er von Odette). Das ist eine anziehende Gestalt, die mich immer interessiert hat, dieser La Pérouse«, setzte er melancholisch hinzu.

»Richtig, richtig! La Pérouse«, sagte der General. »Ein bekannter Name. Eine Straße heißt nach ihm.«

»Kennen Sie jemand in der Rue La Pérouse?« fragte Swann erregt.

»Ich kenne nur Madame de Chanlivault, die Schwester des guten Chaussepierre. Wir hatten neulich einen reizenden Theaterabend bei ihr. Das ist ein Salon, der eines Tages sehr elegant sein wird, Sie werden sehen!«

»So! Sie wohnt in der Rue La Pérouse. Das ist sympathisch, es ist eine hübsche Straße, sie hat so etwas Schwermütiges.«

»Sagen Sie das nicht, Sie sind offenbar in letzter Zeit nicht dagewesen; schwermütig ist da gar nichts mehr, es wird mächtig gebaut in der ganzen Gegend.«

Als Swann endlich den General der jungen Madame de Cambremer vorstellte, ließ sie, da sie den Namen des

Generals zum erstenmal hörte, ein flüchtiges Lächeln freudigen Erstaunens auf ihren Zügen erscheinen, als habe sie nie von jemand anderem reden hören; denn da sie die Freunde ihrer jetzigen Familie nicht kannte, glaubte sie bei jeder neuen Person, die man ihr vorführte, es könne einer von ihnen sein, und da sie es für ein Zeichen besonderen Takts hielt, so zu tun, als habe sie schon viel von dem Betreffenden gehört, seit sie verheiratet war, reichte sie ihm die Hand in jener zögernden Art, die die natürliche Zurückhaltung andeuten sollte, zu der man sie erzogen hatte und die sie erst überwinden mußte, gleichzeitig aber auch die spontane Sympathie, die über die Hemmung siegte. Daher erklärten denn auch ihre Schwiegereltern, die sie noch für die glanzvollsten Repräsentanten Frankreichs hielt, sie sei ein Engel, um so mehr, als sie bei ihrer Einwilligung in diese Heirat ihres Sohnes lieber der Anziehungskraft ihrer trefflichen Eigenschaften als der ihres großen Vermögens gefolgt sein wollten.

»Man sieht gleich, daß Sie eine von Grund auf musikalische Seele sind, Madame«, sagte der General in unbewußter Anspielung auf den Zwischenfall mit der Tropfschale.

Doch das Konzert nahm weiter seinen Gang, und Swann mußte einsehen, daß er vor dem Ende der neuen Programmnummer nicht werde gehen können. Er litt darunter, hier mit diesen Leuten eingesperrt zu sein, deren Dummheit und Lächerlichkeit ihn um so schmerzlicher berührten, als sie, in Unwissenheit über seine Liebe – und wenn sie davon gewußt hätten, außerstande, sich dafür zu interessieren und etwas anderes zu tun, als darüber zu lächeln wie über eine Kinderei oder sie zu beklagen wie eine Narrheit –, sie ihm unter dem Gesichtspunkt eines ganz subjektiven Zustands erscheinen ließen, der einzig für ihn bestand und dessen Wirklichkeit durch nichts Äußeres bekräftigt wurde; er litt ganz besonders und mit einer Intensität, daß selbst der Klang der Instrumente ihm Lust machte, vor Schmerzen aufzuschreien, unter der Tatsache, daß er nun den Aufenthalt an einem Ort noch länger ausdehnen mußte, an den Odette niemals kommen würde, wo niemand, wo nichts sie kannte, von dem sie in jeder Weise abwesend war.

Plötzlich aber war es, als sei sie eingetreten, und diese Erscheinung bereitete ihm einen Schmerz, der ihn so reißend durchfuhr, daß er die Hand an sein Herz führen mußte. Die Geige hatte nämlich eine Folge hoher Töne erreicht, auf denen sie unbeirrt verharrte wie in langer Erwartung, eine Erwartung, die andauerte, ohne daß sie aufgehört hätte, diese Töne auszuhalten, als sehe sie beseligt den Gegenstand ihres Sehnens von ferne näher kommen und versuche nun in verzweifeltem Bestreben, die Zeit bis zu seiner Ankunft zu überdauern, ihn zu empfangen, bevor ihr die Kraft versagte, ihm noch mit äußerstem Bemühen die Wege offenzuhalten, damit er auf ihnen eingehen könne wie durch eine Tür, die man aufhält, da sie sonst zufallen würde. Bevor noch Swann Zeit hatte zu begreifen und sich sagen konnte: Es ist das kleine Thema von Vinteuil, ich darf nicht hinhören!, waren alle seine Erinnerungen aus der Zeit, da Odette in ihn verliebt war, die er bis zu diesem Tag unsichtbar in den Tiefen seines Innern zurückzuhalten vermocht hatte, getäuscht durch diesen flüchtigen Sonnenstrahl aus der für sie zurückgekehrten Zeit der Liebe aufgewacht und hatten sich pfeilschnell erhoben, um ihm mit Macht, ohne Mitleid für seine jetzige Unseligkeit die vergessenen Strophen des Glücks zu singen.

An Stelle der abstrakten Ausdrücke wie »Zeit, da ich glücklich war« oder »Zeit, da sie mich liebte«, die er bisher oft verwendet hatte, ohne dabei allzuviel

Schmerz zu empfinden, denn sein Verstand hatte darin von der Vergangenheit nur vermeintliche Auszüge eingeschlossen, die von ihr nichts bewahrten, erfüllte ihn jetzt von neuem all das, was die spezifische und flüchtige Essenz dieses verlorenen Glücks für immer bestimmt hatte; alles sah er wieder, die schneeweißen, krausen Blütenblätter der Chrysantheme, die sie ihm in den Wagen geworfen und die er an seine Lippen gepreßt hatte – die in Reliefbuchstaben eingeprägte Aufschrift: »Maison Dorée« auf jenem Brief, in dem er die Worte las: »Meine Hand zittert so sehr« –, das leichte Zusammenziehen der Brauen, mit dem sie ihn angefleht hatte: »Wird es auch nicht allzulange dauern, bis ich von Ihnen höre?«; er verspürte den Geruch des heißen Eisens, mit dem der Friseur seine »Bürste« gerade richtete, während Lorédan die kleine Arbeiterin abholte, den Duft der Gewitterregen, die in jenem Frühling so häufig niedergegangen waren, die fröstelnde Heimfahrt in seinem Mylord im Mondschein, das ganze Gewebe aus Denkgewohnheiten, jahreszeitlichen Impressionen, Reaktionen der Körperhaut, die über eine Folge von Wochen ein gleichförmiges Netz gebreitet hatten, in dem sein Körper nun wieder gefangen war. Damals befriedigte er eine lustvolle Neugier, indem er die Freuden der Menschen zur Kenntnis nahm, die ganz aus der Liebe leben. Er hatte geglaubt, es dabei belassen zu können und nicht gezwungen zu werden, auch ihren Schmerz zu erfahren; wie trat jetzt der Zauber Odettes so völlig hinter dem furchtbaren Grauen zurück, das jenen wie ein trüber Dunstkreis umgab, hinter der ungeheuerlichen Angst, nicht jeden Augenblick zu wissen, was sie tat, sie nicht überall und zu jeder Zeit ganz für sich allein zu haben! Ach, er erinnerte sich, in welchem Ton sie ausgerufen hatte: »Aber immer kann ich Sie sehen, ich bin immer frei!« – sie, die es jetzt nie mehr war! – er erinnerte sich an das Interesse, die Neugier, die sie für sein Dasein an den Tag gelegt, den leidenschaftlichen Wunsch, den sie bekundet hatte, er möge ihr die Gunst erweisen – die damals jedoch in ihm eine Art Furcht wie vor einer möglicherweise ärgerlichen Beeinträchtigung auslöste –, sie darin eindringen zu lassen; wie sie ihn hatte bitten müssen, damit er sich zu den Verdurins mitnehmen ließ; und wie, als er sie einmal im Monat zu sich kommen ließ, sie ihm jedesmal, bevor er nachgab, wiederholen mußte, wie bezaubernd es sein würde, sich alle Tage zu sehen, ein Brauch, von dem sie damals träumte – während er ihm nur wie eine lästige Störung seiner Gewohnheiten erschien, gegen den dann aber sie eine Abneigung bekam, so daß sie schließlich damit brach, als er für ihn zu einem unbezwinglichen, schmerzhaften Bedürfnis geworden war. Er hatte nur allzu recht gehabt, als er ihr bei ihrer dritten Zusammenkunft, damals, als sie immer wieder sagte: »Warum lassen Sie mich nicht öfter kommen?«, galant und lächelnd geantwortet hatte: »Aus Furcht, zu leiden.« Jetzt, ach! kam es auch noch manchmal vor, daß sie ihm von einem Restaurant oder Hotel aus schrieb auf Papier, das oben den betreffenden Namen trug; jetzt aber waren diese Buchstaben für ihn wie brennende Feuermale. Sie schreibt aus dem Hotel Vouillemont?[1] Weshalb mag sie da sein? Mit wem? Was hat sich dort zugetragen? Er dachte an die Gasflammen, die auf dem Boulevard des Italiens ausgelöscht wurden, als er sie wider alle Hoffnung unter den irrenden Schatten getroffen hatte in jener Nacht, die ihm fast übernatürlich vorgekommen war und die tatsächlich – als eine Nacht aus der Zeit, wo er sich nicht einmal zu fragen brauchte, ob er sie durch sein Suchen und Wiederfinden nicht verstimmen würde, so sicher durfte er damals sein, daß es für sie keine größere Freude gab als die, ihn zu sehen und mit ihm nach Hause zu gehen – einer geheimnisvollen

Welt angehörte, in die man nie zurückkehren kann, wenn einmal die Pforten wieder geschlossen sind. Und Swann sah vor diesem wiederdurchlebten Glück unbeweglich einen Unglücklichen stehen, der, weil er ihn nicht gleich erkannte, sein Mitgefühl erregte, so daß er die Augen senken mußte, damit niemand sah, daß sie voll Tränen standen. Dieser Unglückliche war er selbst.

Als er es begriffen hatte, hörte sein Mitleid zwar auf, doch er fühlte sich eifersüchtig auf jenes andere Selbst, das sie geliebt hatte, eifersüchtig auch auf die, von denen er sich, ohne deswegen allzusehr zu leiden, oft gesagt hatte: »sie liebt sie vielleicht«, jetzt, wo er die unbestimmte Idee des Liebens, in der noch selbst keine Liebe liegt, mit den Chrysanthemenblüten und dem Briefkopf der Maison d'Or vertauscht hatte, die ihrerseits voll davon waren. Als sein Leiden zu heftig wurde, strich er sich mit der Hand über die Stirn, ließ sein Monokel fallen und putzte das Glas. Hätte er sich in diesem Augenblick gesehen, er hätte bestimmt in seine Sammlung bemerkenswerter Monokel auch jenes aufgenommen, das er ablegte, als wolle er damit einen lästigen Gedanken abstreifen, und auf dessen beschlagener Oberfläche er mit dem Taschentuch einen Kummer wegzuwischen versuchte.

Es liegt ein Timbre im Klang der Geige – wenn man das Instrument nicht sieht und das, was man hört, nicht auf seinen Anblick beziehen kann, der die Klangfarbe unwillkürlich modifiziert –, das so sehr dem gewisser Altstimmen gleicht, daß man der Täuschung erliegen kann, es sei eine Singstimme zu dem Konzert hinzugetreten. Man hebt den Blick, sieht nur die Behälter des Klangs, so kostbar wie chinesische Schreine, und für Augenblicke wird man dennoch wieder durch den betörenden Ruf der Sirene irregeführt; manchmal glaubt man auch, einen gefangenen Geist zu hören, der sich zuinnerst in dem kunstreichen, verzauberten und erbebenden Behältnis regt und zu befreien sucht wie der Teufel im Weihwasserbecken; manchmal endlich scheint durch die Luft ein Wesen, rein und aus überirdischen Welten stammend, zu entschweben, indem es seine unsichtbare Botschaft entrollt.

Es war, als ob die Instrumentalisten nicht eigentlich das kleine Thema spielten, sondern viel eher die Riten vollzogen, die es verlangte, um zu erscheinen, und die Zauberformeln aussprächen, die notwendig waren, um das Wunder seiner Heraufbeschwörung zu bewirken und ihm für einige Augenblicke Dauer zu verleihen; so vermochte denn Swann es nicht klarer zu erkennen, als wenn es einer Welt ultravioletter Strahlen angehört hätte; in der gegenwärtigen Blindheit, mit der er geschlagen war, kostete er, als er sich ihm näherte, gleichsam die Erfrischung einer Metamorphose und spürte, daß es in seiner Nähe war wie eine schützende Gottheit, eine Gottheit, die die Vertraute seiner Liebe war und die, um inmitten der Menge bis zu ihm vorzudringen und abseits mit ihm sprechen zu können, sich die Hülle dieser akustischen Erscheinung umgelegt hatte. Und während es wie ein Duft, leicht, beschwichtigend, raunend vorüberstrich und ihm sagte, was es zu sagen hatte, versuchte er, alle Worte dieser Botschaft zu erfassen, bedauerte, sie so rasch entschwinden zu sehen, und formte unwillkürlich die Lippen zu einem Kuß, den er der flüchtig und harmonisch entschwebenden Gestalt aufdrücken wollte. Er fühlte sich nicht mehr vertrieben und einsam, da diese Stimme, die zu ihm sprach, mit gedämpftem Laut von Odette redete. Denn er meinte nicht mehr wie einst, daß das kleine Thema von ihm und Odette nichts wisse. Zu oft war es Zeuge ihrer Freuden gewesen! Freilich hatte es ihn auch oft vor deren Vergänglichkeit gewarnt. Doch während er in jenen Zeiten das Leid in seinem Lächeln, in seinem illusionslos klaren Stimmklang erriet, fand er heute eher darin die Anmut fast heiterer Resignation. Von jenen Kümmernissen, die es ihn früher ahnen ließ und die es, ohne daß er von ihnen berührt worden wäre, in seinem gewundenen, raschen Lauf lächelnd mit sich forttrug, von jenen Kümmernissen, die jetzt die seinen geworden waren, ohne daß er hoffen durfte, sich jemals daraus zu lösen, schien es ihm wie einst von seinem Glück zu sagen: »Was ist das schon? Es ist alles nichts.« Und zum ersten Mal dachte Swann mit Mitleid und Zärtlichkeit an Vinteuil, jenen unbekannten, erhabenen Bruder im Leid, der ebenfalls so großen Schmerz hatte erfahren müssen; wie mochte sein Leben gewesen sein? Aus welchen Leidenstiefen hatte er die Gotteskraft geschöpft, jenes grenzenlose Schöpfertum? Wenn das kleine Thema von der Eitelkeit seines Kummers sprach, fand Swann eine süße Tröstung in jener gleichen Weisheit, die ihm eben noch unerträglich erschienen war, als er sie auf den Mienen gleichgültiger Menschen zu lesen meinte, die seine Liebe als ein Hirngespinst ansahen, dem keine Wichtigkeit beizumessen war. Das kleine Thema nämlich sah darin, welche Meinung es auch über die kurze Dauer solcher Seelenzustände haben mochte, nicht wie alle diese Leute etwas weniger Ernstes, als das wirkliche Leben es ist, sondern im Gegenteil etwas so weit Darüberstehendes, daß nur dies allein sich auszudrücken lohnte. Gerade diese Reize einer zuinnerst gefühlten Trauer versuchte es nachzubilden, ja von neuem zu schaffen, und zwar in ihrem tiefsten Wesen, obgleich dieses doch darin besteht, daß sie nicht mitteilbar sind und jedem anderen als dem, der sie an sich erlebt, eitel erscheinen müssen; das kleine Thema hatte dieses Wesen erfaßt und sichtbar gemacht. Deshalb zwang es alle, den Wert dieser Reize zu bekennen, und ließ alle deren göttliche Süße kosten, alle jene selben Anwesenden – sofern sie auch nur ein wenig musikalisch waren –, die sie hinterher im Leben, jedes Mal, wenn sie in ihrer Nähe eine einzelne Liebe aufkeimen sähen, nicht erkennen würden. Sicher konnte die Form, in der diese Reize fixiert waren, nicht vernunftmäßig aufgelöst werden. Doch seit mehr als einem Jahr, nachdem die Liebe zur Musik, die ihm so viele Reichtümer seiner Seele offenbart hatte, wenigstens für einige Zeit in ihm aufgekommen war, hielt Swann die musikalischen Motive für wirkliche Ideen aus einer anderen Welt, einer anderen Ordnung angehörig, von Dunkel eingehüllte, unbekannte, mit den Mitteln des Geistes nicht zugängliche Ideen, die dadurch jedoch nicht weniger voneinander unterschieden waren, ungleich an Bedeutung und Wert. Wenn er sich das kleine Thema aus der Sonate von Vinteuil nach jenem Abend bei den Verdurins wieder vorspielen ließ und herauszufinden versuchte, wieso es ihm von allen Seiten entgegenschlug und ihn einhüllte wie ein Duft, wie eine Liebkosung, war er sich klargeworden, daß durch den geringen Abstand zwischen den fünf Noten, aus denen es bestand, und der unaufhörlichen Wiederkehr von zweien von ihnen dieser bestimmte Eindruck von stets sich zurücknehmender fröstelnder Süße darin zustande kam; in Wirklichkeit aber wußte er, daß er in dieser Weise nicht über das Thema selbst argumentierte, sondern über einfache Werte, durch die er für ein bequemeres Verständnis die geheimnisvolle Wesenheit ersetzte, die er noch vor der Bekanntschaft mit den Verdurins an jenem Abend wahrgenommen hatte, als er die Sonate zum ersten Mal hörte. Er wußte, daß sogar noch das Erinnerungsbild des Klaviers den Hintergrund fälschte, auf dem er die Dinge der Musik sich bewegen sah, daß das eigentliche Feld, das dem Musiker offensteht, nicht eine schäbige Klaviatur von sieben Tönen, sondern eine unermeßliche, noch beinahe völlig unbekannte Klaviatur ist, in der nur hier und da, durch dichtes, unerforschtes Dunkel voneinander getrennt, einige ihrer Millionen Klangtasten der Zärtlichkeit, der Leidenschaft, der Tapferkeit, der Heiterkeit, jede so verschieden von den anderen wie eine Welt von einer anderen Welt, von einigen großen Künstlern entdeckt worden sind, die in uns etwas dem von ihnen gefundenen Thema Entsprechendes erwecken und uns dadurch den Dienst erweisen, uns zu zeigen, welchen Reichtum und welche Vielfalt, ohne daß wir uns dessen bewußt wären, jene tiefe, unbetretene und entmutigende Nacht unserer Seele birgt, die wir für Leere halten und für Nichts. Vinteuil war ein solcher Komponist gewesen. Obwohl sein kleines Thema der Vernunft eine dunkle Oberfläche darbot, spürte man darin einen so treffenden, so unzweideutigen Inhalt, dem es eine so neue und originale Kraft verlieh, daß alle, die es gehört hatten, es da in sich aufbewahrten, wo die Ideen des Geistes ihre Stätte haben. Swann konnte sich darauf beziehen wie auf eine Auffassung von Liebe und Glück, von der er ebenso gut wußte, worin das Besondere bestand, wie er es von *La Princesse de Clèves* oder von *René* wußte, wenn diese Titel in seinem Gedächtnis auftauchten.[1] Selbst wenn er nicht an das kleine Thema dachte, war es latent in seinem Geist vorhanden in der gleichen Weise wie gewisse andere Begriffe, für die es nicht ihresgleichen gibt, wie die Vorstellung von Licht, von Ton, von Tastbarkeit oder physischer Lust, die den reichen Grundbestand bilden, in denen die Bezirke unseres Innern sich differenzieren und die ihren Schmuck ausmachen. Vielleicht verlieren wir sie, vielleicht erlöschen sie bei unserer Rückkehr ins Nichts. Doch solange wir leben, können wir ebensowenig so tun, als würden wir sie nicht kennen, wie dies in bezug auf ein wirkliches Objekt ginge, genausowenig wie wir zum Beispiel an dem Licht der Lampe zweifeln können, die vor den verwandelten Gegenständen unseres Zimmers entzündet wird, aus dem im gleichen Augenblick alles Dunkel entschwindet, ja selbst die Erinnerung daran. Dadurch aber hatte das Thema von Vinteuil wie irgendein Motiv aus *Tristan*, das ebenso eine Ausweitung unserer Gefühlswelt bedeutet, Anteil bekommen an unserem sterblichen Geschick, etwas Menschliches angenommen, das zutiefst rührend war. Sein Los war von da mit der Zukunft, der Wirklichkeit unserer Seele verknüpft; es gehörte zu ihrem ganz besonderen, ganz eigentümlichen Schmuck. Vielleicht ist das Nichts das Wahre, und all unser Träumen hat kein wirkliches Sein; dann aber wissen wir aus dem Gefühl, daß diese musikalischen Ideen und alles, was in Beziehung auf sie entsteht, ebenfalls nichts ist. Wir gehen dahin, doch als Geiseln haben wir diese Gefangenen göttlichen Geschlechts, die unser Schicksal teilen werden. Der Tod mit ihnen aber hat weniger Bitternis, ist weniger ruhmlos, ja er erscheint vielleicht nicht einmal mehr so gewiß.

Swann hatte also nicht unrecht zu glauben, daß das Thema der Sonate wirklich existiere. Gewiß war es menschlich in dieser Sicht, dennoch aber gehörte es einer Ordnung übernatürlicher Wesen an, die wir niemals gesehen haben und doch mit Entzücken erkennen, wenn es einem Erforscher des Unsichtbaren gelingt, eines davon einzufangen und es aus der göttlichen Welt, zu der er Zugang hat, herauszuführen, um es für einige Augenblicke über der unseren erstrahlen zu lassen. Das war dank Vinteuil mit dem kleinen Thema geschehen. Swann fühlte, daß der Komponist nicht mehr getan hatte, als es mit seinen Musikinstrumenten freizulegen, sichtbar werden zu lassen, seine Liniensysteme ehrfurchtsvoll mit liebender, behutsam zarter Hand nachzuzeichnen, die so sicher war, daß der Ton sich jeden Augenblick änderte, sich verwischte, um einen Schatten anzudeuten, und sich von neuem belebte, wenn er einer kühner geführten Kontur auf der Spur bleiben wollte. Ein Beweis, daß Swann sich nicht täuschte, wenn er an die Existenz dieses Themas glaubte, war, daß jeder auch nur ein wenig empfindsame Musikliebhaber sofort den Betrug gemerkt hätte, wenn etwa Vinteuil in einem Nachlassen seines Vermögens, die Formen genau zu erkennen und nachzubilden, versucht hätte, hier und da etwas aus Eigenem hinzuzufügen, um die Lücken seiner Vision oder das Versagen der Hand zu verbergen.

Das Thema war verschwunden. Swann wußte, daß es am Schluß des letzten Satzes wiederkehren würde nach einer langen Passage, die Madame Verdurins Pianist immer übersprang. Es gab hier noch wundervolle Ideen, die Swann beim ersten Hören nicht erkannt hatte, sondern jetzt erst bemerkte, als hätten sie im Vorraum seiner Erinnerung die gleichförmige Verkleidung des Neuen abgelegt. Swann lauschte auf all die Einzelmotive, die schließlich in dem Thema zusammenfließen würden wie die Prämissen in einem notwendig sich ergebenden Schluß; er wohnte seinem Entstehen bei. Wahrlich, eine vielleicht ebenso geniale Kühnheit, sagte er sich, wie die eines Lavoisier, eines Ampère ist sie, die Kühnheit eines Vinteuil! Hat er nicht dank seiner Experimente die geheimen Gesetze einer unbekannten Kraft entdeckt und lenkt er nicht das unsichtbare Gespann, dem er sich anvertraut und das er niemals erblicken wird, durch das Unerforschte dem einzig möglichen Ziel entgegen? Welch einen schönen Dialog zwischen Klavier und Geige hörte Swann zu Beginn des letzten Stücks! Das Weglassen menschlicher Worte ließ die Phantasie mitnichten, wie man hätte glauben können, unbeschränkt herrschen, sondern hatte sie ausgeschaltet; niemals noch war die gesprochene Rede so unbeugsam durch Notwendigkeit bestimmt, kannte sie in solchem Maße die Eindeutigkeit der Fragen, die Evidenz der Antworten darauf. Erst klagte das Klavier wie in Verlassenheit gleich einem Vogel, der seine Gefährtin vermißt; die Geige hörte und gab Antwort wie von einem benachbarten Baum. Es war wie am Anfang der Welt, als gäbe es noch nichts als diese beiden Wesen auf Erden, oder vielmehr in jener für alles andere verschlossenen, aus der Logik eines Schöpfers gebauten Welt, in der nur immer sie beide existieren würden, in der Welt nämlich dieser Sonate.[1] War es ein Vogel, war es die noch unfertige Seele des kleinen Themas, war es eine Fee, dieses unsichtbare seufzende Wesen, dessen Klage das Klavier dann so zärtlich eindringlich wiederholte? Seine Schmerzensrufe brachen so plötzlich hervor, daß der Geigenspieler eilends den Bogen ansetzen mußte, um sie aufzugreifen. Ein Zaubervogel! Der Geigenspieler schien ihn beschwören, bezähmen und einfangen zu wollen. Schon war er in seine Seele gedrungen, schon bewegte das heraufbeschworene kleine Thema den wahrhaft besessenen Leib des Violinisten wie den eines Mediums. Swann wußte, es werde noch einmal seine Stimme erheben. Und er war jetzt so deutlich in zwei Wesen geteilt, daß die Erwartung des unmittelbar bevorstehenden Augenblicks, wo er sich ihm gegenüber befinden würde, ihn in einem Schluchzen erschauern ließ wie ein schöner Vers oder eine traurige Nachricht; nicht wenn wir allein sind freilich, sondern wenn wir sie Freunden mitteilen, in denen wir uns erkennen wie einen anderen, dessen wahrscheinliche Rührung ihnen das Herz erweicht. Es kehrte zurück, doch diesmal nur, um in der Luft zu schweben und einen Augenblick lang wie unbeweglich zu kreisen und gleich darauf abzubrechen. So verlor denn Swann auch keinen Augenblick seines so kurzen Verweilens. Es schwebte noch wie eine irisierende Kugel, die sich selber trägt. Wie ein Regenbogen, dessen Leuchten immer schwächer wird, abklingt und dann vor dem völligen Verlöschen noch einmal einen Augenblick erblüht wie niemals zuvor, so fügte es zu den beiden bislang wahrnehmbaren Farben andere durchsichtige Stränge hinzu, alle Nuancen des Spektrums, und brachte sie zum Erklingen. Swann wagte nicht, sich zu rühren, und hätte auch die andern davon zurückhalten mögen, als könne die leiseste Bewegung den übernatürlichen, köstlichen und zerbrechlichen Zauber zerstören, der schon so nah am Vergehen war. Tatsächlich dachte niemand daran, irgend etwas zu sagen. Die unsägliche Sprache eines einzigen Abwesenden, eines Toten vielleicht (Swann wußte nicht, ob Vinteuil noch lebte), schwebte über den Riten der Zelebrierenden und reichte aus, die Aufmerksamkeit von dreihundert Personen in Schach zu halten, und machte dieses Podium, auf dem eine Seele beschworen wurde, zu einem der edelsten Altäre, auf dem je eine magische Handlung vorgenommen worden ist. So daß, als das Thema schließlich in den darauffolgenden Motiven zerflatterte, die an seine Stelle traten, Swann, der im ersten Augenblick unangenehm berührt war, als er die Gräfin von Monteriender, die für ihre naiven Äußerungen bekannt war, sich zu ihm neigen sah, ihm ihre Eindrücke anzuvertrauen, bevor die Sonate noch beendet war, nicht anders konnte als lächeln und vielleicht auch in den Worten, die sie verwendete, einen tiefen Sinn fand, der ihr entging. In Staunen versetzt durch die Virtuosität der Spieler, rief die Gräfin zu Swann gewendet aus: »Das ist ja fabelhaft, ich habe niemals etwas so Starkes erlebt...« Aber ein Exaktheitsbedenken veranlaßte sie, zurückhaltender und gleichsam korrigierend hinzuzusetzen: »seit... seit dem Tischrücken damals!«

Von diesem Abend an begriff Swann, daß Odettes Gefühle für ihn nicht wiederkehren, daß seine Hoffnungen auf Glück sich nicht mehr erfüllen würden. Und an den Tagen, wo sie zufällig noch einmal nett und zärtlich zu ihm war und ihm einige Aufmerksamkeit widmete, notierte er dann diese scheinbaren, trügerischen Zeichen einer leichten Rückwendung zu ihm mit jenem gerührten, aber skeptischen Eifer und der im Grunde verzweifelten Freude derjenigen, die bei der Pflege eines Freundes im letzten Stadium einer unheilbaren Krankheit als große Besonderheiten vermerken: »Gestern hat er selbst die Ausgaben nachgerechnet und uns sogar darauf aufmerksam gemacht, daß wir uns verrechnet hatten; er hat mit Appetit ein Ei gegessen, und wenn er es gut verträgt, soll er morgen ein Kotelett bekommen«, obwohl sie wissen, daß diese Dinge am Vorabend eines unvermeidlichen Todes keine Bedeutung mehr haben. Gewiß, Swann wußte, daß Odette ihm, hätte er jetzt fern von ihr gelebt, schließlich gleichgültig geworden wäre, so daß er sie mit einer Art von Erleichterung hätte Paris für immer verlassen sehen; er hätte dann die Kraft besessen zu bleiben; doch die, selbst zu gehen, hatte er nicht.

Er hatte des öfteren daran gedacht. Jetzt, da er sich wieder an seine Vermeer-Studie gemacht hatte, hätte er allen Grund gehabt, wenigstens für ein paar Tage nach Den Haag, nach Dresden oder Braunschweig zu reisen. Er war überzeugt, daß eine *Diana mit ihren Nymphen*, die vom Mauritshuis auf der Versteigerung Goldschmidt als ein Nicolas Maes angekauft worden war, in Wirklichkeit von Vermeer stammte.[1] Er hätte gern das Bild an Ort und Stelle untersucht, um seine These zu stützen. Doch Paris verlassen, solange Odette da war, und selbst wenn sie abwesend wäre – denn an neuen Orten, wo die Empfindungen noch nicht durch die Gewohnheit abgeschwächt sind, verstärkt und belebt sich ein Schmerz –, war für ihn ein so grausames Vorhaben, daß er nur deshalb so unaufhörlich daran denken konnte, weil er ganz genau wußte, er werde es doch nicht tun. Es kam aber vor, daß ihm im Schlaf diese Absicht zu reisen wieder vor Augen trat – ohne daß er sich daran erinnerte, daß diese Reise unmöglich sei –, und im Traum verwirklichte sie sich auch. Eines Nachts träumte er, er verreise für ein Jahr; aus der Wagentür sich einem jungen Mann zuneigend, der auf dem Bahnsteig stand und ihm weinend Lebewohl sagte, suchte Swann ihn dafür zu gewinnen, daß er mit ihm reise. Der Zug setzte sich in Bewegung, die Angst weckte ihn auf, er rief sich ins Gedächtnis zurück, daß er ja gar nicht verreise, daß er Odette am gleichen Abend sehen werde, auch am folgenden und überhaupt beinahe jeden Tag. Da pries er in seinem Herzen, noch ganz unter dem Eindruck des Traums, die besonderen Umstände seines Lebens, die ihn unabhängig machten, dank denen er in Odettes Nähe bleiben und auch erreichen konnte, daß sie ihm gestattete, sie zuweilen zu sehen; und als er sich alle Vorteile seiner Situation einzeln vor Augen stellte – sein Vermögen, das sie oft nur allzusehr in Anspruch nehmen mußte, als daß sie nicht vor einem Bruch zurückgeschreckt wäre (wobei sie sogar, wie behauptet wurde, den Hintergedanken habe, sich von ihm heiraten zu lassen), die Freundschaft von Charlus, der in Wirklichkeit nie viel für ihn bei Odette erreicht hatte, aber ihm die wohltuende Gewißheit verschaffte, daß sie von ihm in schmeichelhaften Wendungen reden hörte dank diesem gemeinsamen Freund, dem sie so große Achtung entgegenbrachte, schließlich sogar seine Intelligenz, die er ganz darauf verwandte, jeden Tag etwas Neues auszudenken, was seine Gegenwart für Odette angenehm, ja notwendig machen könnte –, dachte er daran, was aus ihm geworden wäre, wenn er das alles nicht hätte, dachte, daß, wenn er wie so viele andere arm, von niederer Herkunft, aller Möglichkeiten beraubt und gezwungen, jeden Broterwerb anzunehmen, oder mit Eltern, mit einer Frau belastet wäre, er dann vielleicht Odette hätte verlassen müssen, und der Traum, dessen Grauen ihm noch in den Gliedern lag, zur Wahrheit geworden wäre, und sagte sich: Man kennt sein Glück nicht. Man ist nie so unglücklich, wie man glaubt.[1] Dann aber stellte er sich vor, daß diese Existenz nun schon Jahre andauerte, daß er als Äußerstes hoffen durfte, daß es immer so weiterginge, daß er seine Arbeit, seine Vergnügungen, seine Freunde, sein ganzes Leben endlich der täglichen Erwartung einer Begegnung zum Opfer brächte, aus der nichts Glückliches für ihn hervorgehen könne; und er fragte sich, ob er sich auch nicht täusche, ob nicht gerade alles, was diese Verbindung begünstigt und den Bruch verhindert hatte, seinem Schicksal abträglich gewesen sei, ob nicht das wünschenswerte Ereignis gerade dasjenige sei, an dem er sich nur freute, solange es einzig im Traume eintrat: daß er ginge; er sagte sich, daß man sein Unglück nicht kennt und niemals so glücklich ist, wie man glaubt.

Manchmal hoffte er, sie werde ohne zu leiden bei einem Unfall umkommen, da sie ja von morgens bis abends soviel auf Straßen und Landstraßen unterwegs war. Und da sie immer heil und gesund wieder nach Hause kam, bewunderte er, wie geschmeidig und kraftvoll der menschliche Körper doch war, daß er unaufhörlich alle ihn umlauernden Gefahren (die Swann zahllos schienen, seitdem sein geheimes Wünschen sie überall unterstellte) von sich abhielt, ihnen ein Schnippchen schlug und den Menschen gestattete, nahezu ungestraft ihren Werken der Lüge und ihrem Trachten nach Lust nachzugehen. Dann fühlte sich Swann im Herzen jenem Muhammad II. verwandt, dessen Porträt von Bellini ihm so lieb war; dieser Sultan hatte, als er innewurde, daß er eine seiner Frauen bis zum Wahnsinn liebte, sie kurzerhand erdolcht, um – wie sein venezianischer Biograph ganz naiv berichtet – die Freiheit seines Geistes wiederzuerlangen.[1] Dann wiederum entrüstete er sich über sich selbst, daß er so ausschließlich auf sich bedacht war, und die Leiden, die er erduldete, schienen ihm keines Mitleids wert, da er selbst Odettes Leben so gering veranschlagt hatte.

Da er sich nicht endgültig von ihr trennen konnte, hätte wenigstens ein pausenloses Zusammensein mit ihr seinen Kummer beschwichtigt und vielleicht seine Liebe zum Erlöschen gebracht. Wenn sie schon Paris nicht für immer verlassen wollte, hätte er gern gesehen, sie verließe es nie. Da er wußte, daß die einzige längere Abwesenheit, die sie jeweils plante, immer für August und September vorgesehen war, hatte er wenigstens mehrere Monate im voraus Muße, den bitteren Gedanken daran auf die ganze zukünftige Zeit zu verteilen, die er vorwegnehmend in sich trug und die, aus Tagen zusammengesetzt, die den gegenwärtigen glichen, durchsichtig und kalt in seinem Geiste zirkulierte, wo sie der Trauer Nahrung gab, ohne ihm dabei allzu spürbare Leiden zu bereiten. Doch diese im Innern vorbereitete Zukunft, ihr farbloser, frei dahinfließender Strom konnte durch ein einziges Wort Odettes, das in der Tiefe von Swanns Leben auf ihn traf, wie unter der Wirkung eines Eisklotzes zum Stillstand kommen, sein Fluß konnte fest werden, er konnte gänzlich zu Eis erstarren; Swann spürte sie dann in sich wie eine ungeheure blockartige Masse, die gegen die Innenwände seines Wesens drückte, als wollte sie sie zersprengen. Eines Tages nämlich hatte Odette lächelnd und mit spöttisch beobachtendem Blick zu ihm gesagt: »Forcheville hat zu Pfingsten eine schöne Reise vor. Er will nach Ägypten fahren«, und Swann hatte sofort begriffen, daß das bedeutete: »Pfingsten fahre ich mit Forcheville nach Ägypten.« Und tatsächlich, als Swann ein paar Tage darauf zu ihr sagte: »Wie ist es denn mit dieser Reise, die du mit Forcheville nach Ägypten machen willst«, antwortete sie unbedacht: »Ja, lieber Junge, wir reisen am neunzehnten; wir werden dir eine Karte schicken mit den Pyramiden darauf.« Da hätte er gern wissen mögen, ob sie Forchevilles Geliebte war, am liebsten sie selbst danach gefragt. Er wußte, daß sie, abergläubisch wie sie war, gewisse Dinge nicht abschwören würde, und außerdem fiel die Furcht, die ihn so lange zurückgehalten hatte, nämlich Odette durch seine Fragen zu reizen, jetzt fort, nachdem er die Hoffnung aufgegeben hatte, jemals wieder von ihr geliebt zu werden.

Eines Tages bekam er einen anonymen Brief, in dem ihm mitgeteilt wurde, Odette sei die Geliebte zahlloser Männer gewesen (von denen einige aufgeführt wurden, darunter Forcheville, Monsieur de Bréauté und der Maler) und auch von Frauen, außerdem suche sie Stundenhotels auf. Ihn schmerzte zu denken, daß unter seinen Freunden jemand imstande sein sollte, ihm diesen Brief zu schreiben (denn aus gewissen Einzelheiten ging bei dem, der diese Zeilen geschrieben hatte, eine intime Kenntnis von Swanns Leben hervor). Er überlegte, wer es sein könnte. Doch er hatte niemals die ihm unbekannten Handlungen der anderen beargwöhnt, das heißt solche, die durch kein sichtbares Band mit ihren Worten verknüpft waren. Wenn er wissen wollte, ob er die unbekannte Region, in der diese schmähliche Handlung hatte entstehen können, eher in der Wesensart von Monsieur de Charlus, Monsieur des Laumes, Monsieur d'Orsan, wie sie sich nach außen zeigten, zu suchen habe, sah er, da keiner von ihnen jemals in seiner Gegenwart das Schreiben anonymer Briefe gutgeheißen hatte, vielmehr alles, was sie geäußert hatten, einschloß, daß sie es mißbilligten, keine Gründe, weshalb er diese Infamie eher mit der Natur des einen als des anderen in Verbindung bringen sollte. Die von Charlus neigte ein wenig zur Extravaganz, war aber im Grunde herzensgut; die von des Laumes etwas trocken, aber gesund und ehrenhaft. Was Monsieur d'Orsan anbetraf, so war Swann niemals jemandem begegnet, der selbst unter den traurigsten Umständen ihm mit so aufrichtig empfundenen Worten und einem so unbefangenen und richtigen Verhalten entgegengetreten wäre. Das ging so weit, daß er die unfeine Rolle, die Monsieur d'Orsan in einer Beziehung mit einer reichen Frau angeblich spielte, so wenig begreifen konnte, daß er jedesmal, wenn er an ihn dachte, von diesem schlechten Ruf absehen mußte, der mit so vielen eindeutigen Beweisen des Zartgefühls unvereinbar war. Einen Augenblick hatte Swann das Gefühl, daß sein Geist sich verwirrte, er dachte an etwas anderes, um wieder klarer zu sehen. Dann fand er den Mut, nochmals zu seinen Überlegungen zurückzukehren. Da er aber niemand Bestimmten verdächtigen konnte, mußte er wohl oder übel alle verdächtigen. Monsieur de Charlus war ihm alles in allem zugetan und hatte ein gutes Herz. Er war aber ein Neurastheniker, er würde vielleicht morgen Tränen vergießen, weil er erfuhr, sein Freund Swann sei krank, doch heute hatte er aus Eifersucht, aus Ärger oder irgendeiner plötzlich aufgetauchten Idee heraus ihm Böses zufügen wollen. Im Grunde war diese Menschensorte ja die schlimmste von allen. Gewiß, der Fürst des Laumes war weit entfernt, Swann so zu lieben wie Monsieur de Charlus. Gerade deswegen konnte er aber in bezug auf ihn nicht so empfindlich wie jener sein; außerdem war er zweifellos eine kalte Natur, gleich unfähig zur Schurkerei wie zu großen Taten. Swann bedauerte, daß er im Leben sich nicht ausschließlich an solche Art von Menschen angeschlossen hatte. Dann bedachte er, daß einzig Güte die Menschen daran hindert, ihrem Nächsten Böses zuzufügen, und daß er im Grunde nur für die der seinen ähnlichen Naturen einstehen könne, wie es bezüglich des Herzens wenigstens die von Charlus war. Der bloße Gedanke, Swann solchen Kummer zu machen, hätte jenen aufs tiefste verstört. Doch bei einem fühllosen Menschen, der einer ganz anderen Menschengattung angehörte, wie dem Fürsten des Laumes, konnte man nicht voraussehen, zu welchen Handlungen Beweggründe ihn führen könnten, die einer von der Swanns so völlig verschiedenen Wesensart entstammten. Ein Herz haben ist alles, und das jedenfalls hatte Monsieur de Charlus. Auch d'Orsan konnte man es nicht absprechen, und seine herzlichen, wenn auch nicht intimen Beziehungen zu Swann, die auf der angenehmen Konversation beruhten, die sie miteinander führten, weil sie über alles die gleichen Ansichten hegten, bildeten eine zuverlässigere Grundlage als die etwas exaltierte Anhänglichkeit des Baron von Charlus, die auch zu Akten der Leidenschaft führen konnte, guten oder schlechten. Wenn es jemand gab, von dem Swann sich immer verstanden und auf eine diskrete Art geschätzt wußte, so war es Monsieur d'Orsan. Ja, aber dieses etwas zweifelhafte Leben, das er führte? Swann bedauerte, daß er so wenig darauf achtgegeben, ja sogar oft im Scherz geäußert hatte, er hege niemals so lebhafte Gefühle der Sympathie und Hochachtung wie in Gesellschaft eines Gauners. Nicht umsonst, sagte er sich jetzt, beurteilen die Menschen, seitdem sie sich überhaupt mit der Kritik ihres Nächsten abgeben, diesen nach seinen Handlungen. Nur das gilt und keineswegs, was wir sagen und denken. Charlus oder des Laumes können diese oder jene Charakterfehler besitzen, sie sind doch Ehrenmänner. D'Orsan hat vielleicht keine, aber er ist kein

Ehrenmann. Er hätte ja auch noch ein zweites Mal etwas Schlechtes tun können. Dann richtete sich Swanns Verdacht auf Rémi, der allerdings den Brief nur hätte inspirieren können; die Fährte schien ihm einen Augenblick die richtige zu sein. Zunächst hatte Lorédan Gründe, Odette übelzuwollen. Und wie sollte man eigentlich nicht annehmen, daß unsere Dienstboten, die in einer der unseren untergeordneten Situation leben, die in unsere angenehme Lage und unsere Fehler Reichtümer und Laster hineinphantasieren, um derentwillen sie uns beneiden und verachten, nicht zwangsläufig dazu kommen, anders zu handeln als die Menschen unserer eigenen Welt? Auch meinen Großvater verdächtigte er. Hatte er sich nicht jedesmal, wenn Swann seine Hilfe in Anspruch nehmen wollte, ablehnend verhalten? Außerdem würde er vielleicht mit seinen bürgerlichen Anschauungen zu Swanns Bestem zu handeln glauben. Dann richtete sich sein Argwohn auch noch gegen Bergotte, den Maler, die Verdurins, und er bewunderte beiläufig wieder einmal die Klugheit der Leute von Welt, die mit den Künstlerkreisen nichts zu tun haben wollen, in denen solches möglich ist, ja vielleicht sogar als amüsanter Spaß gehandelt wird; dann wieder fielen ihm Züge der Rechtschaffenheit im Gesamtbild dieser Boheme ein, und er verglich sie mit den Tricks und Gaunereien, zu denen Geldmangel, Luxusbedürfnis oder Genußgier oft Aristokraten verleiten. Kurz, dieser anonyme Brief bewies, daß es unter seinen Bekannten jemanden gab, der zu Gemeinheiten fähig war, doch er sah keinen besseren Grund, weshalb sich diese Gemeinheit eher im – von anderen unerforschten – Innern des warmherzigen als des kalten Menschen, des Künstlers als des Bürgers, der großen Herren als des Lakaien verbergen sollte. Welches Kriterium gab es für die richtige Beurteilung der Menschen? Im Grunde war in seinem

Bekanntenkreis niemand, der einer Infamie nicht fähig gewesen wäre. Sollte er einfach mit allen brechen? Sein Geist verschleierte sich; er strich sich zwei- oder dreimal mit der Hand über die Stirn und putzte die Gläser seines Kneifers mit dem Taschentuch, und in dem Gedanken, daß schließlich Leute, die ebensoviel wert waren wie er, mit Monsieur de Charlus, dem Fürsten des Laumes und den übrigen umgingen, sagte er sich, daß das zwar vielleicht nicht bedeute, daß sie unfähig zu einer Gemeinheit seien, wohl aber, daß eine Lebensnotwendigkeit, der jeder sich unterwirft, darin bestehe, mit Leuten umzugehen, die zu einer solchen Handlung vielleicht nicht unfähig seien. Daraufhin drückte er auch weiterhin allen Freunden, die er beargwöhnt hatte, die Hand, mit dem rein formalen Vorbehalt, daß sie möglicherweise versucht hatten, ihn zur Verzweiflung zu treiben. Was den Inhalt des Briefes anbetraf, so beunruhigte er ihn nicht, denn nicht eine der darin ausgesprochenen Anschuldigungen gegen Odette hatte einen Schatten von Wahrscheinlichkeit für sich. Wie viele Menschen war Swann ziemlich trägen Geistes und ohne jede Erfindungsgabe. In Form einer allgemeinen Lebensweisheit war ihm zwar wohlbekannt, daß das menschliche Leben reich an Widersprüchen ist, bei jedem Einzelwesen aber stellte er sich dennoch vor, daß der ihm unbekannte Teil von dessen Leben mit dem ihm bekannten völlig identisch sein müsse. Was man ihm verschwieg, stellte er sich mit Hilfe dessen vor, was man ihm sagte. Wenn er in den Augenblicken, die Odette in seiner Nähe verbrachte, mit ihr von einer schnöden Handlungsweise oder den undelikaten Gefühlen eines anderen sprach, so verurteilte sie sie aufgrund der gleichen Grundsätze, die Swann immer von seinen Eltern hatte predigen hören und denen er treu geblieben war; dann ordnete sie die Blumen in einer Vase, trank eine Tasse Tee und erkundigte sich besorgt nach dem Fortgang von Swanns Arbeiten. Diese Gewohnheiten nun dehnte Swann in Gedanken auch auf das übrige Leben Odettes aus, er wiederholte nur diese Gesten, wenn er sich die Momente ausmalen wollte, die sie fern von ihm verbrachte. Wenn sie ihm jemand so vor Augen gestellt hätte, wie sie mit ihm war oder vielmehr lange Zeit gewesen war, jedoch mit einem anderen Mann, so hätte er gelitten, denn dieses Bild wäre ihm glaubhaft erschienen. Daß sie aber mit Kupplerinnen in Verbindung stand, Orgien mit anderen Frauen beging, das schmutzige Dasein verworfener Kreaturen führte, wäre ihm als Wahnidee erschienen, die ja Gott sei Dank durch die Chrysanthemen, an die er zurückdachte, die vielen Tee-Stunden, ihre tugendhafte Entrüstung auf der Stelle widerlegt wurden. Nur von Zeit zu Zeit gab er Odette zu verstehen, daß die Leute boshaft genug seien, ihm alles zu erzählen, was sie tue und lasse; und dadurch, daß er eine unbedeutende, aber wahre Einzelheit, die er zufällig erfahren hatte, so vorbrachte, als sei sie ein nur aus Versehen ihm entschlüpftes Detail aus einer vollständigen Rekonstruktion von Odettes Leben, die er insgeheim in sich herumtrage, flößte er ihr die Meinung ein, er sei über Dinge unterrichtet, die er in Wirklichkeit nicht wußte und nicht einmal argwöhnte, denn wenn er auch oft Odette beschwor, der Wahrheit die Ehre zu geben, so doch nur, ob es ihm nun bewußt war oder nicht, damit Odette ihm alles mitteilte, was sie tat. Sicher liebte er, wie er Odette gegenüber behauptete, die Aufrichtigkeit, doch er liebte sie gleichsam als eine Kupplerin, die ihn über das Leben, das seine Geliebte führte, auf dem laufenden hielt. So hatte seine Liebe zur Aufrichtigkeit, da sie keineswegs selbstlos war, ihn auch nicht besser gemacht. Die Wahrheit, die er liebte, war die, die ihm Odette gestehen würde; um aber an diese Wahrheit zu kommen, war jene selbe Lüge ihm recht, die er Odette unaufhörlich als den sicheren Weg ausmalte, der jede menschliche Kreatur in die Würdelosigkeit führe. Alles in allem log er genausoviel wie Odette, da er zwar unglücklicher als sie, nicht aber minder egoistisch war. Und sie, wenn sie Swann in dieser Weise Dinge, die sie getan hatte, ihr schildern hörte, sah ihn mißtrauisch an und tat für alle Fälle empört, damit es nicht scheine, als fühle sie sich ertappt und schäme sich ihrer Handlungen.

Eines Tages hatte er während einer der längsten Ruheperioden, die er ohne Eifersuchtsanfälle bisher durchlebt hatte, zugesagt, mit der Fürstin des Laumes ins Theater zu gehen. Als er die Zeitung aufschlug, um zu sehen, was gespielt würde, bedeutete für ihn der Anblick des Titels *Les filles de marbre* von Théodore Barrière[1] einen so grausamen Schlag, daß er eine Sekunde zurückprallte und den Blick abwandte. Als er es hier wie von Rampenlicht angestrahlt und an dieser ganz neuen Stelle vor sich sah, wurde das Wort »Marmor«, das ihm sonst gar nicht mehr auffiel, so oft war es ihm vor Augen gekommen, unvermittelt wieder sichtbar und rief ihm eine Geschichte, die Odette früher einmal erzählt hatte, ins Gedächtnis zurück: es handelte sich um einen Besuch im Salon des Palais de l'Industrie[2] mit Madame Verdurin, bei dem diese geäußert hatte: »Sieh dich vor, ich kann dich zum Auftauen bringen, du bist nicht aus Marmor.« Odette hatte ihm gegenüber behauptet, es sei nur ein Scherz gewesen, und er hatte die Sache dann auch auf sich beruhen lassen. Damals aber hatte er ihr noch mehr vertraut als jetzt. Der anonyme Brief jedoch erwähnte gerade Liebschaften dieser Art. Er wagte nicht, noch einen weiteren Blick auf diese Seite der Zeitung zu werfen, sondern entfaltete sie ganz und wendete die Blätter um, damit er nicht noch einmal den Titel *Les filles de marbre* sehen müßte. Mechanisch überflog er die

Nachrichten aus der Provinz. Im Kanal hatte ein Sturm gewütet, es war von Verwüstungen in Dieppe, Cabourg und Beuzeval die Rede. Wiederum war es für ihn wie ein Schlag.

Der Name Beuzeval rief in seinem Bewußtsein den eines anderen Orts in jener Gegend wach, Beuzeville, an den mit einem Bindestrich ein anderer hinzugesetzt ist, nämlich Bréauté; er hatte ihn oft auf den Karten gesehen, machte sich aber jetzt zum ersten Mal klar, daß es ja der Name seines Freundes Monsieur de Bréauté sei, von dem der anonyme Brief behauptete, er sei Odettes Liebhaber gewesen. Wenn man es recht bedachte, war die Unterstellung für Monsieur de Bréauté nicht eben unwahrscheinlich, während die Sache mit Madame Verdurin einfach unmöglich schien. Aus der Tatsache, daß Odette manchmal log, konnte man nicht ableiten, daß sie niemals die Wahrheit sprach, und in den Gesprächen zwischen ihr und Madame Verdurin, von denen sie berichtete, hatte er deutlich jene Art von albernen, wenn auch bedenklichen Scherzen erkannt, wie Frauen in ihrer Unerfahrenheit und Unkenntnis des Lasters sie austauschen und in denen sich gerade ihre Ahnungslosigkeit zeigt; Frauen noch dazu, die – wie zum Beispiel Odette – denkbar weit davon entfernt sind, schwärmerisch zärtliche Gefühle für andere ihresgleichen zu hegen. Andererseits paßte die Empörung, mit der sie den Argwohn, den ihre Erzählung unwillkürlich einen Augenblick in ihm geweckt hatte, von sich wies, gut zu allem, was er von den Neigungen und dem Temperament seiner Geliebten wußte. In diesem Augenblick nun aber erinnerte sich Swann in einer jener Eingebungen der Eifersucht, die jenen gleichen, die dem Dichter oder Gelehrten, der erst über einen Reim oder eine vereinzelte Beobachtung verfügt, die Idee oder das Gesetz offenbaren, aus denen ihnen auf einmal ihre ganze Kraft erwächst, zum ersten

Mal an einen Ausspruch Odettes, der bereits zwei Jahre zurücklag: »Oh, im Augenblick existiert für Madame Verdurin überhaupt niemand außer mir, ich bin ihr Liebling, sie küßt mich ab, ich soll alle ihre Besorgungen mit ihr machen, sie möchte, daß wir uns duzen.« Weit entfernt, den Satz damals schon im Zusammenhang mit den absurden, sich lasterhaft gebärdenden Äußerungen zu sehen, die Odette ihm wiederholt hatte, nahm er ihn zu jener Zeit nur als Beweis einer herzlichen Freundschaft hin. Nun aber trat mit einem Mal die Erinnerung an die zärtlichen Gefühle von Madame Verdurin zu der Erinnerung an jene geschmacklose Unterhaltung hinzu. Er konnte sie in seinem Bewußtsein nicht mehr voneinander trennen und sah sie auch in der Wirklichkeit auf das innigste verquickt, wobei jene Zärtlichkeit den scherzhaften Reden etwas Ernstes beimischte und diese wiederum jenem Gefühl seine Unschuld nahmen. Er ging zu Odette. In einiger Entfernung von ihr setzte er sich hin. Er wagte nicht, sie zu küssen, da er nicht wußte, ob bei ihr oder ihm Zuneigung oder Haß aus einem Kuß entstände. Er sah schweigend zu, wie ihre Liebe starb. Plötzlich faßte er einen Entschluß.[1]

»Odette, mein Herz«, sagte er, »ich weiß, ich bin ein schrecklicher Mensch, aber ich muß dich einmal nach ein paar Dingen fragen. Du weiß doch noch, was ich einmal von dir und Madame Verdurin gedacht habe? Sag mir, ob es wahr ist oder ob etwas Ähnliches mit einer anderen Frau gewesen ist.«

Sie schüttelte den Kopf und preßte die Lippen zusammen, womit häufig Menschen auf die Frage: »Schauen Sie sich den Festzug an, gehen Sie zur Parade?« ihren Unwillen, dorthin zu gehen, ihre Unlust bekunden. Da aber dieses Kopfschütteln gewöhnlich für ein erst zukünftiges Ereignis verwendet wird, wirkt es als Verneinung von etwas Gewesenem merkwürdig unbestimmt.

Außerdem erweckt es eher die Vorstellung von persönlicher Abneigung gegen das Thema als von einer eigentlichen Ablehnung oder moralischen Unmöglichkeit der Sache. Als Swann sah, daß Odette ihm mit dieser Art von Zeichen zu verstehen gab, es stimme nicht, begriff er, daß es wahr sein könnte.

»Ich habe es dir ja gesagt, du weißt es doch«, fügte sie mit gereizter, unglücklicher Miene hinzu.

»Ja, ich weiß, aber bist du auch ganz sicher? Sag nicht: ›Du weißt es doch‹, sondern sag: ›Ich habe niemals solche Dinge mit irgendeiner Frau getan.‹«

Wie eine Lektion wiederholte sie in ironischem Ton, als wolle sie ihn nur loswerden:

»Ich habe niemals solche Dinge mit irgendeiner Frau getan.«

»Kannst du es mir bei deinem Medaillon der Madonna di Laghetto schwören?«

Swann wußte, daß Odette bei diesem Medaillon niemals falsch schwören würde.

»Ach! Du bringst mich ja um«, rief sie aus und entzog sich, indem sie aufsprang, dem Drängen seiner Frage. »Bist du bald fertig damit? Was ist heute mit dir los? Du scheinst wohl fest entschlossen, es dahin zu bringen, daß ich dich hassen, dich verabscheuen muß? Da sieht man es ja, ich wollte mit dir wieder sein wie früher in unserer besten Zeit, und das ist der Dank dafür!«

Er aber ließ nicht locker und fügte im Ton trügerisch sanfter Überredung hinzu, wie ein Chirurg, der das Ende eines Krampfes abwartet, der seinen Eingriff unterbricht, ohne ihn jedoch davon abhalten zu können:

»Du hast völlig unrecht, wenn du dir vorstellst, ich sei dir im geringsten böse deswegen, Odette. Ich rede mit dir immer nur von Dingen, die ich weiß, und ich weiß immer mehr, als ich sage. Du nur kannst durch ein Geständnis mildern, was mich sonst dich zu hassen zwingt, solange ich es nämlich nur von den anderen höre. Mein Groll gegen dich rührt nicht aus deinen Handlungen her – ich verzeihe dir alles, denn ich liebe dich ja –, sondern aus deiner Unaufrichtigkeit, deiner sinnlosen Unaufrichtigkeit, mit der du Dinge abstreitest, die ich weiß. Wie soll ich dich denn weiterhin lieben, wenn ich sehe, daß du mir gegenüber etwas behauptest und beschwörst, wovon ich weiß, daß es falsch ist? Zieh diesen Augenblick, der für uns beide eine Folterqual ist, nicht in die Länge, Odette! Wenn du nur willst, ist die ganze Sache in einer Sekunde erledigt, du hörst von mir kein Wort mehr davon. Sage mir bei deinem Medaillon, ja oder nein, ob du so etwas getan hast.«

»Aber ich weiß es nicht mehr«, rief sie wütend aus, »vielleicht vor sehr langer Zeit einmal, ohne zu wissen, was ich tat, zwei- oder dreimal vielleicht.«

Swann hatte alle Möglichkeiten ins Auge gefaßt. Die Wirklichkeit ist also etwas, was gar keine Beziehung zu den Möglichkeiten hat, nicht mehr als ein Messerstich, den wir empfangen, zu den über unserem Kopf dahinziehenden Wolken, da ja diese Worte: »Zwei- oder dreimal vielleicht« sich wie ein kreuzförmiger Schnitt in sein Herz eingruben. Es war seltsam zu erleben, wie diese Worte »zwei- oder dreimal«, nichts als Worte, die in einer gewissen Entfernung in die Luft gesprochen wurden, einem so das Herz zerreißen konnten, als ob sie es wirklich träfen, und einen krank machten wie ein Gift, das man tatsächlich schluckte. Unwillkürlich dachte Swann an die Worte, die er bei Madame de Saint-Euverte gehört hatte: »Das ist das Stärkste, was ich erlebt habe... seit dem Tischrücken damals.« Dieser Schmerz, den er verspürte, glich in nichts dem, was er sich vorgestellt hatte, nicht nur, weil er sich selbst in seinen Stunden ärgsten Mißtrauens mit der Phantasie niemals so weit vorgewagt hatte, sondern auch weil, wenn er an dergleichen gedacht hatte, die Sache doch ganz im Ungewissen, Nebelhaften blieb, noch frei von dieser besonderen Art von Grauen, die jetzt den Worten »zwei- oder dreimal vielleicht« entströmte, frei auch von jeder spezifischen Grausamkeit, die so ganz anders war als alles, was er je erlebt hatte, wie eine Krankheit, die einen zum ersten Mal überfällt. Und doch war ihm diese Odette, von der alles Leiden kam, deswegen nicht weniger lieb, sondern im Gegenteil kostbarer noch, als ob in dem Maße, wie sein Leiden wuchs, auch der Wert des Beruhigungsmittels immer höher stiege, des Gegengifts, über das einzig und allein diese Frau verfügte. Er wollte mehr darauf achtgeben, wie auf eine Krankheit, die sich als schwerer herausstellt, als man erst angenommen hat. Er wollte, daß diese Sache, die sie »zwei- oder dreimal« getan zu haben behauptete, sich niemals wiederholen konnte. Dazu aber mußte er über Odette wachen. Es heißt oft, daß man, wenn man einem Freund die Fehler seiner Geliebten zur Kenntnis bringt, ihn nur um so stärker an sie bindet, weil er das Gehörte einfach nicht glauben will, wieviel mehr aber noch, wenn er es glaubt! Aber, fragte sich Swann, wie soll ich sie wirksam schützen? Er konnte sie vielleicht von einer bestimmten Frau fernhalten, doch es gab hundert andere, und er begriff jetzt, welcher Wahnsinn es gewesen war, als er an jenem Abend, da er Odette bei den Verdurins nicht antraf, den Wunsch in sich hatte entstehen lassen, ein anderes Wesen zu besitzen, was immer unmöglich ist. Zu seinem Glück besaß Swann unter der Flut der neuen Leiden, die wie eine wild anstürmende Horde in seine Seele eindrangen, eine ältere, ruhigere Schicht seiner Natur, die unermüdlich schweigend tätig war wie die Zellen eines verwundeten Organismus, die sich sofort daranmachen, die verletzten Gewebe wiederherzustellen, wie die Muskeln eines gelähmten Glieds, die ihre

Bewegungsfähigkeit wiedererlangen wollen. Diese älteren Ureinwohner seiner Seele wendeten einen Augenblick alle Kräfte Swanns für die verborgene Wiederherstellungsarbeit auf, die einem Genesenden, einem Operierten die Illusion der Ruhe gibt. Diesmal vollzog sich die Entspannung durch Erschöpftheit weniger als gewöhnlich in Swanns Hirn als vielmehr in seinem Herzen. Doch alle Dinge des Lebens, die einmal existiert haben, zeigen die Tendenz, wiederzuerstehen, und wie ein verendendes Tier, das von einem letzten Anfall des Krampfes geschüttelt wird, der schon beendet schien, so zeichnete in Swanns einen Augenblick lang schon weniger versehrtes Herz noch einmal das gleiche Leiden das gleiche schneidende Kreuz. Er dachte an die Vollmondabende zurück, als er in seinen Mylord gelehnt sich zur Rue La Pérouse tragen ließ und lustvoll in sich die Gefühle eines Verliebten hegte, ohne von der vergifteten Frucht zu wissen, die sie unweigerlich hervorbringen würden. Doch alle diese Gedanken hielten nur eine Sekunde an, nur solange er brauchte, die Hand zum Herzen zu führen, den stockenden Atem zu beleben und hinter einem Lächeln seine Qual zu verbergen. Schon fing er wieder an, sich neue Fragen zu stellen. Denn seine Eifersucht, die sich mehr mühte als ein Feind, der ihm einen Schlag hätte zufügen wollen, ihm nur ja den grausamsten Schmerz zum Bewußtsein zu führen, den er je erfahren hatte, fand, er habe noch immer nicht genug gelitten, und suchte ihm eine noch tiefere Wunde beizubringen. Wie eine böse Gottheit trieb sie mit ihren Einflüsterungen Swann seinem Verderben entgegen. Es lag nicht an ihm, sondern an Odette, wenn zunächst seine Qual sich noch nicht verschlimmerte.

»Liebes«, sagte er, »es ist also gut; war etwas mit einer Person, die ich kenne?«

»Aber nein, ich schwöre dir, übrigens glaube ich, ich

habe übertrieben, es ist eigentlich nie so weit gekommen.«

Er lächelte und fing von neuem an:

»Was willst du? Es macht mir gar nichts aus, nur schade, daß du mir den Namen nicht sagen kannst. Wenn ich mir vorstellen könnte, mit wem es gewesen ist, würde ich gar nicht mehr an die Sache denken. Ich sage es nur deinetwegen, weil ich dich dann nicht mehr damit plagen würde. Es hat immer etwas Beruhigendes, wenn man sich die Dinge vorstellen kann! Schrecklich ist nur, was sich nicht ausmalen läßt. Aber du warst nun schon so nett, da will ich nicht weiter in dich dringen. Ich danke dir von ganzem Herzen für alles Liebe, was du an mir tust. Es ist gut jetzt. Nur noch eine Frage: Wie lange liegt es zurück?«

»Aber, Charles, siehst du denn nicht, wie du mich damit quälst! Das sind uralte Geschichten. Ich habe gar nicht mehr daran gedacht, es ist, als ob du mich mit Gewalt von neuem darauf bringen willst. Was hättest du auch schon davon«, meinte sie unbewußt töricht, aber mit einer Bosheit, die nicht ohne Absicht war.

»Ich wollte ja nur wissen, ob es war, als du mich schon kanntest. Aber das wäre ja nur natürlich; war es hier im Haus? Du kannst mir nicht einen bestimmten Abend nennen, damit ich mir vorstellen kann, was ich da gemacht habe? Du mußt dir doch selber sagen, Odette, mein Liebes, es ist doch ausgeschlossen, daß du nicht mehr weißt, mit wem es war.«

»Aber ich weiß es nicht mehr, ich glaube, es war einmal im Bois, wo du dann nachgekommen bist und uns auf der Insel getroffen hast. Du hattest bei der Fürstin des Laumes zu Abend gegessen«, fügte sie hinzu, froh, ein Detail beibringen zu können, das für ihre Wahrhaftigkeit sprach. »An einem Nachbartisch saß eine Frau, die ich sehr lange nicht gesehen hatte. Sie hat zu mir gesagt: ›Kommen Sie doch mit mir da hinter den kleinen Felsen, man sieht dort so schön den Mondschein auf dem Wasser spielen.‹ Erst habe ich gegähnt und gesagt: ›Ach nein, ich bin müde und fühle mich hier sehr wohl.‹ Da behauptete sie, einen so schönen Mondschein habe es noch nie gegeben. Ich habe geantwortet: ›Alles Bluff!‹ Ich wußte gleich, was sie wollte.«

Odette erzählte das alles beinahe lachend, sei es, daß es ihr ganz natürlich vorkam, sei es, daß sie glaubte, die Sache bekäme dadurch weniger Gewicht, vielleicht auch, um nicht nach schlechtem Gewissen auszusehen. Als sie Swanns Miene sah, änderte sie sofort ihren Ton:

»Du bist ein schrecklicher Mensch, es macht dir Spaß, mich zu quälen; du bringst mich dazu, daß ich dir Unwahrheiten erzähle, nur damit du mich in Ruhe läßt.«

Dieser zweite gegen Swann geführte Schlag war grausamer als der erste. Niemals hatte er vermutet, daß die Sache vor so kurzer Zeit und gleichsam unter seinen Augen geschehen sei, ohne daß er es gemerkt hatte, nicht in einer Vergangenheit, wo er sie noch nicht kannte, sondern an einem jener Abende, an die er sich gut erinnern konnte, die er mit Odette verlebt hatte; er hatte geglaubt, sie so gut zu kennen, jetzt aber bekamen sie rückblickend etwas Heimliches und Grauenvolles; mitten unter ihnen klaffte wie eine Spalte jener Augenblick auf der Insel im Bois. Odette war zwar nicht intelligent, aber sie besaß den Reiz der Natürlichkeit. Sie hatte die ganze Szene so harmlos erzählt und mimisch dargestellt, daß Swann atemlos alles an sich vorbeiziehen sah: Odettes Gähnen, den kleinen Felsen. Er hörte sie – lachend leider! – antworten: »Alles Bluff!« Er spürte, daß sie an diesem Abend nichts mehr sagen würde, daß er im Augenblick keine weitere Enthüllung von ihr erwarten durfte; er sagte:

»Mein armes Liebes, sei mir nicht böse, ich merke, daß ich dich quäle, aber jetzt ist es vorbei, ich denke nicht mehr daran.«

Sie aber sah, daß seine Blicke auf die Dinge geheftet blieben, die er nicht wußte, und auf die Vergangenheit ihrer Liebe, die in seiner Erinnerung einförmig und freundlich dagelegen hatte, weil sie unbestimmt war, und die jetzt von jener Minute im Bois beim Mondschein, nach dem Abendessen bei der Fürstin des Laumes, wie eine Wunde aufgerissen wurde. Doch er hatte sich so sehr daran gewöhnt, das Leben interessant zu finden – die kuriosen Entdeckungen zu bestaunen, die man darin machte –, daß er noch, als er in einem Maße litt, daß er glaubte, er könne nicht lange mehr solchen Schmerz ertragen, sich sagte: Das Leben ist wirklich erstaunlich und hält immer Überraschungen bereit; das Laster ist offenbar viel verbreiteter, als man meint. Da ist nun hier diese Frau, zu der ich Vertrauen hatte, die so schlicht und so redlich wirkt, selbst wenn sie leichtfertig ist, die einem so normal und gesund in ihren Neigungen vorkommt: auf eine ganz unwahrscheinliche Verleumdung hin frage ich sie, und das wenige, was sie mir gesteht, ist schon viel mehr, als ich vermuten konnte. Es gelang ihm aber nicht, sich auf solche selbstlosen Betrachtungen zu beschränken. Er versuchte, genau die Bedeutung dessen abzuschätzen, was sie ihm erzählte, um daraus schließen zu können, ob sie diese Dinge häufig getan und ob sie sie wieder tun könnte. Er wiederholte sich die Worte, die sie gebraucht hatte: »Ich merkte, worauf sie hinauswollte.« – »Zwei- oder dreimal.« – »Alles Bluff!«, aber sie verloren in Swanns Gedächtnis nichts von ihrer Schärfe; jedes von ihnen hielt sein Messer und gab ihm einen neuen Stich. Lange Zeit hindurch verhielt er sich wie ein Kranker, der es nicht lassen kann, jede Minute die Bewegung zu machen, die für ihn schmerzhaft ist, und sagte sich unaufhörlich vor: Ich fühle mich hier sehr wohl. – Alles Bluff! doch sein Leiden nahm derart zu, daß er innehalten mußte. Er wunderte sich, daß Handlungen, die er immer so leichtfertig, fast amüsiert hingenommen hatte, jetzt so schwerwiegend geworden waren wie eine Krankheit, an der man sterben kann. Er kannte viele Frauen, die er hätte bitten können, ein Auge auf Odette zu haben. Wie aber sollte er hoffen, daß sie den gleichen Standpunkt einnehmen würden wie er und nicht vielmehr den, der so lange sein eigener gewesen war und durch den er sich stets in seinen Liebesaffären hatte bestimmen lassen; daß sie nicht lachend sagten: »Dieser eifersüchtige Kerl will nur die anderen um ihr Vergnügen bringen.« Welche Falltür hatte sich plötzlich aufgetan und ihn (der doch früher aus seiner Liebe zu Odette nur zarte Freuden gezogen hatte) brüsk in diesen neuen Höllenkreis entsandt, von dem er nicht wußte, ob er ihn je wieder verlassen würde? Arme Odette! Er war nicht böse auf sie. Sie selbst war nur zur Hälfte schuld. Sagte man denn nicht, daß ihre eigene Mutter sie, als sie noch ein halbes Kind war, in Nizza einem reichen Engländer überantwortet habe? Doch welche schmerzliche Wahrheit enthielten nunmehr für ihn jene Zeilen aus dem *Journal d'un poète* von Alfred de Vigny, über die er früher gleichgültig hinweggelesen hatte: »Wenn man sich von Liebe zu einer Frau ergriffen fühlt, sollte man sich fragen: In welcher Umgebung lebt sie? Wie ist ihr Dasein verlaufen? Alles Glück des Lebens hängt davon ab.«[1] Swann staunte, daß einfache Wendungen, die er sich in Gedanken immer wieder vorsprach wie »Alles Bluff!« – »Ich merkte, worauf sie hinauswollte«, ihm so wehtun konnten. Doch allmählich sah er ein, daß das, was er für einfache Wendungen hielt, lediglich die Teile jener Vorrichtung waren, die das Leiden, das er bei Odettes Erzählung verspürt hatte, aufgespeichert hielt und zu jeder Zeit von neuem auf ihn loslassen konnte. Denn es war wirklich genau dasselbe Leiden, das er nun von neuem empfand. Es half ihm nichts, daß er jetzt alles wußte – er mochte sogar mit fortschreitender Zeit schon ein wenig vergessen, ja verziehen haben –, im Augenblick, da er sich diese Worte wiederholte, machte das alte Leiden ihn wieder so, wie er gewesen war, bevor Odette gesprochen hatte: unwissend und vertrauend; seine grausame Eifersucht versetzte ihn, damit Odettes Geständnis ihn auch ja richtig träfe, in die Situation eines Menschen, der noch von gar nichts weiß, und noch nach mehreren Monaten erschütterte ihn diese alte Geschichte wie eine ganz neue Enthüllung. Er bewunderte die schreckliche Macht seines Gedächtnisses, Vergangenes neu zu erschaffen. Erst von dessen nachlassender Zeugungskraft, deren Fruchtbarkeit im Alter abnimmt, konnte er sich Linderung seiner Marter erhoffen. Wenn aber einmal eines der von Odette gesprochenen Worte seine Kraft, ihn zu versehren, etwas erschöpft zu haben schien, löste irgendein anderes, an dem sich Swann bislang weniger gestoßen hatte, ein noch fast neues, jenes abgenutzte ab und traf ihn mit unverminderter Härte. Die Erinnerung an den Abend, als er mit der Fürstin des Laumes zu Nacht gegessen hatte, war ihm schmerzlich geblieben, doch bildete sie nur gleichsam das Zentrum seines Leidens. Wahllos strahlte dieses aus auf alle Tage davor und danach. Und welche Stelle in seinem Gedächtnis er auch mit seinen Erinnerungen berühren wollte, jene ganze Saison, in der die Verdurins so oft auf der Insel im Bois zu Abend gegessen hatten, tat ihm weh. So weh sogar, daß die Neugier, die die Eifersucht in ihm weckte, durch die Angst vor neuen Martern allmählich aufgehoben wurde, die er sich, wenn er ihr nachgab, vielleicht zuziehen würde. Er machte sich klar, daß der ganze Lebensabschnitt Odettes vor der Begegnung mit ihm, jene Periode, die er sich niemals recht hatte vorstellen wollen, nicht die von ihm in ungewissen Umrissen erschaute abstrakte Zeitstrecke war, sondern aus ganz bestimmten mit konkreten Begebenheiten angefüllten Jahren bestand. Nun fürchtete er, daß diese farblose, verfließende und somit erträgliche Vergangenheit dadurch, daß er sie näher kennenlernte, eine greifbare, widerwärtige Gestalt, ein individuelles, teuflisches Antlitz erhalten könnte. Er mühte sich also weiterhin, sie nicht deutlich vor sich zu sehen, weniger aus Trägheit des Denkens als aus Angst zu leiden. Er hoffte, eines Tages den Namen der Insel im Bois und der Fürstin des Laumes hören zu können, ohne jenen alten zerreißenden Schmerz zu verspüren, und fand es unvorsichtig, aus Odette neue Worte, neue Ortsnamen, weitere Umstände herauszulocken, die wahrscheinlich seine kaum besänftigten Qualen in anderer Gestalt wiederaufleben ließen.

Dinge jedoch, von denen er kaum etwas wußte, deren nähere Kenntnis er jetzt aber fürchtete, enthüllte aus eigenem Antrieb Odette ihm häufig selbst, ganz ohne es zu merken; tatsächlich war der Abstand, den Odettes Laster zwischen ihrem wirklichen Leben und dem verhältnismäßig harmlosen schuf, von dem Swann geglaubt hatte und sehr häufig auch jetzt noch glaubte, daß sie es führe, ihr selber nicht in vollem Ausmaß bewußt: ein dem Laster ergebenes Wesen, das vor den Menschen, die davon nichts wissen wollen, immer die gleichen Tugenden zur Schau trägt, verliert den Überblick darüber, wie sehr diese Laster, deren unaufhörliches Anwachsen sich ihm selber unbewußt vollzieht, es allmählich von den normalen Lebensgewohnheiten abdrängen. Dadurch, daß sie in Odettes Bewußtsein so dicht mit der Erinnerung an Handlungen, die sie vor Swann verbarg, zusammenwohnten, nahmen auch andere Handlungen die Färbung von diesen an, sie wurden von diesen angesteckt, ohne daß sie selbst etwas Befremdendes an ihnen feststellte und ohne daß jene in der speziellen Umgebung, in der sie bei ihr beheimatet waren, irgendwie auffallend wurden; wenn sie sie aber Swann erzählte, war er aufs tiefste über die Atmosphäre entsetzt, aus der sie offenbar kamen. Eines Tages versuchte er, Odette möglichst schonungsvoll zu fragen, ob sie sich jemals mit Kupplerinnen eingelassen habe. Im Grunde war er überzeugt, es sei nicht der Fall gewesen; erst die Lektüre des anonymen Briefes hatte diesen Gedanken überhaupt in ihm aufkommen lassen, allerdings nur auf mechanische Weise; er hatte in seinem Bewußtsein nicht im geringsten Glauben gefunden, war aber tatsächlich doch in ihm hängengeblieben, und um die rein formale, aber doch lästige Gegenwart dieses Argwohns loszuwerden, wünschte sich Swann, daß Odette ihn selbst in ihm ausrottete. »O nein! Nicht daß sie mir nicht nachlaufen würden«, setzte sie mit einem Lächeln befriedigter Eitelkeit hinzu, deren Unfaßbarkeit für Swann ihr nicht mehr zum Bewußtsein kam. »Noch gestern hat hier eine mehr als zwei Stunden auf mich gewartet, sie versprach mir jeden Preis, den ich verlangen würde. Offenbar hat irgendein Gesandter ihr gesagt: ›Wenn Sie sie mir nicht bringen, nehme ich mir das Leben.‹ Erst habe ich ihr sagen lassen, ich sei ausgegangen, doch schließlich habe ich sie selbst hinausbefördern müssen. Ich wünschte, du hättest mitangesehen, wie ich es ihr gegeben habe; meine Zofe, die mich vom Nebenzimmer aus hörte, hat mir nachher gesagt, ich hätte sie regelrecht angeschrien: ›Aber wo ich Ihnen doch sage, daß ich nicht will! Ich bin nun einmal so, ich mag das nicht. Ich kann doch tun und lassen, was ich will, oder nicht? Wenn ich Geld brauchte, ließe sich das noch verstehen...‹ Der Concierge hat

Order, sie nicht mehr ins Haus zu lassen. Er soll jedesmal sagen, ich sei auf dem Land. Ach, ich wünschte, du hättest von einem Versteck aus zugehört. Ich glaube, du wärst zufrieden gewesen, Liebling. Auch deine kleine Odette hat ihre guten Seiten, wenn sie auch noch so abscheulich sein soll.«

Im übrigen dienten auch ihre Geständnisse, wenn sie Swann solche machte in dem Glauben, er hätte bestimmte Vergehen von ihr entdeckt, ihm eher als Ausgangspunkt für neue Zweifel, als daß sie den alten ein Ende bereiteten, denn sie entsprachen diesen niemals ganz. Wenn auch Odette aus ihrer Beichte alles Wesentliche ausließ, so blieb doch in den Nebenumständen irgend etwas, was Swann nie vermutet hätte, was ihm ganz neue Möglichkeiten enthüllte und das Problem der Eifersucht für ihn wiederum in ein neues Licht rückte. Diese Geständnisse aber konnte er nicht vergessen. Wie einen Leichnam führte seine Seele sie in ihren Strömungen mit, warf sie ans Ufer, nahm sie wiegend wieder auf. Und sie blieb davon vergiftet.

Einmal sprach sie von einem Besuch, den Forcheville ihr am Tag des Paris-Murcia-Festes gemacht habe. »Wie, da kanntest du ihn schon? Ach ja, natürlich«, setzte er hinzu, um sich den Anschein zu geben, als habe er es gewußt. Und auf einmal erbebte er bei dem Gedanken, sie habe vielleicht an jenem Tag des Paris-Murcia-Festes, an dem er den Brief von ihr erhalten hatte, den er als Kostbarkeit bei sich aufbewahrte, in der Maison d'Or mit Forcheville gespeist. Sie schwor, es sei nicht der Fall gewesen. »Aber die Maison d'Or erinnert mich doch an irgend etwas, wovon ich später gemerkt habe, daß es nicht stimmt«, fuhr er fort, um sie unsicher zu machen. »Ja, weil ich an dem Abend nicht da war, woher ich behauptete zu kommen; weißt du, als du mich bei Prévost gesucht hattest«, antwortete sie (weil sie aus seiner

Miene entnehmen zu können glaubte, daß er es bereits wisse) mit einer Entschiedenheit, in der nicht eigentlich Zynismus, sondern eher Schüchternheit lag, eine gewisse Angst, Swann zu verstimmen, die sie aus Eigenliebe gleichwohl verbergen wollte, dann auch der Wunsch, ihm zu zeigen, sie könne durchaus offen ihm gegenüber sein. Deshalb traf sie ihn auch mit der Genauigkeit und der Kraft eines Henkers, wiewohl ohne alle Grausamkeit, denn Odette war sich nicht bewußt, welchen Schmerz sie Swann bereitete; sie fing sogar zu lachen an, allerdings vielleicht deshalb, um nicht verlegen oder beschämt zu wirken. »Es stimmt, ich war nicht in der Maison Dorée, ich kam gerade von Forcheville. Ich war wirklich bei Prévost gewesen, ich habe dir nichts Falsches gesagt, er hatte mich dort getroffen und mir vorgeschlagen, ich solle mir bei ihm seine Stiche anschauen. Doch dann war inzwischen bei ihm ein Besuch eingetroffen. Ich habe dir gesagt, ich käme aus der Maison d'Or, weil ich fürchtete, du würdest dich vielleicht ärgern. Du siehst, ich habe es nur in bester Absicht getan. Und wenn es unrecht war, gestehe ich es dir jedenfalls offen ein. Was für ein Interesse sollte ich haben, dir nicht auch zu sagen, daß ich mit ihm am Tag des Paris-Murcia-Festes zusammen zu Mittag gegessen hätte, wenn es wirklich so wäre? Noch dazu, wo wir uns ja damals noch gar nicht so sehr gut kannten, sag doch selbst, chéri.« Er lächelte sie mit der plötzlichen Feigheit des kraftlosen Menschenwesens an, das diese niederschmetternden Worte aus ihm gemacht hatten. Also auch schon in jenen Monaten, an die er kaum jemals zurückzudenken gewagt hatte, weil er allzu glücklich gewesen war, in jenen Monaten, da sie ihn liebte, hatte sie ihn schon belogen! Wie viele andere Augenblicke noch als diesen, wo sie ihm gesagt hatte, sie komme aus der Maison Dorée (es war der erste Abend gewesen, an dem sie »Cattleya gespielt« hatten) mochte es gegeben haben, die hehlerisch eine Lüge versteckten, von der Swann nichts ahnte. Er erinnerte sich, daß sie eines Abends zu ihm gesagt hatte: »Ich brauche ja Madame Verdurin nur zu sagen, mein Kleid sei nicht fertig geworden oder mein Wagen habe sich verspätet. Eine Ausrede findet sich doch immer.« Auch ihm hatte sie wahrscheinlich häufig ein paar Worte hingeworfen, die eine Verspätung erklären, die Verschiebung einer Verabredung rechtfertigen sollten; sicher hatte sie, ohne daß er es damals ahnte, irgend etwas verdeckt, was sie mit einem andern plante, zu dem sie bestimmt gesagt hatte: »Ich brauche Swann nur zu sagen, mein Kleid sei nicht fertig gewesen oder mein Wagen zu spät gekommen, eine Ausrede findet sich doch immer.« Und hinter allen süßesten Erinnerungen Swanns, hinter den einfachsten Worten, die Odette ihm früher gesagt und an die er wie an das Evangelium geglaubt hatte, den täglichen kleinen Vorhaben, von denen sie ihm erzählt hatte, den gewohntesten Stätten, dem Haus der Schneiderin, der Avenue du Bois, dem Hippodrom spürte er – verborgen im Schutz jenes Überschusses an Zeit, der auch in noch so detailliert berichteten Tagesabläufen einen gewissen Spielraum offenläßt und als Versteck für gewisse Handlungen dienen kann – die mögliche unterirdische Gegenwart von Lügengeweben, die ihm jetzt alles vergällten, was ihm das Liebste gewesen war (die schönsten Abende, die Rue La Pérouse sogar, die Odette offenbar immer zu anderen Stunden verlassen hatte, als sie ihm gegenüber behauptete); überall trugen sie etwas von dem düsteren Grauen hin, das er bei ihrem Geständnis bezüglich der Maison Dorée empfunden hatte, und brachten wie die unreinen Tiere beim Untergang von Ninive Stein für Stein seine ganze Vergangenheit ins Wanken.[1] Wenn er sich von nun an jedesmal wegwandte, sobald sein Gedächtnis den grausamen Namen der Maison Dorée heraufführte, so war es nicht mehr wie vor ganz kurzem noch bei der Soiree von Madame de Saint-Euverte, weil er ihn an ein Glück, das er seither verloren hatte, sondern weil er ihn an ein Unglück erinnerte, von dem er erst neuerdings wußte. Dann wurde es mit dem Namen der Maison Dorée wie mit der Insel im Bois, allmählich hörte er auf, Swann Schmerzen zu bereiten. Denn das, was wir für unsere Liebe, unsere Eifersucht halten, ist nicht ein und dieselbe fortlaufende, unteilbare Leidenschaft. Sie setzen sich aus einer Unendlichkeit aufeinanderfolgender Liebes- und Eifersuchtszustände zusammen, die nur kurzlebig sind, durch ihre unübersehbare Menge aber den Eindruck der Folge und die Illusion einer Einheit vermitteln. Das Leben von Swanns Liebe und die Beständigkeit seiner Eifersucht waren aus dem Tod und der Unbeständigkeit unzähliger Wünsche, unzähliger Zweifel gemacht, die alle Odette zum Gegenstand hatten. Hätte er sie wirklich einmal lange nicht gesehen, so wären die gestorbenen nicht durch andere ersetzt worden. Odettes Gegenwart aber säte in Swanns Herz abwechselnd neuen Argwohn und neue Zärtlichkeitsgefühle.

An manchen Abenden legte sie unvermittelt ihm gegenüber wieder eine Liebenswürdigkeit an den Tag, die sie ihn auf der Stelle wahrnehmen hieß, unter Androhung der Möglichkeit, daß er sie jahrelang nicht mehr bei ihr wiederantreffen werde; er mußte dann sofort zu ihr mitgehen und »Cattleya spielen«, und dieses Verlangen nach ihm, das sie so plötzlich zu verspüren behauptete, trat so jäh, so unerklärlich und so gebieterisch auf, die Liebkosungen, die sie dabei an ihn verschwendete, waren so betont und so ungewohnt, daß diese brutale Zärtlichkeit ohne rechte Überzeugungskraft Swann ebenso schmerzte wie Lüge oder Grausamkeit. Eines

Abends, als er in dieser Weise auf ihren förmlichen Befehl mit zu ihr gegangen war, und während sie ihre Küsse mit Worten der Leidenschaft untermischte, die zu ihrer sonstigen Kühle in krassem Widerspruch standen, meinte er auf einmal ein Geräusch zu hören; er stand auf, suchte überall, konnte aber nichts finden; doch hatte er nicht das Herz, zu ihr zurückzukehren, worauf sie außer sich vor Zorn eine Vase zerschlug und zu ihm sagte: »Mit dir ist auch nie etwas anzufangen!« Er aber blieb im unklaren darüber, ob sie irgend jemand versteckt hatte, dessen Eifersucht sie erregen oder dessen Sinne sie entzünden wollte.

Manchmal suchte er Bordelle auf in der Hoffnung, etwas über sie zu erfahren, allerdings ohne ihren Namen zu nennen. »Ich habe da eine Kleine, die Ihnen gefallen wird«, sagte die Kupplerin. Und dann verbrachte er eine Stunde in melancholischem Gespräch mit einem armen Mädchen, das sich wunderte, daß er weiter nichts wollte. Eine junge, ganz entzückende Person sagte eines Tages zu ihm: »Am liebsten hätte ich einen Freund, er könnte sicher sein, daß ich dann nie mehr mit einem anderen ginge.« »Wirklich? Meinst du, es könne möglich sein, daß es einer Frau ernstlich etwas ausmacht, wenn man sie liebt, so daß sie einen dann nicht mehr betröge?« wollte Swann angstvoll wissen. »Aber sicher! Das hängt vom Charakter ab!« Swann konnte nicht anders, er sagte diesen Mädchen dieselben Dinge, die der Fürstin des Laumes gefallen hätten. Zu der, die einen Freund suchte, bemerkte er mit einem Lächeln: »Das ist hübsch, du hast heute blaue Augen angezogen, sie passen ganz genau zur Farbe deines Gürtels.« »Sie haben auch blaue Manschetten.« »Eine schöne Unterhaltung führen wir, wenn man bedenkt, wo wir hier sind! Langweile ich dich auch nicht? Du hast vielleicht zu tun?« »Nein, ich habe beliebig Zeit. Wenn Sie mich langweilten, würde ich es sagen. Im Gegenteil, ich höre Ihnen gern zu.« »Das ist sehr schmeichelhaft für mich. Nicht wahr, wir unterhalten uns doch sehr gut?« meinte er, als die Kupplerin ins Zimmer trat. »Aber gewiß, das hatte ich mir gedacht. Wie brav diese Kinder sind! So ist das neuerdings: Man kommt zum Plaudern zu mir. Der Fürst hat es neulich erst gesagt, er fühlt sich hier viel wohler als bei seiner Frau. Es scheint, daß in der großen Welt die Frauen jetzt eine Art haben... es ist ein Skandal! Aber ich bin diskret, ich lasse euch allein.« Und damit überließ sie Swann dem Mädchen mit den blauen Augen. Er stand bald auf und sagte adieu, sie interessierte ihn nicht, sie wußte nichts von Odette.

Da der Maler erkrankt war, hatte Doktor Cottard ihm zu einer Seereise geraten; mehrere Getreue sprachen davon, ihn dabei zu begleiten; die Verdurins konnten sich nicht entschließen, allein zurückzubleiben, sie mieteten eine Jacht, erwarben sie dann sogar, und auf diese Weise machte Odette eine Reihe von Seereisen mit. Jedesmal, wenn sie eine Weile fort war, fühlte Swann, daß er anfing, sich von ihr zu lösen, doch es war, als stehe diese geistige Distanz im direkten Verhältnis zur materiellen Entfernung, denn sobald er Odette wieder in Paris wußte, hielt er es nicht aus, ohne sie zu sehen. Einmal, als sie – so glaubten sie wenigstens! – nur für vier Wochen verreist waren, fuhren sie, sei es, daß sie erst unterwegs Lust dazu bekamen oder daß Monsieur Verdurin im voraus das Ganze seiner Frau zu Gefallen so arrangiert und die Getreuen erst von Fall zu Fall näher unterrichtet hatte, von Algier aus zuerst nach Tunis, dann nach Italien, dann nach Griechenland und von da aus nach Konstantinopel und Kleinasien. Die Reise dauerte schon fast ein Jahr. Swann war vollkommen ruhig, beinahe glücklich. Obwohl Madame Verdurin den Pianisten und Doktor Cottard zu überzeugen versucht hatte, daß die Tante des einen und die Patienten des anderen sie nicht brauchen würden und daß es auf alle Fälle unvorsichtig wäre, Madame Cottard nach Paris zurückkehren zu lassen, wo, wie Monsieur Verdurin behauptete, Revolution sei, mußte sie ihnen doch in Konstantinopel die Freiheit wiedergeben. Der Maler reiste mit ihnen zurück. Eines Tages, kurz nach der Heimkehr der drei Reisenden, sah Swann einen Omnibus in Richtung Luxembourg vorüberfahren, wo er zu tun hatte[1]; er sprang auf und fand sich mit einem Mal Madame Cottard gegenüber, die in großer Toilette, mit einem Reihergesteck am Hut, im Seidenkleid, mit Muff, En-tout-cas[2] sowie Visitenkartentasche und weißen, frisch gereinigten Handschuhen auf Besuchstournee war. Mit diesen Insignien bekleidet ging sie, wenn trockenes Wetter war, zu Fuß von einem Haus zum anderen, soweit sie im gleichen Stadtviertel gelegen waren; doch um sich in ein anderes Quartier zu begeben, benutzte sie den Omnibus und seine Umsteigemöglichkeiten. Im ersten Augenblick, noch bevor bei ihr die angeborene Liebenswürdigkeit der Frau die Steifheit der Kleinbürgerin hatte durchbrechen können und ehe sie sich noch recht klar darüber war, ob sie zu Swann von den Verdurins sprechen sollte, führte sie ganz natürlich mit ihrer sanften, langsamen, etwas schüchternen Stimme, die augenblicksweise vom Lärm des Vehikels vollkommen überdeckt wurde, dieselben Reden, wie sie sie in den fünfundzwanzig Häusern, deren Stockwerke sie an einem Tag erklomm, mit anhörte und selbst wiederholte:

»Ich frage Sie gar nicht erst, Monsieur Swann, ob Sie, der Sie doch so über alles auf dem laufenden sind, bei den Mirlitons das Porträt von Machard[3] gesehen haben, zu dem alle Leute hinströmen. Ich bin gespannt, was halten Sie davon? Stehen Sie im Lager derer, die es bewundern, oder mißbilligen Sie es? In allen Salons ist nur noch von Machards Porträt die Rede; man ist nicht schick, man gehört nicht dazu, man ist nicht auf der Höhe, wenn man nicht seine Meinung über Machards Porträt abgeben kann.«

Als Swann erklärt hatte, er habe das Porträt nicht gesehen, fürchtete Madame Cottard, ihn dadurch verletzt zu haben, daß sie ihn zu diesem Eingeständnis nötigte.

»So ist es recht, Sie geben es wenigstens offen zu. Sie rechnen es sich nicht zur Unehre an, wenn Sie das Porträt von Machard noch nicht gesehen haben. Ich finde das sehr richtig von Ihnen. Nun, ich habe es gesehen, die Meinungen sind geteilt, manche finden es etwas geleckt, etwas konditorhaft; ich selbst muß gestehen, ich finde es ideal. Wie die blauen und gelben Frauen, die unser Freund Biche malt, ist sie allerdings nicht. Aber ich muß offen sagen, auf die Gefahr hin, daß Sie mich nicht sehr fin de siècle finden, aber ich sage es, wie ich es empfinde, ich habe kein Verständnis dafür. Mein Gott, ich erkenne natürlich an, daß in dem Porträt meines Mannes irgend etwas steckt, es ist auch weniger seltsam als die, die er gewöhnlich malt, aber auch ihm mußte er einen blauen Schnurrbart malen. Hingegen dieser Machard! Sehen Sie, gerade der Mann der Freundin, zu der ich im Augenblick gehe (ich habe dadurch das große Vergnügen, die Fahrt mit Ihnen zu machen) hat ihr versprochen, sobald er in die Akademie aufgenommen wird (er ist ein Kollege des Doktors) ihr Porträt von Machard malen zu lassen. Aber das wird wohl ein schöner Traum bleiben! Ich habe eine andere Freundin, die behauptet, sie ziehe Leloir vor. Ich verstehe ja nicht genug davon, und Leloir ist vielleicht der noch größere Könner. Aber ich finde, die wichtigste Eigenschaft eines Porträts, zumal wenn es zehntausend Francs kostet, bleibt doch, daß es ähnlich ist, und zwar auf eine angenehme Art.«

Nachdem sie diese Äußerungen getan hatte, zu denen sie die Höhe ihrer Reiheragraffe, das Monogramm auf ihrer Visitenkartentasche, die kleine von der Färberei mit Tinte eingezeichnete Ziffer in ihren Handschuhen und ihre Hemmung, von den Verdurins zu sprechen, veranlaßten, hörte Madame Cottard, als sie sah, daß es bis zur Ecke der Rue Bonaparte, wo der Omnibusschaffner sie absetzen sollte, noch ziemlich weit sei, auf die Stimme ihres Herzens, die andere Worte in Bereitschaft hielt.

»Die Ohren haben Ihnen klingen müssen, Monsieur Swann«, sagte sie, »während der Reise, die wir mit Madame Verdurin gemacht haben. Unaufhörlich war von Ihnen die Rede.«

Swann war sehr erstaunt, er hatte vermutet, daß sein Name vor den Verdurins nie genannt würde.

»Im übrigen«, setzte Madame Cottard hinzu, »war Madame de Crécy mit von der Partie, und damit ist ja schon alles gesagt. Wo Odette auch ist, sie hält es niemals lange aus, ohne von Ihnen zu reden, und Sie können sich denken, daß sie nichts Schlechtes sagt! Wie? Sie scheinen zu zweifeln?« fragte sie angesichts einer skeptischen Gebärde Swanns.

Fortgerissen von der Aufrichtigkeit ihrer Überzeugung und ohne sich im übrigen irgend etwas Böses dabei zu denken, sondern nur als spräche sie von der herzlichen Zuneigung, wie sie Freunde untereinander hegen, fuhr sie fort:

»Sie vergöttert Sie ja! Ach, ich glaube, man dürfte in ihrer Gegenwart nicht das geringste gegen Sie vorzubringen wagen! Da käme man schön an! Bei jeder Gelegenheit, zum Beispiel wenn wir Bilder ansahen, sagte sie: ›Oh, wenn er jetzt da wäre, er wüßte ganz genau, ob das echt ist oder nicht. So gut wie er weiß das keiner.‹ Immerzu fragte sie sich: ›Was mag er jetzt wohl tun?

Wenn er nur etwas arbeitete! Es ist zu schade, ein so begabter Mensch, aber leider faul. (Sie verzeihen mir, nicht wahr?) In diesem Augenblick sehe ich ihn vor mir, er denkt gewiß an uns und fragt sich, wo wir sind.‹ Sie hat sogar etwas gesagt, was ich ganz reizend fand; Monsieur Verdurin meinte nämlich: ›Aber wie können Sie denn sehen, was er in diesem Augenblick tut, wo Sie doch achthundert Meilen von ihm entfernt sind?‹ Da hat Odette gesagt: ›Dem Auge einer Freundin ist nichts unmöglich.‹ – Nein, ich schwöre Ihnen, ich sage das nicht, um Ihnen etwa zu schmeicheln, Sie haben eine wirkliche Freundin an ihr, wie man sie selten findet. Ich will Ihnen auch noch verraten, wenn Sie es noch nicht wissen, daß Sie bei ihr der einzige sind. Madame Verdurin sagte noch am letzten Tage zu mir (Sie wissen ja, am Abend vor der Abreise plaudert man am allerintimsten miteinander): ›Ich will nicht behaupten, daß Odette nicht an uns hängt, aber alles, was wir ihr sagen, hat kein Gewicht neben dem, was Monsieur Swann sagen würde.‹ Oh, mein Gott, jetzt macht mir schon der Schaffner ein Zeichen, beinahe hätte ich mich verplaudert und die Rue Bonaparte verpaßt... würden Sie so freundlich sein und mir rasch noch sagen, ob mein Reiher auch geradesitzt?«

Und Madame Cottard nahm ihre weiß behandschuhte Rechte aus dem Muff, um sie Swann zu reichen, ein Umsteigefahrschein entflatterte ihr, eine Vision von »high-life« erfüllte den Omnibus, mit dem Geruch von Fleckenwasser vermischt. Swann aber verspürte eine überflutende Zärtlichkeit für sie, ebenso für Madame Verdurin (und beinahe ebenso für Odette, denn sein Gefühl für sie war jetzt frei von Schmerz und daher kaum noch Liebe zu nennen), während er ihr von der Plattform aus mit gerührten Blicken nachsah; mutig, mit hohem Reiher und baumelndem Muff, mit der einen

Hand den Rock raffend und in der anderen den Schirm und die Visitenkartentasche haltend, deren Monogramm sie sehen ließ, verschwand sie in der Rue Bonaparte.

Als Gegengewicht gegen die krankhaften Gefühle, die Swann Odette entgegenbrachte, hatte Madame Cottard, die sich hierin als eine bessere Therapeutin erwies, als ihr Gatte es gewesen wäre, ihm daneben andere, normalere eingepflanzt: Gefühl der Freundschaft und Dankbarkeit, die in seinem Geist Odette menschlicher machen mußten (auch anderen Frauen ähnlicher, da auch andere Frauen ihm solche Gefühle einflößen konnten) und die ihre endgültige Umwandlung in jene mit friedlicher Zuneigung geliebte Odette beschleunigten, die ihn einmal nach einem Fest bei dem Maler mit Forcheville auf ein Glas Orangeade in ihre Wohnung mitgenommen hatte und an deren Seite Swann sich für einen Augenblick ein glückliches Leben vorstellen konnte.

Früher hatte er oft mit Schrecken daran gedacht, daß er eines Tages aufhören werde, in Odette verliebt zu sein; er hatte sich vorgenommen, gut aufzupassen, und sobald er ein Nachlassen seiner Liebe verspüren würde, sich daran anzuklammern und sie festzuhalten. Nun aber setzte gleichzeitig mit dem Schwächerwerden seiner Liebe auch eine Verminderung seines Wunsches, verliebt zu bleiben, ein. Denn man kann sich nicht ändern, das heißt eine andere Person werden, und gleichzeitig den Gefühlen derjenigen weiter gehorchen, die man nicht mehr ist. Manchmal verspürte er, wenn er in der Zeitung den Namen eines der Männer fand, von denen er vermutete, daß sie Odettes Liebhaber hätten sein können, noch einmal eine Regung von Eifersucht. Doch sie war nur sehr leicht, und da sie ihm bewies, daß er noch nicht gänzlich aus jener Periode heraus war, in der er so sehr gelitten hatte – in der er freilich auch eine so sinnlich beglückende Art des Fühlens gekannt hatte –, und daß die Zufälle des Weges ihm vielleicht gestatten würden, hier und da noch von ferne ihre Schönheiten zu genießen, verschaffte ihm diese Eifersucht eine eher angenehme Erregung, so wie etwa dem Pariser, der betrübten Sinnes Venedig verläßt und nach Frankreich zurückkehrt, ein letzter Moskito beweist, daß Italien und der Sommer noch nicht so ferne sind. Doch die meiste Zeit war es so, daß er, sofern er sich Mühe gab, wenn auch nicht in dieser so eigenartigen Epoche seines Lebens zu verbleiben, so doch, solange es noch möglich wäre, eine klare Sicht von ihr zu haben, feststellen mußte, daß es schon nicht mehr ging; er hätte diese Liebe, von der er sich entfernte, wie eine Landschaft sehen mögen, die allmählich entschwand; es ist aber so schwer, sich zu spalten und sich eine wahrhafte Vorstellung von einem Gefühl zu machen, das man nicht mehr hegt, daß bald alles in seinem Hirn in Dunkelheit verschwamm, er nichts mehr sah und nichts mehr sehen wollte, seinen Kneifer abnahm und die Gläser putzte; er sagte sich dabei, es sei besser, etwas auszuruhen, es sei auch nach einer Weile noch Zeit, und verkroch sich wie ein Reisender, der ohne Neugier, stumpf und starr, im Halbschlaf seinen Hut über die Augen schiebt, um in dem Eisenbahnwagen zu schlafen, der ihn immer schneller aus dem Land entführt, in dem er so lange gelebt hat und das er nicht hatte verlassen wollen ohne einen letzten Abschiedsblick. Wie der Reisende auch, der erst in Frankreich erwacht, bemerkte Swann, wenn er zufällig in seiner Nähe auf einen Beweis dafür traf, wonach Forcheville Odettes Liebhaber gewesen war, daß er keinen Schmerz mehr verspürte, daß die Liebe schon fern war, und bedauerte, daß er den Augenblick nicht wahrgenommen hatte, da er sie für immer hinter sich ließ. Und ebenso wie er vor seinem ersten Kuß versucht hatte, sich Odettes Gesicht einzuprägen, wie es so lange für ihn gewesen war, ehe die Erinnerung an diesen Kuß es verwandeln würde, so hätte er jetzt gern, in Gedanken wenigstens, während sie noch existierte, von jener Odette Abschied genommen, die ihm Liebe und Eifersucht eingeflößt hatte, die ihm Leiden bescherte und die er nun niemals mehr wiedersehen würde. Er täuschte sich. Er sollte ihr einige Wochen später noch einmal wiederbegegnen. Es war im Schlaf, im Dämmerlicht eines Traums.[1] Er ging mit Madame Verdurin, dem Doktor, einem jungen Mann im Fes, dessen Identität er nicht feststellen konnte, dem Maler, Odette, Napoleon III. und meinem Großvater auf einem Weg spazieren, der dicht am Meer entlangführte, manchmal sehr hoch, manchmal aber auch nur ein paar Meter darüber, so daß man ständig aufwärts und abwärts ging; die Spaziergänger, die sich im Abstieg befanden, waren für die nicht sichtbar, die gerade aufwärts gingen; das ohnehin schwache Tageslicht nahm noch weiter ab, und dunkle Nacht schien sich jeden Moment ausbreiten zu wollen. Manchmal brandeten die Wogen bis an den Rand des Weges empor, und Swann spürte eiskalte Spritzer auf der Wange. Odette sagte ihm, er solle sie abtrocknen; aber er konnte nicht und fühlte sich ihr gegenüber aus diesem Grunde verlegen, wie auch deshalb, weil er im Nachthemd war. Er hoffte, man werde es bei der Dunkelheit nicht bemerken, Madame Verdurin aber fixierte ihn dennoch eine ganze Weile mit erstauntem Blick, währenddem sich ihre Züge verwandelten, ihre Nase ganz lang wurde und sie einen großen Schnurrbart bekam. Er wandte sich ab, um nach Odette zu sehen; ihre Wangen waren bleich und mit kleinen roten Flecken übersät, ihre Züge wirkten schlaff, sie hatte Ringe unter den Augen, aber sie schaute ihn mit zärtlichen Blicken an, die sich loszulösen und wie Tränen auf ihn zu fallen schienen, und er liebte sie so sehr, daß er sie auf der Stelle hätte entführen mögen. Auf einmal wendete Odette ihr Handgelenk um, sie blickte auf eine kleine Uhr und sagte: »Ich muß jetzt gehen«, sie verabschiedete sich von allen auf die gleiche Weise, ohne Swann auf die Seite zu ziehen und ohne ihm zu sagen, wo er sie am Abend oder an einem anderen Tag würde treffen können. Er wagte nicht, sie danach zu fragen, er wäre ihr gern nachgegangen, mußte aber, ohne sich nach ihr umzuwenden, lächelnd Madame Verdurin auf eine Frage Antwort geben; sein Herz schlug fürchterlich; er verspürte eine Art von Haß auf Odette, er hätte ihr die eben noch so sehr geliebten Augen auskratzen, ihre schlaffen Wangen wütend zerfleischen mögen. Er ging mit Madame Verdurin weiter aufwärts, das heißt entfernte sich mit jedem Schritt von Odette, die in umgekehrter Richtung abwärts ging. Nach einer Sekunde schon war sie stundenlang fort. Der Maler machte Swann darauf aufmerksam, daß Napoleon III. sich einen Augenblick nach ihr entfernt habe. »Es war gewiß zwischen ihnen so ausgemacht«, setzte er hinzu, »sie treffen sich sicher unten am Strand, haben aber nicht gleichzeitig Adieu sagen wollen, aus Gründen der Konvention. Sie ist seine Geliebte.« Der junge Unbekannte fing zu weinen an. Swann suchte ihn zu trösten. »Letztlich hat sie recht«, sagte er, indem er jenem die Augen trocknete und ihm den Fes abnahm, damit er es leichter hätte. »Ich habe es ihr selbst mindestens zehnmal geraten. Weshalb traurig sein? Das war der Mann, der sie verstehen konnte.« So redete Swann sich selber zu, denn der junge Mann, den er zunächst nicht hatte identifizieren können, war niemand anders als er selbst; wie manche Romanschriftsteller hatte er seine Person auf zwei Gestalten verteilt, diejenige, die träumte, und eine andere, die er mit einem Fes auf dem Kopf vor sich sah.

Was Napoleon III. anging, so war es Forcheville, dem er infolge einer vagen Ideenassoziation, nach einer leichten Retusche der Züge des Barons[1] und aufgrund des Großkordons der Ehrenlegion, den er um den Hals trug, diesen Namen aufgeheftet hatte; in Wirklichkeit aber und in allem, was diese Traumfigur für ihn bedeutete, ihm ins Gedächtnis rief, war es eben Forcheville. Denn aus unvollständigen und wechselnden Bildern zog der schlummernde Swann falsche Folgerungen, wobei er zudem im Augenblick eine so starke Schöpferkraft besaß, daß er sich einfach wie gewisse niedere Organismen durch Teilung vermehren konnte; mit der Wärme, die er in seiner eigenen Handfläche verspürte, modellierte er die Höhlung einer fremden Hand, die er zu drücken glaubte, und aus Gefühlen und Impressionen, die ihm noch nicht bewußt wurden, ließ er etwas wie Peripetien entstehen, die in logischer Verkettung zur gegebenen Zeit im Traum die Person erscheinen ließen, die seine Liebe auf sich ziehen oder ihm zum Erwachen verhelfen sollte. Es wurde plötzlich vollends finster um ihn, die Sturmglocke läutete, Küstenbewohner eilten vorbei, die sich aus brennenden Häusern retteten; Swann hörte das Dröhnen der Wogen, die bis auf den Weg heraufschlugen, und mit der gleichen Heftigkeit schlug ihm das Herz in der Brust vor Angst. Plötzlich nahm das Tempo dieses Herzklopfens rasend zu, er verspürte einen Schmerz und unerklärliche Übelkeit; ein mit Brandwunden bedeckter Bauer rief ihm im Vorübereilen zu: »Kommen Sie, fragen Sie Charlus, wo Odette den Rest des Abends mit ihrem Begleiter verbracht hat, er ist ja früher bei ihr gewesen, ihm verheimlicht sie nichts. Sie haben auch das Feuer gelegt.« Es war sein Kammerdiener, der ihn mit den Worten wecken kam:

»Monsieur, es ist acht Uhr, der Friseur war da, ich habe ihm gesagt, er soll in einer Stunde wiederkommen.«

Doch diese Worte waren, als sie die ihn noch umfangenden Wogen des Schlafs durchdrangen, nur auf jener Art von Umweg in Swanns Bewußtsein gelangt, durch den ein Lichtstrahl auf dem Grund des Wassers wie eine Sonne erscheint; ebenso hatte einen Augenblick zuvor das Geräusch der Schelle in den Tiefen dieses Abgrunds den Klang einer Sturmglocke angenommen und die Episode mit der Feuersbrunst ausgelöst. Nun aber verfloß die Szenerie, die er vor Augen gehabt hatte, in nichts, er schlug die Augen auf und hörte zum letzten Mal noch ein Meeresbrausen, das sich in der Ferne verlor. Er berührte seine Wange. Sie war trocken. Und doch erinnerte er sich an das Gefühl der Nässe und den Salzgeschmack. Er stand auf und kleidete sich an. Er hatte den Friseur schon so früh bestellt, weil er am Vortag meinem Großvater geschrieben hatte, er werde am Nachmittag nach Combray kommen, denn er hatte gehört, daß Madame de Cambremer – die frühere Mademoiselle Legrandin – dort ein paar Tage verbringen werde. Da er in seiner Erinnerung zwischen dem Zauber dieses jungen Gesichts und dem einer Landschaft, die er so lange nicht mehr gesehen hatte, eine Verbindung herstellte, bildeten sie zusammen einen Anreiz für ihn, der ihn schließlich bewog, Paris für ein paar Tage zu verlassen. Da die verschiedenen Zufälle, die uns mit bestimmten Personen zusammenführen, nicht mit der Zeit unserer Liebe zu ihnen zusammenfallen, sondern sich bereits, bevor noch jene angebrochen ist, ergeben und ebenso andauern können, wenn sie abgelaufen ist, nehmen die ersten Auftritte in unserem Leben von einer Person, die uns später gefallen soll, rückblickend in unseren Augen den Charakter einer Ankündigung, eines Vorzeichens an. In dieser Weise hatte Swann sich oft wieder Odettes Bild vor Augen gestellt, wie er sie damals im Theater gesehen hatte, an jenem ersten Abend, als er noch nicht damit rechnete, sie je wieder zu erblicken – und so auch dachte er jetzt an den Abend bei Madame de Saint-Euverte zurück, wo er den General Froberville Madame de Cambremer vorgestellt hatte. Die Interessen unseres Lebens sind so vielfältig verflochten, daß nicht selten bei einer gleichen Gelegenheit die Richtpunkte eines noch nicht bestehenden Glücks bereits festgelegt sind, wenn wir an einem noch immer wachsenden Kummer leiden. Das hätte für Swann natürlich auch anderswo geschehen können als bei Madame de Saint-Euverte. Wer kann wissen, ob nicht an jenem Abend sogar, wäre er anderswo gewesen, andere Freuden sich angebahnt, andere Leiden ihn ereilt hätten, die ihm späterhin ebenso unvermeidlich vorgekommen wären? Was aber ihm wirklich so erschien, war das, was geschehen war, und er neigte beinahe dazu, etwas Schicksalhaftes darin zu sehen, daß er sich entschlossen hatte, die Soiree von Madame de Saint-Euverte zu besuchen, da nämlich sein Geist in dem Verlangen, den Erfindungsreichtum des Lebens zu bewundern, und unfähig, sich lange eine schwierige Frage vorzulegen oder festzustellen, was am wünschenswertesten gewesen sei, in den Leiden, die er an jenem Abend durchlebt hatte, und den noch ungeahnten Freuden, die darunter schon keimten – und die sich nur schwer gegeneinander abwägen ließen –, eine Art notwendiger Verkettung erkennen wollte.

Während er so eine Stunde nach seinem Erwachen dem Friseur die nötigen Anweisungen gab, damit seine »Bürste« im Wagen nicht zu Schaden kommen konnte, dachte er an seinen Traum zurück; er sah wieder, wie er sie vor kurzem noch ganz nahe bei sich gefühlt hatte, Odettes bleichen Teint, ihre zu mageren Wangen, die schlaffen Züge, die müden Augen vor sich, alles, was er – im Laufe seiner aufeinanderfolgenden Liebesgefühle, die aus seiner beständigen Liebe zu Odette ein langes Vergessen des ersten von ihr empfangenen Eindrucks gemacht hatten – nach den ersten Zeiten seiner Verbindung mit ihr nicht mehr bemerkt, dessen genauen Eindruck aber offenbar seine Erinnerung im Schlaf wiederherzustellen versucht hatte. Und mit jener Grobschlächtigkeit, die bei ihm auftauchen konnte, sobald er nicht mehr unglücklich war und sich gleichzeitig sein moralisches Niveau senkte, sagte er fast empört zu sich selbst: Wenn ich denke, daß ich mir Jahre meines Lebens verdorben habe, daß ich sterben wollte, daß meine größte Liebe einer Frau galt, die mir nicht gefiel, die nicht mein Genre war!

# ANMERKUNGEN

Swann ist nicht nur eine Parallel-, sondern auch eine Kontrastfigur zum Protagonisten der *Suche nach der verlorenen Zeit*. Im Gegensatz zu Marcel bleibt Swann in einem dilettantischen Kunstverständnis befangen. Während Marcel zum Künstler wird, bleibt Swann ein Amateur. Englische Namen stehen schon in Prousts Frühwerk für Ästhetizismus und Dilettantentum. Innerhalb von Prousts Werk nimmt die Geschichte von Swanns Liebe und Eifersucht die Kapitel »Über die Liebe« in *Jean Santeuil* sowie die Erzählungen »Das Ende der Eifersucht« und »Melancholische Sommertage in Trouville« in *Freuden und Tage* wieder auf; auf biographischer Ebene zeigt sie Parallelen zu der in zahlreichen Briefen belegten, zu Beginn leidenschaftlichen Freundschaft mit Reynaldo Hahn; darüber hinaus weist sie auf eine psychopathologische Literatur, mit der Proust vertraut war, zum Beispiel Alfred Binet, *Études de psychologie expérimentale: le fétichisme dans l'amour* (1888) und *Les altérations de la personnalité* (1892); Pierre Janet, *L'automatisme psychologique* (1889).

*Seite 7:*
1 Der Rückgriff auf die Zeit vor Marcels Geburt entspricht der Absicht Prousts, eine gesellschaftliche Einheit, den Salon Verdurin, durch eine möglichst große Zeitspanne hindurch in seinen verschiedenen Wandlungen zu zeigen.
2 Francis Planté (1839-1934); französischer Pianist, dessen Erfolge im Jahre 1872 begannen. Anton Rubinstein (1829-1894); russischer Pianist. Die letzten Konzerte Rubinsteins in Paris fanden 1886 statt. Neben Liszt war er der gefeiertste Pianist seiner Zeit. Als Modell des jungen Pianisten bei den Verdurins gilt der von Madeleine Lemaire protegierte Édouard Risler. Pierre Potain (1825-1901), Mitglied der Académie de médecine, gehörte zu den medizinischen Koryphäen im Paris der achtziger und neunziger Jahre.
3 Der Ausdruck »fidèles« ist ein intertextuelles Signal. Balzac verwendet ihn in *La vieille fille* als Bezeichnung für den Kreis

um die übrigens auch mittwochs empfangende Mademoiselle Cormon. Vgl. *La comédie humaine*, Paris, Gallimard, »Bibliothèque de la Pléiade«, 1976-1981 (12 Bände), Bd. IV, S. 851, 868 und 900. Den Hinweis verdanken wir Mariolina Bongiovanni Bertini, »Affreschi e miniature: Balzac in Proust«, in *Proust oggi*, Hg. Luciano De Maria, Fondazione Mondadori, 1990.

*Seite 8:*

1 Eines der elegantesten Häuser der Jahrhundertwende. Der Prinz von Sagan galt als Arbiter elegantiarum.

*Seite 16:*

1 Das erste Zitat stammt aus dem Schluß des ersten Akts der Oper *La dame blanche* (1825) von Boieldieu; das zweite aus der Arie des Herodes im zweiten Akt von Massenets Oper *Hérodiade* (1884); das dritte aus Molières *Amphitrion* (Vers 1942-1943).

*Seite 21:*

1 Das Porträt Odettes endet mit einer Pointe (»engoncé ou perdu«). Augenzwinkernd »zitiert« Proust Phèdres Liebesgeständnis an Hippolyte: »Et Phèdre au Labyrinthe avec vous descendue / Se serait avec vous retrouvée, ou perdue« (Racine, *Phèdre*, Verse 661-662).

*Seite 22:*

1 Noch in Eugène Fromentins *Les maîtres d'autrefois* (1876) ist von Vermeer nur ganz am Rande die Rede. Nachdem Théophile Thoré ihn jedoch 1866 in der *Gazette des Beaux-Arts* in Erinnerung gerufen hatte, wuchs sein Ruhm schnell, und Proust hielt ihn für den größten Maler überhaupt. Die *Ansicht von Delft* (das »schönste Gemälde der Welt«) hat er auf seiner Hollandreise 1902 im Mauritshuis im Haag kennengelernt und 1921 anläßlich einer Ausstellung im Jeu de Paume wiedergesehen.

2 Auch in *Sodom und Gomorra* ist vom Frosch vor dem Areopag die Rede. Möglicherweise liegt dem sonst nirgends belegten Bild eine Überschneidung von zwei Fabeln Florians zugrunde. In »Le berger et le rossignol« (V,1) befinden sich Frösche vor einer Nachtigall, in »La fauvette et le rossignol« (IV,9) tritt die Nachtigall vor dem Areopag auf.

*Seite 25:*
1 »Beauté du diable« meint die Schönheit, die die Jugend einer Person verleiht, die sonst ohne Liebreiz ist. »Blaues Blut« meint adlig; der Ausdruck stammt aus dem Spanischen: »sangre azul« ist das an adligen, bleichen Händen durchschimmernde Blut in den Adern. »Bâton de chaise« meint Stuhlsprosse, »mener une vie de bâton de chaise« ein ungeregeltes Leben führen. »Le quart d'heure de Rabelais« meint den peinlichen Augenblick, in dem man, ohne dazu in der Lage zu sein, eine Schuld begleichen muß; der Ausdruck geht auf eine legendäre Szene zurück, in der Rabelais auf der Rückreise von Rom nach Paris in Lyon seinen Wirt nicht bezahlen konnte; gut sichtbar ließ er darauf drei Säckchen auf dem Tisch stehen mit der Aufschrift »Gift für den König, die Königin und den Kronprinz«; daraufhin wurde er verhaftet und nach Paris verbracht, wo er dem lachenden König, Franz I., seine List erklärte und wieder auf freien Fuß gesetzt wurde. »Arbiter elegantiarum« meint den Sachverständigen in Sachen des guten Geschmacks, des feinen Lebensstils. »Carte blanche« ist ursprünglich ein unbeschriebenes Kärtchen, »carte blanche« erteilen heißt jemandem uneingeschränkte Vollmacht geben. »Être réduit à quia« bedeutet, kein Gegenargument mehr finden können; der Ausdruck stammt aus der Scholastik, in der das Wissen aufgrund von Gründen (scire quia) dem Wissen aufgrund der Essenz (scire propter quid) untergeordnet war.

*Seite 33:*
1 Diese Bezeichnung verwendete Georges Rodier für Madeleine Lemaire, die Proust auch in anderen Zügen von Madame Verdurin karikiert hat.

*Seite 34:*
1 Wahrscheinlich verwechselt Proust den Reichstag mit dem britischen Unterhaus, wo der Ruf »Hear! hear!« als Beifallsbezeugung gilt.

*Seite 35:*
1 Die Manufaktur von Beauvais wurde 1734 bis 1755 von Jean-Baptiste Oudry (1686-1755) geleitet, der ein bekannter Tiermaler und Illustrator La Fontaines war. Ob Proust Ma-

dame Verdurin mit Absicht den Titel einer nicht existierenden Fabel in den Mund legt oder ob der Patzer ihm selbst anzulasten ist, können wir nicht entscheiden.

*Seite 37:*
1 Zu den Modellen von Vinteuils Violinsonate hat sich Proust gegenüber Jacques de Lacretelle geäußert. Während in *Jean Santeuil* das kleine Thema (»la petite phrase«) eindeutig mit der Sonate für Violine und Klavier in d-moll, Opus 75, von Saint-Saëns in Verbindung gebracht wird, weisen die entsprechenden Texte der *Recherche* eher auf César Franck oder auf Gabriel Fauré. Zum Gegensatz zwischen der »französischen« Tradition (Saint-Saëns, Hahn) und den Wagnerianern (Franck, Fauré) vgl. auch Prousts Flaubert-Pastiche in *Freuden und Tage*. Zu der Sonate als imaginäres Kunstwerk vgl. Michel Butor, »Les œuvres d'art imaginaires de Proust«, in *Repertoire II*, Paris, Minuit, 1964.
2 Hier erklingt erstmals ein Leitmotiv von »Un amour de Swann«, nämlich die »phrase« oder »petite phrase« aus Vinteuils Violinsonate, die für Swann fetischhafte Bedeutung gewinnt. Da im Deutschen »Phrase« vornehmlich negativ verwendet wird und da weder »Thema«, »Motiv« noch »Melodie« dem französischen »phrase« in Bedeutung und Genus entsprechen, können Prousts Spiele mit der »petite phrase« – insbesondere die Personifikationen – in der Übersetzung nur angedeutet werden.
3 Vgl. das Kapitel »Zur Metaphysik der Musik« aus Schopenhauers *Die Welt als Wille und Vorstellung* (III, 39): »Zugleich nun aber sprechen aus dieser Symphonie [Beethovens] alle menschlichen Leidenschaften und Affekte: die Freude, die Trauer, die Liebe, der Haß, der Schrecken, die Hoffnung usw. in zahllosen Nuancen, jedoch alle gleichsam nur in abstracto und ohne alle Besonderung: es ist ihre bloße Form ohne den Stoff wie eine bloße Geisterwelt ohne Materie.« Arthur Schopenhauer, *Sämtliche Werke*, Darmstadt, Wissenschaftliche Buchgesellschaft, 1976-1982, Bd. II, S. 577.

*Seite 44:*
1 Der Ausdruck bezeichnet die auf Plakaten für Opernaufführungen in großen Lettern angezeigten Hauptdarsteller.

*Seite 46:*
1 Im Théâtre du Châtelet fanden von 1874 an die Sonntagnachmittagskonzerte des Orchestre Colonne statt.

*Seite 47:*
1 Gambetta, der Begründer der Dritten Republik, ist vierundvierzigjährig kurz vor seiner geplanten Hochzeit an den Folgen einer Handverletzung gestorben. Sein Begräbnis fand am 6. Januar 1883 statt und stieß bei der Bevölkerung auf enorme Anteilnahme.
2 *Les Danicheffs* von Alexandre Dumas fils und Pierre de Corvin-Kroukowski wurde 1876 im Théâtre de l'Odéon uraufgeführt und 1884 im Théâtre de la Porte Saint-Martin wiederaufgenommen.
3 Jules Grévy war Staatspräsident von 1879 bis 1885.

*Seite 50:*
1 Englisches Cabriolet; leichter zweirädriger Wagen.

*Seite 52:*
1 In derselben Straße wohnte Laure Hayman, eines der Modelle für Odette.

*Seite 53:*
1 Odettes Haus ist nach der neuesten Mode, das heißt im chinesisch-japanischen Stil eingerichtet. Der große Erfolg der japanischen Pavillons auf den Weltausstellungen von 1867, 1878 und 1889 verhalfen nicht nur japanischer Kunst, sondern auch japanischem Kunsthandwerk zu großer Verbreitung. Im Bereich der bildenden Kunst denke man an die von den Impressionisten hochgeschätzten Farbholzschnitte Hokusais, in der Literatur an Pierre Lotis Roman *Madame Chrysanthème* (1887), in der Musik an Puccinis Oper *Madama Butterfly* (1904).

*Seite 55:*
1 Die Cattleya ist eine von W. Cattley gezüchtete Orchideenart. Proust hat diese Blume schon in »Der Gleichgültige« mit dem Thema Liebe in Verbindung gebracht. Die Übertragung auf Odette, der in den Entwürfen nur Chrysanthemen zugeordnet sind, geschieht erst im Typoskript.
2 Pilgerort in der Nähe von Nizza.

*Seite 57:*
1 Es handelt sich um eine Figur aus dem Fresko Botticellis *Moses und die Töchter des Jethro*. Ruskin hat sie im Jahre 1874 abgezeichnet; die Zeichnung ist als Frontispiz des Bandes XXIII seiner Werke wiedergegeben. Ruskin rühmte sich, Botticelli wiederentdeckt zu haben, doch haben auch Swinburne und Pater dazu beigetragen, daß im Ästhetizismus der zweiten Hälfte des 19. Jahrhunderts ein wahrer Botticelli-Kult entstehen konnte.
2 Proust denkt an die Bronzebüste von Andrea Loredan (der im Gegensatz zu Pietro Loredan nie Doge war) aus der Hand von Andrea Briosse, gen. il Riccio oder Rizzo. Prousts Quelle ist der Venedig-Band in der bei Laurens erschienenen Reihe »Les villes d'art célèbres«, wo die Büste abgebildet ist.
3 Vgl. Ghirlandaios *Großvater und Enkel* im Louvre. Der dargestellte alte Mann leidet an einem Rhinophym, das heißt einer krankhaften Verformung der Nase.
4 Möglicherweise bezieht sich der Hinweis auf ein Selbstporträt Tintorettos im Louvre, das zu Prousts Zeit in der Salle Denon ausgestellt war.

*Seite 61:*
1 Das elegante Restaurant »Maison d'Or« oder »Maison Dorée« lag an der Ecke Rue Laffitte/Boulevard des Italiens.
2 Im Oktober 1879 wurde die spanische Provinz Murcia von einer Hochwasserkatastrophe heimgesucht. Am 18. Dezember 1879 fand im Hippodrom (vgl. S. 86, Anm. 1) eine Wohltätigkeitsveranstaltung für die Opfer statt.

*Seite 65:*
1 Heiße Schokolade war die Spezialität des Café Prévost am Boulevard Bonne-Nouvelle.

*Seite 68:*
1 Proust überträgt eine Bezeichnung für Epilepsie (»mal sacré«) auf die Liebe.

*Seite 69:*
1 Kaffeehaus am Boulevard des Italiens.
2 Kaffeehaus am Boulevard des Italiens. Swanns Suche nach Odette führt den Leser zu den Kultstätten des eleganten Nachtlebens der achtziger und neunziger Jahre.

*Seite 74:*
1 Ein Mylord (oder Viktoria) ist ein ein- oder zweispännig zu fahrender vierrädriger offener Luxuswagen mit einem unter dem Bock verborgenen Notsitz für drei Personen.

*Seite 76:*
1 »La valse des roses« ist ein Stück von Olivier Métra (1830-1889). Métra hat Operetten und Ballettmusik für die Folies-Bergère komponiert, deren Orchester er bis 1877 leitete. Tagliafico (1821-1900) war ein Sänger, der auch einige Balladen (darunter »Pauvres fous«) komponiert hat. Womöglich figuriert er hier nicht nur, um Odettes Geschmack zu charakterisieren, sondern auch um Prousts Lust an Wortspielen und Anzüglichkeiten (Tagliafico heißt Feigenschneider) zu befriedigen.

*Seite 79:*
1 Botticelli hat seine Fresken in der Sixtinischen Kapelle in Temperatechnik fertiggestellt.

*Seite 82:*
1 Die Rue Abbatucci ist ein Teil der heutigen Rue de la Boétie. Eine »Visite« ist ein »kurzes Mäntelchen für Damen« (Petri, *Handbuch der Fremdwörter*, Gera, 1899). Um 1900 hieß ein breitrandiger Frauenhut »Rembrandthut« (vgl. Ingrid Loschek, *Reclams Mode- und Kostümlexikon*, Stuttgart, Philipp Reclam jun., 1987, s. v. Rubenshut).

*Seite 83:*
1 Der mondäne Poet Raymond de Borelli figuriert schon in *Freuden und Tage* als Beispiel für billige Dichtung.

*Seite 86:*
1 Die heutige Avenue Foch hieß zuerst (von 1854 an) Avenue de l'Impératrice, dann (1875) Avenue du Bois, wurde jedoch weiterhin mit dem alten Namen bezeichnet. »Der See« ist der große See im Bois de Boulogne. Das in Form einer Pagode gebaute, 1883 eröffnete Éden Théâtre lag an der Stelle des heutigen Théâtre de l'Athénée in der Nähe der Opéra. Gespielt wurden hauptsächlich Ballette. Das Hippodrom lag von 1878 bis 1892 zwischen der Avenue de l'Alma (heute George V) und der Avenue Marceau.

*Seite 90:*
1 Komische Oper von Victor Massé aus dem Jahre 1856.
2 Zentrum der mondänen Anglomanie.

*Seite 91:*
1 Die Uraufführung dieses Dramas von Georges Ohnet fand im Januar 1882 am Théâtre Gymnase-Dramatique statt. Das Stück hatte großen Erfolg beim breiten Publikum.
2 Vgl. S. 76, Anm. 1.

*Seite 92:*
1 Die Riviera und die Innerschweiz, besonders der durch Zahnradbahnen erschlossene Rigi, waren in der zweiten Hälfte des 19. Jahrhunderts Hauptziele des englischen Tourismus. Holland und Versailles dagegen waren Geheimtips der ästhetizistischen Kunstkenner von Gautier bis Montesquiou. Vgl. Prousts Prosastück »Versailles« in *Freuden und Tage* und seine Reisen nach Holland 1898 und 1902.

*Seite 94:*
1 Die 1881 gegründete École du Louvre ist eine Ausbildungsstätte für angehende Konservatoren.

*Seite 97:*
1 Mit der Figur Brichots nimmt Proust weniger einen einzelnen Gelehrten als eine bestimmte Art von Gelehrsamkeit aufs Korn.

*Seite 99:*
1 Die Redewendung »sub rosa dicta vel acta« spielt auf die römische Sitte an, über dem Ehrenplatz der Tafelrunde eine Rose anzubringen und alles bei Tisch Gesagte als vertraulich zu behandeln.
2 Der Ausdruck »république athénienne« wurde zu Beginn der achtziger Jahre – im Fall Brichots durchaus polemisch – zur Bezeichnung des neuen, aus den Reformen hervorgegangenen Staates verwendet. Der traditionelle Vergleich zwischen Sparta und Athen dient dabei zur Unterscheidung zwischen der Republik von Notabeln der siebziger Jahre und der radikalen Republik der achtziger Jahre. In der neuesten Ausgabe (1992) seines Kommentars zu *Swann* weist Antoine Compagnon außerdem darauf hin, daß mit diesem Ausdruck Gambetta in seiner Grabrede für den Literaten und

Politiker Graf d'Alton Shée vom 24. Mai 1874 die Dritte Republik, das neue Athen, dem bedrohlichen neuen Sparta, nämlich Preußen, gegenüberstellt.

3 Bei den *Chroniques de Saint-Denis* handelt es sich um eine historiographische Kompilation, die bis 1515 geht und auch *Grandes Chroniques de France* genannt wird. In seinem Vortrag unterlaufen Brichot einige Patzer: Blanka von Kastilien (1188-1252) war Regentin, bis ihr Sohn, Ludwig XII., den Thron bestieg. Weder der Abt Suger (1081-1151) noch der hl. Bernhard (1091-1153) konnten sie gekannt haben.

*Seite 101:*

1 Auch hier nimmt es Brichot (oder Proust) mit der Geschichte nicht allzu genau: Es war nicht die Mutter, sondern die Großmutter von Blanka von Kastilien, Eleonore von Aquitanien, die Heinrich II. Plantagenet heiratete (1152).

*Seite 102:*

1 Rembrandts *Nachtwache* hängt im Rijksmuseum in Amsterdam, *Die Vorsteherinnen* von Hals im Frans Hals Museum in Haarlem. Beide Bilder hat Proust auf seiner Hollandreise 1902 gesehen.

*Seite 103:*

1 Das Bravourstück des Malers ist eine Parodie des »style artiste« der Brüder Goncourt. Vgl. eine Beschreibung der *Nachtwache* im *Tagebuch* (8. September 1861): »Niemals ist das im Licht lebende und atmende und erbebende menschliche Antlitz unter einen Pinsel wie diesen geraten. Es verbreitet um sich herum seine belebte Tönung, sein Schimmern, sein Strahlen; in den Gesichtszügen und auf der Haut spiegelt Licht: wahrlich, die himmlischste aller Trompe-l'œil-Darstellungen von Menschen im Licht. Und man weiß nicht, wie das gemacht ist. Das Verfahren bleibt unsichtbar, unerklärlich, rätselhaft, magisch und seltsam. Wie die Haut gemalt ist und die Köpfe modelliert, hervor-, ja aus der Leinwand herausgehoben sind, gemahnt sozusagen an eine farbige Tätowierung, an ein verschwommenes Mosaik, an ein Gewimmel von Kontrasten, die die eigentliche Beschaffenheit und das Erbeben der Haut zu sein scheinen; ein ungeheures Getrampel von Farbhieben, das den Lichtstrahl

über diesen mit breitem Pinsel bemalten Kanevas dahinzittern läßt.«
2 Hellenistische Statue der Siegesgöttin im Louvre.

*Seite 105:*
1 Schauspiel von Alexandre Dumas fils. Uraufführung am 17. Januar 1887. Das im folgenden erwähnte Rezept des »japanischen Salats« wird in der zweiten Szene des ersten Akts gegeben. Mit dem zu Beginn der *Jeunes filles* servierten Salat hat der »japanische Salat« von Dumas nur die Trüffeln gemeinsam.

*Seite 106:*
1 1883 am Théâtre Gymnase-Dramatique herausgebrachtes Stück von Georges Ohnet.

*Seite 108:*
1 Eine der ältesten Adelsfamilien Frankreichs.

*Seite 109:*
1 Das Palais de l'Industrie wurde für die Weltausstellung von 1855 als Palais Napoléon errichtet. Bis 1897 fanden dort die »Salons«, das heißt die (meist) jährlichen großen Kunstausstellungen statt. Im Hinblick auf die Weltausstellung von 1900 wurde es abgerissen und durch das Grand-Palais und das Petit-Palais ersetzt.

*Seite 111:*
1 Das antithetische Attribut verbindet zwei Aspekte Fénelons: seinen Quietismus und seine Kritik am Absolutismus Ludwigs XIV.
2 Proust läßt den weltfremden Gelehrten den mondänen Namen falsch aussprechen. Korrekt wäre »Trémouille«.

*Seite 112:*
1 Anspielung auf den Brief vom 13. November 1675, in dem die Sévigné von Besuchen erzählt, die ihr Madame de Tarente, eine angeheiratete La Trémoïlle, abzustatten pflegt.

*Seite 114:*
1 Im Original sagt Cottard: »Il faut que j'aille entretenir un instant le duc d'Aumale.« Der Ausdruck entstand in legitimistischen, das heißt anti-orleanistischen Kreisen und nahm den Herzog von Aumale, den vierten Sohn von Louis-Philippe, aufs Korn. Er meinte zuerst etwa »pisser sur les

Orléans«, wurde dann für »pisser« und schließlich auch – doch das weiß Cottard nicht, und deshalb lacht Verdurin – für »faire l'amour« verwendet.

*Seite 115:*

1 Die Baronin Putbus und ihre Kammerzofe spielen bis 1913 eine große Rolle in Prousts Roman. Mit der Ausarbeitung der Figur von Albertine verlieren sie an Bedeutung.

*Seite 121:*

1 Zu Gustave Moreau vgl. drei Fragmente Prousts in *Essays* (Werke I/3), S. 510.

*Seite 125:*

1 Die Île des Cygnes ist mit der eben erwähnten Île du Bois identisch.

*Seite 127:*

1 Das Coupé ist ein vierrädriger geschlossener Wagen mit zwei Plätzen.

*Seite 128:*

1 Die folgende Eifersuchtsszene ist mit geringen Änderungen aus *Jean Santeuil* übernommen. Vgl. Werke III, S. 873-877.

*Seite 135:*

1 Auch diese Szene ist in *Jean Santeuil* vorgebildet. Vgl. Werke III, S. 879-884.

*Seite 139:*

1 Anspielung auf Botticellis *Primavera, Madonna del Magnificat* und *Madonna mit dem Granatapfel* in den Uffizien sowie auf das Fresko *Moses und die Töchter des Jethro* in der Sixtina.

*Seite 145:*

1 An der Seine gelegener Wallfahrtsort für Liebhaber der Impressionisten. Auf einer Insel bei Chatou liegt das Ausflugslokal La Grenouillère, das auf Bildern von Monet und Renoir zu sehen ist.

*Seite 148:*

1 Eugène-Marie Labiche (1815-1888), Autor von Vaudevilles und Gesellschaftskomödien.

*Seite 149:*

1 Anspielung auf die kunstfeindlichen Äußerungen Platos im 10. Buch der *Politeia* und diejenigen Bossuets in den *Maximes et réflexions sur la comédie* (1694).

*Seite 150:*
1 »Berühre mich nicht!« Mit diesen Worten wendet sich der auferstandene Christus an Maria Magdalena. Vgl. *Johannes-Evangelium* XX,17.

*Seite 152:*
1 Oper von Victor Massé. Uraufführung im April 1885 an der Opéra-Comique.

*Seite 157:*
1 Die 1816 im neugotischen Stil erbaute Chapelle Saint-Louis in Dreux ist seit Louis-Philippe die Begräbnisstätte der Orléans. Das im 18. Jahrhundert erbaute Schloß von Compiègne war die Lieblingsresidenz Napoleons III. Die in der Nähe von Compiègne gelegene Ruine des Schlosses Pierrefonds wurde von Viollet-le-Duc restauriert. In dem mit »Pierrefonds« überschriebenen Kapitel von *Pierre Nozière* wiederholt Anatole France seine Vorwürfe gegenüber dem Restaurator: »Man hat Ruinen zerstört, was eine Art Vandalismus ist.«
2 Beauvais ist ein Pilgerort für Liebhaber der Gotik, Saint-Loup-de-Naud in der Nähe von Provins ein solcher für Liebhaber der Romanik.

*Seite 160:*
1 Allegorische Darstellung der Liebeskasuistik in Form einer Landkarte in Madeleine Scudérys Roman *Clélie* (1654-1660).

*Seite 162:*
1 Die miteinander verbundenen Initialen von Margarete von Österreich (1480-1530) und ihres früh verstorbenen Gatten, Philibert von Savoyen (1480-1503), sind ein allgegenwärtiges Motiv im Ornamentschmuck der spätgotischen Kirche von Brou bei Bourg-en-Bresse. Proust hat die Kirche 1903 besichtigt. Vgl. den Hinweis auf Brou in dem 1904 erschienenen Artikel »Der Tod der Kathedralen« in *Nachgeahmtes und Vermischtes* (Werke I/2).
2 Das Restaurant, am Quai des Grands-Augustins gelegen, existiert heute noch.

*Seite 164:*
1 »Les Incohérents« nannte sich eine Gruppe von anti-akade-

mischen Zeichnern und Karikaturisten. Einen ersten Ball gaben sie – im Anschluß an die Vernissage einer ihrer Ausstellungen – 1885, einen zweiten 1891.

*Seite 168:*
1 Der Landauer ist ein vierrädriger Wagen mit vier bis sechs Plätzen, dessen Verdeck zur Hälfte nach vorn und zur Hälfte nach hinten hinuntergeklappt werden kann.
2 Das 1876 eröffnete Festspielhaus in Bayreuth wurde bald zum internationalen Zentrum des Wagnerkults. Vgl. das Proust bekannte Werk Albert Lavignacs: *Le voyage artistique à Bayreuth* (1897).

*Seite 170:*
1 Der französische Komponist Antoine-Louis Clapisson (1808-1866) hat hauptsächlich komische Opern und volkstümliche Romanzen verfaßt.

*Seite 181:*
1 Ein Kapitel der *Mémoires* Saint-Simons ist mit »La mécanique, vie particulière et conduite de Madame de Maintenon« überschrieben. Vgl. *Mémoires*, Paris, Gallimard, »Bibliothèque de la Pléiade«, 1983-1988 (8 Bände), Bd. VII, S. 420. Von Lulli jedoch ist – im Zusammenhang mit Geldangelegenheiten – nicht bei Saint-Simon, sondern bei Madame de Sévigné die Rede. Vgl. *Correspondance*, Paris, Gallimard, »Bibliothèque de la Pléiade« (3 Bände), Bd. I, S. 631.
2 Die drei Namen hat Proust in einer Druckfahnenkorrektur hinzugefügt. Es handelt sich um lauter erstklassige Adressen: Rue Peletier zwischen Boulevard des Italiens und Rue Rossini (Crapote), Place du Marché Saint-Honoré (Jauret) und Galerie de Chartres im Palais-Royal (Chevet).

*Seite 184:*
1 Die Summe entspricht 1993 etwa 50 000 Francs.

*Seite 187:*
1 Gemeint ist das Septennat Mac-Mahons, der im Mai 1873 zum Staatspräsidenten gewählt wurde.
2 Mit »Bella Vanna« bezeichnet La Sizeranne in *Les masques et les visages à Florence et au Louvre. Portraits célèbres de la Renaissance italienne* (Hachette, 1913) das Porträt der Giovanna degli Albizzi auf einem Freskenfragment Botticellis im Louvre.

*Seite 190:*
1 Andeutung eines Sachverhalts, der dem Leser erst später ausführlich geschildert wird.
2 Das am Boulevard Montmartre gelegene Musée Grévin mit seinen Wachsfiguren wurde 1882 eröffnet.

*Seite 191:*
1 1881 eröffnetes »cabaret« am Bd. Rochechouart, das bald zu einem beliebten Treffpunkt des Pariser Nachtlebens wurde.

*Seite 200:*
1 Mit »tigre« wird in der Restaurationszeit und bei Balzac ein kleingewachsener Lakai bezeichnet.

*Seite 201:*
1 Die »Bilderfolge« ist ein von Proust mehrmals verwendetes Strukturprinzip. Man denke an die Reihe von »marines« im zweiten Teil der *Jeunes filles*, wo eine Folge von sprachlichen Seestücken die im Laufe der Saison sich ändernde Aussicht auf das Meer aus Marcels Hotelzimmer in Balbec wiedergeben. In beiden Fällen steht der Meisterschaft, mit der Proust seine sprachlichen Bilder gestaltet, das mondäne Dilettantentum des Romanhelden gegenüber, vor dessen Augen das Leben zu einem künstlichen Gebilde erstarrt.

*Seite 202:*
1 Proust hat die im Zweiten Weltkrieg größtenteils zerstörten Fresken Mantegnas der Eremitanikirche in Padua 1900 besichtigt. Der in Gedanken versunkene Krieger entstammt dem *Martyrium des hl. Jakobus*. Der Kindermord von Bethlehem figuriert weder auf dem Altarbild von San Zeno in Verona noch auf den Fresken in Padua.

*Seite 203:*
1 Die »Scala dei Giganti« verdankt ihren Namen zwei Monumentalstatuen von Sansovino.

*Seite 204:*
1 Im Werk Goyas sind wohl einige Stierkämpfer, jedoch keine Sakristane mit Haarzopf auszumachen.
2 Auch den Mann auf der Lauer sucht man vergebens unter den Werken des von Proust genannten Künstlers. Möglicherweise nennt Proust Cellini als Schöpfer schöngeform-

ter Körper, denen er im folgenden Abschnitt die männliche Häßlichkeit gegenüberstellt.

*Seite 206:*
1 Einige Modelle der im folgenden Bravourstück vorgeführten Szene hat Proust Jacques de Lacretelle gegenüber angegeben. Vgl. »Widmung« in *Essays* (Werke 1/3), S. 362.

*Seite 208:*
1 Proust hat die Arena-Kapelle (Capella degli Scrovegni) in Padua auf seiner Venedigreise im Mai 1900 besucht. Seine Kenntnis Giottos und besonders der Tugend- und Lasterallegorien beruht jedoch in erster Linie auf seiner Vertrautheit mit Ruskin, der sich wiederholt mit Giotto beschäftigt hat. So sind denn alle von Proust näher beschriebenen Allegorien in *Fors Clavigera* abgebildet und besprochen. Vgl. *Works*, 1903-1912, Bd. XXVII. Auch Émile Mâle hat sich zur Caritas Giottos geäußert und sie mit jener an der Kathedrale von Amiens verglichen. Vgl. den entsprechenden Hinweis Prousts in *Nachgeahmtes und Vermischtes* Werke 1/2, S. 133. Im Romanprojekt von 1913 war für den dritten Band ein Kapitel mit dem Titel »Die ›Tugenden und die Laster‹ von Padua und von Combray« vorgesehen, in dem sich gemäß den erhaltenen Entwürfen die Welten von Combray und Padua (oder Venedig) in der Person der aus Roussainville stammenden Kammerzofe der Baronin Putbus vereint hätten.
2 Aller Wahrscheinlichkeit nach denkt Proust an das große Flötensolo aus dem zweiten Akt von Glucks Oper *Orpheus und Eurydike*. Die Oper wurde 1762 in Wien uraufgeführt, Erfolg hatte sie jedoch erst in der Pariser Fassung von 1774. Von 1859 an wurde sie in Frankreich hauptsächlich in der Bearbeitung durch Berlioz gegeben.
3 Zusammen mit »Saint-François de Paul« bildet das hier gespielte Stück, »Saint-François d'Assise«, die 1863 erschienenen *Légendes*.

*Seite 210:*
1 Zum Gegensatz zwischen alteingesessenem und napoleonischem Adel vgl. auch die Chronik Prousts über den Salon der Prinzessin Mathilde in *Essays* (Werke 1/3), S. 193.

*Seite 213:*
1 Keine Studie über Prousts Stil kommt um diesen außerordentlichen Satz herum. Die kompetentesten Analysen finden sich bei Ernst Robert Curtius, *Marcel Proust* (1925), und bei Jean Milly, *La phrase de Proust* (1975).

*Seite 214:*
1 Unter dem Einfluß des Wagnerkults verblaßte gegen Ende des 19. Jahrhunderts Chopins Ruhm. Zu Beginn des 20. Jahrhunderts jedoch erwachte u. a. im Kreis der Nouvelle Revue Française – etwa bei Gide oder bei Rivière – ein neues Interesse an Chopin, dessen 100. Geburtstag mit einer Sondernummer des *Courier musical* gefeiert wurde (1. Januar 1910). Die Beiträge stammten u. a. von Maurice Ravel und Camille Mauclair.

*Seite 216:*
1 Vgl. Das Quintett für Klarinette und Streichquartett (Köchelverzeichnis 581) aus dem Jahre 1789.

*Seite 217:*
1 Man lasse sich durch die im gegebenen Kontext durchaus sympathische Figur der Fürstin des Laumes nicht darüber hinwegtäuschen, daß Proust den Geist der Coterie Guermantes in kritischem Licht erscheinen läßt, dadurch nämlich, daß er ihn mit drei Autoren in Verbindung setzt, die eine sogenannt geistreich französische, pittoreske, in der Oberfläche befangene Literatur pflegen. Prosper Mérimée ist als Novellendichter, Henri Meilhac und Ludovic Halévy sind als Autoren von Textbüchern bekannt.

*Seite 221:*
1 Bei Belloir, Rue de la Victoire, konnte alles, was man für Abendveranstaltungen und Bälle brauchte, gemietet werden. In der Regel reservierte man die eigenen Fauteuils für die Honoritäten und plazierte die weniger bedeutenden Gäste auf den gemieteten Stühlen.

*Seite 222:*
1 Der Name des 1809-1813 am Fuße des Hügels von Chaillot gebauten Pont de Jéna erinnert an einen Sieg Napoleons über die Preußen im Jahre 1806.

*Seite 223:*
1 In der Verbindung der Familie Montesquiou mit Empire-Möbeln liegt wohl ein Seitenhieb Prousts auf Robert de Montesquiou, der ständig auf die makellose Vergangenheit seines Hauses pochte, obwohl seine Vorfahren sich durchaus auch mit dem Empire eingelassen hatten.

*Seite 227:*
1 Um die Witzeleien der Fürstin und Swanns zu verstehen, muß man wissen, daß das Wort »merde« erst um die Mitte des 20. Jahrhunderts salonfähig geworden ist. Zuvor gebrauchte man Umschreibungen wie »le mot de cinq lettres« oder »le mot de Cambronne« – nach dem französischen General Pierre Cambronne, der am Ende der Schlacht von Waterloo auf die Aufforderung, sich zu ergeben, mit dem besagten fünfbuchstabigen Wort reagiert haben soll. Cambremer ist übrigens ein in der Normandie seit dem 7. Jahrhundert belegter Name.

*Seite 229:*
1 Der Kommabazillus, Erreger der Cholera, wurde 1884 von Robert Koch entdeckt.

*Seite 230:*
1 Jean-François de Galaup, Graf von La Pérouse (1741-1788), war neben Bougainville der bedeutendste französische Seefahrer und Entdecker des 18. Jahrhunderts. Er kam bei einer Expedition auf der Insel Vanikoro in Melanesien ums Leben. Seine Tagebücher und Berichte wurden 1797 unter dem Titel *La relation du voyage de La Pérouse autour du monde* (4 Bände) veröffentlicht.

*Seite 234:*
1 Im *Guide Joanne* von 1863 wird das in der Rue Boissy-d'Anglas gelegene Haus als ruhiges Erste-Klasse-Hotel angepriesen.

*Seite 239:*
1 In Madame de Lafayettes Roman *La princesse de Clèves* (1678) äußert sich die klassisch-aristokratische, in Chateaubriands *René* (1802) die romantische Auffassung von Liebe auf besonders ausgeprägte Weise.

*Seite 242:*
1 Während der Hinweis auf *Tristan* (S. 240) Vinteuils Musik mit ihrem eigentlichen Modell, nämlich Wagner, in Beziehung setzt, geht diese auf den Druckfahnen hinzugefügte Beschreibung der Sonate auf einen aktuellen Anlaß zurück: ein Konzert am 19. April 1913, in dem der rumänische Geiger Georges Enesco Francks Violinsonate spielte. In einem unmittelbar nach dem Konzert geschriebenen Brief an Antoine Bibesco schreibt Proust: »Großer Eindruck heute abend. Mehr tot als lebendig ging ich trotzdem in ein Konzert, das in einem Saal in der Rue du Rocher gegeben wurde, um die Sonate von Franck zu hören, nicht eigentlich wegen Enescos, den ich noch nie gehört hatte *(sicissime)*. Nun, ich fand ihn *wunderbar*; das schmerzliche Piepen seiner Geige, die seufzenden Rufe antworteten dem Klavier wie von einem Baum herab, wie aus einer geheimnisvollen Blätterwelt.« Vgl. *Correspondance*, Paris, 1970ff., Bd. XII, S. 147.

*Seite 244:*
1 Als am 4. Mai 1876 die Sammlung von Neville D. Goldschmid versteigert wurde, kaufte das Mauritshuis im Haag ein Nicolas Maes zugeschriebenes Bild, *Diana mit den Nymphen*, das aufgrund der Arbeiten von W. von Bode seit 1907 Vermeer zugeschrieben wird. Im Mauritshuis sind zwei weitere Vermeers zu sehen: Das *Mädchen mit dem Perlenohrgehänge* und die *Ansicht von Delft*; in Dresden: *Brieflesendes Mädchen am offenen Fenster* und *Bei der Kupplerin*; in Braunschweig: *Das Mädchen mit dem Weinglas (La Coquette)*. Proust spielt auf Bilder an, die geeignet gewesen wären, Swanns Eifersucht von neuem aufflammen zu lassen.

*Seite 246:*
1 Anspielung auf die 49. Maxime La Rochefoucaulds: »Man ist nie so glücklich noch so unglücklich, wie man denkt.«

*Seite 247:*
1 Das 1479 im damaligen Konstantinopel entstandene Porträt Muhammads II. von der Hand Gentile Bellinis (1429-1502) befindet sich in der National Gallery in London. Bis 1916 hing es in der Sammlung von Austen Henry Layard in Venedig. Proust kannte es dank einer Reproduktion im Band

*Venise* der bei Laurens erschienenen Reihe »Les villes d'art célèbres«. – Die grausame Szene wird in Giovanni Maria Angioellos (1451-1525) *Historia turchesca* erzählt, die 1909 von J. Ursu, einem rumänischen Gelehrten, auf der Basis zweier Manuskripte der Pariser Nationalbibliothek herausgegeben wurde. Sie erscheint auch in einer Novelle Bandellos (»Maometto imperador de' turchi crudelmente ammazza una sua donna«). Es ist anzunehmen, daß Proust die Geschichte in L. Thusanes Werk *Gentile Bellini et Sultan Mahomet II* (1888) gefunden hat. Dort wird sowohl die Version Bandellos als auch diejenige Angioellos resümiert.

*Seite 254:*

1 Das Stück ist 1853 im Théâtre du Vaudeville herausgekommen und wurde 1875 sowie 1889 wiederaufgenommen. Es handelt nicht etwa von lesbischer Liebe, sondern von einem Bildhauer, der durch die Liebe zu einer Kurtisane ruiniert wird.
2 Im Palais de l'Industrie fand der jährliche »Salon de peinture, de sculpture et de gravure« statt. Vgl. S. 376, Anm. 1.

*Seite 256:*

1 Im folgenden übernimmt Proust eine Szene aus *Jean Santeuil*. Vgl. Werke III, S. 810-813.

*Seite 264:*

1 Freies Zitat einer Eintragung vom 22. April 1833. Vgl. Alfred de Vigny, *Œuvres complètes*, Paris, Gallimard, »Bibliothèque de la Pléiade«, 1948 (2 Bände), Bd. II, S. 985.

*Seite 270:*

1 Proust erinnert sich an die Beschreibungen eines Basreliefs am Ostportal der Kathedrale von Amiens von Ruskin und Mâle, der den Vierpaß mit den Tieren aus Zephanias Weissagungen auch abbildet.

*Seite 274:*

1 In der Orangerie des Palais du Luxembourg waren von 1886 an die neueren Bestände der staatlichen Gemäldesammlung ausgestellt.
2 Großer Schirm, der zum Schutz sowohl gegen Sonne als auch gegen Regen verwendet werden kann.
3 Der 1860 gegründete Kunstkreis »Les Mirlitons« mit Sitz an

der Place Vendôme organisierte jährliche Ausstellungen. 1867 fusionierte er mit dem Cercle des Champs-Élysées zum Cercle de l'Union artistique. Machard und der im folgenden genannte Leloir gehören zur akademischen, vom Bürgertum geschätzten Tradition, der Proust mit Biches blauen und gelben Frauen die moderne Malerei gegenüberstellt. Vgl. auch die Gegenüberstellung von Bouguereaud und Whistler in »Éventail« in *Freuden und Tage* (Werke I/1), S. 72.

*Seite 280:*
1 Zu Swanns Traum vgl. die Studie von Jean Bellemin-Noël: »›Psychanalyser‹ le rêve de Swann?«, *Poétique* 8 (1971).

*Seite 282:*
1 Überall sonst trägt Forcheville den Titel eines Grafen.

# Bibliothek Suhrkamp

Verzeichnis der letzten Nummern

1022 Rainer Maria Rilke, Briefe an einen jungen Dichter
1023 René Char, Lob einer Verdächtigen / Eloge d'une Soupçonnée
1024 Cees Nooteboom, Ein Lied von Schein und Sein
1025 Gerhart Hauptmann, Das Meerwunder
1026 Juan Benet, Ein Grabmal / Numa
1027 Samuel Beckett, Der Verwaiser / Le dépeupler / The Lost Ones
1028 Ulrich Plenzdorf, Die neuen Leiden des jungen W.
1029 Bernard Shaw, Die Abenteuer des schwarzen Mädchens …
1030 Francis Ponge, Texte zur Kunst
1031 Tankred Dorst, Klaras Mutter
1032 Robert Graves, Das kühle Netz / The Cool Web
1033 Alain Robbe-Grillet, Die Radiergummis
1034 Robert Musil, Vereinigungen
1035 Virgilio Piñera, Kleine Manöver
1036 Kazimierz Brandys, Die Art zu leben
1037 Karl Krolow, Meine Gedichte
1038 Leonid Andrejew, Die sieben Gehenkten
1039 Volker Braun, Der Stoff zum Leben 1-3
1040 Samuel Beckett, Warten auf Godot
1041 Alejo Carpentier, Die Hetzjagd
1042 Nicolas Born, Gedichte
1043 Maurice Blanchot, Das Todesurteil
1044 D. H. Lawrence, Der Mann, der Inseln liebte
1045 Jurek Becker, Der Boxer
1046 E. M. Cioran, Das Buch der Täuschungen
1047 Federico García Lorca, Diwan des Tamarit / Diván
1048 Friederike Mayröcker, Das Herzzerreißende der Dinge
1049 Pedro Salinas, Gedichte / Poemas
1050 Jürg Federspiel, Museum des Hasses
1051 Silvina Ocampo, Die Furie
1052 Alexander Blok, Gedichte
1053 Raymond Queneau, Stilübungen
1054 Dolf Sternberger, Figuren der Fabel
1055 Gertrude Stein, Q. E. D.
1056 Mercè Rodoreda, Aloma
1057 Marina Zwetajewa, Phoenix
1058 Thomas Bernhard, In der Höhe, Rettungsversuch, Unsinn
1059 Jorge Ibargüengoitia, Die toten Frauen
1060 Henry de Montherlant, Moustique
1061 Carlo Emilio Gadda, An einen brüderlichen Freund
1062 Karl Kraus, Pro domo et mundo
1063 Sandor Weöres, Der von Ungern
1064 Ernst Penzoldt, Der arme Chatterton
1065 Giorgos Seferis, Alles voller Götter
1066 Horst Krüger, Das zerbrochene Haus

1067 Alain, Die Kunst sich und andere zu erkennen
1068 Rainer Maria Rilke, Bücher Theater Kunst
1069 Claude Ollier, Bildstörung
1070 Jörg Steiner, Schnee bis in die Niederungen
1071 Norbert Elias, Mozart
1072 Louis Aragon, Libertinage
1073 Gabriele d'Annunzio, Der Kamerad mit den wimpernlosen Augen
1075 Max Frisch, Biedermann und die Brandstifter
1076 Willy Kyrklund, Vom Guten
1077 Jannis Ritsos, Gedichte
1079 Max Dauthendey, Lingam
1080 Alexej Remisow, Gang auf Simsen
1082 Octavio Paz, Adler oder Sonne?
1083 René Crevel, Seid ihr verrückt?
1084 Robert Pinget, Passacaglia
1085 Wolfgang Koeppen, Eine unglückliche Liebe
1086 Mario Vargas Llosa, Lob der Stiefmutter
1087 Marguerite Duras, Im Sommer abends um halb elf
1088 Joseph Conrad, Herz der Finsternis
1090 Czesław Miłosz, Gedichte
1091 Karl Kraus, Die letzten Tage der Menschheit
1092 Jean Giono, Der Deserteur
1093 Michel Butor, Die Wörter in der Malerei
1094 Konstantin Waginow, Auf der Suche nach dem Gesang der Nachtigall
1095 Max Frisch, Fragebogen
1096 Carlo Emilio Gadda, Die Liebe zur Mechanik
1097 Bohumil Hrabal, Die Katze Autitschko
1098 Hans Mayer, Frisch und Dürrenmatt
1099 Isabel Allende, Eine Rache und andere Geschichten
1100 Wolfgang Hildesheimer, Mitteilungen an Max
1101 Paul Valéry, Über Mallarmé
1102 Marie Nimier, Die Giraffe
1103 Gennadij Ajgi, Beginn der Lichtung
1104 Jorge Ibargüengoitia, Augustblitze
1105 Silvio D'Arzo, Des andern Haus
1106 Werner Koch, Altes Kloster
1107 Gesualdo Bufalino, Der Ingenieur von Babel
1108 Manuel Puig, Der Kuß der Spinnenfrau
1109 Marieluise Fleißer, Das Mädchen Yella
1110 Raymond Queneau, Ein strenger Winter
1111 Gershom Scholem, Judaica 5
1112 Jürgen Becker, Beispielsweise am Wannsee
1113 Eduardo Mendoza, Das Geheimnis der verhexten Krypta
1114 Wolfgang Hildesheimer, Paradies der falschen Vögel
1115 Guillaume Apollinaire, Die sitzende Frau
1116 Paul Nizon, Canto
1117 Guido Morselli, Dissipatio humani generis
1118 Karl Kraus, Nachts
1119 Juan Carlos Onetti, Der Tod und das Mädchen
1120 Thomas Bernhard, Alte Meister

1121 Willem Elsschot, Villa des Roses
1122 Juan Goytisolo, Landschaften nach der Schlacht
1123 Sascha Sokolow, Die Schule der Dummen
1124 Bohumil Hrabal, Leben ohne Smoking
1125 Peter Bichsel, Eigentlich möchte Frau Blum den Milchmann kennenlernen
1126 Guido Ceronetti, Teegedanken
1127 Adolf Muschg, Noch ein Wunsch
1128 Forugh Farrochsad, Jene Tage
1129 Julio Cortázar, Unzeiten
1130 Gesualdo Bufalino, Die Lügen der Nacht
1131 Richard Ellmann, Vier Dubliner - Wilde, Yeats, Joyce und Beckett
1132 Gerard Reve, Der vierte Mann
1133 Mercè Rodoreda, Auf der Plaça del Diamant
1134 Francis Ponge, Die Seife
1135 Hans-Georg Gadamer, Über die Verborgenheit der Gesundheit
1136 Wolfgang Hildesheimer, Mozart
1138 Max Frisch, Stich-Worte
1139 Bohumil Hrabal, Ich habe den englischen König bedient
1141 Cees Nooteboom, Die folgende Geschichte
1142 Hermann Hesse, Musik
1143 Paul Celan, Lichtzwang
1144 Isabel Allende, Geschenk für eine Braut
1145 Thomas Bernhard, Frost
1146 Katherine Mansfield, Glück
1147 Giorgos Seferis, Sechs Nächte auf der Akropolis
1148 Gershom Scholem, Alchemie und Kabbala
1149 Max Dauthendey, Die acht Gesichter am Biwasee
1150 Julio Cortázar, Alle lieben Glenda
1151 Isaak Babel, Die Reiterarmee
1152 Hermann Broch, Barbara
1154 Juan Benet, Der Turmbau zu Babel
1155 Bertolt Brecht, Die Dreigroschenoper
1156 Józef Wittlin, Mein Lemberg
1157 Bohumil Hrabal, Reise nach Sondervorschrift
1158 Tankred Dorst, Fernando Krapp hat mir diesen Brief geschrieben
1159 Mori Ōgai, Die Tänzerin
1160 Hans Jonas, Gedanken über Gott
1161 Bertolt Brecht, Gedichte über die Liebe
1162 Clarice Lispector, Aqua viva
1163 Samuel Beckett, Der Ausgestoßene
1164 Friedrike Mayröcker, Das Licht in der Landschaft
1165 Yasunari Kawabata, Die schlafenden Schönen
1166 Marcel Proust, Tage des Lesens
1167 Peter Weiss, Die Verfolgung und Ermordung Jean Paul Marats
1168 Alberto Savinio, Kindheit des Nivasio Dolcemare
1169 Alain Robbe-Grillet, Die blaue Villa in Hongkong
1170 Dolf Sternberger, ›Ich wünschte ein Bürger zu sein‹
1171 Herman Bang, Die vier Teufel
1172 Paul Valéry, Windstriche
1173 Peter Handke, Die Stunde da wir nichts voneinander wußten

1174 Emmanuel Bove, Die Falle
1175 Juan Carlos Onetti, Abschiede
1176 Elisabeth Langgässer, Das Labyrinth
1177 E. M. Cioran, Syllogismen der Bitterkeit
1178 Kenzaburo Oe, Der Fang
1179 Peter Bichsel, Zur Stadt Paris
1180 Zbigniew Herbert, Der Tulpen bitterer Duft
1181 Martin Walser, Ohne einander
1182 Jean Paulhan, Der beflissene Soldat
1183 Rudyard Kipling, Die beste Geschichte der Welt
1184 Elizabeth von Arnim, Der Garten der Kindheit
1185 Marcel Proust, Eine Liebe Swanns
1186 Friedrich Cramer, Gratwanderungen
1187 Juan Goytisolo, Rückforderung des Conde don Julián
1188 Adolfo Bioy Casares, Abenteuer eines Fotografen
1189 Cees Nooteboom, Der Buddha hinter dem Bretterzaun
1190 Gesualdo Bufalino, Mit blinden Argusaugen
1191 Paul Valéry, Monsieur Teste
1192 Harry Mulisch, Das steinerne Brautbett
1193 John Cage, Silence
1194 Antonia S. Byatt, Zucker
1195 Claude Lévi-Strauss, Mythos und Bedeutung
1198 Tschingis Aitmatow, Der weiße Dampfer
1199 Gertrud Kolmar, Susanna
1201 E. M. Cioran, Gedankendämmerung
1202 Gesualdo Bufalino, Klare Verhältnisse
1203 Friedrich Dürrenmatt, Die Ehe des Herrn Mississippi
1204 Alexej Remisow, Die Geräusche der Stadt
1205 Ambrose Bierce, Mein Lieblingsmord
1206 Amos Oz, Herr Levi
1208 Wolfgang Koeppen, Ich bin gern in Venedig warum
1209 Hugo Claus, Jakobs Verlangen
1210 Abraham Sutzkever, Grünes Aquarium/Griner Akwarium
1211 Samuel Beckett, Das letzte Band/Krapp's Last Tape/La dernière bande
1213 Louis Aragon, Der Pariser Bauer
1214 Michel Foucault, Die Hoffräulein
1215 Gertrude Stein, Zarte Knöpfe/Tender Buttons
1216 Hans Mayer, Reden über Deutschland
1217 Alvaro Cunqueiro, Die Chroniken des Kantors
1218 Inger Christensen, Das gemalte Zimmer
1219 Peter Weiss, Das Gespräch der drei Gehenden
1220 Rudyard Kipling, Das neue Dschungelbuch
1222 Martin Walser, Selbstbewußtsein und Ironie
1223 Cees Nooteboom, Das Gesicht des Auges/Het gezicht van het oog
1224 Samuel Beckett, Endspiel/Fin de partie/Endgame
1225 Bernard Shaw, Die wundersame Rache
1226 Else Lasker-Schüler, Der Prinz von Theben
1227 Cesare Pavese, Die einsamen Frauen
1228 Zbigniew Herbert, Stilleben mit Kandare
1229 Marie Luise Kaschnitz, Das Haus der Kindheit

# Bibliothek Suhrkamp
Alphabetisches Verzeichnis

Achmatowa: Gedichte 983
Adorno: Minima Moralia 236
– Noten zur Literatur I 47
– Über Walter Benjamin 260
Agnon: Der Verstoßene 990
Aiken: Fremder Mond 1014
Aitmatow: Der weiße Dampfer 1198
– Dshamilja 315
Ajgi: Beginn der Lichtung 1103
Alain: Das Glück ist hochherzig 949
– Die Kunst sich und andere zu
  erkennen 1067
– Die Pflicht glücklich zu sein 470
Alain-Fournier: Jugendbildnis 23
– Der große Meaulnes 142
Alberti: Zu Lande zu Wasser 60
Allende: Eine Rache und andere
  Geschichten 1099
– Geschenk für eine Braut 1144
Amado: Die Abenteuer des Kapitäns
  Vasco Moscoso 850
Anderson: Winesburg, Ohio 44
Anderson/Stein: Briefwechsel 874
Andrejew: Die sieben Gehenkten 1038
Apollinaire: Die sitzende Frau 1115
Aragon: Der Pariser Bauer 1213
– Libertinage 1072
Arnim, E. v.: Der Garten
  der Kindheit 1184
Artmann: Fleiß und Industrie 691
– Gedichte über die Liebe 473
Assis de: Dom Casmurro 699
Asturias: Legenden aus Guatemala 358
Babel: Die Reiterarmee 1151
Bachmann: Der Fall Franza 794
– Malina 534
Ball: Flametti 442
– Zur Kritik der deutschen
  Intelligenz 690
Bang: Die vier Teufel 1171
Barnes: Antiphon 241
– Nachtgewächs 293
Barthes: Die Lust am Text 378
Becker, Jürgen: Beispielsweise am
  Wannsee 1112

Becker, Jurek: Der Boxer 1045
– Jakob der Lügner 510
Beckett: Das letzte Band/Krapp's Last
  Tape/La dernière bande 1211
– Der Ausgestoßene 1163
– Der Verwaiser 1027
– Endspiel/Fin de partie/Endgame 1224
– Erste Liebe 277
– Erzählungen und Texte um Nichts 82
– Gesellschaft 800
– Glückliche Tage 98
– Mehr Prügel als Flügel 1000
– Warten auf Godot 1040
Benet: Der Turmbau zu Babel 1154
– Ein Grabmal/Numa 1026
Benjamin: Berliner Chronik 251
– Berliner Kindheit 966
– Einbahnstraße 27
– Sonette 876
Bernhard: Alte Meister 1120
– Amras 489
– Beton 857
– Der Ignorant und der Wahnsinnige 317
– Der Schein trügt 818
– Der Stimmenimitator 770
– Der Theatermacher 870
– Der Untergeher 899
– Die Jagdgesellschaft 376
– Die Macht der Gewohnheit 415
– Elisabeth II. 964
– Frost 1145
– Heldenplatz 997
– Holzfällen 927
– In der Höhe, Rettungsversuch,
  Unsinn 1058
– Ja 600
– Midland in Stilfs 272
– Verstörung 229
– Wittgensteins Neffe 788
Bichsel: Eigentlich möchte Frau Blum
  den Milchmann kennenlernen 1125
– Zur Stadt Paris 1179
Bierce: Mein Lieblingsmord 1205
Bioy Casares: Abenteuer eines
  Fotografen in La Plata 1188

Blanchot: Das Todesurteil 1043
- Thomas der Dunkle 954
- Warten Vergessen 139
Blixen: Ehrengard 917
- Moderne Ehe 886
Bloch: Erbschaft dieser Zeit 388
- Spuren. Erweiterte Ausgabe 54
Blok: Gedichte 1052
Blumenberg: Die Sorge geht über
 den Fluß 965
- Matthäuspassion 998
Borchers: Gedichte 509
Born: Gedichte 1042
Bouchet Du: Vakante Glut 1021
Bove: Bécon-les-Bruyères 872
- Die Falle 1174
- Meine Freunde 744
Brandys: Die Art zu leben 1036
Braun: Der Stoff zum Leben 1039
- Unvollendete Geschichte 648
Brecht: Die Dreigroschenoper 1155
- Dialoge aus dem Messingkauf 140
- Gedichte über die Liebe 1161
- Gedichte und Lieder 33
- Hauspostille 4
- Me-ti, Buch der Wendungen 228
- Politische Schriften 242
- Schriften zum Theater 41
- Über Klassiker 287
Breton: L'Amour fou 435
- Nadja 406
Broch: Barbara 1152
- Demeter 199
- Die Erzählung der Magd Zerline 204
- Die Schuldlosen 1012
- Esch oder die Anarchie 157
- Hugenau oder die Sachlichkeit 187
- Pasenow oder die Romantik 92
Bufalino: Ingenieur von Babel 1107
- Die Lügen der Nacht 1130
- Klare Verhältnisse 1202
- Mit blinden Argusaugen 1190
Bunin: Mitjas Liebe 841
Butor: Die Wörter in der Malerei 1093
Byatt: Zucker 1194
Cabral de Melo Neto: Erziehung
 durch den Stein 713
Cage: Silence 1193
Camus: Die Pest 771
Capote: Die Grasharfe 62

Carossa: Gedichte 596
- Ein Tag im Spätsommer 1947 649
- Führung und Geleit 688
- Rumänisches Tagebuch 573
Carpentier: Barockkonzert 508
- Das Reich von dieser Welt 422
- Die Hetzjagd 1041
Carrington: Das Hörrohr 901
Celan: Gedichte I 412
- Gedichte II 413
- Gedichte 1938-1944 933
- Der Meridian 485
- Lichtzwang 1143
Ceronetti: Teegedanken 1126
- Das Schweigen des Körpers 810
Char: Lob einer Verdächtigen 1023
Christensen: Das gemalte Zimmer 1218
Cioran: Auf den Gipfeln 1008
- Das Buch der Täuschungen 1046
- Der zersplitterte Fluch 948
- Gedankendämmerung 1201
- Geviertelt 799
- Syllogismen der Bitterkeit 1177
- Von Tränen und von Heiligen 979
- Über das reaktionäre Denken 643
- Widersprüchliche Konturen 898
Claus: Jakobs Verlangen 1209
Colomb: Zeit der Engel 1016
Conrad: Herz der Finsternis 1088
- Jugend 386
Consolo: Wunde im April 977
Cortázar: Alle lieben Glenda 1150
- Unzeiten 1129
- Der Verfolger 999
Cramer: Gratwanderungen 1186
Crevel: Der schwierige Tod 987
- Seid ihr verrückt? 1083
Cunqueiro: Die Chroniken des
 Kantors 1217
D'Annunzio: Der Kamerad 1073
D'Arzo: Des Andern Haus 1105
Dagerman: Deutscher Herbst 924
Dauthendey: Lingam 1079
- Die acht Gesichter am Biwasee 1149
Döblin: Berlin Alexanderplatz 451
Dorst: Fernando Krapp hat mir diesen
 Brief geschrieben 1158
- Klaras Mutter 1031
Dürrenmatt: Die Ehe des Herrn
 Mississippi 1203

- Monstervortrag über Gerechtigkeit und Recht 803
Dumézil: Der schwarze Mönch in Varennes 1017
Duras: Der Liebhaber 967
- Der Nachmittag des Herrn Andesmas 109
- Im Sommer abends um halb elf 1087
Eça de Queiroz: Der Mandarin 956
Ehrenburg: Julio Jurenito 455
Ehrenstein: Briefe an Gott 642
Eich: Gedichte 368
- Maulwürfe 312
- Träume 16
Eliade: Das Mädchen Maitreyi 429
- Auf der Mantuleasa-Straße 328
- Fräulein Christine 665
- Nächte in Serampore 883
- Neunzehn Rosen 676
Elias: Mozart 1071
- Über die Einsamkeit der Sterbenden in unseren Tagen 772
Eliot: Old Possums Katzenbuch 10
- Das wüste Land 425
Ellmann: Vier Dubliner – Wilde, Yeats, Joyce und Beckett 1131
Elsschot: Villa des Roses 1121
Elytis: Ausgewählte Gedichte 696
- Lieder der Liebe 745
- Neue Gedichte 843
Enzensberger: Mausoleum 602
- Der Menschenfreund 871
- Verteidigung der Wölfe 711
Farrochsad: Jene Tage 1128
Federspiel: Die Ballade von der Typhoid Mary 942
- Museum des Hasses 1050
Fleißer: Abenteuer aus dem Englischen Garten 223
- Das Mädchen Yella 1109
Foucault: Die Hoffräulein 1214
Frame: Wenn Eulen schrein 991
Frisch: Andorra 101
- Biedermann und Brandstifter 1075
- Bin 8
- Biografie: Ein Spiel 225
- Biografie: Ein Spiel, Neue Fassung 1984 873
- Blaubart 882
- Fragebogen 1095
- Homo faber 87
- Montauk 581
- Stich-Worte 1138
- Tagebuch 1966-1971 1015
- Traum des Apothekers 604
- Triptychon 722
Gadamer: Das Erbe Europas 1004
- Lob der Theorie 828
- Über die Verborgenheit der Gesundheit 1135
- Vernunft im Zeitalter der Wissenschaft 487
- Wer bin Ich und wer bist Du? 352
Gadda: An einen brüderlichen Freund 1061
- Die Liebe zur Mechanik 1096
García Lorca: Bluthochzeit/Yerma 454
- Gedichte 544
Golléri: Budapest 237
Generation von 27: Gedichte 796
Gide: Chopin 958
- Die Rückkehr des verlorenen Sohnes 591
Ginzburg: Die Stimmen des Abends 782
Giono: Der Deserteur 1092
Goytisolo: Landschaften nach der Schlacht 1122
- Rückforderung des Conde don Julián 1187
Gracq: Die engen Wasser 904
Graves: Das kühle Netz 1032
Handke: Die Stunde da wir nichts voneinander wußten 1173
- Die Stunde der wahren Empfindung 773
- Die Wiederholung 1001
- Gedicht an die Dauer 930
- Wunschloses Unglück 834
Hašek: Die Partei 283
Hauptmann: Das Meerwunder 1025
Hemingway, Der alte Mann und das Meer 214
Herbert: Der Tulpen bitterer Duft 1180
- Ein Barbar in einem Garten 536
- Inschrift 384
- Herr Cogito 416
- Stilleben mit Kandare 1228
Hermlin: Der Leutnant Yorck von Wartenburg 381

Hesse: Demian 95
- Eigensinn 353
- Glück 344
- Iris 369
- Josef Knechts Lebensläufe 541
- Klingsors letzter Sommer 608
- Knulp 75
- Krisis 747
- Legenden 472
- Magie des Buches 542
- Mein Glaube 300
- Morgenlandfahrt 1
- Musik 1142
- Narziß und Goldmund 65
- Siddhartha 227
- Sinclairs Notizbuch 839
- Steppenwolf 869
- Stufen 342
- Unterm Rad 981
- Wanderung 444
- /Mann: Briefwechsel 441
Hessel: Heimliches Berlin 758
- Der Kramladen des Glücks 822
Hildesheimer: Biosphärenklänge 533
- Exerzitien mit Papst Johannes 647
- Lieblose Legenden 84
- Mitteilungen an Max 1100
- Mozart 1136
- Paradies der falschen Vögel 1114
- Tynset 365
- Vergebliche Aufzeichnungen 516
Hofmannsthal: Buch der Freunde 626
- Welttheater 565
- Gedichte und kleine Dramen 174
Hohl: Bergfahrt 624
- Daß fast alles anders ist 849
- Nächtlicher Weg 292
Horváth: Glaube Liebe Hoffnung 361
- Italienische Nacht 410
- Jugend ohne Gott 947
- Kasimir und Karoline 316
- Geschichten aus dem
 Wiener Wald 247
Hrabal: Die Katze Autitschko 1097
- Leben ohne Smoking 1124
- Lesebuch 726
- Ich habe den englischen
 König bedient 1139
- Reise nach Sondervorschrift 1157
- Sanfte Barbaren 916

- Schneeglöckchenfeste 715
- Tanzstunden für Erwachsene 548
Huch: Der letzte Sommer 545
Huchel: Gedichte 1018
- Die neunte Stunde 891
Ibargüengoitia: Augustblitze 1104
- Die toten Frauen 1059
Inoue: Das Jagdgewehr 137
- Der Stierkampf 273
- Die Berg-Azaleen 666
Jabès: Es nimmt seinen Lauf 766
Johnson: Skizze eines Verunglückten 785
- Mutmassungen über Jakob 723
Jonas: Das Prinzip Verantwortung 1005
- Gedanken über Gott 1160
Joyce: Anna Livia Plurabelle 253
- Briefe an Nora 280
- Dubliner 418
- Porträt des Künstlers 350
- Stephen der Held 338
- Die Toten/The Dead 512
- Verbannte 217
Kästner, Erhart: Aufstand der Dinge 476
- Zeltbuch von Tumilat 382
Kästner, Erich: Gedichte 677
Kafka: Der Heizer 464
- Die Verwandlung 351
- Er 97
Kasack: Die Stadt hinter dem Strom 296
Kaschnitz: Das Haus der Kindheit 1229
- Beschreibung eines Dorfes 645
- Elissa 852
- Gedichte 436
Kassner: Zahl und Gesicht 564
Kavafis: Um zu bleiben 1020
Kawabata: Die schlafenden
 Schönen 1165
Kim: Der Lotos 922
Kipling: Das Dschungelbuch 854
- Das neue Dschungelbuch 1220
- Die beste Geschichte der Welt 1183
Koch: Altes Kloster 1106
Koeppen: Das Treibhaus 659
- Der Tod in Rom 914
- Eine unglückliche Liebe 1085
- Ich bin gern in Venedig warum 1208
- Jugend 500
- Tauben im Gras 393
Kolmar: Gedichte 815
- Susanna 1199

Kracauer: Über die Freundschaft 302
Kraus: Die letzten Tage der
 Menschheit 1091
– Nachts 1118
– Pro domo et mundo 1062
– Sprüche und Widersprüche 141
Krolow: Alltägliche Gedichte 219
– Fremde Körper 52
– Gedichte 672
– Meine Gedichte 1037
Krüger: Das zerbrochene Haus 1066
Kyrklund: Vom Guten 1076
Lagercrantz: Die Kunst des Lesens 980
Langgässer: Das Labyrinth 1176
Lasker-Schüler: Arthur Aronymus 1002
– Der Prinz von Theben 1226
– Mein Herz 520
Lavant: Gedichte 970
Lawrence: Auferstehungsgeschichte
 589
– Der Mann, der Inseln liebte 1044
Leiris: Lichte Nächte 716
– Mannesalter 427
Lem: Robotermärchen 366
Lenz: Dame und Scharfrichter 499
Lévi-Strauss: Mythos und Bedeutung
 1197
Lispector: Aqua viva 1162
– Die Nachahmung der Rose 781
– Nahe dem wilden Herzen 847
Maass: Die unwiederbringliche
 Zeit 866
Majakowskij: Ich 354
Malerba: Geschichten vom Ufer des
 Tibers 683
Mandelstam: Die Reise nach
 Armenien 801
– Die ägyptische Briefmarke 94
Mann, T.: Schriften zur Politik 243
– /Hesse: Briefwechsel 441
Mansfield: Glück 1146
– Meistererzählungen 811
Marcuse: Triebstruktur und
 Gesellschaft 158
Mayer, H.: Ansichten von Deutschland
 984
– Ein Denkmal für Johannes Brahms 812
– Frisch und Dürrenmatt 1098
– Reden über Deutschland 1216
– Versuche über Schiller 945

Mayröcker: Das Herzzerreißende der
 Dinge 1048
– Das Licht in der Landschaft 1164
Mendoza: Das Geheimnis der
 verhexten Krypta 1113
Michaux: Ein gewisser Plume 902
Miller: Das Lächeln am Fuße der
 Leiter 198
Milosz: Gedichte 1090
Mishima: Nach dem Bankett 488
Mitscherlich: Idee des Friedens 233
Modiano: Eine Jugend 995
Montherlant: Die Junggesellen 805
– Moustique 1060
Morselli: Dissipatio humani generis 1117
Mulisch: Das steinerne Brautbett 1192
Muschg: Briefe 920
– Leib und Leben 880
– Liebesgeschichten 727
– Noch ein Wunsch 1127
Musil: Vereinigungen 1034
Nabokov: Lushins Verteidigung 627
Neruda: Gedichte 99
– Die Raserei und die Qual 908
Nimier: Die Giraffe 1032
Nizan: Das Leben des Antoine B. 402
Nizon: Canto 1116
– Das Jahr der Liebe 845
– Stolz 617
Nooteboom: Das Gesicht des Auges/
 Het gezicht van het oog 1223
– Die folgende Geschichte 1141
– Der Buddha hinter dem
 Bretterzaun 1189
– Ein Lied von Schein und Sein 1024
Nossack: Das Testament des
 Lucius Eurinus 739
– Der Untergang 523
– Spätestens im November 331
– Unmögliche Beweisaufnahme 49
O'Brien: Aus Dalkeys Archiven 623
– Der dritte Polizist 446
O'Kelly: Das Grab des Webers 177
Ocampo: Die Furie 1051
Oe: Der Fang 1178
– Der Tag, an dem Er selbst mir
 die Tränen abgewischt 396
Ōgai Mori: Die Wildgans 862
– Die Tänzerin 1159
Olescha: Neid 127

Ollier: Bildstörung 1069
Onetti: Abschiede 1175
– Der Tod und das Mädchen 1119
– Grab einer Namenlosen 976
– Leichensammler 938
– Der Schacht 1007
Oz: Herr Levi 1206
Palinurus: Das Grab ohne Frieden 11
Pasternak: Die Geschichte einer
    Kontra-Oktave 456
– Initialen der Leidenschaft 299
Paulhan: Der beflissene Soldat 1182
Paustowskij: Erzählungen vom Leben
    563
Pavese: Die einsamen Frauen 1227
– Junger Mond 111
Paz: Adler oder Sonne? 1082
– Das Labyrinth der Einsamkeit 404
– Der sprachgelehrte Affe 530
– Gedichte 551
Penzoldt: Der arme Chatterton 1064
– Der dankbare Patient 25
– Prosa einer Liebenden 78
– Squirrel 46
Percy: Der Kinogeher 903
Perec: W oder die Kindheits-
    erinnerung 780
Pérez Galdós: Miau 814
– Tristana 1013
Piljnak, Das nackte Jahr 746
Piñera: Kleine Manöver 1035
Pinget: Passacaglia 1084
Plath: Ariel 380
– Glasglocke 208
Plenzdorf: Die neuen Leiden des
    jungen W. 1028
Ponge: Das Notizbuch vom
    Kiefernwald / La Mounine 774
– Die Seife 1134
– Texte zur Kunst 1030
Proust: Eine Liebe von Swann 1185
– Tage des Lesens 1166
Puig: Der Kuß der Spinnenfrau 1108
Queiroz: Das Jahr 15 595
Queneau: Ein strenger Winter 1110
– Mein Freund Pierrot 895
– Stilübungen 1053
– Zazie in der Metro 431
Radiguet: Der Ball 13
– Den Teufel im Leib 147

Ramos: Angst 570
Remisow: Die Geräusche der Stadt 1204
– Gang auf Simsen 1080
Reve: Der vierte Mann 1132
Rilke: Ausgewählte Gedichte 184
– Briefe an einen jungen Dichter 1022
– Bücher Theater Kunst 1068
– Das Testament 414
– Die Sonette an Orpheus 634
– Duineser Elegien 468
– Malte Laurids Brigge 343
Ritsos: Gedichte 1077
Ritter: Subjektivität 379
Robbe-Grillet: Die blaue Villa
    in Hongkong 1169
– Die Radiergummis 1033
Roditi: Dialoge über Kunst 357
Rodoreda: Aloma 1056
– Auf der Plaça del Diamant 1133
– Der Fluß und das Boot 919
Rose aus Asche 734
Rosenzweig: Der Stern der Erlösung 973
Sachs: Gedichte 549
Salinas: Gedichte 1049
Savinio: Kindheit des Nivasio
    Dolcemare 1168
– Maupassant 944
Schickele: Die Flaschenpost 528
Scholem: Alchemie und Kabbala 1148
– Judaica 1 106
– Judaica 2 263
– Judaica 3 333
– Judaica 4 831
– Judaica 5 1111
– Von Berlin nach Jerusalem 555
– Walter Benjamin 467
Scholem-Alejchem: Eine Hochzeit
    ohne Musikanten 988
– Schir-ha-Schirim 892
– Tewje, der Milchmann 210
Schröder: Der Wanderer 3
Seelig: Wanderungen mit
    Robert Walser 554
Seferis: Alles voller Götter 1065
– Sechs Nächte auf der Akropolis 1147
– Poesie 962
Sender: Der König und die Königin
    305
– Requiem für einen spanischen
    Landmann 133

Shaw: Die Abenteuer des
   schwarzen Mädchens 1029
– Die heilige Johanna 295
– Die wundersame Rache 1225
– Frau Warrens Beruf 918
– Handbuch des Revolutionärs 309
– Helden 42
– Wagner-Brevier 337
Simon, Claude: Das Seil 134
Šklovskij: Zoo oder Briefe nicht
   über die Liebe 693
Sokolow: Die Schule der Dummen
   1123
Solschenizyn: Matrjonas Hof 324
Stein: Erzählen 278
– Ida 695
– Jedermanns Autobiographie 907
– Kriege die ich gesehen habe 598
– Paris Frankreich 452
– Q.E.D. 1055
– Zarte Knöpfe/Tender Buttons 1215
– /Anderson: Briefwechsel 874
Steinbeck: Die Perle 825
Steiner: Schnee bis in die Niederungen
   1070
Sternberger: ›Ich wünschte ein
   Bürger zu sein‹ 1170
– Figuren der Fabel 1054
Strindberg: Der romantische Küster
   auf Rånö 943
– Fräulein Julie 513
– Schwarze Fahnen 896
Suhrkamp: Briefe an die Autoren 100
– Der Leser 55
– Munderloh 37
Sutzkever: Grünes Aquarium/
   Griner Akwarium 1210
Szymborska: Deshalb leben wir
   697
Trakl: Gedichte 420
Ullmann: Erzählungen 651
Ungaretti: Gedichte 70

Valéry: Eupalinos 370
– Gedichte 992
– Monsieur Teste 1191
– Tanz, Zeichnung und Degas 6
– Über Mallarmé 1101
– Windstriche 1172
– Zur Theorie der Dichtkunst 474
Vallejo: Gedichte 110
Vargas Llosa: Lob d. Stiefmutter 1086
Verga: Die Malavoglia 761
Waginow: Auf der Suche nach dem
   Gesang der Nachtigall 1094
Walser, M.: Ehen in Philippsburg 527
– Ein fliehendes Pferd 819
– Gesammelte Geschichten 900
– Meßmers Gedanken 946
– Ohne einander 1181
– Selbstbewußtsein und Ironie 1222
Walser, R.: Der Gehülfe 490
– Der Spaziergang 593
– Geschwister Tanner 450
– Jakob von Gunten 515
– Poetenleben 986
Weiss, P.: Abschied v. d. Eltern 700
– Das Gespräch der drei Gehenden 1219
– Der Schatten des Körpers 585
– Die Verfolgung und Ermordung
   Jean Paul Marats 1167
– Fluchtpunkt 797
Weöres: Der von Ungern 1063
Wilde: Bildnis des Dorian Gray 314
Williams: Die Worte, die Worte 76
Wittgenstein: Über Gewißheit 250
Wittlin: Mein Lemberg 1156
Woolf: Die Wellen 128
Yacine: Nedschma 116
Yeats: Die geheime Rose 433
Zweig: Monotonisierung der Welt 493
Zwetajewa: Auf eigenen Wegen 953
– Ein gefangener Geist 1009
– Mutter und die Musik 941
– Phoenix 1057